水浒学刊

（第一辑）

齊魯書社

《水浒学刊》编委会 / 主编

水浒学刊

《水浒学刊》发刊词

传奇里，宋江忠义激荡华夏南北上万里；文脉中，水浒豪侠绵延春秋古今近千载。山东乃水浒地域所在，菏泽为宋江首义之区，菏泽学院有责任为文化传承尽心，更有义务为精神发扬献力。在山东省水浒研究会的大力支持与指导下，菏泽学院水浒文化研究基地从2016年开始筹备编辑《水浒学刊》，刊发山东省水浒研究会与菏泽学院水浒文化研究基地共同主办的多次学术会议以及国内外同好水浒文化研究论文，这是第一辑，我们争取在不太长的时间内办成一个有特色的水浒文化学术平台。感谢专家学者的鼎力支持与深情厚谊！

《水浒学刊》编纂的宗旨是以《水浒传》研究为中心，举凡水浒文化研究的各种论述与相关信息都在编选关注之列；依法合规，“百花齐放，百家争鸣”，尊重学术，鼓励创新；及时追踪水浒文化和学术前沿，汇集当代水浒文化研究优秀成果。

《水浒学刊》在努力服务作者、读者的同时，也真诚希望受到作者、读者的喜欢，不吝赐稿、赐教和其他可能的支持。

《水浒学刊》编纂伊始，我们没有经验，能力有限，本辑在稿件编排、版式设计等方面都不免存在某些错误和不足。希望读者予以指正，以利改进。

《老子》曰：“合抱之木，生于毫末；九层之台，起于累土；千里之行，始于足下。”我们最大的愿望是为学界同道提供一方交流的园地，让我们共同出发，走出第一步！

菏泽学院水浒文化研究基地
2018 年 8 月 28 日

目 录

梁山、宋江与“水浒”

杜贵晨

（山东师范大学文学院　山东济南　250014）

一、水泊“梁山”独擅名

明清以来，人们一提到梁山，多会想到山东梁山。近代以来，人们又几乎无不以为梁山只在山东。其实不然，天下“梁山”多矣！

按臧励龢等编《中国古今地名大辞典》“梁山”条下，以山东梁山打头，即列有：“即山西离石县东北之吕梁山”“在安徽当涂县及和县”“在福建漳浦县南”“在陕西韩城县西，接郃阳县界”“在陕西南郑县东南”“在陕西乾县西北五里”“在四川梁山县东北”“四川昭觉县之凉山，亦称梁山”等。我国自古及今，称“梁山”者共有九处，可谓天下多梁山！

在这九处梁山中，最古也曾经名气最大者，是上列“山西离石县东北之吕梁山”“在陕西韩城县西，接郃阳县界”“在陕西乾县西北五里”三处梁山。前两处梁山，注家各有以为是《尚书·禹贡》“冀州既载，壶口治梁及岐”之“梁（山）”与《诗经·大雅·韩奕》“奕奕梁山，维禹甸之”之“梁山”者，在古代能与大禹治水的功勋联系起来的山自然是名山；后一处梁山，注家一致认定是《诗经》所说“民之初生，自土沮漆。……率西水浒，至于岐下”（《诗经·大雅·绵》）所经过的，也就是《孟子》所称“（大王）去邠，逾梁山”（《孟子·梁惠王》）之梁山，是儒家学说中有特殊地位的一座名山。

大王即古公亶父，文王的祖父，谥太王。邠古同“豳”，古地名，在今陕西省旬邑县。土即杜，水名；沮通徂，到；漆，水名。西水浒即漆水的西岸，水浒的意思也就是水边、河边。《诗经·大雅·绵》载以古公亶父为首的周族，由于受不了北方民族的侵扰，又不愿与之以武力相争，所以古公亶父率领他的族人离开了邠，沿着西面漆水的岸，翻越梁山，来到岐山之下，兴王霸业，而后有周朝八百年的历史。这自然是古史上辉煌的一页，《论语》载孔子曰：“郁郁乎文哉，吾从周。”西周是儒家上古理想社会的楷模，而《史记·周本纪》称：“盖王瑞自太王兴。”实是肯定了“大王去邠，逾梁山”的圣明决策与开创功勋，梁山从而与儒家先王的圣功伟业和理想社会联系在一起，而在古代学者的心目中被赋予了神圣的光环。

乾县梁山即位于陕西乾县县城以北唐高宗李治与武则天合葬陵墓——乾陵所在的山，但这座因周太王曾经翻越而在儒学中名气颇大的梁山，已经远不如压在它身上的后来之唐高宗与武则天这一对皇帝夫妇的乾陵声名远扬，更不如千余年之后因宋江起义而得名之山东梁山那样几近家喻户晓，妇孺皆知。现在，好像普天之下唯山东有梁山。

如果说乾县之梁山最早能得大名与后来为乾陵之名所掩，是周太王不如后之天子，乃两家帝王博弈结果的话，那么近数百年来山东梁山从九家梁山中脱颖而出，后来居上，特别是压倒了周太王曾经越的梁山而独享其名，实在是由于时移世变，农民起义军一步步战胜了帝王。

但是，梁山从帝王之山到农民起义军之山的转变，除宋江起义的原因之外，还由于唐代乾陵所夺“大王去邠，逾梁山”之帝王之山，有与后世宋江起义所据之梁山相通之处。即大王所逾之梁山，在《诗经》所谓“自土沮漆。……率西水浒，至于岐下”的“水浒”之上；而如上述所及“浒”即水边的意思，宋江起义所据之梁山，在八百里梁山水泊之中，也可以说是在“水浒”之上。因此，以宋江据梁山起义故事为原型的小说，就有这个方便借用有“逾梁山”情节之“大王去邠”故事中的“水浒”，以成其百回大书之名。

《水浒传》的作者或其命名者正是这样做的。他这样做的用心，是以宋江等被“逼上梁山”比拟于殷商晚期为避外族入侵之祸之“大王去邠，逾梁山”的圣功，以宋江等人的故事，媲美周太王筚路蓝缕创西周治世伟业，弘扬其儒家传统人格与社会理想。

由此可知，《水浒传》之“梁山”貌似因起义而扬名天下，实是在作者看来，因其根本上通于周太王为成就西周伟业而翻越之梁山，从而应该得到赞扬！总之，梁山曾是古圣王之山，更是后世“替天行道”“全忠仗义”的好汉之山、英雄之山。

这才是山东梁山独擅“梁山”之名的根由，宋江起义小说以“水浒”题名的真义。①

二、从“良山”到“梁山”

《水浒传》所写的梁山在今山东济宁梁山县。我国自古无梁山县，乃中华人民共和国初期因梁山而设，进而看起来很像是因《水浒传》而设，至少二者之间有很大的关系。这样因为与一部小说有密切关系而设的县，在中国历史上前所未有，也可能是后无来者的一例。

梁山本名良山。郦道元注，杨守敬、熊会贞疏《水经注疏》卷八《济水二》载“济水又北，径梁山东”下杨守敬按云：

> 《史记·梁孝王世家》作良山，《汉书·孝王传》作梁山。良、梁通。《初学记》七、八引《述征记》：“梁山际清水。”《地形志》：“寿张有梁山。”《括地志》：“山在寿张县南三十五里。”《一统志》：“在东平州西南五十里，接寿张县界。”

《史记·梁孝王世家》载梁孝王“三十五年冬，复朝。上疏欲留，上弗许。归

① 参阅杜贵晨《〈水浒传〉名义考辨——兼与王利器、罗尔纲先生商榷》，《明清小说研究》1990年第2期。

国，意忽忽不乐。北猎良山”下：

《索隐》：《汉书》作“梁山”。《述征记》云“良山际清水”。今寿张县南有良山，服虔云：“是此山也。”《正义》：《括地志》云“梁山在郓州寿张县南三十五里”，即猎处也。

《寿张县志》卷一《方舆志》载：

梁山在县治东南七十里，上有虎头崖、宋江寨、莲花台、石穿洞、黑风洞等迹。旧志云：“汉文帝封第二子梁孝王，尝田猎于此山之北，因名梁山。或曰‘本名良山。’”《史记》：“孝王北猎良山。”又古邑名曰良，汉县名曰“寿良”，皆以此。

而《汉书·地理志》载：“寿良，蚩尤祠在西北泲上。”应劭注曰：“世祖叔父名良，故曰寿张。”世祖即东汉光武帝刘秀。我们与旧志相参照，可知梁山本名良山，包括其所在县本名都称为寿良，西汉时因梁孝王曾在良山北打猎，改名梁山，东汉初又因为避光武帝的叔父赵孝王刘良之讳，连县名寿良也改为寿张了。近世寿张县被废置，其故地之一部并从旧郓城、东平所各分出之地，合而成为今天的梁山县。

自汉初至今两千余年来，此一方水土屡经易名，而今统一为中华人民共和国所创设的梁山县，梁山的身份除古已有之的好汉之山、英雄之山之外，又是今天有 70 万人民之梁山一县的象征，更增添了其作为古今人文之山的荣耀。

三、梁山泊之“险不在山而在水”

然而梁山的闻名很大程度上不是从山之本身得来的，而是从它周围的一大片水乡泽国得来。因此，说梁山不能不说梁山泊。

首先，梁山泊又名“梁山泺”“张泽泺”。“泊”古作“泺”。“泺”有两个意思和读音，一为水名，读 luò，泺水俗名娥姜水，以舜的两个妃子娥皇与女英而得名，其源出自今山东济南市中心的趵突泉公园，故其临街称“泺源路”；一音义同“泊（pō）”，而宋代以降古人就越来越多地把“梁山泺”写作“梁山泊”了。梁山泊自古为古大野泽的一部分。今山东菏泽、聊城、泰安、济宁四市以及与河南台前县相接之广大地区自古地势低平，而偏近菏泽之巨野一带尤为低洼，为水聚之地，自上古即得名曰大野泽。大曰“巨”，所以大野泽又名巨野泽。今山东省菏泽市巨野县即因紧靠大野泽而得名。《尚书·禹贡》：“大野既猪，东原厎平。厥土赤埴坟，草木渐包。”“猪”即潴。伪孔传曰“大野，泽名。水所停曰潴”，亦即水停潴、潴积、汇聚；“厎”即治理。古今《尚书》学者往往只看到“猪”为大野泽形成的一面，而没有能够与以下“东原厎平”三句联系起来思考，从而忽略了“大野既猪”与其后“东原”形成和渐成沃野的因果关系。

这也就是说，从“大野既猪”云云还应该并能够知道的，是此方水土变迁的大略，乃大野泽以今菏泽市巨野县以北为中心，水面之大，盛时可东达今泰安东平一带。《水经注》引何承天所说：“巨野泽广大，南导洙、泗，北连清、济，旧县故城，正在泽中。”又元代陈得芝《元代奏议集录》录王喜《治河图略》云：“初，禹导济水，出河之南，东入菏泽，即今之梁山泊也，南通淮泗，北从千乘入海。”但至后来，水面退缩，泽中偏东水下地势稍高之一部，即面向泰沂山脉之东平、汶上、宁阳一带遂涸为平川，从而如《尔雅》所说“广平曰原”，得名东原，继而曰“东平”，遂有古今“东原”即“东平”之称。因此，元代王喜《治河图略》说：“禹导济水，出河之南，东入菏泽，即今之梁山泊也。”而清胡渭《禹贡锥指》引元于钦《齐乘》“大野泽即梁山泊”的说法并不确切。总之，大野泽得名在前，梁山泊得名在后。不是大野泽即梁山泊，而是梁山泊水域旧为大野泽的一部分，所以《明史·地理志》云：“寿张县南有梁山泺，故大野泽下游。”

其次，作为古大野泽偏东之一部，梁山之南的一片水域古称“张泽泺”。但是，后来由于黄河的不断决口漫灌，这片水域渐渐扩大到梁山的东、北，对梁山形成包围或半包围之势，也就是梁山成了扩大后的张泽泺水域的中心，而张泽泺也就有了新的名称曰“梁山泊”。“梁山泊”得名的这一历史过程可从历代的有关记载推考出来。《旧五代史·五行志》：

> 晋天福……六年九月，河决于滑州，一概东流……兖州、濮州界皆为水所漂溺，命鸿胪少卿魏玭、将作少监郭廷让、右金吾卫将军安濬、右骁卫将军田峻于滑、濮、澶、郓四州……兖州又奏，河水东流，阔七十里。

《旧五代史·晋书》：

> 开运元年……六月……丙辰，滑州河决，漂注曹、单、濮、郓等州之境，环梁山合于汶、济。

《旧五代史·周书》：

> 显德元年……十一月……戊戌，诏宰臣李谷监筑河堤。先是，郓州界河决，数州之地，洪流为患，故命谷治之。

《宋史·河渠志》：

> 天禧三年六月乙未夜，滑州河溢……漫溢州城，历澶、濮、曹、郓，注梁山泊。
>
> （熙宁）十年……七月，河复溢卫州王供及汲县上下埽、怀州黄沁、滑州韩村；己丑，遂大决于澶州曹村，澶渊北流断绝，河道南徙，东汇于梁山、张泽泺，分为二派，一合南清河入于淮，一合北清河入于海，凡灌郡县四十五，而濮、齐、郓、徐尤甚，坏田逾三十万顷。遣使修闭。
>
> （元丰）五年……八月，河决郑州原武埽，溢入利津、阳武沟、刀马河，归纳梁山泺。

《文献通考·物异考三·水灾》：

宣和元年五月，大雨，水骤高十丈余，犯都城，自西北牟驼冈连万胜门外马监，居民尽没。前数日，城中井皆浑，宣和殿后井水溢，盖水信也。至是，诏都水使者决西城索河堤杀其势，城南居民冢墓俱被浸，遂坏籍田亲耕之稼。水至益猛，直冒安上、南薰诸门城守凡半月。已而入汴，汴渠将溢，于是募人决下流，由城北入五丈河，下通梁山泺，乃平。

北宋诗人苏辙过彭城（今江苏徐州）曾有《中秋见月寄子瞻》，诗中形容黄河决口之患说：“扁舟明日浮古汴，回首逡巡陵谷变。河吞巨野入长淮，城没黄流只三版。”梁山泊恰在黄河决堤之水从“巨野入长淮”的中途。由此可知，五代至北宋末近300年中，黄河屡次决口多灌注梁山泊，使梁山周围长期大水潴积，成一片泽国水乡的广大湖泊，“梁山泺（泊）”之称乃大显于世。

但是，宋以后梁山泊迅速缩小。元代王喜上《治河图略》于朝廷论黄河的治理，以浚旧河、导新河为便。其所谓导新河，其一即“从北清河入梁山泊，合御河入海”，理由则是“梁山泊八百里之宽，足以渟蓄其怒波，则下流自然平缓，可保其无患矣”。由此可知，元代黄河早已不经过梁山，梁山泊主要水源已断，仅是因为水源断绝未久，规模尚在，“足以渟蓄其怒波”。

王喜生平不详。《至顺镇江志》卷十六《元·尉》有“王喜，东平人”，或许就是此人，当为元初人，那时人还以为“梁山泊八百里之宽”。但至元武宗至大三年十一月，河北河南道廉访司上言倘治河有失，则“今水势趋下，有复巨野、梁山之意。盖河性迁徙无常，苟不为远计预防，不出数年，曹、濮、济、郓蒙害必矣”（《元史·河渠志二·黄河》）。前代大野泽、梁山泊之一片汪洋，今已不存，然而也还未至于干涸，所以上引清人胡渭《禹贡锥指》引元于钦著《齐乘》下有云：

梁山在寿张县东南七十里，东平州西南五十里，东接汶上县。汶水西南流，与济水会于山之东北，回合而成泊。

又说：

> 南旺湖在汶上县西南三十五里，会通河之西岸。湖即巨野泽之东偏，萦回百五十余里，宋时与梁山泺合而为一，周围三百余里，亦曰张泽泺。

其说“周围三百余里”，已是比“八百里之宽”缩小了大半。但后来又渐渐缩小，至《明史·地理志》则曰：

> 寿张。州西。……今治，本王陵店，洪武十三年徙置。南有梁山泺，即故大野泽下流。东北有会通河，又有沙湾，弘治前黄河经此，后堙。

这就是说，明弘治（1488—1505）以前有梁山泊为“黄河经此”的结果，由于黄河改道，弘治以后梁山泊或有余水，但作为“八百里水泊”的整体，可以说基本上消失了。

但当五代、北宋梁山泊盛时，势如汪洋，浩渺无际，为南北水路必经之要地，士人往来，水泊之情状时见于吟咏，如苏辙《梁山泊次韵》诗云：

> 近通沂泗麻盐熟，远控江淮粳稻秋。粗免尘泥污车脚，莫嫌菱蔓绕船头。谋夫欲就桑田变，客意终便画舫游。愁思锦江千万里，渔蓑空向梦中求。

又《梁山泊见荷花忆吴兴五绝次韵》诗其一云：

> 南国家家漾彩艫，芙蕖远近日微明。梁山泊里逢花发，忽忆吴兴十里行。

其五云：

> 菰蒲出没风波际，雁鸭飞鸣雾雨中。应为高人爱吴越，故于齐鲁作

南风。

这是梁山泊春和景明、风平浪静而诗人也惬意自在时描绘的画面，但一旦风雨兼程而舟楫不利，则就见出梁山泊形势的凶险来了。陈师道《颜市阻风二首》其一云：

万古梁山泊，今年未椽船。阻风兼著雪，费日亦忘年。世事元相忤，衰怀忍自煎。晚来声更恶，始觉畏途边。

这应该是作者风雪中陆路经过梁山泊时艰于旅途的苦况。又《梁山泊》诗云：

积阴风易作，隆寒声益急。百为定有数，一动必三日。奔腾水势壮，擈扶波头立。前行后浪促，突起旁交射。崩腾万骑来，倏忽一箭疾。摧残蒲苇尽，簸荡鱼龙泣。私忧地轴脱，已分梁山没。向来万斛重，不作一叶直。舟行两水间，触突声悉率。路转帆举落，舟排冰叠积。经事长一智，中人所知识。千金不垂堂，岂复待一失。穷途得伟观，老气犹少色。事定不敢忘，嗟来庶可及。①

这是冬令时节，梁山泊大浪滔天，南来北往的舟楫“排冰”而渡的情形，真是危机四伏，异常凶险。

诗中的梁山就是这一片汪洋之中的孤岛。其峰峦虽然不高，占地虽然不广，但在八百里大水环绕之中，突兀特出，势压全泊。其对世人中的影响，正如《荀子·劝学篇》云：“积土成山，风雨兴焉；积水成渊，蛟龙生焉。”梁山泊山凭水势，水助山险，遂使汪洋一丘，成强人出没、盗侠盘踞之窟穴。后人但见梁山无甚雄奇，遂以为其历史上不可能藏龙卧虎，实是蔽于今而不知古。清人曹玉珂《过梁山记》云：

---

① 陈师道：《后山诗注补笺》，中华书局1995年版，第489页。

往读施耐庵小说，疑当时弄兵潢池者，不过数十百人耳。宋势虽弱，岂以天下之力，不能即奏荡平，应作者讥宋失政，其人其事，皆理之所必无者。继读《续纲目》载：宋江以三十六人转掠河朔，莫能撄锋。又《宣和遗事》备书三十六人姓名。宋龚开有《赞》，侯蒙有《传》，其人既非诬矣。意梁山者，必峰峻壑深，过于孟门剑阁，为天下之险，若辈方得凭恃为雄。丁未秋，改令寿张，梁山正在境内。拟莅止之后，必详审地利，察其土俗，以绸缪于未雨。至寿半月，言迈瑕丘，纡途山麓。正午，停舆骑马，游览其山，塿然一阜，坦首无锐。外有二三小山，亦断而不联。村落比密，塍畴交错，居人以桔槔灌禾，一溪一泉不可得，其险无可恃者，乃其上果有宋江寨焉，于是进父老而问之，对曰："昔黄河环山夹流，巨浸远汇山足，即桃花之潭，因以泊名，险不在山而在水也。"①

四、梁山寨始于五代

梁山泊以黄河决口之水为水源，所以梁山周围，时涸为陆地，时汇为巨浸。汇为巨浸时为梁山泊，涸为陆地时则梁山为数个小山头中最显突兀之一丘，凭高临下，易守难攻，以镇四方。所以一旦战乱及于此地，梁山便成为此一片泽国水乡唯一能够扎寨屯兵之所。《新五代史·梁本纪第一》：

乾宁元年二月，王及朱宣战于渔山，大败之。二年八月，又败宣于梁山。十一月，又败之于巨野。

梁王朱温"败（朱）宣于梁山"的这次战役，详见《旧五代史·庞师古传》载：

庞师古，曹州南华人，初名从。以中涓从太祖，性端愿，未尝离左右。及太祖镇汴，树置戎伍，始得马五百匹，即以师古为偏将，援陈破蔡，累有

① 马蹄疾编：《水浒资料汇编》，中华书局1980年版，第486页。

战功。及朱珍以罪诛，遂用师古为都指挥使。乃渡淮，饷军于庐寿，攻滁州，破天长，下高邮，沿淮转战，所至克捷。寻代朱友裕领军，攻下徐州，斩时溥首以献。遂移军伐兖州，入中都，寨于梁山，败朱瑄之众，袭至垒下，又破朱瑾于清河。从讨汶阳，与朱瑄、朱瑾及晋将史俨儿战于故乐亭，大捷而回。

上引庞师古“入中都”之“中都”，即今山东济宁汶上县，因孔子曾为“中都宰”而得有此名。梁山为汶上的西邻，“寨于梁山”，即是说于梁山扎营寨屯兵。

宋代是梁山泊水域最广、持续最久的时期，因水势汪洋，港汊纵横，盗贼出没，是官府长期以来最感难治的地方之一。如《宋史·蒲宗孟列传》：

（宗孟）徙亳、杭、郓三州。郓介梁山泺，素多盗，宗孟痛治之。虽小偷微罪，亦断其足筋。盗虽为衰止，而所杀亦不可胜计矣。

《宋史·许几列传》：

（许几）知郓州。梁山泺多盗，皆渔者窟穴也。几籍十人为保，使晨出夕归，否则以告，辄穷治，无脱者。

《宋史·任谅列传》：

（任谅）提点京东刑狱。梁山泺渔者习为盗，荡无名籍。谅伍其家，刻其舟，非是不得辄入。他县地错其间者，镵石为表。盗发，则督吏名捕，莫敢不尽力，迹无所容。

宋人洪迈《夷坚乙志·蔡侍郎》载：

宣和七年，户部侍郎蔡居厚罢，知青州，以病不赴，归金陵。……少日而蔡卒。……夫人恸哭曰："侍郎去年帅郓时，有梁山泺贼五百人受降，既而悉诛之。吾屡谏不听也，今日及此，痛哉！"

《金史·斜卯阿里列传》：

天会六年（按即宋高宗建炎二年，1128），伐宋主，取阳谷、莘县，败海州兵八万人，海州降。破贼船万余于梁山泊。招降滕阳、东平、泰山群盗。

同卷《赤盏晖传列》：

晖益奋攻，卒破其城。又从攻泗州，克之。还屯汶阳，破贼众于梁山泺，获舟千余。

如上记载中需要说明的，一是其概称为"盗"或"贼"的，显系古代官方的偏见，应该具体分析，区别对待；二是某些表述可能有虚报冒功的成分，如《斜卯阿里列传》称"破贼船万余于梁山泊"，"万余"之数肯定是夸张了。但无论如何，宋金时代梁山泊多"盗"是不争的事实。而梁山泊之盗多曾保据梁山，也自是情理中事，并不因为史籍记载的有无详略，而可以作丝毫的怀疑。

总之，晚唐五代至宋金时期，梁山泊周围为陆地时则偶为官军据守的山寨；为巨浸时，梁山泊更是危机四伏，随时可能爆发劫掠、火并或官民冲突与战争的地方。在这样一个江湖与战争文化甚盛的泽国山乡，历史上被称为"京东盗""山东盗"的宋江三十六人"保据于此"，或者宋江三十六人的事迹被移附于此，成为街谈巷议、道听途说进而说话艺术的题材，岂不是很自然的吗？

五、宋江与梁山

历史上的宋江三十六人起事见诸《宋史》或宋人的文献记载，发生在北宋末政和、宣和年间，或称“淮南盗”（《宋史·徽宗本纪》），或称“陷淮阳军，又犯京东、河北，入楚海州”、“宋江寇京东……横行河朔、京东……”（《东都事略》。“河朔”，《宋史·侯蒙传》作“齐、魏”），或称“河北剧贼宋江……转略京东，径趋沭阳”（汪应辰《文定集》卷二十三《显谟阁学士王公墓志铭》），或称“宋江……剽掠山东一路”（张守《毗陵集》卷十三《左中奉大夫充秘阁修撰蒋公墓志铭》），或说“京东贼宋江等出入青、齐、单、濮间”“宋江扰京东”（方勺《泊宅编》），或曰“盗宋江犯淮阳及京西、河北，至是入海州界”（李焘《续资治通鉴长编》卷十八），或曰“宋江起河朔，转略十郡”（《宋史·张叔夜传》），或曰“山东盗宋江”“犯淮阳军，又犯京东、河北路，入楚州界”（李埴《皇宋十朝纲要》卷十八）等①，涉及不过“淮南”即“淮阳”，“京西”，“京东”即“山东”，“河北”即“河朔”，“齐、魏”，“青、齐、单、濮”，海州等地。

以上这些称说中虽然都不直接涉及梁山泊，但综合其所构成之宋江活动的大范围，明显是汴京（今河南开封）周围偏重于京东的广大区域。这一区域实际的中心和活动必经之区域就是梁山泊。而水陆两栖的宋江等经行梁山泊中，必不会不至梁山，也应该有据守梁山以四出劫掠的情况发生。兹据各种资料综合分析如下：

一是如上所说，宋江等起事以后虽游击四方，但是综观其活动大范围的中心是梁山泊。按文献记载，宋江虽有称“淮南盗”，但他率部“陷淮阳军，又犯京东、河北，入楚海州”，或“犯淮阳及京西、河北，至是入海州界”的大方向，都是自淮南（今江苏扬州，宋属淮南路）入淮阳（今江苏邳州，宋属京东东路），然后由京东或京西至河北，进而“入海州界”。这条路线，如果是由京东去河北，那么必经梁山泊；如果是绕京西至河北，然后再“入海州界”，也一定要走梁山泊水道。这就是说，无论记载中宋江等到过多少地方，京东梁山泊都是他们必经之地并且是可能驻留的地方。从而史载虽以宋江为“淮南盗”“河北剧

① 本段以上引文皆转引自朱一玄、刘毓忱编：《水浒传资料汇编》，南开大学出版社2002年版，第1～18页。

贼”“京东贼”等诸称，但他最后与最重要的身份是“京东”即“山东盗”，更具体是梁山泊之“盗”。

二是从如上文献载宋江活动区域看似矛盾的地方，可知宋江活动的中心在梁山泊。这里先要说明的是，虽然《水浒传》中说“山东济州管下一个水乡，地名梁山泊，方圆八百余里”①（第十一回），而宋代济州治巨野（今山东巨野），下辖梁山泊水域东临却是郓州的寿张县。所以书中也写了“原来这寿张县贴著梁山泊最近”（第七十四回），而寿张属郓州（北宋宣和元年改东平府，治在今山东东平州城镇）东平府。所以梁山泊虽在济州管下，但“贴著寿张”处的水域却与东平府寿张县关系最密。然后我们看《东都事略》与《宋史》同是记“（侯）蒙上书言”称宋江等，一作“横行河朔、京东”，一作“横行齐、魏”。这两处记载似有矛盾，却实际是不同而通处，客观上也都是指梁山泊。这个道理在于，其中“河朔”与“京东”并列，可以认为是指河北路。“齐”即齐州，今山东济南，宋属京东路；“魏”即“安史之乱”前的魏州，后改置为“河朔三镇”之一的魏博，入宋称大名府，后改北京，即今河北大名，宋属河北路。由此可知，“横行河朔、京东”，一作“横行齐、魏”的不同，实是前者以路一级范围称，后者以府一级范围称，其相通处在其所指具体都为宋河北路毗连京东路之今河北大名与济南东西相望间梁山泊与泰山毗连一带地区。这一地区的重镇为郓州（治须城即今东平），而郓州于宣和元年（1119）升为东平府，所以才会有《宋史·侯蒙传》载蒙因上书言“不若赦江，使讨方腊以自赎”而被“命知东平府”②。这个任命无疑是要侯蒙坐镇东平府，以落实他奏折中所上招安宋江之策。所以，尽管他“未赴而卒”，但这一任命从侧面证明了宋江当年确实如《水浒传》中所写，是在“贴著（东平府）寿张县最近”的梁山泊一带活动。《水浒传》把宋江故事的主要发生地写在梁山泊，不仅是出于艺术上的考量，更是以历史的真实为基础，并反映着历史真实。

---

① 施耐庵、罗贯中著，李永祜点校：《水浒传》，中华书局 1997 年版，第 570 页。本文如无特别说明，凡引此书均据此本，仅随文说明或括注回次。

② 参见严敦易：《水浒传的演变》，作家出版社 1957 年版，第 4 ~ 5 页。

三是至晚由元人所著的《大宋宣和遗事》，第一次写明晁盖、宋江等“同往太行山落草为寇去也”，“前往太行山梁山泺去落草为寇”。这里“太行山”与“梁山泊”明显不搭界，似乎是古人说话措辞上的一个错误，多数学者虽然并不直接否定“梁山泊”是山东境内的梁山泊，但是愿意相信“太行山”一定就是河北、山西之间的太行山，并由此生出各种奇想，以为《水浒传》成书之前，曾经有一个演义宋江故事的“太行山系统”本。其实不然。据史料记载，至晚唐宋以降，泰山就有别称“太行山”之俗。《大宋宣和遗事》所谓“太行山”和“太行山梁山泊”的“太行山”，实是避讳泰山与“京东贼”宋江联系在一起而改用的一个别称。① 所谓“太行山梁山泊”，则是指梁山水泊和泰山毗连一大片地域。而“梁山泺”即是后来《水浒传》所写的“山东济州管下一个水乡”，乃包括梁山在内今山东梁山县周围大片地区。只是由于泰山为自古帝王封禅之山，特别是由于水浒故事发生在宋真宗封禅泰山之后不久，所以宋元诗文除龚开《宋江三十六人赞》之外，涉及宋江故事，虽然不及泰山，但也决不及“太行山”。其实是有意避开泰山，又不想从俗说而代之以“太行山”，从而只说梁山泊。如元代陆友《题宋江三十六人画赞》诗中，既称“京东宋江三十六，白日横行大河北”，又曰“我尝舟过梁山泺，春水方生何渺漠。或云此是碣石村，至今闻之犹褫魄”，就只是说宋江活动的地区为“梁山泊”，和他曾经过的地方为传说中的“碣石村”。总之，《大宋宣和遗事》虽属野史，陆友的诗也称“或云”，但是他们都相信宋江三十六人曾保据于水泊梁山，也许有我们已无从考见的根据，或从如上我们还可以见到的各种历史记载推考得来，或录自故老传闻，但是绝不会空穴来风，毫无依傍。

因此之故，明清以来学者大都相信宋江等曾保据梁山泊为“横行齐魏”的中心。明末清初著名史学家、《国榷》的作者谈迁著《北游录·纪程》中就说：

> 南旺汇七十二泉，跨宁阳、济宁间，即巨野大泽东涯也。距县西南三十

① 杜贵晨：《试说泰山别称“太行山”——兼及若干小说戏曲之读误》，《文学遗产》2010年第6期。

里，宋时合梁山泺，周三百余里，即宋江所据梁泊也。

又《北游录·后纪程》云：

又十里，寿张县之十里铺，麻山枕其后，土妇曰钓台山也。河西梁山，汉梁孝王葬处。今辄称宋江，则儿童之见也。宋江大小碑二通，近河中十五里，戴家庙闸。

《北游录·纪咏下》有《过安山闸舟人望梁山啧啧宋江事有感》诗云：

么么狐鼠浪相传，齐俗椎埋污简编。汉室梁王游辇后，难将盗跖累当年。

而就前引曹玉珂《过梁山记》，著名学者余嘉锡《宋江三十六人考实·梁山泺》案云："本志卷四《职官志》：'曹玉珂，进士，富平县人。康熙六年十月任。'记中颇信宋江有据梁山泺事。"①

总之，有关文献虽缺乏明确的记载，但就其各种说法推考和与后世口碑相参照，历史上宋江三十六人虽活动范围广泛，但其活动的主要地方是梁山泊一带，梁山泊是他们当年纵横驰骋的主战场。而水泊梁山是这一伙人浮家泛宅之余落足山寨之所在，也是可想而定然如此的。从而元代东平人高文秀《黑旋风双献功》杂剧中说"寨名水浒，泊号梁山"，后世有"水泊梁山"之称，绝非偶然也！而由宋代传至元代成书的《大宋宣和遗事》和《水浒传》先后相承，把宋江之"大寨"设在梁山，不仅是艺术上一个高明的选择，而且是对历史真相的艺术性揭蔽，是艺术具有高于历史文献记载之真实性的创造。

① 余嘉锡：《宋江三十六人考实》，云南人民出版社 2005 年版，第 86 页。

六、“水浒”与梁山

虽然如上所述，只有山东的“水泊梁山”才最适合于被塑造为宋江故事的中心背景地，但是，如果没有“水浒”这个词加入进来，恐怕以梁山为背景的宋江故事，也还难以提升到不朽名著的地位，而名扬天下。那么，“水浒”是如何与“梁山”结缘缀在一起，而使此一梁山在天下梁山中脱颖而出，脱胎换骨而成为一座以儒家“忠义”为标榜的儒、道、释“三教合一”的名山的呢？

“水浒”一词虽然早见于《诗经·大雅·绵》，古人看来并不生僻。但是，大约由于其词性的局限，在中国古代浩瀚的典籍中用例不广，也无多复杂的含义，不过指水边而已。虽然形容水势浩大可以说无边无际，但那毕竟只是夸张，事实上如《诗经》云“淇则有岸，隰则有泮”（《卫风·氓》），大地之上凡水之所聚无不是有边际的，而任何江河湖泊之岸畔就都可以称之曰“水浒”。梁山泊有水有山，港汊纵横，多的是可称“水浒”的地方，这是宋江三十六人故事可被冠以“水浒”的基本根据和最明显不过的理由。但是，若仅由于此而称宋江三十六人故事曰“水浒传”，那就又太过于空洞而近乎无聊，当然不会是为宋江故事标题者所取之义。事实也正是如此，除其广义之外，作为宋江等人故事之雅名的“水浒”确实别有所指，即上已有所提及的关乎西周开国立“王道”之业的历史文化内容。

按《诗经·大雅·绵》云：

> 绵绵瓜瓞。民之初生。自土沮漆。古公亶父。陶复陶穴。未有家室。
> 古公亶父。来朝走马。率西水浒。至于岐下。爰及姜女。聿来胥宇。
> 周原膴膴。堇荼如饴。爰始爰谋。爰契我龟。曰止曰时。筑室于兹。
> 乃慰乃止。乃左乃右。乃疆乃理。乃宣乃亩。自西徂东。周爰执事。
> 乃召司空。乃召司徒。俾立室家。其绳则直。缩版以载。作庙翼翼。
> 捄之陾陾。度之薨薨。筑之登登。削屡冯冯。百堵皆兴。鼛鼓弗胜。
> 乃立皋门。皋门有伉。乃立应门。应门将将。乃立冢土。戎丑攸行。

肆不殄厥愠。亦不陨厥问。柞棫拔矣。行道兑矣。混夷駾矣。维其喙矣。

虞芮质厥成。文王蹶厥生。予曰有疏附。予曰有先后。予曰有奔奏。予曰有御侮。

以上《绵》诗九章，章六句，全诗叙周大（太）王古公亶父与族人居邠（古同“豳”，地名，在今陕西省旬邑县），因不堪北方狄人的侵扰，而率部迁徙至“岐下”（岐山之南，在今陕西省宝鸡市岐山县），在那里开基立国。后传至文王，周族强大，孔子称颂其“三分天下有其二，以服事殷，周之德，其可谓至德也已矣”（《论语·泰伯》）。总之，《绵》之为诗，诚如《毛诗序》所说是写周初“文王之兴，本由大王也”，是西周早期的创业史。但是，联系到后世孔子对西周文王时代“周之德”的赞扬，《绵》的内容又可以被认为是对西周事殷商恪守君臣名分、行“忠义”之道的描述，至少与周文王“三分天下有其二，以服事殷”的“至德”直接有关，从而其祖上大王“去邠，逾梁山，邑于岐山之下居焉”（《孟子·梁惠王下》）的“率西水浒”之路，也就是一条西周初期服事殷商的忠义之路。因此，“水浒”一词也就获得了“忠义”的内涵，有了可供后人借以比附的延伸义。《水浒传》得名“水浒”正由此而来。对此，笔者曾撰《〈水浒传〉名义考辨——兼与王利器、罗尔纲先生商榷》一文具体分析：

宋江故事与“水浒”有微妙联系。按史称宋江为“淮南盗”，是多曾活动于淮河流域。《尔雅·释水》云：“淮为浒。”宋沈□《鬼董·周宝》：“君盍往淮浒，结壮士掠之?”则宋江为“浒”上之“盗”，与“水浒”一词可建立某种联系；又宋江这支队伍的根据地是水泊梁山，《诗》中古公亶父之周族“至于岐下”，亦曾“逾梁山”（见前引《孟子·梁惠王下》），二山同名，可助成这种联系。因此，《水浒传》之书名虽为妙手偶得，亦非无因而至。何况，古公亶父之周族“率西水浒”，与宋江等离乡井、归水泊，同是“逼上梁山”；古公亶父之周族“至于岐下”，建设家邦，与宋江等经营梁山，“八方共域，异姓一家”，同是构造自己的“乐园”，是各自生活理想的实现；古公亶父之周族反对狄人的侵略，却臣服于商，与宋江等只反贪官、不反皇帝，同是心怀忠义。种种相似，使以“水浒”名《传》取譬古公亶父“率西水浒”的故事，顺理成章。①

如上引称“逼上梁山”之说虽有嫌于人云亦云，还可以斟酌，但是上述有关宋江故事能取“水浒”以名传的理由，笔者至今坚信不疑。至于宋江三十六人故事取“水浒”为书名的意义，笔者在上引文章中也曾论述道：

如果拙见可以成立，则《水浒传》书名的寓意，应有以下四个方面：一、以宋江等百零八人被逼上梁山，拟之于古公亶父被迫迁岐，表示对压迫者的憎恨和对人民“反贪官”起义的同情；二、以宋江等暂居水泊，专等招安，拟之于古公亶父迁岐前后都臣服于商，颂扬宋江等人“不反皇帝”的忠义；三、把宋江等人的活动地拟之于古公亶父迁岐所循之“西水浒”，暗示宋江等人上梁山是走向“忠义”之路；四、概括水泊梁山的地理形势。笔者认为，这四个方面与《水浒传》的实际描写是非常一致的。②

总之，“水浒”一词本出自《诗经》，天生与“梁山”之名号和儒家尊王忠君之义相联系。宋江故事作为主要发生在山东梁山泊的说话文本，在其主旨被文人改造为“替天行道”“忠义双全”的同时，也就有了与《诗经》“水浒”故事相似、相近、相通的方面，从而在写定者的艺术想象中擦出二者如一的火花，而有了“水浒传”的题名。它不简单是一个书名的问题，而是宋江三十六人故事流衍传播至文人手中意义发生质变的一个标志，是一个关于起义的民间故事文本向主流意识形态靠拢的表现。尽管罗贯中等人的这种自作多情并未能完全赢得后世封建朝廷准其“流行无限”，《水浒传》仍不时受到过查禁销毁，但《水浒传》

①② 杜贵晨：《〈水浒传〉名义考辨——兼与王利器、罗尔纲先生商榷》，《传统文化与古典小说》，河北大学出版社2001年版，第250～251页。

写宋江等人的结局毕竟大都为朝廷而死，鲁迅先生称“终于是奴才”①，肯定要比写如李逵所说真的“杀去东京，夺了鸟位”（第四十一回）温良驯顺得多，从而使《水浒传》多了一层保护，经几百年坎坷而流传了下来。

作者简介：杜贵晨（1950— ），男，山东宁阳人，山东师范大学文学院教授，博士生导师，主要研究中国古代文学。

① 鲁迅：《流氓的变迁》，《鲁迅全集》（4），人民文学出版社 2005 年版，第 155 页。

百回本《水浒传》的文本构成与意义诠释

王　平

（山东大学文学院　山东济南　250100）

摘　要：对古典小说做出诠释，是实现其意义的重要途径。小说的文本构成对意义的诠释有着客观规定性，对小说的文本构成进行研究是十分必要的。百回本《水浒传》的文本受到已有故事的限定，这些故事本身具有时代的特定意义。在最终由某位文人写定时，其对故事进行的选择、补充和完善又进而规定了文本的意义。因此，在对百回本《水浒传》的意义做出诠释时，我们必须注意两点：一、文本整体与部分之间的内在联系，即文本构成的整体性；二、文本构成对其意义的客观规定性。只有考虑到文本构成与意义之间的内在关联，我们才能对其意义做出合乎实际的诠释。

关键词：文本；客观规定性；整体；部分；意义

一、问题的提出

按照诠释学的理论，文本意义的实现有赖于理解和诠释，诠释是文学作品的存在方式。如同伽达默尔所说："谁通过阅读把一个文本表达出来（即使在阅读时并非都发出声音），他就把该文本所具有的意义指向置于他自己开辟的意义宇宙之中。"① 这种观点虽有一定的道理，但也有其片面之处。文学作品既是读者阅读的对象，同时也对读者的阅读、诠释有着客观规定性。《水浒传》作为一部优秀的古代文学作品，有着十分广阔的诠释空间，但是，这种诠释空间又不是无限的和不确定的。以往研究者对《水浒传》的诠释可谓众说纷纭，莫衷一是，甚至相互辩难，歧见迭出。在读者与文本的互动中，《水浒传》的意义被不断发现、不断丰富、不断扩大、不断更新，充分体现了诠释的多样性、历史性和时代性。然而对诠释的客观规定性重视不够，导致了对其意义诠释的主观随意性，似乎《水浒传》可以根据主观理解和时代政治的需要而任意解读，以至于违反了作品文本自身的客观规定性，造成了对《水浒传》的误读和曲解。

文学作品的客观规定性包含着众多因素，文本构成则是众多因素之一。《水浒传》的成书过程比较复杂，在文本最终被写定之前，已经有史书、野史、笔记、话本、戏曲及传闻对其故事做了种种不同的描述。因此，不少学者认为《水浒传》的文本是由民间创作与文人加工共同完成的，他们或主张集体创作说，或持文人写定说。早在20世纪上半叶，鲁迅、胡适、李宗侗、俞平伯等学者都对此做过深入研究，鲁迅先生就小说中的征辽情节指出：

> 然破辽故事虑亦非始作于明，宋代外敌凭陵，国政弛废，转思草泽，盖亦人情，故或造野语以自慰，复多异说，不能合符，于是后之小说，既以取舍不同而分歧，所取者又以话本非一而违异，田虎王庆在百回本与百十七回本名同而文迥别，殆亦由此而已。②

这段话有三层意思：其一，有关梁山好汉的故事在社会上流传甚广；其二，《水浒传》的文本因写定者取舍的不同而产生分歧；其三，文本的构成直接决定着文本的意义。

---

① ［德］汉斯－格奥尔格·伽达默尔著，洪汉鼎译：《诠释学Ⅱ：真理与方法——补充和索引》，商务印书馆2011年版，第24～25页。

② 鲁迅：《中国小说史略》，东方出版社1996年版，第114页。

胡适先生根据他当时所掌握的资料，认为最早的本子大概是“招安以后直接平方腊的本子，既无辽国，也无王庆、田虎，这个本子可叫做‘X’本……也许就是罗贯中的原本”。这一认识来源于有关宋江的早期记载，如《大宋宣和遗事》等。胡适又说，后来有人“硬加入田虎、王庆两大段，便成了一种更长的本子……这个本子可叫做‘Y’本”。“后来又有一种本子出来，没有王庆、田虎两大段，却插入了征辽国的一大段。这个本子可叫做‘Z’本。”① 这就是说，《水浒传》文本因写定者取舍增删的不同而出现了不同的版本。胡适先生进而认为，明嘉靖年间武定侯郭勋家中传出的本子是假托郭勋之名，此本“虽根据‘X’‘Y’等本子，但其中创作的成分必然很多。这位改作者（施耐庵或汪道昆）起手确想用全副精力做一部伟大的小说，很想放手做去，不受旧材料的拘束，故起首的四十回，（从王进写到大闹江州）真是绝妙的文字。……但作者到了四十回以后，气力渐渐不加了，渐渐地回到旧材料里去，草草地把他一百零八人都挤进来，草草地招安他们，草草地送他们出去征方腊。这些部分都远不如前四十回的精采了。七十回以下更潦草的厉害，把元曲里许多幼稚的《水浒》故事，如李逵乔坐衙，李逵负荆，燕青射雁等等，都穿插进去。拼来凑去，还凑不满一百回。王庆、田虎两段既全删了，只好把‘Z’本中篇幅较短的征辽国一段故事加进去”②。胡适认为，尽管百回本《水浒传》的前四十回、中间三十回和后三十回存在着艺术上的明显差异，却完成于一位写定者之手。造成这种现象的主要原因，胡适认为是写定者“渐渐地回到旧材料里去”。这就是说，部分情节源于已有故事，因此造成了全书文本构成的不平衡。至于写定者为何要“草草地招安他们”，为何要“草草地送他们出去征方腊”，为何要把王庆、田虎两段删掉，又为何要把征辽故事加进去，胡适先生没有进一步分析。

这一观点被后来许多学者所认可，大家同时也认识到了文本构成的差异所造成的各部分意义的不同。如袁世硕先生指出：

---

① 胡适：《中国章回小说考证》，上海书店 1979 年版，第 119～120 页。

② 胡适：《中国章回小说考证》，上海书店 1979 年版，第 125～126 页。

> 《水浒传》这一百回小说，大体上说是叙写梁山泊起义军的初步形成（第一回为引子，从第二回王进被迫走关西到第四十回白龙庙小聚义）、发展壮大（从第四十二回宋江受天书到第七十一回梁山忠义堂排座次），到梁山泊全伙受招安、征辽、征方腊，从而遭到毁灭的结局。……这样三个有内在联系的部分，叙写的重心，表现的意旨，蕴含的思想精神，则有所转移、变化，并不完全一致，可以说是形成了音调不同的三部曲。①

也有学者认为《水浒传》全书贯穿着一条主线，各个故事又有相对独立性，如齐裕焜先生论道：

> 《水浒传》的主题思想呈现出多元融合的趋势。我们既要看到施耐庵们表现“忠奸斗争”的创作意图，又要看到作品实际展示了歌颂农民革命的客观意义；既要看到忠奸斗争的思想是把全书串连在一起的主线，又要看到串连在这一条主线上的英雄小传和相对独立的故事，是闪耀着农民革命思想和市民道德理想的珍珠。所以，我们在分析《水浒传》复杂的思想内容时，要把作者的主观意图与作品的客观意义区分开来，把《水浒传》的部分章节与贯串全书的主线、局部与整体区分开来，这样才能摆脱那种非此即彼的简单的逻辑判断，承认《水浒传》的思想内容是农民阶级、市民阶层和封建进步知识分子思想的多层次的融合，承认《水浒传》是既矛盾又统一的艺术整体，也许这样的认识更符合《水浒传》的实际。②

齐裕焜先生根据“《水浒传》的实际”，也就是小说的文本构成做出了这样的诠释：从作者的主观意图、贯穿全书的主线和小说的整体意义来看，其主旨是“忠奸之争”；从作品的客观意义、部分章节和小说的局部来看，则“闪耀着农民革命思想和市民道德理想”。这一观点基本符合小说文本的实际，但应指出的是，

---

① 袁世硕：《水浒传·前言》，山东文艺出版社 1995 年版，第 7 页。

② 齐裕焜主编：《中国古代小说演变史》，敦煌文艺出版社 1990 年版，第 241 页。

在分析作者主观意图时，齐先生使用了传统的伦理道德观念即“忠义”；在分析客观意义时，使用了当今的观念即“农民革命”“市民道德理想”。因此，两者自然会出现不一致、不协调。

但也有不同见解出现，如侯会先生推测：“《水浒传》最精彩的前半部（大致为前四五十回），当由一位才华横溢又愤世嫉俗的下层文人独立创写；小说不同凡响的思想艺术成就，也是由这前半部书奠定的。至于小说后半部的续写整理，则很可能如某些学者所说，是由郭勋门客之流接笔完成，时间当在嘉靖初年，要迟于天才作家的早期创写。”① 这就是说，文本完成于不同编写者之手。要之，《水浒传》的文本整体与部分之间、部分与部分之间存在着明显的差异，从而导致文本构成的复杂化并影响着人们对文本意义的诠释，只有对《水浒传》的文本构成有一个正确的认识和把握，才能够对其意义做出合乎实际的诠释。

实际上，无论百回本《水浒传》是出于一位写定者之手，还是出于众人之手，为了寄托自己的理想情怀，最后的写定者对原有的记载、故事均做了必要的取舍、修改。将百回本《水浒传》与此前正史、野史、笔记、话本、戏曲中的有关记载进行比较，辨明《水浒传》对原有故事做了怎样的取舍和加工改造，原有故事在写进全书后发生了什么变化，写定者为何要做这种加工改造，这些取舍和修改如何影响着小说的文本构成等，对于理解把握小说的文本意义具有重要作用。金圣叹在《水浒传》第一回回前评中曾慨叹道：“吾特悲读者之精神不生，将作者之意思尽没，不知心苦，实负良工。”② 或许有些研究者不同意这种观点，认为小说写定者的意图不能限定小说文本的意义。但不可否认的是，小说写定者的良苦用心直接决定着文本的构成，因而应成为作品诠释的重要依据。

---

① 侯会：《疑〈水浒传〉前半部撰于明宣德初年——试从小说中的货币信息加以推断》，《文学遗产》2005 年第 5 期。

② 本文所引百回本《水浒传》原文及李贽、金圣叹评语，均据山东文艺出版社 1995 年版，以下不再一一注明。

二、关于前十三回

侯会先生通过对《水浒传》人物出场诗的考察，得出一个很有启发性的看法：“前十三回（严格地讲是十二回半）的内容，是由另外的作者补写的；十二回以后的部分，才是《水浒》的原始面貌。试将前十三回删掉，我们会发现，摆在人们面前的仍是一部完整的《水浒传》。”① 这一问题聂绀弩先生也曾提出：“最早的《水浒》本子，当只有宋江、晁盖等人的故事，很可能就是从时文彬升厅开始的。以前的那些人物：林冲、鲁智深、史进，甚至连杨志在内，都和晁盖、宋江他们没有关系。……所以以前的差不多十三回，都可能是后加的。”② 只要把《大宋宣和遗事》与百回本《水浒传》稍做比较，可以发现这一说法有一定道理。《大宋宣和遗事》“元集”开头即写杨志卖刀，接下来便是智取生辰纲，晁盖、宋江早早便已出场。③ 百回本《水浒传》却在此前加上了王进、史进、鲁智深、林冲等人的故事，从而使文本显得十分独特。这样一种文本构成，实际上对全部文本的意义都有着重要影响，值得认真推敲。

《水浒传》前七十回主要叙写众好汉上梁山的过程，但在此之前，先写了一位为躲避高俅迫害而私走延安府的禁军教头王进。对此，胡适先生做出了如下解释：

> 郭本的改作者却看中了王庆被高俅陷害的一小段，所以把这一段提出来，把王庆改作了王进，柳世雄改作了柳世权，把称王割据的王庆改作了一个神龙见首不见尾的孝子，把一段无意识的故事改作了一段最悲哀动人又最

---

① 侯会：《〈水浒〉源流新证》，华文出版社 2002 年版，第 279 ~ 280 页。

② 聂绀弩：《论〈水浒〉的思想性和艺术性是逐渐提高的》，《中国古典小说论集》，上海古籍出版社 1981 年版，第 58 页。

③ 无名氏辑：《大宋宣和遗事》，见朱一玄编《明清小说资料选编》，齐鲁书社 1990 年版，第 275 ~ 281 页。以下凡引《大宋宣和遗事》，均见此书，不再一一注明。

深刻的《水浒》开篇。①

王进的故事是否确如胡适所说，是由王庆的故事改编而来，姑且不论。但胡适从文本的构成入手，意识到了这种开篇“最悲哀动人又最深刻”，很有道理。至于其深刻表现在何处，值得人们深思。王进与后来同样遭到高俅迫害的林冲不同，他没有投奔梁山，而是“私走延安府”。因此，王进的故事不在于揭示“官逼民反”“乱自上作”的旨意，因为他既没“反”，也没“乱”。王进之所以要去延安府，小说交代得很明白：一、“那里是用人去处，足可安身立命”。二、“那里是镇守边庭，用人之际，足可安身立命”。王进三番五次强调去延安府的理由，就是要镇守边庭，这与后来梁山好汉接受招安、“奉诏破大辽”用意一致。可见小说的写定者在小说的开篇就为全书的意义定下了一个基调，这一基调不是“赞美农民革命”，也不是鼓吹“官逼民反”“乱自上作”，而是避开当道的奸佞，去寻找自己的用武之地，为国家效力。

王进的故事结束后，接下来是史进的故事。龚开《宋江三十六赞》九纹龙史进的赞语为：“龙数肖九，汝有九文。盍从东皇，驾五色云?”② 胡适认为其中含有“希望草泽英雄出来重扶宋室的意思”③。《大宋宣和遗事》中也有九纹龙史进之名。值得注意的是，《水浒传》中的史进开始时专与盗贼为敌。他指斥陈达说：“汝等杀人放火，打家劫舍，犯着弥天大罪，都是该死的人。”陈达回答：“四海之内，皆兄弟也。”史进却说：“什么闲话!”竟将陈达活捉了，准备“解官请赏”。朱武、杨春为解救陈达，双双来到史进庄前，表示愿与陈达一起“就英雄手内请死”。史进寻思道：“他们直恁义气！我若拿他去解官请赏时，反教天下好汉们耻笑我不英雄。”又对他们说道：“你们既然如此义气深重，我若送了你们，不是好汉。”不仅不将三人解送官府，反而与三人结为朋友。当官府闻讯前来捉

① 胡适：《中国章回小说考证》，上海书店 1979 年版，第 125 页。

② 周密：《癸辛杂识续集》，见朱一玄编《明清小说资料选编》，齐鲁书社 1990 年版，第 269 ~ 272 页。以下所引龚开《宋江三十六赞》及序言，均见此，不再一一注明。

③ 胡适：《中国章回小说考证》，上海书店 1979 年版，第 15 页。

拿陈达等人时，史进表明了“若是死时，与你们同死，活时同活”的决心。四人杀死仇人和前来拘捕的都头后，来到少华山寨，朱武等要挽留史进，史进说道：“我今去寻师父，也要那里讨个出身，求半世快乐。”史进与师父王进的想法一样，也要在边庭上“讨个出身”。金圣叹对此评道：“可见英雄初念，亦止要讨个出身，求半世快乐耳。必欲驱之尽入水泊，是谁之过欤？此句是一百八人初心。”由此可见，史进与王进一样，也不愿落草为寇，也想去边庭立功。作者在王进故事的基础上，又增加了对“义气”的推重。

高俅逼走王进后，又将林冲逼上了梁山，其用意或如金圣叹所说，是为了表明“乱自上作”。但有趣的是，在高俅设计迫害林冲之前，小说讲述的是鲁智深的故事，从而使小说的文本结构与“乱自上作”之间再次产生疏离效应。按照小说的情节进展，并非没有鲁智深出场便引不出林冲的故事，这就不能不引起人们的思考：在鲁智深的故事中，小说写定者又寄予了怎样的用意呢？在宋元梁山好汉的有关资料中，鲁智深是一个比较活跃的人物。南宋罗烨《醉翁谈录》记载的宋代话本小说名目中就有《花和尚》①，龚开《宋江三十六赞》中“花和尚鲁智深”的赞语是：“有飞飞儿，出家尤好。与尔同袍，佛也被恼。”《大宋宣和遗事》三十六位将领中也有“花和尚”鲁智深，当其他三十三人都已聚齐时，鲁智深和张横、呼延灼尚未加入。然后说“那时有僧人鲁智深反叛，亦来投奔宋江”。现存二十二种元杂剧剧目中虽然没有以鲁智深为主角的戏，但在康进之的《李逵负荆》中，鲁智深被歹徒冒名顶替，并与宋江一起下山对质。元明间杂剧无名氏所撰《鲁智深喜赏黄花峪》（存）、《鲁智深大闹消灾寺》（佚）都以鲁智深为主角，前者剧本保存在《孤本元明杂剧》中，写鲁智深投宿黄花峪云岩寺，正值梁山好汉追拿的歹人蔡衙内躲避在此，鲁智深将其擒获，带往梁山处死。另一剧《梁山五虎大劫牢》中，鲁智深是次要角色，第三折他的上场诗曰：“敢战

---

①　罗烨：《醉翁谈录·甲集卷一·舌耕序引·小说开辟》，见朱一玄编《明清小说资料选编》，齐鲁书社1990年版，第268页。

官军胆气粗，经文佛法半星无。袈裟影里真男子，削发丛中大丈夫。”①

在上述故事中，鲁智深“路见不平，拔刀相助”的特点还不是那么明显，然而在《水浒传》中，鲁智深最突出的性格特征便是急人所难，无拘无束。为救助素不相识的金老父女，他三拳打死了镇关西，事后又大闹了五台山。为救助林冲而不惜得罪高俅，最后无处安身，只好去二龙山落草。因此鲁智深的落草便与林冲有所不同，他的落草实在有些“好汉做事好汉当”的味道，是江湖义气促使他最终走上了梁山。也就是说，通过鲁智深的故事，小说肯定赞美的是他那“禅杖打开危险路，戒刀杀尽不平人”的英雄豪气。一部大书，以王进、史进和鲁智深三人的故事开篇，强调的是到边庭立功即“忠于朝廷”和对义气的推崇。显然，传统伦理道德观念中的“忠义”，成为百回本《水浒传》前数回要表现的主要内容。

在现存梁山好汉的各种资料中，尚未发现林冲独自一人被逼上梁山的故事。龚开《宋江三十六赞》中没有林冲的名字，《大宋宣和遗事》中林冲是十二指使之一，与杨志等结义为兄弟，后一起去太行山落草为寇。在宋江得到的九天玄女娘娘的天书中，有了林冲的姓名及绰号。在现存二十余种元杂剧的剧本或剧目中，均未见关于林冲的剧目。只是在元明间无名氏《梁山七虎闹铜台》中林冲作为配角出现，并有一首上场诗：“从在东京为教首，今来山内度时光。银甲金盔光闪烁，青骢战马紫丝缰。”② 林冲的身份是“东京教首”，与小说中林冲的身份极为相似。但他在该剧中的作用微乎其微，其地位并不多么重要。

然而在小说《水浒传》中，林冲成为举足轻重的人物，小说写定者将其故事置于全书前面，当然有其深刻用意。学界的普遍观点是，林冲是被高俅逼上梁山的，因此体现了“官逼民反”“乱自上作”的用意和题旨。但认真分析，林冲初

---

① 无名氏：《梁山五虎大劫牢》，《孤本元明杂剧》（三），中国戏剧出版社 1958 年版。

② 无名氏：《梁山七虎闹铜台》，《孤本元明杂剧》（三），中国戏剧出版社 1958 年版。

上梁山并未受到应有的欢迎，反而受到气量狭小的山寨头领王伦的刁难。小说写定者安排给他一个重要任务，即火并王伦。在除掉王伦之后，吴用要扶林冲为山寨之主。林冲大叫道："我今日只为众豪杰义气为重上头，火并了这不仁之贼，实无心要谋此位。今日吴兄却让此第一位与林冲坐，岂不惹天下英雄耻笑！……今有晁兄，仗义疏财，智勇足备，方今天下，人闻其名，无有不伏。我今日以义气为重，立他为山寨之主，好吗?"十一位头领排好座次后，晁盖命大伙"竭力同心，共聚大义"。"自此梁山泊十一位头领聚义，真乃是交情浑似股肱，义气如同骨肉。"因此小说写定者编撰林冲故事的用意，一是感叹英雄处处被人欺侮，乃至于无立足之地的不幸与悲哀，揭露嫉贤妒能的社会现实；二是通过林冲火并王伦，体现梁山英雄的义气。

三、"智取生辰纲"与晁盖、杨志

"智取生辰纲"是《水浒传》的大关目，这一故事在《大宋宣和遗事》中也是比较重要的内容，将两者做一比较，可以看出小说写定者的用意。《大宋宣和遗事》中，"北京留守梁师宝，将十万贯金珠、珍宝、奇巧段物，差县尉马安国一行人，担奔至京师，赶六月初一日为蔡太师上寿"。小说中则首先交代梁中书乃蔡京之婿，为感谢蔡京的提携之力，准备将十万贯钱的金银珠宝送给蔡京祝寿，这就把祝寿与朝廷奸佞的勾结联系了起来。《大宋宣和遗事》对晁盖等八人的来历未做任何交代，他们劫取生辰纲就是为了劫财。被官府发现后，他们认为"劫了蔡太师生日礼物，不是寻常小可公事，不免邀约杨志等十二人，共有二十个，结为兄弟，前往太行山梁山泊去落草为寇"，使用的是中性话语。小说则不然，智取生辰纲成为一曲江湖义气的赞歌。先写晁盖"祖是本县本乡富户，平生仗义疏财，专爱结识天下好汉，但有人来投奔他的，不论好歹，便留在庄上住；若要去时，又将银两赍助他起身"，可见晁盖是一位声名远扬的义士，并非重财之人。再写晁盖认义东溪村，救下刘唐。其中出现的两个都头朱仝和雷横，皆以"仗义"闻名。刘唐认为生辰纲乃"不义之财，取之何碍。便可商议个道理，去半路上取了，天理知之，也不为罪"。突出了劫取生辰纲乃正义之举，因此金圣叹连连赞曰："可见是义旗。"

第十五回"吴学究说三阮撞筹"最能见出智取生辰纲的义气。阮氏弟兄先是说梁山"几个贼男女聚集了五七百人，打家劫舍，抢掳来往客人"，因此"绝了我们的衣饭"。继而又羡慕他们"不怕天，不怕地，不怕官司，论秤分金银，异样穿绸锦，成瓮吃酒，大块吃肉，如何不快活！我们弟兄三个，空有一身本事，怎地学得他们"。当吴用说明来意后，他们又说："这腔热血，只要卖于识货的！"然后公孙胜前来应"七星聚义"。可见智取生辰纲是出于对生活现状的不满，是出于对当政者榨取民脂民膏的义愤。他们显然不是被逼上梁山，而是主动出击。正如李贽所评："晁盖、刘唐、吴用，都是偷贼底。若不是蔡京那个老贼，缘何引得这班小贼出来?"着重强调的是他们的"义气"。

与此相关的是晁盖在梁山上的地位和作用，侯会先生指出：

> 在《水浒传》的诸多谜团中，晁盖之谜最不易解。……他一出场，小说作者便介绍他"人物轩昂，语言洒落"（第十五回），分明是一派领袖风度，很像要率领众人大干一场的样子。可是他后来的表现却令人失望，不过是结交了七八条好汉，劫了一宗财货。此后又火并王伦，杀了一个虽说胸襟不宽、却也是绿林朋友的白衣秀士王伦。至于与官军、土豪等恶势力的直接对抗，晁天王却总显得力不从心。……奇怪的是，对这位才具一般、功劳有限的前任寨主，宋江等人却奉若神明。……这个原型人物，应即洞庭义军开山领袖钟相。①

实际上，晁盖之名虽不见于史乘、笔记，在龚开《宋江三十六赞》和《大宋宣和遗事》中，却是地位十分重要的人物。《宋江三十六赞》中，宋江位列三十六人之首，晁盖位列倒数第三，绰号"铁天王"。《大宋宣和遗事》中，宋江得到了九天玄女的天书，三十六人中没有宋江，吴加亮在首位，晁盖位列最后。宋江到梁山时，晁盖已死，众人共推宋江做了首领。吴加亮向宋江道："是哥哥

---

① 侯会：《〈水浒〉源流新证》，华文出版社 2002 年版，第 46～47 页。

晁盖临终时分道于我：‘从政和年间朝东岳烧香，得一梦，见寨上会中合得三十六数。若果应数，须是助行忠义，卫护国家。’”由此可见，在百回本小说《水浒传》成书之前，有关晁盖的故事已经广为流传，百回本《水浒传》的写定者既采用了已有的故事，又有两点非常明显的改动。

其一，从吴加亮的介绍可以得知，晁盖为梁山确定的方针是“助行忠义，卫护国家”，是忠义并行。但小说写定者再三突出他的“义”，不提他的“忠”。小说在晁盖出场时便为他定下了基调：一是“仗义疏财”，二是“最爱刺枪使棒”。而宋江除了“仗义疏财”“爱习枪棒”外，又多了“孝敬”一条。最为明显的是，晁盖主持的梁山议事处是“聚义厅”，而宋江坐了第一把交椅后的第一件事就是将“聚义厅”改成了“忠义堂”。因此，李贽在第六十回回后评中说“改聚义厅为忠义堂，是梁山泊第一关节，不可草草看过”。

其二，小说还尽量写出晁盖的许多弱点与不足，以烘托宋江的智慧与肚量。在《大宋宣和遗事》中，是晁盖主动邀请杨志等人去梁山落草为寇。但小说写晁盖在生辰纲事发后，茫然不知所措，一切皆听命于吴用。杨雄、石秀火烧祝家庄后投奔梁山，晁盖听说事因时迁偷鸡而起，不禁勃然大怒，喝命将两人斩首。其理由是“这厮两个，把梁山好汉的名目去偷鸡吃，因此连累我等受辱”。宋江则赶忙出面相劝。通过一系列描写，使“晁盖虽未死于史文恭之箭，而已死于厅上厅下众人之心非一日也”。① 可见小说所做的这两点改动，其用意是以晁盖单一粗豪的“义”来烘托宋江更为全面细心的“忠、孝、义”。

在宋元话本和戏曲中，杨志是一个十分活跃的人物。罗烨《醉翁谈录》记载的话本小说名目中有《青面兽》，龚开《宋江三十六赞》中“青面兽杨志”的赞语是：“圣人治世，四灵在郊。汝兽何名，走旷劳劳？”《大宋宣和遗事》中杨志是十二指使之一，因为等候孙立被大雪阻隔，旅途贫困，只好将一口宝刀拿出货卖。“遇一个恶少后生，要买宝刀，两个交口厮争，那后生被杨志挥刀一斫，只见颈随刀落。”杨志因此被发配卫州军城，孙立等十一位指使将其救下，同往太行山落草为寇。元明间无名氏杂剧《宋公明排九宫八卦阵》中，宋江、卢俊义分

---

① 金圣叹：《水浒传》第六十回回前评。

别被朝廷任命为征北总兵、副总兵，吴用、公孙胜为军师。吴用荐举杨志为前部先锋时说道："论俺梁山众将，惟有杨志英雄，可做前部先锋也。"① 可见杨志地位的重要。

百回本《水浒传》对此做了一些修改。第十二回杨志向林冲等人交代身世，说自己因失落花石纲而避难他乡。他不愿在梁山落草，来到东京却不被高俅起用。无奈之下，只好去卖祖上留下的宝刀，与泼皮牛二发生争执，杀了牛二。投奔梁中书并受到器重，一度使杨志志得意满。但生辰纲的被盗，使其命运发生了变化，不等别人来劝，自己便想去落草为寇。与《大宋宣和遗事》相比，《水浒传》把马县尉丢失生辰纲的事移植到了杨志身上，让杨志的雄心壮志多次受到打击，让杨志与王进、林冲有着相同的命运。李贽对此评论道："杨志是国家有用人。只为高俅不能用他，以致为宋公明用了。可见小人忌贤嫉能，遗祸国家不小。"同样显示了批评嫉贤妒能的含义。

四、关于宋江及其结局

宋江不仅是《水浒传》中梁山好汉的首领，而且也是性格最为复杂的人物。将百回本《水浒传》中的宋江与各种正史、野史、笔记、话本、戏曲等资料中的宋江做一比较，可发现一些有趣的变化，通过这些变化最能看出小说写定者的意图。关于宋江落草为寇的起因，《大宋宣和遗事》讲述得比较简略：晁盖因劫取生辰纲被官府捉拿，宋江星夜报知晁盖。为答谢宋江相救的恩义，晁盖让刘唐用一对金钗酬谢宋江。宋江将金钗"与那娼妓阎婆惜收了；争奈机事不密，被阎婆惜得知来历"。后来宋江见"故人阎婆惜又与吴伟打暖，更不采着。宋江一见了吴伟两个，正在偎倚，便一条忿气，怒发冲冠，将起一柄刀，把阎婆惜、吴伟两个杀了"，并在墙上写了四句诗，明白说道："要捉凶身者，梁山泺上寻。"官府前去捉拿宋江，宋江在九天玄女庙中躲过，得到天书，上有三十六将的姓名。于

① 无名氏：《宋公明排九宫八卦阵》，《孤本元明杂剧》（三），中国戏剧出版社 1958 年版。

是，宋江带领朱仝等九人直奔梁山，这时晁盖已死，众人推举宋江做了首领。元杂剧《黑旋风双献功》中的宋江说："因带酒杀了阎婆惜……脊杖六十，迭配江州牢城去。因打此梁山经过，有我八拜交的哥哥晁盖，知某有难，领喽啰下山，将押解人打死，救某上山，就让某第二把交椅坐。"可见在小说成书之前，宋江上梁山的过程实在是非常简单。但在《水浒传》中，宋江上梁山的道路比任何人都更加艰难。

首先，当他听到晁盖劫取了生辰纲时，便认为这是"犯了弥天之罪"，认为上梁山"于法度上却饶不得"，对晁盖等人"落草为寇"，他既吃惊又惧怕。其次，他杀死阎婆惜，不是情杀，而是因为阎婆惜口口声声要到公厅上相见，他害怕犯下背叛朝廷的罪名。再次，宋江宁愿担惊受怕，也拒绝落草为寇。"大闹清风寨"后，宋江已无路可走了，这才与众好汉一起投奔梁山。但接到父亲病故的消息后，他撇下众弟兄，要回家奔丧，被官府捕获，刺配江州牢城，路经梁山泊，晁盖等人劝他留下，他说："哥哥，你这话休题！这等不是抬举宋江，明明的是苦我。……小可不争随顺了哥哥，便是上逆天理，下违父教，做了不忠不孝的人，在世虽生何益。"最后，"浔阳楼题反诗"，宋江被判了死刑，梁山好汉劫法场将他救出，这才被逼上了梁山。《水浒传》所作的这番改动，显然是要突出宋江的忠孝。

小说对宋江结局的安排，更可见出小说写定者的用意。南宋的《东都事略》是较早记述有关宋江事迹的一部野史，后来脱脱等修撰《宋史》时基本采用了这些记述。《东都事略》卷十一《徽宗纪》称："（宣和三年）夏四月庚寅，童贯以其将辛兴宗与方腊战于青溪，擒之。五月丙申，宋江就擒。"卷一百三《侯蒙传》云："宋江寇京东，蒙上书陈制贼计曰：'宋江以三十六人，横行河朔、京东，官军数万，无敢抗者，其材必过人。不若赦过招降，使讨方腊以自赎，或足以平东南之乱。'"卷一百八《张叔夜传》云："叔夜募死士千人，距十数里，大张旗帜，诱之使战。密伏壮士匿海旁，约候兵合，即焚其舟。舟既焚，贼大恐，无复斗志，伏兵乘之，江乃降。"① 以上三条或云宋江就擒，或云宋江投降。但

① 王偁：《东都事略》，见朱一玄编《明清小说资料选编》，齐鲁书社 1990 年版，第 261 页。

所谓招降讨方腊，只不过是侯蒙的建议，是否实现，不得而知。据方勺《泊宅编》卷五记载，平定方腊之乱的是“童贯、常德军节度使二中贵，率禁旅及京畿、关右、河东蕃汉兵”①。南宋范圭《宋故武功大夫河东第二将折公墓志铭》云：“宣和初年，王师伐夏，公有斩获绩……方腊之叛，用第四将从军……公遂兼率三将兵。奋然先登，士皆用命。腊贼就擒，迁武节大夫。班师过国门，奉御笔：‘捕草寇宋江。’不逾月，继获，迁武功大夫。”② 根据这一记载，宋江是在方腊被平之后，才被朝廷捕获，根本不可能参与平方腊之役。

但有些书又确切记载了宋江曾参与平方腊之役。如李埴《十朝纲要》卷十八称：“宣和元年十二月，诏招抚山东盗宋江。……（宣和三年二月,）知州张叔夜招抚之，江出降。……（三年六月,）辛丑，辛兴宗与宋江破贼（指方腊）上苑洞。”③ 徐梦莘《三朝北盟会编》卷五十二引《中兴姓氏奸邪录》称：“宣和二年……以贯（指童贯）为江浙宣抚使，领刘延庆、刘光世、辛企宗、宋江等军二十余万往讨之。”④ 杨仲良《续资治通鉴长编纪事本末》卷一百四十一云：“三年（宣和）四月，戊子。初，童贯与王禀、刘镇两路预约会于睦、歙间，分兵四围，包帮源洞于中，同日进师。……王涣统领马公直并裨将赵许、宋江既次洞后。”⑤《大宋宣和遗事》称：“朝廷无其奈何，只得出榜招谕宋江等。有那元帅姓张名叔夜的，是世代将门之子，前来招诱宋江和那三十六人归顺宋朝，各受武功大夫诰敕，分注诸路巡检使去也。因此三路之寇，悉得平定。后遣宋江平方腊有功，封节度使。”

---

① 方勺：《泊宅编》，见朱一玄编《明清小说资料选编》，齐鲁书社 1990 年版，第 262 页。

② 范圭：《宋故武功大夫河东第二将折公墓志铭》，见朱一玄编《明清小说资料选编》，齐鲁书社 1990 年版，第 273 页。

③ 李埴：《十朝纲要》，转引自何心《水浒研究》，上海古籍出版社 1985 年版，第 2 页。

④ 徐梦莘：《三朝北盟会编》卷五十二引《中兴姓氏奸邪录》，转引自何心《水浒研究》，上海古籍出版社 1985 年版，第 3 页。

⑤ 杨仲良：《续资治通鉴长编纪事本末》，转引自何心《水浒研究》，上海古籍出版社 1985 年版，第 3 页。

除了野史、正史的记载之外，民间也流传着关于宋江及三十六人的故事。南宋龚开曾说：“宋江事见于街谈巷语，不足采著。虽有高如李嵩辈传写，士大夫亦不见黜。余年少时壮其人，欲存之画赞……于是即三十六人，人为一赞，而箴体在焉。盖其本拨矣，将使一归于正，义勇不相戾，此诗人忠厚之心也。余尝以江之所为，虽不得自齿，然其识性超卓，有过人者。立号既不僭侈，名称俨然，犹循轨辙，虽托之记载可也。古称柳盗跖为盗贼之圣，以其守壹至于极处，能出类而拔萃。若江者，其殆庶几乎。”龚开肯定了宋江的“义勇”“立号既不僭侈”“守壹至于极处”，在“呼保义宋江”的赞语中又说：“不假称王，而呼保义。岂若狂卓，专犯忌讳?”在其他人物的赞语中，龚开也多次提及“义勇”，如“大刀关胜”：“大刀关胜，岂云长孙？云长义勇，汝其后昆。”再如“赛关索杨雄”：“关索之雄，超之亦贤。能持义勇，自命何全?”可见当时人们对宋江及三十六人的主要评价是其“义气”，这也正是小说中梁山好汉的突出特征。

不同的记载同时存在，关键在于百回本《水浒传》的写定者做何选择。显然这位写定者没有选择宋江被擒或投降等记载，而是选择了宋江受招安、平方腊，并在此基础上做了重要改动。其一，宋江不是被动接受招安，也不是在走投无路的情况下接受招安，而是在节节胜利、大败官军的情况下主动争取朝廷招安。其二，接受招安后，梁山好汉成为朝廷的一支重要军事力量，是征辽、平方腊的主力军。其三，屡立战功，结果反被朝廷奸佞毒害而死。这些改动尤其是最终的悲剧结局，寄予着小说写定者的深刻用意。写定者的特定立意是通过文本的特定结构安排表达出来的，不顾及这一点，我们就很难对《水浒传》做出合理的诠释。被朝廷视为盗贼的梁山好汉，在宋江的带领下，打出了“替天行道，护国安民”的旗号，一心要归顺朝廷，为国效力。在征辽、平方腊的大小战役中，他们实现了“护国安民”的心愿，结果不但没有得到应有的封赏，反而惨遭毒害。这种文本构成不仅从客观上否定了接受招安，表现了忠奸之争，而且从本质上揭示了社会现实的残酷。这种揭示体现了《水浒传》写定者对社会现实的清醒认识，具有超越时空的普遍意义。

五、关于武松、李逵及其他

《宋江三十六赞》“行者武松”的赞语是：“汝优婆塞，五戒在身。酒色财气，更要杀人。”从这一赞语来看，民间传说中的武松虽已出家为僧，却“酒色财气”样样俱全，除此之外，似乎把杀人也当作等闲之事。《大宋宣和遗事》的三十六人名单中也有行者武松之名，但没有写他的事迹。傅惜华《元杂剧全目》著录关于武松的戏有三种：红字李二《折担儿武松打虎》《窄袖儿武松》，高文秀《双献头武松大报仇》。这些杂剧叙述的故事在《水浒传》中有着类似的情节，即“武松打虎”“武松斗杀西门庆”等。值得注意的是，小说中的武松连喝十八碗酒，照样敢过景阳冈，说明他的确有着非同寻常的酒量和打虎英雄的豪气。小说中的武松也确实“更要杀人”，这从武松为兄复仇及“血溅鸳鸯楼”等情节不难看出。但财色两字与其毫不相干，拒绝潘金莲的挑逗便是明证。可见小说的写定者对以往关于武松的传说也做了取舍，突出了武松的英雄胆量、大丈夫的“义气”以及其同样被奸佞小人陷害嫉恨的命运。

龚开《宋江三十六赞》中“黑旋风李逵”的赞语是：“风有大小，不辨雌雄。山谷之中，遇尔亦凶。”元杂剧中关于李逵的戏有十余种之多，高文秀编写的有八种：《黑旋风双献功》《黑旋风诗酒丽春园》《黑旋风大闹牡丹园》《黑旋风敷演刘耍和》《黑旋风斗鸡会》《黑旋风穷风月》《黑旋风乔教学》《黑旋风借尸还魂》；康进之编写的有两种：《黑旋风负荆》《黑旋风老收心》；杨显之和红字李二各编写一种《黑旋风乔断案》《板沓儿黑旋风》。其中只有《黑旋风负荆》《黑旋风乔断案》《黑旋风乔教学》三种与《水浒传》的情节相关，而且主要是在七十回之后。其他李逵戏《水浒传》的写定者没有采用，其中原因值得注意。虽然这些李逵戏的剧本大都没有保存下来，但从题目不难看出，这些杂剧中的李逵形象与小说中那抡起板斧、不分青红皂白乱砍乱杀的李逵简直有天壤之别。也就是说，小说的写定者根据需要对李逵戏做了取舍，其取舍标准则是能否表现出李逵的粗蛮和“义气”。

尽管关于李逵的杂剧很多，但这些杂剧都没有交代他流落江湖的原因，小说中借戴宗之口说他“因为打死了人，逃走出来”。至于为何将人打死，从他蛮横的性格便可猜测出。他初见宋江，“扑翻身躯便拜”，由此可以见出他的忠义性格。如果将杂剧《黑旋风负荆》和小说第七十三回《黑旋风乔捉鬼　梁山泊双献头》稍做比较，可以发现，小说中的李逵失去了戏剧中的“滑稽之趣，喜剧之美”，“只重于表现李逵急躁性子与耿直义气”①。《黑旋风双献功》的剧本今存，其对李逵形象的刻画既生动又可爱，但小说写定者弃置不用。究其原因，乃是因为此剧表现的是李逵为扭曲的婚姻打抱不平，这与小说写定者的意图相左，因而有类似内容的《燕青博鱼》《还牢末》《争报恩》等一概没有采用。可见，小说写定者写李逵一定要表现出其蛮横与义气，只有这样，才能使李逵成为宋江的衬托，才能说明他后来反对接受招安的简单与粗率。

罗烨《醉翁谈录》记载了公案类话本小说《石头孙立》，《水浒传》第四十八回“解珍解宝双越狱，孙立孙新大劫牢”的内容应与《石头孙立》有关。但《石头孙立》在话本小说中属于公案类，与《三现身》（即《警世通言·三现身包龙图断冤》）同属一类，所述故事应是以审案为主，而在小说中，其立意却发生了变化。解珍、解宝在毛太公父子和官府相互勾结欺压下，面临着被害死的危险。就在这危急关头，遇到了小节级乐和，乐和“为见解珍、解宝是个好汉，有心要救他”，于是帮忙传递消息给顾大嫂和孙新夫妻二人。乐和见到顾大嫂时说：“小人路见不平，独力难救。只想一者占亲，二乃义气为重，特地与他通个消息。”孙新为了救出解珍、解宝，决定劫牢，又联络了“为人忠良慷慨”的绿林好汉邹渊、邹闰。孙立是登州的提辖，开始时还有些犹豫不决，后来见众人的态度十分坚决，叹了口气说道：“你众人既是如此行了，我怎地推却得开？不成日后倒要替你们吃官司？罢，罢，罢！都做一处商议了行。”劫牢救出解珍、解宝之后，为了复仇，又将王孔目及毛太公“一门老小尽皆杀了，不留一个”。这些行为既有“官逼民反”“乱自上作”的用意，更包含着对“义”的赞美。

---

① 涂秀虹：《元明小说戏曲关系研究》，上海三联书店2004年版，第132页。

六、关于受招安与“征四寇”

百回本《水浒传》第七十二回至第八十二回写聚义后的梁山好汉接受招安的过程，除七十回本外，这一内容在各本《水浒传》中大致相同。值得注意的是，元杂剧《黑旋风负荆》《黑旋风乔断案》被改写为第七十三回“梁山泊双献头”、第七十四回“李逵寿张乔坐衙”。按照《水浒传》的结构方式，李逵的个人事迹本应安排在排座次之前，小说写定者对有关李逵的元杂剧十分感兴趣，但又无法安排在前半部分，只好将能够表现李逵忠义的有关内容插写于此。接下来“两赢童贯”“三败高俅”写梁山事业蒸蒸日上，势不可挡。但正是在节节胜利的情况下，梁山好汉全伙接受了招安。这样一种文本构成是以往任何有关水浒故事所没有的，因而也最可看出小说写定者的意图。无论是宋人的野史、笔记，还是元人修的正史，无论是民间传闻，还是元杂剧，宋江一伙或是被擒，或是投降，或是无奈接受招安，但都没有在大胜官军的前提下主动争取招安。再看一下紧接着的第八十三回“宋公明奉诏破大辽，陈桥驿滴泪斩小卒”，小说写定者的意图非常明确，即肯定梁山好汉接受招安是为了“护国安民”，以梁山好汉的委曲求全来反衬朝廷奸佞的可憎可恨，从而突出了忠奸之争。

百回本《水浒传》没有征田虎、征王庆的故事，明天都外臣（汪道昆）在《水浒传序》中说：“故老传闻：洪武初，越人罗氏，诙诡多智，为此书，共一百回，各以妖异之语引于其首，以为之艳。嘉靖时，郭武定重刻其书，削去致语，独存本传。余犹及见《灯花婆婆》数种，极其蒜酪。余皆散佚，既已可恨。自此版者渐多，复为村学究所损益。盖损其科诨形容之妙，而益以淮西、河北二事。赭豹之文，而画蛇之足，岂非此书之再厄乎！”① 按天都外臣的说法，田虎、王庆事乃“村学究”所加。但明袁无涯在《忠义水浒全书发凡》中说：“古本有罗氏致语，相传《灯花婆婆》等事，既不可复见；乃后人有因四大寇之拘而酌损

① 天都外臣（汪道昆）：《水浒传序》，见朱一玄编《明清小说资料选编》，齐鲁书社 1990 年版，第 313 页。

之者，有嫌一百廿回之繁而淘汰之者，皆失。郭武定本，即旧本，移置阎婆事，甚善；其于寇中去王、田而加辽国，犹是小家照应之法。不知大手笔者，正不尔尔，如本内王进开章而不复收缴，此所以异于诸小说，而为小说之圣也欤！”①按袁无涯的说法，田虎、王庆事原来就有，征辽事反而是后来所增加的。要之，百回本《水浒传》去田虎、王庆而存征辽、平方腊，其用意值得研究。

胡适先生研究《水浒传》有一个十分明显的思路，即把梁山故事的变化与时代特点相结合。早在20世纪20年代，他就指出：

> 元朝的梁山泊强盗渐渐变成了“仁义”的英雄。元初龚圣与自序作赞的意思，有“将使一归于正，义勇不相戾，此诗人忠厚之心也”的话，那不过是希望的话。他称赞宋江等，只能说他们“名号既不僭侈，名称俨然，犹循故辙”；这是说他们老老实实的做“盗贼”，不敢称王称帝。龚圣与又说宋江等“与之盗名而不辞，躬履盗迹而不讳”。到了后来，梁山泊渐渐变成了“替天行道救生民”的忠义堂了！这一变化非同小可。把“替天行道救生民”的招牌送给梁山泊，这是《水浒》故事一大变化，既可表示元朝民间的心理，又暗中规定了后来《水浒传》的性质。②

他又说：“宋元人借这故事发挥他们的宿怨，故把一座强盗山寨变成替天行道的机关。明初人借他发挥宿怨，故写宋江等平四寇立大功之后反被政府陷害谋死。明朝中叶的人——所谓施耐庵——借他发挥他的一肚皮宿怨，故削去招安以后的事，做成一部纯粹反抗政府的书。”③ 按照胡适先生的思路，宋江最终的悲剧结局乃明人为讽刺明统治者杀害功臣而写。尽管这一结论可能还不够准确，但指出了《水浒传》写包括田虎、王庆在内的四寇的用意。

---

① 袁无涯：《忠义水浒全书发凡》，见朱一玄编《明清小说资料选编》，齐鲁书社1990年版，第327页。

② 胡适：《中国章回小说考证》，上海书店1979年版，第24～25页。

③ 胡适：《中国章回小说考证》，上海书店1979年版，第58～59页。

再来看前人的论述，明李贽《忠义水浒传序》曰：“《水浒传》者，发愤之所作也。……施、罗二公，身在元，心在宋；虽生元日，实愤宋事。是故愤二帝之北狩，则称大破辽以泄其愤；愤南渡之苟安，则称灭方腊以泄其愤。敢问泄愤者谁乎？则前日啸聚水浒之强人也，欲不谓之忠义不可也。”① 李贽将小说的文本构成与所指意义密切相连，明确地指出了百回本《水浒传》为何要写征辽、平方腊。按照李贽的说法，破大辽、平方腊是生活在元代的施、罗二人由于“实愤宋事”才编写出来的。这一观点似乎很有说服力，但认真想来，他们既然已生活于元代，为何又“实愤宋事”呢？实际上百回本《水浒传》的写定者去田虎、王庆而存破辽、平方腊，目的只有一个，就是强调梁山好汉以“护国安民”为宗旨，并且将之付诸实际行动。

总之，《水浒传》的文本构成直接决定着其意义。应当说金圣叹早就发现了这一点，他之所以腰斩《水浒传》，正是基于这一点。他在第七十回的批语中说：“后世乃复削去此节，盛夸招安，务令罪归朝廷而功归强盗，甚且至于裒然以忠义二字而冠其端，抑何其好犯上作乱至于如是之甚也哉！”按照金圣叹的意见，让梁山好汉接受招安、破辽、平方腊，就是“罪归朝廷而功归强盗”，这是决不能允许的，因此他要将七十回之后的内容全部删掉。也就是说，要想改变百回本《水浒传》的题旨，必须改动其文本，这不恰好说明了百回本《水浒传》的文本构成与其意义之间有着密切的关联吗？这种关联可以归纳为两个方面：一是对已有故事即各位好汉上梁山的行迹，写定者竭力强化其义气的内涵，或纳入英雄豪杰屡遭嫉妒迫害的框架之内；二是对全书的文本构成，写定者鲜明地以“忠奸之争”作为贯穿始终的线索。尽管这两个方面磨合得还不那么理想，以至于造成了对其意义诠释的分歧和争议，但只要经过认真的分析和比较，其文本的构成与意义之间的联系还是不难把握的。

作者简介：王平（1949— ），男，北京人，山东大学文学院教授，博士生导师，主要研究元明清文学、中国古代小说。

---

① 李贽：《忠义水浒传序》，见朱一玄编《明清小说资料选编》，齐鲁书社 1990 年版，第 317 页。

谶纬文化与《水浒传》*

王守亮

（齐鲁工业大学文法学院　山东济南　250353）

摘　要：民间信仰中的谶纬文化深刻濡染了《水浒传》的思想与艺术。一是小说吸收了谶纬文化中的感生说。《引首》通过宋太祖、宋仁宗的感生故事，引出小说主人公梁山好汉为天罡、地煞感生的情节，为全书布局。二是小说大量运用谶言这种谶纬文化形式，作为情节展开和人物塑造的艺术手段。三是九天玄女授书宋江和梁山天降石碣的情节，遥承、化用汉代谶纬中神授天书的主题与故事。我们应客观分析谶纬文化与《水浒传》思想艺术之间的关系，既要看到谶纬文化对表现小说忠义主题的正面作用，也要注意其对小说艺术的消极影响，避免流于“封建糟粕”之类的简单价值判断。

关键词：《水浒传》；谶纬；感生；谶言；神授天书

谶纬兴起于西汉哀平间，盛行于东汉朝野，产生了《七经纬》《河图纬》《洛书纬》等大批纬书，号为“内学”，影响深广。由于谶纬常被图谋天下者用为篡夺政权、改朝换代的工具，故自魏晋以后，统治者屡禁谶纬，至隋禁毁尤为彻底，遂致不复成学。但一种思想在世间流播，成为民众的信仰，便往往世代相

＊［基金项目］2011 年度山东省高校人文社科研究计划项目（J11WD21）。

传，统治者是很难凭借政权力量将其消灭的。谶纬就是这样，在汉代即已深入人心，魏晋以后虽陵替式微，但没有退出历史舞台，“一面为道教、佛教所吸取，在宗教笼罩下继续存在；一方面则在民间信仰中进行传播”①。《大明律》卷十八《造妖书妖言》条规定：“凡造谶纬、妖书、妖言及传用惑众者，皆斩。”② 法律之明文严禁从一个方面表明，谶纬在明代民间仍然是颇有市场的。

明清小说产生于社会中下层，作为民间信仰与佛、道宗教成分的谶纬文化浸润了其思想内容，影响了其艺术表现。可以说，明清小说中普遍存在的神秘主义氛围主要就是基于谶纬文化信仰而产生的。不过，在过去尤其是20世纪50年代以后的哲学与思想史研究中，谶纬多被冠以唯心主义、封建神学等带有政治色彩的评价，这进而牵连到学界对谶纬文化与明清小说关系问题的认识，自不予重视。近年来，学界开始关注这一问题，并有与《三国演义》《水浒传》《红楼梦》等有关的若干论文发表。③ 笔者认为，相比较其他明清长篇小说，谶纬文化对《水浒传》的濡染尤为深刻，具有一定的标本意义，值得深入研究，故以下就此问题做一讨论。

一、感生说与《水浒传》

自汉代以来，感生说就是谶纬文化的一项基本内容。感生不同于佛教的生死轮回，周予同先生对它有一简明解释：“所谓‘感生’，就是说天子是天帝所生；如尧母庆都与赤龙合而生尧；禹母修纪梦与命星接而生禹等是。”④ 从历史上看，《诗经·玄鸟》和《诗经·生民》首次鼓吹“宠神其祖”的感生说，但将此说系

---

① 钟肇鹏：《谶纬论略》，辽宁教育出版社1991年版，第241页。

② 怀效锋点校：《大明律》，法律出版社1999年版，第135页。

③ 如邢东田《〈水浒传〉谶言初探》（《世界宗教研究》1999年第3期）、万润保《谶谣与明清小说》（《明清小说研究》1999年第4期）、熊笃《〈三国演义〉与谶纬神学》（《明清小说研究》2001年第4期）、向彪《试论〈红楼梦〉中的谶谣表现艺术》（《船山学刊》2002年第2期）等。

④ 周予同：《周予同经学史论著选集》，上海人民出版社1996年版，第61页。

统化、理论化，推而广之并传诸后世的，是汉代纬书。纬书构建了一套从上古伏羲到西汉刘季（邦）的历史传承系统。在此系统中，伏羲、神农、黄帝、颛顼、尧、舜、禹、汤、文王、刘季等历代开基帝王，商周始祖契和后稷，以及号为素王的孔子，均为感生。周予同“感生”释义中的尧、禹故事，即见于纬书《诗含神雾》《尚书帝命验》等。当然，在纬书中不仅天子感生，古今名臣如皋陶、萧何，圣人弟子如子路等，也是感生。如《春秋元命苞》称皋陶为其母扶始睹白虎而感生①，《论语谶》称子路为其母“感雷精而生”②，《春秋佐助期》称萧何“禀昴星而生”③。魏晋以后，谶纬虽屡遭禁毁而不复成学，但其倡扬的感生说为历代民众所信仰，并通俗化为某神仙或星宿通过凡人母体生身人间。不少帝王与权贵借此信仰神化自己，故二十四史与稗官野史中，不乏帝王将相的感生故事。

谶纬文化之于《水浒传》的首要影响是感生说。小说《引首》写了宋太祖、宋仁宗及其辅佐的感生故事。宋太祖生时，“红光满天，异香经宿不散，乃是上界霹雳大仙下降”。宋仁宗“是上界赤脚大仙。降生之时，昼夜啼哭不止。朝廷出给黄榜，召人医治。感动天庭，差遣太白金星下界，化作一老叟，前来揭了黄榜，自言能治太子啼哭”。仁宗朝重臣包拯和狄青也是感生。小说写仁宗即位，“玉帝差遣紫微宫中两座星辰，下来辅佐这朝天子。文曲星乃是南衙开封府主龙图阁大学士包拯，武曲星乃是征西夏国大元帅狄青”。

《引首》所写宋太祖、宋仁宗感生故事，正史和野史也有类似记载④，尚有依史演义的色彩。它作为小说开篇，如同话本的入话，是小说主人公梁山好汉为

---

① 安居香山、中村璋八辑：《纬书集成》，河北人民出版社1994年版，第592页。

② 《纬书集成》，第1083页。

③ 《纬书集成》，第819页。

④ 《宋史》卷一：“太祖……后唐天成二年，生于洛阳夹马营，赤光绕室，异香经宿不散，体有金色，三日不变。”（《宋史》，中华书局1977年版，第2页）宋张端义《贵耳集》卷中“本朝四帝亦有吉符”条：“真宗久无嗣，用方士拜章至所，有赤脚大仙辞之久，玉帝云：‘当遣几个好人去相辅赞。’仁宗在禁中，未尝尚鞋，惟坐殿尚鞋袜，下殿即去之。”（庄绰、张端义撰，李保民校点：《鸡肋编　贵耳集》，上海古籍出版社2012年版，第107页）《水浒传》中宋太祖、宋仁宗感生故事本事即此，至于包拯、狄青的感生故事当由“遣几个好人去相辅赞”而生发。

“三十六员天罡下临凡世，七十二座地煞降在人间”，亦即梁山好汉为上天星宿感生的引子与映衬。金圣叹在《引首》夹评中指出了这一点。① 在接下来的第一回中，小说作者去其依傍，因文生事，描写梁山好汉前身出世：龙虎山伏魔殿内地穴被钦差洪太尉强行打开，一声响亮过后，“只见一道黑气，从穴里滚将起来，掀塌了半个殿角。那道黑气直冲上半天里，空中散作百十道金光，望四面八方去了”。黑气本为殿内镇锁的“三十六员天罡星，七十二座地煞星，共是一百单八个魔君”。后经英宗、神宗和哲宗三朝，到徽宗朝，这些“魔君”降生人间，成长为后来的一百零八位梁山好汉。

第一回是对梁山好汉前身的总写。随着情节逐步展开，小说笔有分写，点明数位好汉为星宿降生凡间，亦即感生。第四回五台山智真长老对众僧说鲁智深“上应天星”。第四十二回宋江在玄女庙脱险后，回忆梦中情景，寻思道：“这娘娘呼我做星主，想我前生非等闲人也。”九天玄女还告诉宋江，所受天书只可与天机星同观。天机星是谁？第四十三回写宋江在梁山与吴用“看习天书”，说明吴用即天机星。第五十三回罗真人对戴宗说李逵“是上界天杀星之数”。再是第五十四回，罗真人告诉公孙胜：“汝应上界天闲星，以此容汝去助宋公明。”如此等等，前七十回指出鲁智深、宋江、吴用、李逵和公孙胜等人都是星宿感生。

第七十一回“忠义堂石碣受天文　梁山泊英雄排座次”是对前半部小说的一大总结，明确了梁山好汉均系天罡、地煞生身世间。小说写天降石碣，“何道士辨验天书，教萧让写录出来。读罢，众人看了，俱惊讶不已。宋江与众头领道：‘鄙猥小吏，原来上应星魁。众多弟兄也原来都是一会之人。今者上天显应，合当聚义。今已数足，上苍分定位数，为大小二等。天罡、地煞星辰，都已分定次序。众头领各守其位，各休争执，不可逆了天言。’”至此，梁山好汉均知晓了自己上应星辰、托化生身的不凡身份，他们四海一家的兄弟之义实亦为先天注定。

---

① 在宋太祖感生故事之后，金圣叹评：“为天罡地煞先作映衬。”宋仁宗感生故事中，金评：“又为天罡地煞先作映衬。”“忽然转出一座星辰，为一百单八座星辰作引。”在“文有文曲，武有武曲”句后，金评：“忽然从一座星辰，又转出两座星辰，为一百单八座作引，妙妙。”（施耐庵著，金人瑞评，刘一舟校点：《水浒传》，齐鲁书社1991年版，第31、32页。）

《水浒传》不仅有以上大关目叙说梁山好汉虽为肉体凡胎，但系天罡、地煞感生，前七十回所插诗词亦多次强调这一点。如“天罡地煞下凡尘，托化生身各有因”（第十二回），“豪杰英雄聚义间，罡星煞曜降尘寰”（第二十回），等等。他们之所以生身世间，是因为“魔心未断，道行未完，暂罚下方”（第四十二回）。天意冥冥，众好汉因歆慕兄弟义气而辐辏梁山，进而归顺朝廷，尽忠君国；他们在世间功成之日，即于上界道行圆满之时，故身死为神，“蒙玉帝符牒敕命，封为梁山泊都土地”（第一百回），复归上界。

二、谶言与《水浒传》

谶言是一种传达天意的神秘预言，预决人生祸福、政治成败等。尽管谶言早就出现于春秋战国时期，但其盛行则始自西汉末年。当时，王莽为篡夺政权，大肆造作谶言。后来光武中兴，更是频借谶言之力。如《河图括地象》：“帝轩辕受命，公孙氏握。”①《河图录运法》：“废昌帝，立公孙。”② 这两则谶言就是刘秀与公孙述争夺帝位的产物。还有一些谶言以童谣形式流播民间，影响更大。魏晋以后，谶言流入道教与佛教，制作谶言成为一项宗教活动。因此，古代典籍中常记有高道、高僧应验不爽的预言，即道谶、佛谶。民间术士也造作谶言。

《水浒传》大量利用谶言这一谶纬文化形式，借以展开故事情节，塑造人物形象。书中谶言达十数条。首先是道谶，主要有：

（一）“遇洪而开”。此为《水浒传》第一谶。第一回写伏魔殿内石碑上镌刻着四个真字大书：“遇洪而开。”这是大唐洞玄国师封锁伏魔殿时留下的谶言。前来祈禳瘟疫的洪太尉不听劝告，强行打开伏魔殿，挪移石碑，掘开地穴，致使镇锁其中的一百单八个魔君逃逸世间。“遇洪而开”因洪太尉的颟顸而得应验。

（二）“遇宿逢高”。此谶出自九天玄女。第四十二回九天玄女显圣，赠宋江四句天言：“遇宿重重喜，逢高不是凶。北幽至南睦，两处见奇功。”“宿”指殿前太

---

① 《纬书集成》，第 1093 页。

② 《纬书集成》，第 1164 页。

尉宿元景，“遇宿”之“喜”有：第五十九回，宋江、吴用等施计软禁到西岳降香的宿太尉，冒名赚开华州城门，救出身陷大牢的鲁智深和史进；第八十一、八十二回，宋江通过宿太尉美言荐举，实现梁山好汉全伙招安；第八十三回、九十回，宿太尉奏请重用宋江，征讨辽国与方腊。“高”指殿帅府太尉高俅。第七十八、七十九和八十回，高俅征剿梁山，兵败被俘，宋江对其优礼有加，成为向朝廷传达招安诚意的一个重要契机。最后两句预言宋江招安后，在幽州与睦州两地为朝廷建功。九天玄女是由谶纬而入道教的女神，她预言了宋江一生的事业。

（三）罗真人谶。《水浒传》中，罗真人是一位身怀法术的高道，受其谶者有公孙胜和宋江。第五十四回罗真人赠弟子公孙胜法言：“逢幽而止，遇汴而还。”预言了公孙胜入世建功与功成归隐的节点。第八十五回罗真人告诉宋江：“他日生当封侯，死当庙食，决无疑虑。只是将军一生命薄，不得全美。”并赠法语八句：“忠心者少，义气者稀。幽燕功毕，明月虚辉。始逢冬暮，鸿雁分飞。吴头楚尾，官禄同归。”预言宋江征辽之后再征方腊，虽然建功立业，但众好汉生离死别，宋江本人亦不得善终的悲剧结局。

（四）推背图谶。第九十回：“方腊上应天书，推背图上道：‘自是十千加一点，冬尽始称尊。纵横过浙水，显迹在吴兴。’那十千，乃万也；头加一点，乃方字也。冬尽，乃腊也；称尊者，乃南面为君也。正应‘方腊’二字。”《推背图》相传为隋末唐初术士袁天纲、李淳风撰。该谶因方腊在江南称帝而得应验，因此有梁山好汉奉旨征讨之举。

其次是佛谶。《水浒传》中得佛谶者二人，均受于智真长老。一是鲁智深，第五回智真长老赠鲁智深四句偈言：“遇林而起，遇山而富，遇水而兴，遇江而止。”预言了鲁智深招安前的人生轨迹。第九十回，智真长老唤过智深近前，说：“吾弟子，此去与汝前程永别，正果将临。也与汝四句偈去，收取终身受用。”偈曰：“逢夏而擒，遇腊而执。听潮而圆，见信而寂。”预言了鲁智深“正果非凡”的人生结局。二是宋江，第九十回，智真长老赠宋江偈语：“当风雁影翻，东阙不团圆。只眼功劳足，双林福寿全。”该谶与罗真人谶一样，预言了宋江征辽、征方腊功成之后的悲剧结局。

再次是童谣。第三十九回写太史院司天监奏道：“夜观天象，罡星照临吴楚分野之地。敢有作耗之人，随即体察剿除。”更兼京城街市小儿谣言四句道：“耗国因家木，刀兵点水工。纵横三十六，播乱在山东。”这引起了朝廷警惕，蔡京家书叮嘱蔡九知府紧守江州地方。恰此时宋江流放江州，酒后在浔阳楼肆言无忌，诗词题壁，署名“郓城宋江作”。赋闲通判黄文炳看到诗词，惊为“反诗”，向蔡九知府报告，并联系京城童谣分析解读，结论为山东宋江要造反。宋江妄言贾祸，牵连戴宗，一起陷入江州死刑大牢。经晁盖等好汉营救，宋江落草梁山，啸聚水泊，“播乱”山东，童谣遂得应验。

最后是诗谶。小说中还有三首题壁诗词，出于宋江和吴用，妄言成真，在此且称诗谶。一是宋江题于浔阳楼壁的诗词。《西江月》云：“自幼曾攻经史，长成亦有权谋。恰如猛虎卧荒丘，潜伏爪牙忍受。不幸刺文双颊，那堪配在江州。他年若得报冤仇，血染浔阳江口。”诗云：“心在山东身在吴，飘蓬江海谩嗟吁。他时若遂凌云志，敢笑黄巢不丈夫。”此乃醉汉妄语，本无深义。不料黄文炳靠嗅觉解读，认为诗词含造反之义，致宋江身陷死刑大牢。晁盖等劫夺法场，闹动了江州城和无为军，杀得“官军尸横遍野，血染江红”（第四十一回），黄文炳一家灭门。宋江“血染浔阳江口”等酒后妄言竟应验不爽，因此成谶。二是第六十一回吴用引诱卢俊义上山入伙，假扮算命先生，诳称卢俊义“今年时犯岁君，正交恶限。目今百日之内，尸首异处。此乃生来分定，不可逃也”。于卢家壁上题卦歌四句：“芦花丛里一扁舟，俊杰俄从此地游。义士若能知此理，反躬逃难可无忧。”这本是吴用妄言，但造化弄人，竟在卢俊义身上应验不爽，致使这位河北玉麒麟走投无路，落草梁山。

三、神授天书与《水浒传》

神授天书是汉代谶纬的一个重要主题。纬书载有黄帝、尧、舜、汤、文王、刘季以及素王孔子接受上天赐书的故事。《水浒传》中九天玄女授书宋江的情节固然有《大宋宣和遗事》之近源为参考，但它和梁山天降石碣作为全书的重要关目，若溯其渊源，实则遥承、化用了汉代谶纬中神授天书的主题和故事。

纬书《龙鱼河图》云：“黄帝摄政前，有蚩尤兄弟八十一人，并兽身人语，铜头铁额，食沙石子，造立兵仗刀戟大弩，威振天下，诛杀无道，不仁不慈。万民欲令黄帝行天子事。黄帝仁义，不能禁止蚩尤，遂不敌，乃仰天而叹。天遣玄女下，授黄帝兵信神符，制伏蚩尤，以制八方。蚩尤没后，天下复扰乱不宁。黄帝遂画蚩尤形象，以威天下。天下咸谓蚩尤不死，八方万邦，皆为殄伏。”①

《大宋宣和遗事》最早把九天玄女授书和宋江故事结合起来。《遗事》写宋江在郓城县杀了阎婆惜和吴伟，遭官府追捕，逃回家乡宋公庄上，躲在屋后玄女庙中，得天书一卷。《水浒传》第四十二回写宋江回乡搬取老父上梁山，行踪暴露，为躲避士兵追捕，慌不择路，撞入还道村玄女庙。九天玄女显圣，救宋江脱离灾厄，赠予天书三卷。天书以黄罗袱子包裹，“宋江拜受看时，可长五寸，阔三寸，厚三寸”。我们通常认为《水浒传》这一情节系在《遗事》基础上踵事增华，但究其源头，实则对玄女授书黄帝这一谶纬故事的艺术改造与加工。

从《水浒传》描写来看，九天玄女授予宋江的天书是一部兵书。第四十七回宋江一打祝家庄，救人心切，贸然出兵。看到祝家庄上：“不见刀枪军马，心中疑忌，猛省道：‘我的不是了。天书上明明戒说：‘临敌休急暴。’”第五十二回梁山好汉攻打高唐州，被高廉以妖法杀败头阵。宋江在吴用“若能回风返火，便可破敌”一语提醒下，“打开天书看时，第三卷上有回风返火破阵之法”。第九十七回，宋江暗念“天书上回风破暗的密咒秘诀”，以助关胜激战方腊部下郑魔君。可知这部天书正如《龙鱼河图》所写玄女授予黄帝的兵信神符，具有引导宋江战胜敌手的神奇功能。

纬书《河图挺佐辅》云：“黄帝修德立义，天下大治，乃召天老而问焉：‘余梦见两龙挺日图，即帝以授余于河之都，觉昧素喜，不知其理，敢问于子。’天老曰：‘河出龙图，洛出龟书，纪帝录州圣人所纪姓号，典谋治平，然后凤皇处之。今凤皇以下三百六十日矣，合之图纪，天其授帝图乎?’黄帝乃祓斋七日，衣黄衣、黄冠、黄冕，驾黄龙之乘，戴蛟龙之旗。天老五圣，皆从以游河洛之间，求所梦见者之处，弗得。至于翠妫之渊，大卢鱼溯流而至。乃问天老曰：‘子见天中河流者乎?’曰：‘见之。’顾问五圣，皆曰莫见。乃辞左右，独与天

① 《纬书集成》，第1149页。

老跪而迎之，五色毕具，天老以授黄帝，帝舒视之，名曰《录图》。”① 该故事有两点值得注意：（一）黄帝因梦得知要迎受《录图》的上天之意；（二）天老、五圣虽同为黄帝辅佐，但只有天老有资格与其共同迎受《录图》。

《水浒传》九天玄女授书宋江的情节，显然也借鉴了黄帝迎受《录图》的故事。这表现为两点。一是宋江梦中迎受天书。《遗事》也写了宋江在玄女庙得受天书，云：“宋江见官兵已退，走出庙来，拜谢玄女娘娘；则见香案上一声响亮，打一看时，有一卷文书在上。”② 但其中并无梦境描写。《水浒传》则增加了宋江梦中拜见九天玄女、迎受天书的情节。二是宋江只可与吴用同观天书。《遗事》写宋江落草后，就将天书事说知与吴加亮等众好汉。《水浒传》写玄女授书后，特别叮嘱宋江：“此三卷之书，可以善观熟视。只可与天机星同观，其他皆不可见。”天机星即吴用。宋江遵玄女之嘱，回到梁山后，“与吴学究看习天书”。（第四十三回）此外，小说还写九天玄女梦授破辽混天象阵之法，宋江亦唯与吴用说知：“我已梦玄女娘娘传与秘诀，寻思定了。特请军师商议。可以会集诸将，分拨行事。”（第八十八回）在梁山好汉中，吴用虽坐第三把交椅，但实为梁山二把手，是宋江最为依赖的智囊，故只有他具备同观天书的资格。

综上所论，《水浒传》中九天玄女授书宋江的情节，虽有《遗事》类似情节在先，但从根本来看，它乃遥承汉代谶纬的神授天书主题，借鉴、融合并加工改造了《龙鱼河图》和《河图挺佐辅》中两则内容有所不同的上天授书黄帝的故事。

梁山天降石碣情节可谓九天玄女授书宋江情节的翻版，也借鉴、改造了谶纬中神授天书的故事，重复了这一主题。但与谶纬中神授天书故事及九天玄女授书宋江情节不同的是，天降石碣面向的是全体梁山好汉，而非一人独受天书。

四、谶纬文化对《水浒传》影响的分析

上述讨论表明，谶纬文化对《水浒传》有多方面影响。这是《水浒传》作

---

① 《纬书集成》，第1108～1109页。

② 朱一玄、刘毓忱编：《水浒传资料汇编》，南开大学出版社2002年版，第41页。

者思想信仰同时也是当时民众信仰的反映。在理性昌明的今天，我们对谶纬文化往往会流于“封建糟粕”之类的价值判断，但这过于简单武断。20 世纪 30 年代，陈寅恪为冯友兰《中国哲学史》书稿所撰《审查报告》中曾指出：“盖古人著书立说，皆有所为而发。”对立说之古人，需感同身受，“表一种之同情”，方可避免隔阂肤廓之论。① 在天人合一、天人感应思想观念深入人心的古代中国，作家也好，读者也罢，谶纬文化信仰实为一种普遍的情形。我们应该在体认这一文化环境的前提下，客观分析谶纬文化对《水浒传》的影响。

首先，谶纬文化对《水浒传》主题表现起了正面作用。以上对谶纬文化与《水浒传》关系的分类讨论，是为了论述方便。实际上，早在汉代，纬书所载感生、谶言与神授天书等内容，就显示出一个彼此联系的较为严密的谶纬思想体系。在纬书中，上古伏羲至西汉刘季等历代开基帝王以及素王孔子等均为感生，生而不凡，因此，世上便有天降大任于斯人的谶言；但天降大任在其本人早期为一种不自觉的状态，故后必有神授天书予以提醒和确认；最终，此人建立勋业，实现上天意志。在汉代谶纬中，感生是主人公承担天降大任的基本“资质”，是践行天意的起点。汉代谶纬倡扬的这一思想，历代深入人心。具体到《水浒传》，众好汉为天罡、地煞感生是他们后来聚义梁山的“资质”，是尽忠君国的起点，这与九天玄女授书、天降石碣等情节相得益彰，表现“替天行道”亦即忠义的主题。②

具体而言，“替天行道”是上天对梁山好汉的根本要求。上天的这一意志分

---

① 上引出自冯友兰：《中国哲学史》，华东师范大学出版社 2000 年版，第 432 页。

② 关于《水浒传》主题，古有忠义与诲盗两说；今有农民起义说、市民说、忠奸斗争说等（邓绍基、史铁良主编：《20 世纪中国文学研究·明代文学研究》，北京出版社 2001 年版，第 246 ~ 256 页）。本文支持忠义说。在小说中，这一主旨的物化标志，一是好汉的集会议事之所“忠义堂”，一是梁山“替天行道”的旗帜。“忠义”与“替天行道”是一而二、二而一的关系，这在小说中多有情节描写或诗词歌咏。如第七十一回天降石碣，“侧首一边是‘替天行道’四字，一边是‘忠义双全’四字”；第八十一回诗曰“替天行道存忠义”；第一百回宋江对李逵说：“我为人一世，只主张忠义二字，不肯半点欺心。……我死之后，恐怕你造反，坏了我梁山泊替天行道忠义之名。”本回还写吴用夜梦宋江、李逵云：“军师，我等以忠义为主，替天行道，于心不曾负了天子。”这都是表明“忠义”与“替天行道”统一关系的点睛之笔。

两步落实。首先通过九天玄女向天罡、地煞之魁首宋星主——好汉首领宋江，予以明确传达："宋星主，传汝三卷天书，汝可替天行道，为主全忠仗义，为臣辅国安民。"（第四十二回）从此，招安归顺、尽忠君国成为宋江一种自觉的意识，成为他为众好汉谋划的一条终极出路。其次，第七十一回天降石碣是上天要求全体好汉忠义报国的意志展示。一打东平、两打东昌后，梁山好汉达到一百零八位，已经"数足"，即当年生身人间的天罡、地煞，全数集合完毕。因此，上天于此时降下石碣，告知他们均为上界星宿托化生身，示以"替天行道""忠义双全"的"天言"，使之成为好汉行动的指南。宋江作为梁山的先知与首领，安排"挂上'忠义堂''断金亭'牌额，立起'替天行道'杏黄旗"等，是执行天意、引导好汉心系忠义的行为，而非笼络人心的法术与诡计。① 众好汉也都意识到："天地之意，物理定数，谁敢违拗！"（第七十一回）所谓天意不可违。自此之后，宋江的主要任务不再是同声相应、同气相求的兄弟聚义，而是引领好汉全伙招安，归顺朝廷，尽忠君国。尽管招安过程中发生了一些风波，但总体来说，招安以尽忠君国在宋江与众好汉那里是随顺天意的自觉行动。后来征辽与征方腊，众好汉死而无悔，乃至遭权奸陷害而死亦没有对朝廷怨恨，这都是他们对"替天行道""忠义双全"之"天言"的自觉执行。在此，谶纬文化所强调、凸显的天意对《水浒传》忠义主题的表现发挥了正面作用，我们不应视之为"封建糟粕"。

其次，在《水浒传》中，感生、谶言、九天玄女等谶纬文化要素，具有结构全书、塑造人物形象的艺术功能。第一回好汉感生情节，与小说结尾宋江神魂托梦宋徽宗、宿太尉的情节遥相呼应，一放一收，使全书开合自如，形成一个以天意为绾合点的圆形结构。关于好汉的谶言，既是好汉人生命运的暗示，又是后续情节展开的纲领。九天玄女赠予宋江的"遇宿逢高"谶语就是例证之一。再像九天玄女这一人物，研究者一般少予关注，但她在《水浒传》全书结构层面上是不可忽视的。杜贵晨先生指出，"她的作用首在于把全书叙事提高到了'天人之

---

① 古今有一种意见认为，天降石碣是宋江、吴用笼络好汉人心的法术与诡计。这是不对的。就《水浒传》的描写来说，这实是天意的体现。所谓天意，我们今天可以归之为迷信，但在解读《水浒传》时，为了准确理解作品，我们不要轻易做此结论。

际’的层面”，“是一书叙事的眉目，也是读者把握故事全局的要领与关键。在故事总体构思与全书意义的指向上，她是作者之代言，一部书思想与灵魂的象征”①。

毋庸讳言，《水浒传》作者的谶纬文化信仰也束缚了其创作手脚，损害了小说的艺术魅力。小说中人物形象塑造的瑕疵就说明了这一问题。林冲遭高俅陷害，妻亡家破，逼上梁山。那么，高俅被活捉上梁山后，林冲反应如何？小说对此采取回避态度，只写好汉齐聚忠义堂，与高俅欢歌宴饮，囫囵带过林冲是否复仇的问题。从创作方面来看，作家如此处理，当有其不得已的苦衷。在此之前，九天玄女赠言宋江“逢高不是凶”，暗示天意高俅不能杀，况且高俅又是“天子心爱的人，官家那里疑他”（第八十一回）的权臣。因此，如果让林冲复仇杀死高俅，势必违背天意，且造成反叛朝廷的口实，从而堵塞了梁山好汉走向招安的道路，危及招安以尽忠君国的天赋使命，由此对小说忠义主题的表现必然造成某种妨碍。面对这一创作的棘手问题，作家只好照顾“逢高不是凶”的谶言，避免写林冲面对仇家的反应。类似情况还发生在扈三娘这一人物形象中。李逵杀死扈太公一门老幼并其未婚夫祝彪，扈三娘竟然没有一丁点情感反应，直如木头人，在梁山水泊竟能与李逵同进出，相安无事，这实在于理不通。对此，合乎作家本意和作品实际的解释，恐怕只能是他们都“上应星魁”，“原来都是一会之人”（第七十一回），天意彻底左右了扈三娘。因此，对林冲和扈三娘形象的塑造，在一部大书中留下了明显瑕疵，成为美玉之瑕。

五、结语

要而言之，《水浒传》的叙事框架与基本内容，是天罡、地煞即“一百单八个魔君”感生世间，生身为好汉，由聚义而招安，完成天降大任后复归上界的故事，乃是一个基于民间谶纬文化信仰带有宗教考验意味的神话。既然如此，我们岂能轻易再说《水浒传》是“现实主义”之作。《水浒传》的叙事框架在明清长

---

① 杜贵晨：《齐鲁文化与明清小说》，齐鲁书社2008年版，第231、234页。

篇小说中属于首创，对后来的小说创作产生了一定的范本效应。例如，《红楼梦》演绎一块无才补天的顽石生身于人间温柔富贵乡，饱经世情沧桑而猛醒出世的人生经历，叙事框架明显借鉴了《水浒传》。

作者简介：王守亮（1971— ），男，山东昌乐人，文学博士，齐鲁工业大学文法学院副教授。

论儒家文化对《水浒传》思维机制的多层建构

李梦圆

（复旦大学中文系　上海　200433）

摘　要： 儒家文化作为一种民族心理的深层积淀参与到《水浒传》思维机制的构建和运作当中，表现在文本运思、人物塑造、情节构置等方方面面。儒家文化是《水浒传》中根本性和基础性的文化因素，是《水浒传》思维架构不可或缺的材质。《水浒传》“春秋笔法”的寓意和“怨刺上政”的写作目的，男女性人物的塑造、定位和水浒英雄满溢的“入世”激情，对儒家重要伦理范畴“仁”“义”的深刻诠释和拷问，以及“招安”宏愿得偿的结局中所隐含的“知命”与“正名”的无奈和执着等，均体现出儒家文化深刻活跃在《水浒传》思维机制的整体框架、表层摹画到内部肌理、核心质素的各层级中。

关键词： 儒家文化；《水浒传》；思维机制；多层建构

说一部文学作品只包含一种文化未免陷入不经仔细考量的简单武断，《水浒传》是集“江湖文化、宗教文化、绿林文化、游民文化、暴力文化”①、“市

---

① 冯汝常：《〈水浒传〉中的江湖与江湖文化》，《济宁学院学报》2013 年第 4 期。

民文化”①、“侠义文化”②、“儒墨文化”③、“佛道”④ 文化等于一身的“杂文化”⑤ 可能已是不争的事实，其中当不排除各种文化具有某些共通的东西。但在《水浒传》所包含的纷繁互呈的各种文化的相互博弈中，儒家文化的根基性地位实很难撼动。儒家学说自春秋时期孔子所创，几经传承，化为一种类集体无意识存在于人们的深层观念中，《水浒传》作者必不例外。《水浒传》的创作满蘸着儒家文化浓厚的汁液，《水浒传》包括写作方法、写作目的、人物格局、思想内容、精神特质、情节结局等在内的创作思维机制的层层建构都离不开儒家文化这一必不可少的质料和黏合剂。

一、以“春秋笔法”而“怨刺上政”的整体运思

《水浒传》引首词曰：“试看书林隐处，几多俊逸儒流。虚名薄利不关愁，裁冰及剪雪，谈笑看吴钩。评议前王并后帝，分真伪占据中州，七雄扰扰乱春秋。兴亡如脆柳，身世类虚舟。见成名无数，图名无数，更有那逃名无数。霎时新月下长川，沧海变桑田古路。讶求鱼缘木，拟穷猿择木，又恐是伤弓曲木。不如且覆掌中杯，再听取新声曲度。”⑥ 这首破阵子词隐微表现了《水浒传》创作者的复杂心态。他眼中欣羡诸多俊朗飘逸的儒士，因为他们不屑于“虚名薄利”，怡然于吟诗作赋，以置身事外的悠闲姿态谈笑古今历史。但正如鲁迅所言，“多伤感情调，乃知识分子之常”⑦，作者旋即将笔锋转向对“兴亡”“身世”的感慨，惜叹那些“成名”“图名”之人不过是缘木求鱼，终究抵不过那沧桑巨变，

① 李庆霞：《论〈水浒传〉的市民文化色彩》，《合肥学院学报（社会科学版）》2005 年第 2 期。

② 许勇强、符志红：《近二十年〈水浒传〉与侠义文化研究述略》，《东华理工大学学报（社会科学版）》2013 年第 2 期。

③ 同上。

④ 纪德君：《〈水浒传〉悲剧的文化解读》，《明清小说研究》1998 年第 3 期。

⑤ 冯汝常：《〈水浒传〉中的江湖与江湖文化》，《济宁学院学报》2013 年第 4 期。

⑥ 施耐庵著，刘一舟校点：《水浒传》，齐鲁书社 1992 年版，第 3 页。

⑦ 陈平原：《中国小说叙事模式的转变》，北京大学出版社 2003 年版，第 234 页。

但作者又言及恐“伤弓曲木”，不甘学那隐士“逃名”，透露出不忍置世事于度外的关切心态，这似乎在其最终的选择“覆掌中杯”“听取新声”中也找到了隐证。贯华堂藏古本《水浒传》前有序一篇，其中有言：“呜呼哀哉！吾生有涯，吾呜乎知后人之读吾书者谓何？但取今日以示吾友，吾友读之而乐，斯亦足耳。且未知吾之后身读之谓何，亦未知吾之后身得读此书者乎？吾又安所用其眷念哉！”① 若读者仅被其表面文字所迷误，则会认为作者创作《水浒传》不以名山为念，而只限于使朋友读了感到快乐。但作者对“后身”读者的猜想，对《水浒传》之后遭遇的揣测出卖了他，表明他对于《水浒传》这部书其实是颇心存“眷念”和远虑的。

《水浒传》作者的用心和儒家文化“文以载道”的功利主义传统文艺观念关系密切。孔子曰：“小子，何莫学夫《诗》?《诗》可以兴，可以观，可以群，可以怨；迩之事父，远之事君；多识于鸟兽草木之名。”（《论语·阳货》）② 这是孔子对诗歌功能的精辟概括，开“儒家式”文学批评之先河。其中的“怨”，据孔安国的注解是“怨刺上政”之意，即诗歌肩负着批评指责执政者为政之失的深重使命，作诗者可用以抒发对苛政的怨情。就小说而言，也有同类目的。虽然小说在文学传统中长期处于“小道”的地位，元末明初之际，一批文学上的有识之士却勇于为小说立论。如明初的瞿佑认为小说可“劝善惩恶”③，明初的另一文士桂衡亦持相同意见，认为小说能“褒善贬恶”④，志在使人认识到和承认小说不“小”的社会价值。小说具有诗歌般“怨刺上政”的重要作用是深为《水浒传》著者所认识和自觉加以利用的，不仅如此，其在行文之中还使用了“春秋笔法”。

所谓“春秋笔法”，是孔子首创的一种文章写法，即在文章的记叙之中表现出作者的思想倾向，而不是通过议论性文辞表达出来。相传孔子修《春秋》，便

① 施耐庵著，刘一舟校点：《水浒传》，齐鲁书社1992年版，第1~2页。
② 杨伯峻译注：《论语译注》，中华书局2009年版，第183页。
③ 陈洪：《中国小说理论史》，天津教育出版社2005年版，第36页。
④ 陈洪：《中国小说理论史》，天津教育出版社2005年版，第38页。

字字寓褒贬，“春秋笔法”即以此而来。“到了宋代，司马光撰《资治通鉴》，亦仿《春秋》，从‘三家分晋’写起。司马光认为，晋三卿窃权，周王不但不诛之，反而命之为诸侯……非三晋之礼坏，乃周天子自坏之。先王之礼，于斯尽斩，其过错完全在周天子。罗贯中的《三国演义》的开头同样用此手法”①。《水浒传》也是如此，其开篇第一回劈头便写：“话说故宋哲宗皇帝在时，其时去仁宗天子已远，东京开封府汴梁宣武军，便有一个浮浪破落户子弟，姓高，排行第二，自小不成家业，只好刺枪使棒，最是踢得好脚气毬。京师人口顺，不叫高二，却都叫他做‘高毬’。后来发迹，便将气毬那字去了‘毛旁’，添作‘立人’，便改作姓高，名俅。这人吹弹歌舞，刺枪使棒，相扑顽耍，亦胡乱学诗书词赋；若论仁义礼智，信行忠良，却是不会，只在东京城里城外帮闲。”②“仁义礼智信”为儒家“五常”，与“三纲”（君为臣纲，父为子纲，夫为妻纲）一起构成了儒家的核心价值观，而“忠”也是儒家重要的道德规范。讽刺的是，这位本为儒家所唾弃，“仁义礼智信忠”等无一具备的“浮浪破落户子弟”高俅，之后竟被喜爱蹴毬的端王所赏识，在端王登基为帝后，高俅理所当然地青云直上，以至于高居太尉之职。《水浒传》批评家金圣叹在其所删改百二十回本《水浒传》而成的《第五才子书施耐庵水浒传》中犀利地批道：“一部大书七十回，将写一百八人，乃开卷未写一百八人，而先写高俅者，盖不写高俅便写一百八人，则乱自下生也；不写一百八人，先写高俅者，则是乱自上作也。乱自下生，不可训也，作者之所必避也，乱自上作，不可长也，作者之所深惧也……”③ 金圣叹还大胆揭露《水浒传》著者不曾明说而存意于文本字里行间的话：“高俅是道君皇帝的心腹，一个鼻孔出气，哪还管什么正义、公理和法度呢！”④ 逼使各路英

---

① 雷会生、李克臣：《论“替天行道”——〈水浒传〉的思想倾向新探（一）》，《辽东学院学报（社会科学版）》2013 年第 4 期。

② 施耐庵著，刘一舟校点：《水浒传》，齐鲁书社 1992 年版，第 11 页。

③ 施耐庵、罗贯中著，金圣叹、李卓吾点评：《水浒传》，中华书局 2009 年版，第 29 页。

④ 施耐庵、罗贯中著，金圣叹、李卓吾点评：《水浒传》，中华书局 2009 年版，第 447 页。

雄好汉“不得已而尽入于水泊”[①] 的罪魁不言自明。

金圣叹“乱自上作”的斩截之论揭橥《水浒传》著者“怨刺上政”的创作动机。这种“儒家式”的写作方式和目的是基于儒家文化的自然选择。孔子、孟子、荀子等原儒均有议君之论。《论语·为政》：“举直错诸枉，则民服；举枉错诸直，则民不服。”[②] 孔子认为，把正直无私的人提拔起来，把邪恶不正的人置于一旁，老百姓才会服从；反之，老百姓则不会服从统治。此论堪称《水浒传》中梁山好汉背反朝廷的绝妙注脚，即“宋室不竞，冠屦倒施，大贤处下，不肖处上”（李贽《读〈忠义水浒传〉序》）[③]。《孟子·离娄下》亦言：“君之视臣如手足，则臣视君如腹心；君之视臣如犬马，则臣视君如国人；君之视臣如土芥，则臣视君如寇仇。”[④]《荀子·王制》：“君者，舟也；庶人者，水也。水则载舟，水则覆舟。”[⑤] 一批英雄好汉如若被视为“土芥”不被重用，则会成为覆舟之水。《水浒传》著者以小说刺政事的行为便是儒家文化心理积淀的自然显现，而仿以孔子作《春秋》的“春秋笔法”出之，似不无想取得“《水浒传》成而乱臣贼子惧”之社会功效的美好愿望。

二、“乾坤”两定的格局和围绕“入世”的灵魂苦斗

著名汉学家李约瑟认为，儒家文化是一种倾向于管理和操纵的男性化的文化。[⑥] 这在《水浒传》中有突出表现。《水浒传》堪称一部“男人传”，文本行文中处处透着阳刚男人气，其中的打斗、比武、战争、抢掠、杀人、吃酒等场面成为男性化的文化符号，宣扬着男性豪情。梁山一百单八将虽不全是男子，但

---

① 施耐庵、罗贯中著，金圣叹、李卓吾点评：《水浒传》，中华书局2009年版，第23页。

② 杨伯峻译注：《论语译注》，中华书局2009年版，第19页。

③ 李贽：《读〈忠义水浒传〉序》，《水浒资料汇编》，中华书局1977年版，第4页。

④ 杨伯峻译注：《孟子译注》，中华书局2008年版，第142页。

⑤ 方勇、李波译注：《荀子》，中华书局2011年版，第118页。

⑥ ［英］李约瑟：《中国科学技术史》（第2卷），上海古籍出版社1990年版，第35页。

仅有的三名女性也背离了女性本有的柔性之质，而显得刚健粗豪，成为男性化了的女性。“母大虫顾大嫂、母夜叉孙二娘是两个典型，他们是比男性还男性的女性，有胆量杀人放火，动不动就白刀子进去红刀子出来。”① 可见，《水浒传》把男性化的文化发挥到了极致。同时，儒家文化又讲求可管理和可操纵性，此可视为梁山泊英雄按资排座次，三十六天罡、七十二地煞各居其位，无可僭越的重要缘由。另外，儒家文化是讲“礼”的，《论语·泰伯》：“恭而无礼则劳，慎而无礼则葸，勇而无礼则乱，直而无礼则绞。君子笃于亲，而民兴于仁；故旧不遗，则民不偷。”② 礼是一种道德规范，是社会安宁有序的维护者。而“自汉董仲舒以来，儒家成为官方的政治哲学，儒家礼法思想建构了一个尊卑等级制度森严的集权社会”③。经过长久沉淀，“君臣父子”的伦理道德和上下有序的礼法观念根深蒂固。表现在《水浒传》中，即处于不同级别的好汉一旦位次坐定，便要下级服从上级，此格局不容变动和移换。

“儒家文化把男尊女卑视为不可违背的自然法则”④，这一点也在《水浒传》中得到贯彻。对于顾大嫂、孙二娘、扈三娘这三位比男性还刚强有为的女性来讲，她们首先必须是符合了男性社会性格的定位，幻化为男性角色，才能入梁山一百单八将之列。然而，她们的女性性别是无法改变的，这也说明了她们为何能力超群却位次靠后。“地慧星一丈青扈三娘”只得排在“地微星矮脚虎王英”之后，“地阴星母大虫顾大嫂”和“地壮星母夜叉孙二娘”不仅名号丑陋，而且在座次上只位于“地劣星活闪婆王定六”“地健星险道神郁保四”“地耗星白日鼠白胜”“地贼星鼓上蚤时迁”“地狗星金毛犬段景住”等的前面排在“地煞星七十二员”名单的最后。⑤ 作为女性，和“耗”“贼”“狗”等同列，不无贬斥和

---

① 于光君：《文化镜像中女性人格的差异：以儒家文化与游民文化为例》，《中华女子学院学报》2010 年第 3 期。

② 杨伯峻译注：《论语译注》，中华书局 2009 年版，第 77 页。

③ 郑晓艳：《试析儒家文化对〈水浒传〉中侠义精神的消解》，《菏泽学院学报》2012 年第 3 期。

④ 于光君：《文化镜像中女性人格的差异：以儒家文化与游民文化为例》，《中华女子学院学报》2010 年第 3 期。

⑤ 施耐庵著，刘一舟校点：《水浒传》，齐鲁书社 1992 年版，第 526 ~ 527 页。

讥讽意味。而《水浒传》中除此三位地煞女英雄之外，可以说很难找出一个正面的女性形象。无论是偷汉子、被宰杀的淫妇潘金莲、潘巧云、阎婆惜之属，还是贪图钱财的老女人阎婆、王婆之辈，抑或是对宋江恩将仇报的刘高之妻刘恭人、狗仗人势的郓城县知县的粉头白秀英、引诱武松中计的张都监的养娘玉兰等，均为人不齿、唾弃和愤恨。《水浒传》中这些众多的女性人物形象都缺乏一个完整的人格而被丑化和打压。儒家文化中，女性作为与男性相对的一面而存在，"乾，天也，故称乎父；坤，地也，故称乎母"，"天尊地卑，乾坤定矣"①。作为女子的本职是要驯顺和服从，故有所谓"三从之道"，"女子者，言如男子之教而长其义理者也。故谓之妇人。妇人，伏于人也。是故无专制之义，有三从之道——在家从父，适人从夫，夫死从子，无所敢自遂也"②。这种"男主女从、男尊女卑"的男性本位的价值观念盘踞在《水浒传》著者的头脑里，此观念表现在《水浒传》中自然形成了男性和女性一尊一卑、"乾坤"两定的无可僭越的人物格局。

儒家文化本质上是一种"入世"文化，强调士君子应"自强不息"（《周易》），背负"齐家、治国、平天下"（《礼记·大学》）的崇高使命，故"士不可以不弘毅，任重而道远"（《论语·泰伯》）。而和这种思想紧密相连的是"忠君"观念，因为儒士的治国只限于为官做宰辅助君王治国，而不是将皇帝取而代之"亲自动身"地平治天下。所以，《水浒传》中重要人物梁山泊头领宋江的思想性格核心便是儒家的"忠"。宋江把对朝廷和君主的赤诚忠心表达得非常明确，"小可宋江怎敢背负朝廷？盖为官吏污滥，威逼得紧，误犯大罪，因此权借水泊里随时避难，只待朝廷赦罪招安"③。上梁山只是权宜之举，宋江对"招安"的迫切渴望、对朝廷的一片忠心日月可鉴，可以说是"身在梁山心在朝廷"，灵魂受着煎熬，无时无刻不做着"入世"辅君之梦。《水浒传》中，不仅被赞为"忠

---

① 郭彧译注：《周易》，中华书局 2006 年版，第 154 页。
② 戴德撰，卢辩注：《大戴礼记》，北京图书馆出版社 2004 年版，第 36 页。
③ 施耐庵著，刘一舟校点：《水浒传》，齐鲁书社 1992 年版，第 434 页。

义之烈”①、本为朝廷之吏的宋江堪称儒家文化“忠君”的代表，就连普通民众也深具“忠君”思想，如渔民阮小五有“酷吏赃官都杀尽，忠心报答赵官家”，阮小七有“先斩何涛巡检首，京师献与赵王君”之类唱词②，显示了对最高统治者的忠心。此外，讲求“入世”的儒家文化还包含“孝”在内，“立身行道，扬名于后世，以显父母，孝之终也”（《孝经·开宗明义》）。所谓“大孝显亲”，梁山英雄们在此思想影响下，自然渴望“把一身本事，边庭上一枪一刀，博个封妻荫子，也与祖宗争口气”③。

在儒家文化“入世”思想指导下的“忠君”“孝亲”，都有发挥个人主观能动性的因素，并且包含着自我价值实现的意思在内。当然，这也是人性使然。马克思说：“正是在改造对象世界中，人才真正地证明自己是类存在物。这种生产是人的能动的类生活。通过这种生产，自然界才表现为他的作品和他的现实。”④在此方面，荀子的“制天命而用之”⑤便是主张发挥人的主观能动性之论。人在改造世界的过程中，体验到自我价值实现的愉悦。孔子曰：“三十而立。”⑥故此，潦倒而无所建树的宋江才痛感自己“三旬之上，名又不成，利又不就”⑦。而对于干大事业的男人来讲，女人无疑是一种牵绊和束缚，所谓“儿女情长，英雄气短”。梁山好汉们大多专注于使枪弄棒的男子事业，不问女色。客观地说，他们的灵魂不无挣扎或缺陷。这一点或许可以解释为何《水浒传》里具有诱惑力的女性均沦为残忍被杀的淫妇。梁山好汉们既深受背反朝廷罪名的煎熬，又心存着“忠君”“孝亲”等的“入世”希冀，还要毅然决然消灭祸水、斩断情缘以便无牵无挂、一心一意地干男人事业，可谓灵魂苦斗。

---

① 李贽：《读〈忠义水浒传〉序》，《水浒资料汇编》，中华书局1977年版，第4页。

② 司垚：《论〈水浒传〉对儒家忠君思想的继承与发展》，《网络财富》2009年第4期。

③ 施耐庵著，刘一舟校点：《水浒传》，齐鲁书社1992年版，第86页。

④ ［德］马克思、［德］恩格斯：《马克思恩格斯选集》（第1卷），人民出版社1995年版，第47页。

⑤ 方勇、李波译注：《荀子》，中华书局2011年版，第274页。

⑥ 杨伯峻译注：《论语译注》，中华书局2009年版，第12页。

⑦ 施耐庵著，刘一舟校点：《水浒传》，齐鲁书社1992年版，第288页。

三、“克己”之“仁”与“扬己”之“义”的二律背反张力

“仁”“义”二字虽常合为“仁义”作为儒家重要的伦理范畴，但二者存在明显的不同。“仁，亲也”（《说文》），“仁者，情志好生爱人，故立字二人为仁”（《春秋元命苞》），“上下相亲谓之仁”（《礼记·经解》），“温良者，仁之本也”（《礼记·儒行》），“仁者，可以观其爱焉”（《礼记·丧服四制》）。《论语·颜渊》：“樊迟问仁。子曰：‘爱人。’”又“克己复礼为仁。一日克己复礼，天下归仁焉”。① 从这诸多关于“仁”的论述中，可知“仁”本质上是一种对他人的温良的亲爱之心。而这里的“他人”是处于“上下相亲”的礼法层级当中的，故“仁”需“克己”。“克”即能够的意思，“克己”是“克去已私”（朱子解），一个人能够克制自已，战胜自已，不为外物所诱惑，不任性地为所欲为。从此意义上讲，“克己”之“仁”包含一种自我压制的行为。而“义”则不同，“义者，己之威仪也”（《说文》），《论语·为政》：“见义不为，无勇也。”②《孟子·告子上》：“生，亦我所欲也，义，亦我所欲也。二者不可得兼，舍生而取义者也。”③《荀子·大略》：“义，理也，故行。”④ 可见“义”指正义、合宜，即“理”，富含着行动的力量，显耀着震慑的威仪，人们为之可做出抛却生命的举动，故“义”内含一种张扬自我的冲动和表现。而“仁”和“义”虽存在内在质素的相对性，却又紧密相连、不可分割，二者同在一个统一体中，仿若位于弹簧的两端，在某种程度上构成二律背反的张力。而连接“仁”和“义”的这个巧妙的弹簧，便是“中庸”。《论语·雍也》：“中庸之为德也，其至矣乎。”⑤ 有此弹簧的牵扯，“仁”和“义”中蕴含的某些内质性因素才不会走出“克己”和

---

① 杨伯峻译注：《论语译注》，中华书局 2009 年版，第 129 页。
② 杨伯峻译注：《论语译注》，中华书局 2009 年版，第 21 页。
③ 杨伯峻译注：《孟子译注》，中华书局 2008 年版，第 205 页。
④ 方勇、李波译注：《荀子》，中华书局 2011 年版，第 274 页。
⑤ 杨伯峻译注：《论语译注》，中华书局 2009 年版，第 63 页。

“扬己”的两端之外，才能“致中和，天地位焉，万物育焉”①。

《水浒传》中，“克己”之“仁”的最典型的代表便是宋江。他亲敬兄弟，将自己的钱财用于帮助他人，被称作“及时雨”。他不仅“爱人”，而且将爱施于“五常俱备”的动物。他看到被射死的雁，大发儒者感慨：“此宾鸿仁义之禽，或数十，或三五十只，递相谦让，尊者在前，卑者在后，次序而飞，不越群伴，遇晚宿歇，亦有当更之报。且雄失其雌，雌失其雄，至死不配。此禽仁义礼智信，五常俱备：空中遥见死雁，尽有哀鸣之意，失伴孤雁，并无侵犯，此为仁也；一失雌雄，死而不配，此为义也；依次而飞，不越前后，此为礼也；预避鹰雕，衔芦过关，此为智也；秋南春北，不越而来，此为信也。此禽五常足备之物，岂忍害之。”② 表现了自己的仁爱之心。在别人面前，宋江往往自称“小可”，“鄙猥小吏，无学无能”③，极力压低自己的身份，对他人表现出谦虚有礼的态度。如宋江第一次与李逵相见，李逵性直，张口便道：“这黑汉子是谁?”④又说：“莫不是山东及时雨黑宋江?”⑤ 如戴宗所言，李逵正确的问法应是“请问这位官人是谁”⑥，而不应如此无礼冒犯。但宋江极富涵养，非但不生气，反而幽默地回应：“我正是山东黑宋江。”⑦ 表现了自我把持的良好修养和温厚品性。宋江不仅对自家兄弟亲让有加，甚至在自己的敌人面前也极力地压制住自己，表现出极其谦敬、卑微的态度。当宋江捉了高俅高太尉之时，他竟不忘爱护敌方兵将，“急教戴宗传令，不可杀害军士”⑧。宋江在忠义堂上，“见张顺水渌渌地解到高俅。宋江见了，慌忙下堂扶住，便取过罗缎新鲜衣服，与高太尉从新换了，扶上堂来，请在正面而坐。宋江纳头便拜，口称：‘死罪！’”⑨。对待一个十恶不

---

① 朱熹：《四书章句集注》，中华书局 1983 年版，第 18 页。
② 施耐庵著，刘一舟校点：《水浒传》，齐鲁书社 1992 年版，第 783 页。
③ 施耐庵著，刘一舟校点：《水浒传》，齐鲁书社 1992 年版，第 531 页。
④ 施耐庵著，刘一舟校点：《水浒传》，齐鲁书社 1992 年版，第 279 页。
⑤ 施耐庵著，刘一舟校点：《水浒传》，齐鲁书社 1992 年版，第 279 页。
⑥ 施耐庵著，刘一舟校点：《水浒传》，齐鲁书社 1992 年版，第 279 页。
⑦ 施耐庵著，刘一舟校点：《水浒传》，齐鲁书社 1992 年版，第 279 页。
⑧ 施耐庵著，刘一舟校点：《水浒传》，齐鲁书社 1992 年版，第 596 页。
⑨ 施耐庵著，刘一舟校点：《水浒传》，齐鲁书社 1992 年版，第 596～597 页。

赦、鱼肉百姓的恶官，宋江却表现得毕恭毕敬，谦恭有礼，不但极力压低自己的身份，而且还对其下拜认错，可见其“克己”之极。

与“克己”之“仁”相对，《水浒传》中亦有很多“扬己”之“义”的代表，表现出“该出手时就出手”的风风火火。如鲁提辖拳打镇关西，“就势按住左手，赶将入去，望小腹上只一脚，腾地踢倒在当街上”，“再入一步，踏住胸脯，提着那醋钵儿大小拳头”，“扑的只一拳，正打在鼻子上，打得鲜血迸流，鼻子歪在半边，却便似开了个油酱铺，咸的、酸的、辣的，一发都滚出来”①，“提起拳头来，就眼眶际眉稍只一拳，打得眼稜缝裂，乌珠迸出，也似开了个彩帛铺的，红的、黑的、紫的，都绽将出来”，“又只一拳，太阳上正着，却似做了一个全堂水陆的道场，磬儿、钹儿、铙儿，一齐响”②，三拳出去，结果了一个人的性命。还有那被逼入绝境的林冲，一腔愤恨彻底喷发出来，把陷害自己的陆谦“上身衣服扯开，把尖刀向心窝里只一剜，七窍迸出血来，将心肝提在手里”，又把差拨的头割下来，“挑在枪上”，“把富安、陆谦头都割下来”③，终于报仇雪恨。更有那打虎英雄武松，其醉打蒋门神似自我张扬的表演，不仅打得痛快，而且打得好看，将三个酒保飞抛“在三只酒缸里”④，用他的“玉环步，鸳鸯脚”“打得蒋门神在地下叫饶”⑤。

张扬到极致便是无所顾忌，为所欲为，所谓“一不做，二不休，杀了一百个，也只一死”⑥。武松即有“血溅鸳鸯楼”一节将包括无辜之人都杀尽的血腥杀戮场面。⑦ 水浒英雄对淫妇绝无姑息，武松杀嫂是“挖开胸脯，抠出心肝五脏”⑧，杨雄杀妻是“一刀从心窝里直割到小肚子下，取出心肝五脏，挂在松树上”⑨，在惩

---

① 施耐庵著，刘一舟校点：《水浒传》，齐鲁书社 1992 年版，第 28 页。
② 施耐庵著，刘一舟校点：《水浒传》，齐鲁书社 1992 年版，第 29 页。
③ 施耐庵著，刘一舟校点：《水浒传》，齐鲁书社 1992 年版，第 77 页。
④ 施耐庵著，刘一舟校点：《水浒传》，齐鲁书社 1992 年版，第 214 页。
⑤ 施耐庵著，刘一舟校点：《水浒传》，齐鲁书社 1992 年版，第 215 页。
⑥ 施耐庵著，刘一舟校点：《水浒传》，齐鲁书社 1992 年版，第 225 页。
⑦ 施耐庵著，刘一舟校点：《水浒传》，齐鲁书社 1992 年版，第 223 ~ 230 页。
⑧ 施耐庵著，刘一舟校点：《水浒传》，齐鲁书社 1992 年版，第 198 页。
⑨ 施耐庵著，刘一舟校点：《水浒传》，齐鲁书社 1992 年版，第 349 页。

罚淫妇的过程中自我得到痛快的张扬和释放。而黑旋风李逵更是一到战场便化身“杀人狂”，“火杂杂地抡着大斧，只顾砍人”，“一斧一个，排头儿砍将去”①。这不仅是走向了“克己”之“仁”的对立面，而且其中一些不合宜的暴行也挑战着“扬己”之“义”的极限。《水浒传》著者似省视、觉察到此。著者不仅在塑造人物、设置情节中，加入了“克己”之“仁”与“扬己”之“义”的人物角色，调剂了兄弟之情、人伦之爱的温良与战斗之勇、打杀之猛的激烈，而且构设了一个“中庸”式的“招安”结局。既不让水浒英雄们继续占山为王、战斗到底，突破“义”之端的外围防线；也不把梁山好汉们彻底抛弃、赶尽杀绝，失掉“仁”的根本。这既显示了《水浒传》著者在儒家文化影响下对“仁”“义”的探讨与追寻，也表达了著者对如遇昏聩之世该何去何从的思考。

四、“招安”背后的“知命”与“正名”

“小说思维意识的形成取决于特定民族历史的文化构成。在中国，这种文化构成主要是儒学”②，“儒学是中国小说艺术思维图式的一种主要文化构成。它不同于美真融一，美从属真，以‘模仿自然’为主体思维意识的西方传统文化，也不同于摒弃理性、注重直觉感悟的西方现代主义的思维模式，而以伦理型的理性思维结构构成了中国小说思维的基本形态和主体框架”③。同样的，《水浒传》的“招安”结局虽是由多方面原因错综复杂，融合在一起，共同决定的，包括宋江的个人因素、著者的认识水平、历史的局限等。但是，在这诸多因素中，具有基础性、决定性、导向性的重要因素不能排除儒家文化的影响。《水浒传》的“招安”结局不仅是在儒家文化“中庸”思想的影响下构设的，而且还与儒家文化中的“知命”观与“正名”情结紧密相关。

---

① 施耐庵著，刘一舟校点：《水浒传》，齐鲁书社1992年版，第301页。

② 吴士余：《中国小说思维的文化机制》，华东师范大学出版社1990年版，第20页。

③ 吴士余：《中国小说思维的文化机制》，华东师范大学出版社1990年版，第46页。

在《论语》中，“命”的意义主要有三种：第一，“生命，寿命”，如“有颜回者好学……不幸短命，死矣”（《论语·雍也》）；第二，“诏命，命令”，如“君命召，不俟驾行矣”（《论语·乡党》）；第三，“命运”的意义，如“子曰：‘道之将行也与，命也；道之将废也与，命也。公伯寮其如命何？’”（《论语·宪问》），“不知命，无以为君子也”（《论语·尧曰》），又如，“君子有三畏：畏天命，畏大人，畏圣人之言”（《论语·季氏》）。①“知命”之“命”是“命运”之意，即“知天命”。正如孔子所言：“吾十有五而志于学，三十而立，四十而不惑，五十而知天命，六十而耳顺，七十而从心所欲，不逾矩。”（《论语·为政》）② 对于《水浒传》受儒家“知命”观的影响，纪德君在其《〈水浒传〉悲剧的文化解读》一文中，给出了很好的阐释。他说：“按照儒家的天命观念，天道运行与人间治乱是相互感通的，皇帝乃‘天’之子，是受‘天’委托，代‘天’牧民，管理国家，贯彻‘天道’的，因此他必须仰体上天好生爱民之德，勤修德政，敛欲戒侈，任贤黜奸，爱民保国，以敬上天。设若他不能仰体天心，修德爱民，反而荒淫无道，滥用贪官污吏，生事害民，那么‘天心’一怒，就会降灾示警，并派‘星神’降临人间，去主持公道和正义，因为‘天视自我民视，天听自我民听’。”③ 这里的“星神”指的便是包括三十六天罡星和七十二地煞星在内的梁山好汉共一百单八将。《水浒传》著者正是从儒家天命观念出发来构设情节框架，将水浒英雄的故事打上了神话色彩。“水浒英雄便都成了‘魔心未断，道行未满’的‘天罡’、‘地煞’，他们之所以被谪下凡尘，乃因下界统治者荒淫失德，虐害良民，雍塞了‘天道’，故需遣令他们来杀奸除暴，以替‘天’行道。”④ 以此来看，这些“被谪下凡尘”的“星神”不论如何占山为王、替天行道，最终还是要被“招安”的。“招安”之后，他们为朝廷卖命，征讨大辽，平定方腊，最后功成之后，落得星散云飞、兄弟死散、各有其果等都是“天地之

① 哈宝玉、槐亚婷：《王岱舆的“天命有三品”论与儒家的天命观》，《科学与无神论》2008 年第 4 期。

② 杨伯峻译注：《论语译注》，中华书局 2009 年版，第 12 页。

③ 纪德君：《〈水浒传〉悲剧的文化解读》，《明清小说研究》1998 年第 3 期。

④ 纪德君：《〈水浒传〉悲剧的文化解读》，《明清小说研究》1998 年第 3 期。

意，物理数定"① 命中注定的结果。正所谓"天罡尽已归天界，地煞还应入地中。千古为神皆庙食，万年青史播英雄"②，此乃天意也。既然是"天意"，便带有些许人力不可改变的无奈。

鲁迅在其《三闲集·流氓的变迁》中曾说道："一部《水浒》，说得很分明：因为不反对天子，所以大军一到，便受招安，替国家打别的强盗——不替天行道的强盗去了，终于是奴才。"③ 水浒英雄为何心甘情愿当"奴才"呢？这和深受儒家文化"正名"思想的影响不无关系。《论语·子路》记载了一则孔子和弟子子路的对话："子路曰：'卫君待子而为政，子将奚先？'子曰：'必也正名乎！'子路曰：'有是哉，子之迂也！奚其正？'子曰：'野哉，由也！君子于其所不知，盖阙如也。名不正，则言不顺。言不顺，则事不成。事不成，则礼乐不兴。礼乐不兴，则刑罚不中。刑罚不中，则民无所措手足。故君子名之必可言也，言之必可行也。君子于其言，无所苟而已矣。'"④ 子路问老师如果去卫国治政事，要做的第一件事是什么，孔子"正名"的回答出乎子路的意料，不懂得此中真义的子路竟然说孔子"迂"，孔子先是批评了子路的粗鲁，然后深刻地阐释了"正名"的重要性：名分不正，说话就不能顺理成章；说话不能顺理成章，做事就很难成功；事情做不成功，礼乐就不能兴盛；礼乐无法兴盛，就会导致刑罚不恰当；刑罚不恰当，百姓就会不知所措。可见，"正名"关系到说话是否被人认可，关系到事业是否成功，甚至关系到礼乐教化和社会安定。梁山军团打着"替天行道"的旗号，就是为求得一个被人承认的名分，"招安"更是如此。只是占山为王地"替天行道"，还是会被人骂作背反朝廷的贼寇、土匪，而"招安"就不同了，"招安"后的草寇们会挣得一个朝廷兵将的名分，获得青史留名的认可和真正意义上"入世"事业的成功。因此宋江说："我主张招安，要改邪归正，为国家臣子……今皇上至圣至明，只被奸臣闭塞，暂时昏昧，有日云开见日，知我等

① 施耐庵著，刘一舟校点：《水浒传》，齐鲁书社 1992 年版，第 527 页。
② 施耐庵著，刘一舟校点：《水浒传》，齐鲁书社 1992 年版，第 875 页。
③ 鲁迅：《鲁迅全集》（4），人民文学出版社 2005 年版，第 159 页。
④ 杨伯峻译注：《论语译注》，中华书局 2009 年版，第 131 ~ 132 页。

替天行道，不扰良民，赦罪招安，同心报国，青史留名，有何不美！因此只愿早早招安，别无他意。”①

“中国小说思维图式的建构和定型始终是处置于中国文化构成的历史积淀过程之中的，因此，不能脱离民族文化心态、价值观念、民族群体思维方式，来分析中国小说思维的范畴和结构形态。”② 儒家文化便是在《水浒传》思维机制的构建和运作当中起基础性和根本性作用的文化成分，是其不可或缺的组成部分，这在其整体运思的宏阔搭架、男女性人物塑造及其不同的性别角色特点、微观情节的构置和总的结局等方面都有突出体现。“春秋笔法”“怨刺上政”“男尊女卑”“入世”“忠孝”“三纲五常”“礼”“中庸”“知命”“正名”等成为一个个鲜明的儒家文化符号活跃在《水浒传》思维机制的内外表里。而需要注意的是，对传统文化认同的同时还要进行积极的扬弃。任何一种文化都不是尽善尽美的，作为中华民族精髓的儒家文化也有其自身弱点，并且“造就成了小说思维的偏狭和局限，这将有待于小说家的感悟、认知、扬弃和超越”③。但毋庸置疑的是，“这种超越是在继承和改造过程中对传统文化的深化和优化，其目的是使传统思维意识及其主体结构不断完善和合理化，而不是对传统文化的断裂和否定”④。

作者简介：李梦圆（1991—），女，山东梁山人，复旦大学中文系 2013 级博士，从事中国古代文学与批评研究。

① 施耐庵著，刘一舟校点：《水浒传》，齐鲁书社 1992 年版，第 533 页。

② 吴士余：《中国小说思维的文化机制》，华东师范大学出版社 1990 年版，第 5 页。

③ 吴士余：《中国小说思维的文化机制》，华东师范大学出版社 1990 年版，第 47 页。

④ 吴士余：《中国小说思维的文化机制》，华东师范大学出版社 1990 年版，第 47 页。

科举榜录与《水浒传》“忠义榜”*

胡海义

（湖南师范大学文学院　湖南长沙　410081）

摘　要：《水浒传》“忠义榜”在呼应情节、结构全书、连接人物上具有重要作用。但学界很少谈及“忠义榜”的渊源，仅有的研究结论值得商榷。科举榜、题名录对“忠义榜”的形成、特点与内涵产生了重要影响。科举榜录的名位原则影响了“忠义榜”的名位意识，在定位人物类型、确定人物关系、品评人物形象时发挥了重要作用，甚至对情节发展与结构布局产生了深刻影响。

关键词：《水浒传》；忠义榜；科举榜；题名录；名位

榜是指公布的文告或名单。在科举时代，榜是揭晓中式名单的主要工具。题名录是科举考试放榜后编刊散布的中式者名录，包括乡试录、会试录、登科录、同年录、履历便览等。这些榜录是科举文化的重要载体。《水浒传》中也有一张榜——“忠义榜”，它具有重要地位与特殊作用。尤其是清代《水浒传》最为流行的版本——金圣叹批七十回本，其开篇写洪太尉搬倒石碣，误走一百零八魔君。末尾再次写到天降石碣，上书天罡、地煞名号，一百零八英雄排座次，形成

* 本文为湖南省教育厅优秀青年项目“科举文化与明清小说研究”（14B122）与国家社科基金项目“八股文与明清小说相互关系研究”（12CZW034）的成果。

一张“忠义榜”。金圣叹将误走妖魔的石碣、石碣村以及自天而降并书有天罡、地煞名号的石碣，作为《水浒传》结构上的重要标志，声称“三个‘石碣’字，是一部《水浒传》大段落”①。他又说：“或问：石碣天文，为是真有是事？为是宋江伪造？此痴人说梦之智也，作者亦只图叙事既毕，重将一百八人姓名一一排列出来，为一部七十回书点睛结穴耳。盖始之以石碣，终之以石碣者，是此书大开阖。”② 可见“忠义榜”在呼应情节、结构全书、连接人物上的重要作用。那么，科举榜录对“忠义榜”的形成、特点与内涵产生了什么影响呢？

一、科举榜录与“忠义榜”的渊源

我国古典章回小说名著中出现了一些“榜”，如《封神演义》的“封神榜”、《水浒传》的“忠义榜”、《儒林外史》的“幽榜”、《西游记》的“佛榜”、《红楼梦》的“情榜”③，等等。对于这些榜的研究，学界取得了一定的成果。④ 但

---

① 金圣叹：《读第五才子书法》，《第五才子书施耐庵水浒传》卷首，中华书局1975年据崇祯十四年贯华堂刊本影印。

② 金圣叹：《第五才子书施耐庵水浒传》第七十回评，中华书局1975年据崇祯十四年贯华堂刊本影印。

③ 庚辰本《石头记》第十七、十八回“介绍妙玉”时有眉批：“树（前）处引十二钗总未的确，皆系漫拟也。至末回警幻情榜，方知正、副、再副及三、四副芳讳。壬午季春，畸笏。”可知作者曹雪芹在创作《红楼梦》时，原拟在末回附一张“情榜”。周汝昌先生认为《红楼梦》中的“情榜”应是列一百零八位女钗，正与《水浒传》中的一百零八条英雄成为“对仗”，即“绿林好汉”对“红粉佳人”。

④ 对于章回小说中“榜”的研究，主要集中在对《红楼梦》“情榜”与《水浒传》“忠义榜”的研究，前者如：徐恭时《芹红新语》（《红楼梦学刊》1980年第1期）、杨传镛《“情榜”为三十六人补证》（《红楼梦学刊》1985年第3期）、周汝昌、周伦苓《红楼梦与中华文化》（中国工人出版社1989年版）、孙逊《红楼梦探究》（台湾大安出版社1991年版）、严中《“警幻情榜”溯源》（《红楼梦学刊》1995年第2期）、王仁铭《情榜公案》（《江汉论坛》1995年第7期）、宋淇《红楼梦识要——宋淇红学论集》（中国书店2000年版）、詹丹《红楼情榜》（山东画报出版社2004年版）、詹丹《论脂评与“警幻情榜”》［《河南教育学院学报（哲学社会科学版）》2005年第1期］，等等，但主要是对“情榜”名单内容的讨论。后者较具代表性的研究有：马幼垣《水浒二论》（生活·读书·新知三联书店2007年版）、曲家源《再谈梁山泊英雄排座次问题》（载《水浒传新论》，中国和平出版社1995年版）、罗浩波《权术玄机：〈水浒传〉英雄排座次索解》［载《新疆大学学报（哲学社会科学版）》2002年第2期］等，也多限于对“忠义榜”排名的解读。此外，对于《儒林外史》“幽榜”真伪的论争情况及其作用，可以参见房日晰《关于〈儒林外史〉的“幽榜”》［《西北大学学报（哲学社会科学版）》1978年第1期］、陈美林《关于〈儒林外史〉“幽榜”的作者及其评价问题》［《西北大学学报（哲学社会科学版）》1979年第4期］。对于章回小说结构中“榜”形式做综合研究的有：孙逊、宋莉华《榜与中国古代小说结构》（载《学术月刊》1999年第11期）。以上除了严中《“警幻情榜”溯源》以外，都没有论及“榜”式结构的渊源。

对于小说中的榜及其结构的来源，很少有人关注。在目前少有的研究成果中，有学者据《明会要》认为“情榜”“忠义榜”等是借鉴明太祖封功臣之事。① 笔者认为此论值得商榷。《水浒传》“忠义榜”天罡星三十六人源自《大宋宣和遗事》。此书成于宋代②，当然不可能借鉴明太祖之事。明太祖封功臣事，据《明会要》载：“洪武二年正月，上敕中书省臣曰：‘诸将相从，捐驱戮力，开拓疆宇。有共事而不睹其成，建功而未食其报。追思功劳，痛切朕怀，其命有司立功臣庙于鸡笼山，序其封爵，为像以祀之’……帝亲定功臣位次，以徐达为首，次常遇春、李文忠，邓愈……张兴祖，凡二十一人，立庙鸡笼山下。死者像祀，生者虚其位。”③ 后多次增加至数百人。可见，明太祖立功臣庙与上述小说中的榜及其体例结构相去较远。况且，明初诸多受封功臣很快就被诛杀，荣誉被彻底剥夺，高压控制下的舆论在相当长时期内讳言他们的功绩。因此，很难说明太祖立功臣庙之事直接影响了小说之榜。笔者认为，直接影响上述小说之榜的是科举榜、题名录等科举因素。

在科举社会，榜是揭晓中式名单的主要工具，影响巨大、深远，具体表现为：

其一，放榜成为国家政治生活中的大事，为朝野所瞩目。如傅璇琮先生《唐代科举与文学》所说：“进士放榜成为举国瞩目的大事，因为这不仅决定应试举子个人的升沉得失，也影响以后的政局将由哪些人来掌握。”④ 确实如此。金榜，原指书写金字或用金漆制作的匾额，后来专指科举考试尤其是殿试揭晓之榜。据

① 严中：《“警幻情榜”溯源》，《红楼梦学刊》1995 年第 2 期。

② 关于《大宋宣和遗事》，《百川书志》《宝文堂书目》《也是园书目》等书目均有著录。清人黄丕烈收入《士礼居丛书》，根据避讳情况断为宋人之作；鲁迅、郑振铎认为书中“杂元人语”而怀疑它成书于元代；胡士莹《话本小说概论》详细论证其语言风格，认为“宋人旧编而元人增益”，且刊于元代。程毅中《宋元讲史简论》（载《文学遗产增刊》第 7 辑，中华书局 1959 年版）认为该书大量辑录宋代文献，应作于宋代。笔者认同作于宋代说。

③ 龙文彬等：《明会要》卷十“礼五”之“功臣庙”条，中华书局 1956 年版，第 166 ~ 167 页。

④ 傅璇琮：《唐代科举与文学》，陕西人民出版社 2003 年版，第 288 页。

宋代刘昌诗《芦浦笔记》载：“唐进士登第者，主文以黄花笺书其姓名，花押其下，使人持以报之，谓之榜帖。当时称为金花帖子。”① 在唐代前期，进士及第后，即用泥金书写帖子附于家书之中，使人持之以报登科之喜，时称“泥金帖子”。唐代后期则由官府颁发及第通知，时称“金花帖子”，又称“榜帖”。宋沿唐制，考官用长约五寸、宽两寸半的黄花笺，书写中式者姓名，花押于下，外套大帖，复书姓名于帖面，交给登第者，以归报其家。此外，宋代还有一种“金花榜子”，以木制成高一尺、宽六寸，绿地、金花缘边的榜。考官题写中式者姓名、乡贯、三代姓名于其上，交由报录人向中式者报捷。到了元明清时期，榜的形式固定下来。中国第一历史档案馆保存的清代大金榜，是十分珍贵的科举文化实物，在联合国教科文组织世界记忆工程国际咨询委员会第七次会议上入选《世界记忆遗产名录》。金榜是用墨笔书写于黄纸上，故又称“黄榜”。金榜分大金榜和小金榜。小金榜用于宣读备案，大金榜则由内阁学士捧至乾清门钤盖“皇帝之宝”的国玺大印，以皇帝名义于传胪之日唱名后张榜公布。② 乡试（唐宋又称州试、解试）放榜也非常隆重，是当地社会关注的焦点。乡试放榜多选寅、辰日，因辰属龙，寅属虎，以取龙虎榜之意。放榜的仪式也很隆重。

其二，科举榜凝聚了无数士子荣辱悲欢的人生体验。由于榜是揭晓科举考试结果的主要工具，是直接告知赴考士子能否仕进的判决书，因而决定了无数人的命运走向与家庭的悲欢离合。在竞争极为激烈的科举考试中，一纸榜文必定牵动无数望眼欲穿的目光与热切焦灼之心。因此，榜无疑是一道十分瞩目的风景，是一个显著的符号标志，成为科举文化的重要组成部分。如宋代盛传“人生四喜”：“久旱逢甘雨，他乡见故知。洞房花烛夜，金榜挂名时。”③ 与之相对应的“人生四悲”则是：“寡妇携儿泣，将军被敌擒。失恩宫女面，下第举人心。”高中金榜是何其荣耀风光，与落榜下第相比可谓冰火两重天，其反差又是何其强烈。可

---

① 刘昌诗：《芦浦笔记》，中华书局 1986 年版，第 42 页。

② 允祹等：《钦定大清会典则例》卷二《内阁》，文津阁《四库全书》第 206 册，商务印书馆 2005 年影印本，第 169 页。

③ 宋代洪迈《容斋随笔》卷八云：“旧传有诗四句诵世人得意者云：‘久旱逢甘雨，他乡见故知。洞房花烛夜，金榜挂名时。’”中华书局 2005 年版，第 78 页。

见，科举社会中的榜在人生悲喜剧中的重要角色。科举放榜还被赋予浓厚的神话色彩。如“蕊榜”，道教传说大罗天（道教指最高天）在蕊宫放榜，得道升仙者则名列蕊宫。人们认为登第如登仙，所以金榜又称为“蕊榜”。民俗文化也有很多关于科举榜的内容。如“榜下捉婿”，此风早在宋代就已盛行。宋代朱彧《萍洲可谈》载：“本朝贵人家选婿于科场年，择过省试人，不问阴阳吉凶及其家世，谓之榜下捉婿。……近岁富商庸俗与厚藏者嫁女，亦于榜下捉婿，厚捉钱以饵士人，使之俯就，一婿至千余缗。”① 到了明清时期，乡试放榜亦是如此。在朝野的高度关注中，偶尔的疏忽都会酿成政治风波。② 十年寒窗只为金榜题名，寒窗苦读依靠一纸榜文来验证价值，于是看榜成了许多士子刻骨铭心的记忆，即使在多年以后依然记忆犹新。③

总之，在科举社会，榜具有神圣、崇高的地位。在时人的观念中，金榜是功名富贵的象征与功成名就的标志。所谓“金榜题名”也成了广大士子梦寐以求的夙愿和使用频率极高的词汇。

《水浒传》“忠义榜”的渊源之一就是在科举社会，尤其是士子文人中影响极大的科举榜。《水浒传》第七十一回描述“忠义榜”的诞生道：“那地下掘不到三尺深浅，只见一个石碣。正面两侧，各有天书文字。有诗为证：蕊笈琼书定有无，天门开阖亦糊涂。滑稽谁造丰亨论？至理昭昭敢厚诬。”古人常称科举及第为登“蕊榜”④。“宋江唤过圣手书生萧让，用黄纸誊写。”⑤ 这与宋代科举中的拜黄榜、授敕黄极为相似。⑥

---

① 朱彧：《萍洲可谈》卷一，中华书局 2007 年版，第 127 页。

② 谈迁：《枣林杂俎》圣集《科牍·乡榜填改》，中华书局 2006 年版，第 183 页。

③ 蒋梦麟：《西潮》第七章《参加郡试》，香港磨剑堂 1982 年版，第 58～59 页。

④ 《辞海》：“蕊榜旧时称进士榜为‘蕊榜’……亦指乡试榜。”《汉语大词典》：“传说中道教学道升仙，列名蕊宫。后指科举考试中揭晓名第的榜示为‘蕊榜’。”明代杨慎《艺林伐山》卷十云：“唐人进士榜必以夜书，书必以淡墨……世传大罗天放榜于蕊珠宫，故又称‘蕊榜’。”宋代葛立方《韵语阳秋》卷十八云：“名字巍峨先蕊榜，词章斐亹动文奎。”清代赵翼《戏题魁星像》诗：“云是星精主文衡，蕊榜荣名在其手。”

⑤ 施耐庵、罗贯中：《水浒传》，人民文学出版社 1990 年版，第 538 页。

⑥ 当然，用黄色纸也可能有道教的因素。

宋代进士及第后有拜黄甲的隆重仪式。元代刘一清《钱塘遗事》曰：“黄甲者，由省中降下。唱名既毕，省中以其所升甲之人附于甲末，用黄纸以书之，谓之黄甲。”① 黄甲即殿试唱名结束后的各甲等次定榜，因用黄纸书写，故有此称。拜黄甲的具体仪式为：“越二日，拜黄甲于贡院。……是日贡院设香案于廷下，状元引五甲内士人拜香案。礼部亦遣官来赞导，置黄甲于案中，望阙拜毕，士人列两廊。四十以上东廊，四十以下西廊。其日择一人最年高者上堂，大魁拜之，年高者答拜。又择一人最少者上堂，拜大魁，大魁亦答拜而退。人吏以纸笔请，各书姓名，依黄甲排与臣者，镌于题名石，是日谓之叙同年、拜黄甲也。”②《朝野杂记》甲集卷一三《新进士期集》、《武林旧事》卷二《唱名》、《文献通考》卷三一《选举四》、《宋史》卷一五六《选举志二》亦有记载。

授敕黄也是宋代科举及第后的一项重要仪式。皇宫唱名过程中，登第进士要到廊角取“敕黄”，又叫“敕牒”，宋末元初刘壎《屯田员外郎刘公敕黄后跋》说：“宋制，士人登科，即授敕牒，以厚黄纸书之，名曰敕黄。然后赴部铨注，给诰授官，自是脱韦布而列簪绅矣。”《钱塘遗事》也载进士在谢恩后，“皆且执敕黄而立。敕黄用麻纸两幅连粘，大书‘某人等宜唱某等科等’”③。蔡确的《崇政殿放榜》回忆自己的亲身感受说：“黄帕开封出奏篇，银袍二百玉阶前。威颜咫尺瞻中扆，名姓传呼下九天。宫笔旋题黄甲字，禁门已簇杏花鞯。孤臣拜赐交悲喜，相望先分五十年。”④ 这些记载都显示了授敕黄的具体情况。

拜黄榜、授敕黄都是在黄纸上书写及第登榜者的姓名，在姓名排列中严分等级，在形制、内涵乃至寓意上都对“忠义榜”产生了鲜明的影响。除了科举榜外，题名录也一并对“忠义榜”产生了影响。

题名录，又称登科录，唐代称登科记，宋代称小录、进士小录、同年小录、

① 刘一清：《钱塘遗事》卷十，文津阁《四库全书》第 140 册，商务印书馆 2005 年影印本，第 1141 ~ 1142 页。

② 同上书，第 1142 页。

③ 同上。

④ 祝穆：《古今事文类聚》前集卷二十七，明万历甲辰金溪唐富春精校补遗重刻本。

登科小录等，明清时期又称乡试录、会试录、登科录、同年录、履历便览等。初具雏形的《进士登科记》至迟出现在唐代神龙至天宝年间。唐代较早记载进士登科录的是封演《封氏闻见记》："故当代以进士登科为登龙门……好事者纪其姓名，自神龙以来，迄于兹日，名曰《进士登科记》。"① 《唐摭言》也载："咸亨之后，凡由文学一举于有司者，竞集于进士矣。由是赵傪等尝删去俊、秀，故目之曰《进士登科记》。"② 但真正意义上的进士登科录始于唐宣宗大中十一年(857)。据《东观奏记》卷上记载："大中十年，郑颢知举后，上宣索《科名记》。颢表曰：'自武德已后，便有进士诸科。出莺谷而飞鸣，声华虽茂；经凤池而阅视，史策不书。所传前代姓名，皆是私家记录。虔承圣旨，敢不讨论。臣寻委当行祠部员外赵璘，采访诸家科目记，撰成十三卷，自武德元年至于圣朝，谨专上进，方俟无疆。'敕：'宜付翰林，自今放榜后，并写及第人姓名及所试诗赋题目，进入内，仍仰所司逐年编次。'"③ 《唐会要》卷七六、《册府元龟》卷六四一、《唐语林》卷四等文献皆有相关记载。宋代自始至终都重视小录的编刊，其需要书写本人姓名、籍贯，以及家族三代名氏。刘一清《钱塘遗事》载："凡预局中职事官员纳小录题名钱，非职事官须纳钱五千，而后得小录题名一本。"④ 《宋史·选举志》也载："缀行期集，列叙名氏、乡贯、三代之类书之，谓之小录……皆团司主之。"⑤ 现在存世的有《绍兴十八年同年小录》《宝祐四年登科录》等。元代自延祐二年（1315）开科，也开始刊刻《进士登科录》，现存世的有《元统元年进士录》。明清乡、会、殿三试皆有录，刊刻更加规范。⑥ 题名录

---

① 封演：《封氏闻见记》卷三《贡举》，《丛书集成初编》第275册，中华书局1985年版，第22～23页。

② 王定保：《唐摭言》卷一《述进士上篇》，《丛书集成初编》第2740册，中华书局1985年版，第2页。

③ 裴庭裕：《东观奏记》上卷，中华书局1994年版，第94～95页。

④ 刘一清：《钱塘遗事》卷十，文津阁《四库全书》第140册，商务印书馆2005年影印本，第1141页。

⑤ 脱脱等：《宋史》，中华书局1977年版，第3608页。

⑥ 彭泽、汪舜民：《弘治徽州府志》卷六《选举·科第·国朝》，上海古籍书店1964年据宁波天一阁藏明弘治刻本影印本，第21页。张廷玉等：《明史》，中华书局1974年版，第6840页。

大多由官府出面组织或直接编刊，传播广泛，备受时人重视，对政治活动、民间生活以及文学作品等诸多方面都有广泛而深远的影响。①

总而言之，榜、题名录在科举社会中广泛而又深刻地影响了政治活动、社会生活与文学艺术。它们作为强势的科举文化中的重要因素，使得时人对此耳熟能详，士子梦寐以求。包括《水浒传》“忠义榜”在内的古典小说中的“榜”就是受到科举榜录的直接影响而成的。

二、科举榜录的名位原则与“忠义榜”的名位意识

考试就是为了决定取舍，甄别优劣等级，因此科举榜录具有鲜明的名位原则。如太平兴国二年（977）殿试，太宗“命翰林学士李昉、扈蒙定其优劣为三等，得河南吕蒙正以下一百九人”②。大中祥符二年（1009）六月，“始令第进士程试为五等，曰上次，曰中上，曰中次，曰下上，曰下次”③。有学者认为这是实行五等进士品第之始。④ 大中祥符四年（1011）敕修《亲试进士条制》曰：“其考第之制凡五等：学识优长、词理精绝为第一，才思该通、文理周密为第二，文理俱通为第三，文理中平为第四，文理疏浅为第五。”⑤ 这些名位原则都严格贯彻在唱名、授职等一系列的活动中。如《梦粱录》卷四《士人赴殿试唱名》曰：“上御文德殿临轩唱名，进呈三魁试卷。天颜亲睹三魁，排定姓名资次，然后宣唤三魁姓名。其三魁听快行宣唤数次，方敢应名而出。”⑥《钱塘遗事》卷一〇《择日唱第》载：“待一甲毕，则往两廊角取敕黄而执之。甲内人齐，则廷上

① 王守仁：《王文成全书》卷二十八《书同门科举题名录后》，文津阁《四库全书》第422册，商务印书馆2005年影印本，第751页。于谦：《忠肃集》卷十一《杂体》，文津阁《四库全书》第375册，商务印书馆2005年影印本，第360页。

② 李焘：《续资治通鉴长编》，中华书局2004年版，第393页。

③ 李焘：《续资治通鉴长编》，中华书局2004年版，第1616页。

④ 张希清：《宋代殿试制度述论》，《北京大学学报》1992年第2期。

⑤ 脱脱等：《宋史》，中华书局1977年版，第3610页。

⑥ 吴自牧：《梦粱录》卷四《士人赴殿试唱名》，浙江人民出版社1980年版，第22页。

呼谢恩，士人廷下立，躬身再拜而退去于轩下。状元则便独班谢恩，不待甲内齐也。自第二、第三名为一班，便赐食，相身为袍，各设位赋诗，以答皇恩。第四名至第十名终为一班。第二甲全甲为一班……”① 以下依次唱第三至第五甲，名位分明，等级森严。授职也是如此，《宋会要辑稿》载：“至太平兴国二年，始命第一、第二等进士及九经授将作监丞、大理评事，通判诸州，其次皆优等注拟，凡一百三十人。”② 元明清时期更是如此。元代实行蒙汉分榜，三甲分第。明清就连生员也实行等级鉴别，如清顺治九年定生员六等黜陟法，每一等级都实行相应的奖罚措施。③

科举榜录的主体内容尽管是一份中式者的名单，看似简单，但排名先后位置不同，命运也就不同。这在整个科举考试过程中都自始至终地体现出名位原则。因为科举考试是一种选拔性考试，无限的考生竞争有限的名额，优胜劣汰，成绩与名次居前者胜出，排位靠后者出局，这是一个基本原则。即使是宋仁宗嘉祐二年（1057）开始实行殿试不再黜落，但名位决定前程，不同的名次授予不等的官职，差别很大。因此，榜上有名与名列前茅是每个考生奋斗的目标。这种名位观念根深蒂固，已经成为时人的基本常识。

科举榜录的名位原则深刻影响了“忠义榜”的名位意识，在定位人物类型、确定人物关系、品评人物形象中发挥了重要作用。《水浒传》“忠义榜”中的三十六天罡星主要来自《大宋宣和遗事》中的三十六将，但后者并没有次第分明地排定各人名位，也没有分出天、地等级，甚至宋江都不属于三十六人的范围。④《水浒传》“忠义榜”则严排座次，天地有别，尊卑分明，一目了然。第七十一回中的石碣名单分为天罡星与地煞星两等，如同科举榜分等级或正副。

---

① 刘一清：《钱塘遗事》卷十，文津阁《四库全书》第 140 册，商务印书馆 2005 年影印本，第 1142 页。

② 徐松：《宋会要辑稿·选举一·贡举》，又见李焘《续资治通鉴长编》，中华书局 2004 年版，第 393 ~ 394 页。

③ 赵尔巽等：《清史稿》，中华书局 1976 年版，第 3117 ~ 3118 页。

④ 《大宋宣和遗事》中多次出现“宋江统率三十六将”“宋江和那三十六人归顺宋朝”等表述，且天书末尾也说“天书付天罡院三十六员猛将，使呼保义宋江为帅”，可见，宋江并不属于三十六人之列。

而且这份严分名位等级的"忠义榜"以至高无上的上苍之名发布。宋江与众头领道："鄙猥小吏，原来上应星魁。众多弟兄，也原来都是一会之人。今者上天显应，合当聚义。今已数足，上苍分定位数，为大小二等。天罡、地煞星辰，都已分定次序，众头领各守其位，各休争执，不可逆了天言。"众人皆道："天地之意。物理数定，谁敢违拗！"① 可见，"忠义榜"处处带有科举榜录的痕迹，名位观念十分浓厚。而且，《水浒传》的诸多版本，无论是繁本系统还是简本系统，除了个别勘误、遗漏与文字多寡以外，"忠义榜"所排座次，以及分工、部署都惊人一致。对于"忠义榜"排座次的标准与原则，不同时代的诸多改订者都表现出高度认同，这在版本大多非常复杂的中国古典小说名著中实属罕见。

"忠义榜"中众人的尊卑高下直接体现在天罡、地煞两大等级的排名先后之中。在这份108人的名单排序中，有两条规律与本文论题密切相关②：

一是尊骑兵将领而卑步兵、水兵将领。在前10名当中，除了宋江、卢俊义、吴用、公孙胜四位领袖人物与出自前朝皇室、身份特殊的柴大官人，五名战将都是清一色的骑兵将领。尽管他们的功夫与战绩远不如步将鲁智深、武松等人，但名位高高在上，甚至远远超过独当一面、戏份颇重的黑旋风李逵（排名第22），至于其他普通步将更是望尘莫及。从第11至19名亦是如此，除了武艺高超、功勋卓绝的鲁智深与武松跻身第13、14位，其他位次还是骑将的天下。这样一来，在"忠义榜"前20名当中，除了宋江等5位首领外，骑将占据80%，步将只有20%，水将根本无立锥之地。而水军是梁山水泊的特色与保家本钱，屡次出奇制胜，功勋卓著，但在骑将面前还是低人一等。最为优秀的水将，如李俊、"三阮"等人只能屈居第24～31位，这已经是天罡星最后的三分之一，骑将早已排完，只剩下几位较为平庸的步将与之为伍。地煞星亦是如此，骑将占据前列，步将与水将排名靠后。

二是重降将而轻元老。高居前10名的5位战将有3位是因战败而被迫归顺

---

① 施耐庵、罗贯中：《水浒传》，人民文学出版社1990年版，第539页。

② 本处受马幼垣先生《梁山头目排座次名位问题发微》的启发，见《水浒二论》，生活·读书·新知三联书店2007年版。

的俘虏，其中包括名位紧随四位领袖人物的战将第一名——关胜。其后还有名位显赫的呼延灼、秦明、索超、董平、张清等人，都曾是败军之将，因受到恩威感化，权衡再三后决定落草。很难说他们是以论功行赏而名登高位，因为排座次时，董平、张清等人刚刚入伙，毫无建树。就连第一名战将关胜，功劳簿上也是乏善可陈。与之形成鲜明对比的是杨志、史进、时迁、“三阮”等诸多为光大梁山事业曾筚路蓝缕，立下汗马功劳，并在前文故事中多有精彩演义的元老却沉于下位，反差极大。其实，“忠义榜”排名尊骑将而卑步将、水将，重降将而轻元老是一种现象的两个方面，因为降将大多是骑将，元老大多是步将、水将。

这份严排座、重等级的“忠义榜”不仅通过排名秩序定位人物类型，确定人物关系，而且由此决定人物形象在小说中的地位，以及在下文情节发展中的角色与作用。我们将“忠义榜”与同一回中的分工结合起来看，

总兵都头领二员：宋江、卢俊义。（天罡星二人：1①、2）

掌管机密军师二员：吴用、公孙胜。（天罡星二人：3、4）

掌管钱粮头领二员：柴进、李应。（天罡星二人：10、11）

马军五虎将五员：关胜、林冲、秦明、呼延灼、董平。（天罡星五人：5、6、7、8、15）

马军八骠骑兼先锋使八员：花荣、徐宁、杨志、索超、张清、朱仝、史进、穆弘。（天罡星八人：9、18、17、19、16、12、23、24）

马军小彪将兼远探出哨头领一十六员：黄信、孙立、宣赞、郝思文、韩滔、彭玘、单廷珪、魏定国、欧鹏、邓飞、燕顺、马麟、陈达、杨春、杨林、周通。（地煞星十六人：38 ~ 45、48、49、50、67、72、73、51、87）

步军头领一十员：鲁智深、武松、刘唐、雷横、李逵、燕青、杨雄、石秀、解珍、解宝。（天罡星十人：13、14、21、25、22、36、32、33、34、35）

步军将校一十七员：樊瑞、鲍旭、项充、李衮、薛永、施恩、穆春、李忠、郑天寿、宋万、杜迁、邹渊、邹润、龚旺、丁得孙、焦挺、石勇。（地煞星十七人：61、60、64、65、84、85、80、86、74、82、83、90、91、78、79、98、99）

---

① 与前面姓名相对应的阿拉伯数字是此人在“忠义榜”上的总排名。下同。

四寨水军头领八员：李俊、张横、张顺、阮小二、阮小五、阮小七、童威、童猛。（天罡星六人：26、28、30、27、29、31，地煞星二人：68、69）

四店打听声息，邀接来宾头领八员：孙新、顾大嫂、张青、孙二娘、朱贵、杜兴、李立、王定六。（地煞星八人：100～103、92、89、96、104）

总探声息头领一员：戴宗。（天罡星一人：20）

军中走报机密步军头领四员：乐和、时迁、段景住、白胜。（地煞星四人：77、107、108、106）

守护中军马军骁将二员：吕方、郭盛。（地煞星二人：54、55）

守护中军步军骁将二员：孔明、孔亮。（地煞星二人：62、63）

专掌行刑刽子二员：蔡福、蔡庆。（地煞星二人：94、95）

专掌三军内探事马军头领二员：王英、扈三娘。（地煞星二人：58、59）

一同参赞军务头领一员：朱武。（地煞星一人：37）

掌管监造诸事头领一十六员：萧让、裴宣、蒋敬、孟康、金大坚、侯健、皇甫端、安道全、汤隆、凌振、李云、曹正、宋清、朱富、陶宗旺、郁保四。（地煞星十六人：46、47、53、70、66、71、57、56、88、52、97、81、76、93、75、105）

将“忠义榜”与分工号令对应，两者互为验证，其义自明。有如科举榜录排名决定授官大小，名次决定位置与权力，天罡星所拥有的权力与所任职位，地煞星可望而不可即，如总兵都头领、掌管机密军师、掌管钱粮头领、马军五虎将五员、马军八骠骑兼先锋使等，都是天罡星的专利；而地煞星的杂务，天罡星不屑一顾。如地位卑微的四店打听声息，邀接来宾头领、总探声息头领、军中走报机密步军头领、掌管监造诸事头领等，不可能有天罡星的身影。而且，依据榜上名位分工，顺序也依次为马军到步军，再到水军，层次分明，等级森严。

不仅如此，我们还可以参照同一回中紧随“忠义榜”后的众将部署：

> 且不说众道士回家去了，只说宋江与军师吴学究、朱武等计议，堂上要立一面牌额，大书“忠义堂”三字。断金亭也换个大牌扁。前面册立三关，忠义堂后建筑雁台一座，顶上正面，大厅一所，东西各设两房。正厅供养晁

天王灵位。东边房内，宋江、吴用、吕方、郭盛；西边房内，卢俊义、公孙胜、孔明、孔亮。第二坡左一代房内，朱武、黄信、孙立、萧让、裴宣；右一代房内，戴宗、燕青、张清、安道全、皇甫端。忠义堂左边，掌管钱粮仓廒收放，柴进、李应、蒋敬、凌振；右边花荣、樊瑞、项充、李衮。山前南路第一关，解珍、解宝守把；第二关鲁智深、武松守把；第三关朱仝、雷横守把。东山一关，史进、刘唐守把；西山一关，杨雄、石秀守把；北山一关，穆弘、李逵守把。六关之外，置立八寨。有四旱寨，四水寨。正南旱寨，秦明、索超、欧鹏、邓飞；正东旱寨，关胜、徐宁、宣赞、郝思文；正西旱寨，林冲、董平、单廷珪、魏定国；正北旱寨，呼延灼、杨志、韩滔、彭玘。东南水寨，李俊、阮小二；西南水寨，张横、张顺；东北水寨，阮小五、童威；西北水寨，阮小七、童猛。其余各有执事。①

显然，这一部署的依据与原则来自“忠义榜”，其所包含的精神理念直接继承了“忠义榜”的名位意识。可以说，这一部署是来自天外的“忠义榜”在尘世梁山的人事实践。其安排了62位头领，超过“忠义榜”人数一半。其中，天罡星全部名列其中，地煞星仅有26人，仅三分之一有幸参加，落榜者则用“其余各有执事”予以笼统打发。

战将的舞台在前线，他们的价值只有在战争中体现。对他们委任何职，部署何方，体现了对他们能力的信任度与价值的认可度。在这一部署中，驻扎第一道防线的守将全是骑将。四旱寨守将16人，天罡、地煞各半。天罡星囊括关胜、呼延灼等五虎将（排名分别为第5、6、7、8、15，其中有4人曾是兵败被俘的官军将领），再加上索超等3位八骠骑成员（索超也曾是兵败被俘的官军将领）。地煞星中的8位则全来自层次相对较高的马军小彪将，排名在40～49之间。而且，在这16名身居高位、手握大权、驻扎战略要地的骑将中，有12人曾是兵败被俘的官军将领，比例高达四分之三。

---

① 施耐庵、罗贯中：《水浒传》，人民文学出版社1990年版，第540页。

三、“忠义榜”的名位意识与《水浒传》的情节发展

明清小说非常重视章法结构，讲究“先具成竹于胸中”，“全书在胸而始下笔著书”①。特别是那些头绪纷繁、情节蔓衍的长篇章回小说，“必先具结构于胸中……然后可以兴工”②。“忠义榜”的名位意识在连接人物、结构全书、呼应情节上发挥了重要作用，尤其是束缩和连结小说情节，使其统一于“榜”式结构中。

“忠义榜”显然不是依据《水浒传》前70回进行排名。尊骑将而卑步将、水将的座次，显然与主要由步军、水军将领演绎英雄壮举的故事本身大相径庭。尤其是重降将而轻元老，让无甚功劳的手下败将成为后来居上的新贵，更不是前70回中那部可歌可泣的创业史所能理解。所以说，“忠义榜”不瞻前而偏顾后，不重历史却着眼未来。“忠义榜”通过排名定位人物类型，确定人物形象在小说中的地位，据此确定他们在下文情节发展中的角色与作用。“忠义榜”排名尊骑将而卑步将、水将，重降将而轻元老，这两条规律作为一种现象的两个方面，已经预示了下文情节发展的走向。金圣叹声称石碣是《水浒传》大段落，为一全书点睛结穴，是此书大眼节。此后的故事情节确实是峰回路转，具体表现为：

其一，梁山泊开始走向招安的战略目标。梁山领袖视石碣所镌“忠义双全”为以后的政治理念与指导思想，招安已经成为“忠义榜”的战略目标，他们立即付诸实践，为之奋斗。路线改变的一个重要因素，就是降将的落草使得梁山头领的成分更加复杂，对前途看法的分歧大增，并改变了招安与造反两股力量的对比格局。降将更多的是逼中带诱上梁山，而非走投无路上梁山，暂处梁山也只是无奈加感动之下的权衡之计。降将能被诱上梁山，同样也会被诱下梁山。“忠义榜”

---

① 金圣叹：《第五才子书施耐庵水浒传》第十三回前评，中华书局1975年据崇祯十四年贯华堂刊本影印。

② 闲斋老人：《儒林外史》第三十三回末评，《古本小说集成》据卧闲草堂评本影印，上海古籍出版社1990年版，第1130页。

重降将而轻元老，一方面借助降将的地位与名气为“忠义榜”贴金增光，毕竟他们是朝廷命官，把他们排进座次，无疑会大大提升梁山的政治影响力，从而加速招安的进程，并加大招安谈判与善后的筹码；另一方面，降将身居高位，手握兵权，成为支持宋江招安的主力军，使得拥护招安的力量大增。从此，风向急转，梁山大旗飘扬的方向也随之改变。在天降石碣之后，梁山马上“挂上‘忠义堂’、‘断金亭’牌额，立起‘替天行道’杏黄旗。堂前柱上，立朱红牌二面，各有金书七个字，道是：‘常怀贞烈常忠义，不爱资财不扰民’”①。紧接着，宋江在菊花会上畅填《满江红》词，乐和唱到该词的“望天王降诏早招安”，引起元老们的强烈反感，尤其是李逵怒骂踢桌，于是宋江大喝道：“这黑厮怎敢如此无礼！左右与我推去，斩讫报来！”尽管描写的是醉中言行，但实际上是一场有关梁山前途的分歧交锋。其激烈程度居然使得宋江脱口而出要把他自称“与我身上情分最重，如骨肉一般”的李逵斩首。有了天降石碣的神权相授，加上大量身居高位的降将支持，宋江的政治路线旗开得胜，他再一次声明：“众弟兄听说：今皇上至圣至明，只被奸臣闭塞，暂时昏昧，有日云开见日，知我等替天行道，不扰良民，赦罪招安，同心报国，青史留名，有何不美！因此只愿早早招安，别无他意。”此论得到“众皆称谢不已”，但这个“众”主要是降将，并不包括“冷心”的武松、鲁智深等元老，因为“当日饮酒，终不畅怀。席散，各回本寨”，分歧依然很大。从此，招安驶入快车道，紧接的下一回，也就是第七十二回《柴进簪花入禁院 李逵元夜闹东京》，用心良苦的宋江搭上了李师师这个关系，直接向皇帝抛出绣球，殷切表达招安的政治诉求。即使是后来数次大败前来围剿的官军，招安已经成为梁山的终极目标与指导思想。“忠义榜”之名，“忠”居“义”前。石碣重现之后的一切人物去留与情节结构都以之为中心，或为之奋斗，或承受后果。这一切都在为“忠义榜”张本，早已笼罩在众英雄排座次的名位意识之下。

其二，大规模的正规军兵团作战将取代逞匹夫之勇的游击战。“忠义榜”排名尊骑将而卑步将、水将，预示了梁山的军事行动方式将有重大变化。昔日“智

---

①　施耐庵、罗贯中：《水浒传》，人民文学出版社 1990 年版，第 540 页。

取生辰纲”之类小打小闹的数人打劫行动将被正规军大兵团作战所取代。在大规模战事中，骑兵的作用要大于步兵，它机动性强，扩张迅速，纵横捭阖，容易扩大战果。加上宋朝军队屡屡败于辽、西夏等铁骑之下，骑兵不仅是军事利器，而且具有强大的政治威慑力。所以，要扩大战果，引起朝廷的震动与恐慌，在招安中获得最大的政治筹码（这种筹码不只是索取，还包括朝廷视梁山的军事实力而给予相应的优待条件以示怀柔），骑兵被寄予厚望。而水军只能在水域作战，范围远不如骑兵宽广。于是，骑将得到宠爱，步将、水将遭到冷落。尽管主要由降将组成的骑将曾经被身为步将、水将的元老们打得落花流水，束手就擒，但此一时，彼一时，需要主动出击的梁山军队在“泥腿子”般“乌合之众”以外，急需补充大量骑将。这在以后的兵打蓟州城、大战玉田县、大战独鹿山、大战幽州等大兵团作战中得到了验证。骑将率领一支强大的正规军横扫落叶，以彰显招安后成就“忠义双全”的巨大力量，而非昔日单打独斗的匹夫之勇，这也是“忠义榜”的名位意识在后半部《水浒传》故事中的折射。因此，游兵散勇经过整编集训，使得石碣重现之后的梁山故事俨然一部“三国”战争史。

其三，重新确立人物关系，决定众多人物此后的命运走向与故事结局。“忠义榜”分类排名，是对此前人物关系的重新洗牌，重新定位人物关系与位置，而这个坐标原点与中心就是宋江。“忠义榜”排名无疑融入了宋江个人的道德观与功利观，一定程度上体现了他内心的人际亲疏以及与“忠义双全”的距离远近。如董平是个好色之徒，杀人栽赃，杀父夺女，此等劣徒应该是梁山好汉替天行道的刀下鬼。但宋江竟毫不追究，居然列其为天罡星第15名，进入梁山“五虎将”的尊贵行列。还有被晁盖视为“坏好汉的名头”而欲杀之的杨雄、石秀二人，宋江却找出大堆理由挽救，两人后来都位列天罡。“忠义榜”重降将而轻元老，造成诸多新贵后来居上，不仅在名位上制衡吴用、公孙胜、林冲、“三阮”等晁盖旧部，极大肃清了晁天王的实际余威，而且分散了遗老旧部的离心力，如武松、鲁智深与李逵等反对招安的力量。昔日故旧的排名也大多低于宋江拉来的新贵。在宋江心目中，这种降将新贵居上，旧部次之，晁盖旧部又次之的极为微妙敏感的关系格局，通过天降石碣和神权相授，取得“上天显应，合当聚义，今已数足，分定次序”的权威确定①，致使众将当场表明“天地之意，理数所定，谁敢违拗”，“忠义榜”遂成定制，取得合法地位，私心成为公法，人情成为制度。此外，对人物关系重新洗牌与定位的“忠义榜”，也会影响众多人物此后的命运走向与故事结局。如李俊本是宋江旧部与救命恩人，在李立和张横处两救宋江，所以白龙庙小聚义时，李俊排在“揭阳三霸”之前。到“忠义榜”中却位在“三霸”之一、平庸的土财主穆弘之下。李俊富有主见，不满招安无疑影响了他与宋江原本非同一般的亲密关系。所以，李俊在打完方腊回京途中，不愿随宋江进京领赏，半路带童威、童猛诈病离开，后来做了暹罗国主。另如武松、鲁智深等人的离开亦是如此。这些分道扬镳的结局其实早在“忠义榜”的排名中就已注定。

总之，科举榜录对“忠义榜”的形成、特点与内涵产生了重要影响，科举榜录的名位原则影响了“忠义榜”的名位意识，从而对《水浒传》的人物关系、情节发展甚至结构布局产生了深刻影响。

作者简介：胡海义（1980—　），男，湖南邵阳人，湖南师范大学文学院副教授，硕士生导师，主要从事中国古代文学教学和科研工作。

---

① 施耐庵、罗贯中：《水浒传》，人民文学出版社1990年版，第539页。

《水浒传》招安结局的文化探析

史继东

（陕西理工大学文学院　陕西汉中　723000）

摘　要：历来学者研究《水浒传》招安结局多是从政治历史的角度来分析。然而我们从文化上可以更深层次了解这一结局的必然性。首先作者受史官文化的影响，一方面不能改变招安的结局，另一方面又通过叙事的延伸来解决历史发展与道德要求、作者情感与理智的矛盾；其次作者以自身的儒家思想通过对“义”的改造与“替天行道”理想的阐发来渗透世俗文化，使之符合儒家文化的要求；最后世俗文化中的安分守己思想与发迹变泰思想也使故事导向了招安的必然结局。

关键词：《水浒传》；招安；叙事延伸；渗透；发迹变泰

《水浒传》在中国是家喻户晓的文学经典。然而，招安的结局最为后世所诟病，招安成了投降的代名词，特别是在新中国成立初特殊的政治背景下，被批判得体无完肤。在学术研究中，招安结局也是一个颇受关注又争议颇多的话题。然而这些研究用政治话语阐释得较多，而从文化心理的角度阐释得较少。本文拟从史官文化下的必然选择，儒家文化的渗透与整合，以及世俗文化心理的影响三个方面，对此问题加以论述，以便从深层次理解招安结局的必然性和文化根源。

一、史官文化下的必然选择

中国的史官文化源远流长，并且对文学创作的影响非常深。孔子通过修订《春秋》寄予自己的王道理想。司马迁、班固都因其史著而光耀青史，为后世人实现人生的不朽指明了切实可行的道路。所谓人以文传，说的就是这种情况。魏晋以来希望通过修史实现不朽的人空前多了起来，这种史官文化对文学的影响最大的表现就是，在进行文学创作，特别是小说创作时不自觉地会有一种史官意识。如《世说新语》《搜神记》等我们所认为的魏晋志人、志怪小说，无不以纪实征信为写作宗旨。唐传奇作为我国小说的成熟形态，仍然以“传”这一史学体裁命名。《李娃传》中的诗人李益不仅实有其人，李公佐还把自己写进了小说。神魔小说《西游记》的作者吴承恩自称野史氏，描写鬼狐花妖世界的《聊斋志异》的作者蒲松龄也自称异史氏。他们都把自己虚构的故事镶嵌在真实的历史框架之中。

《水浒传》从题材上虽然是英雄传奇，但还是属于宋元话本中“讲史”的范畴。因此，不论是说书艺人、元代剧作家或施耐庵、罗贯中，都不可能脱离基本的历史的真实而去任意地创作。这最基本的历史事实是什么呢？就是宋江没有称帝。因此梁山在两赢童贯、三败高俅的事业顶点，杀上东京、夺了鸟位，看来是水到渠成的事，但作者不可能这么写。

首先，作者不能改变基本的历史事实。

一方面，招安结局无论是宋元史载，还是剧本传说均有载录。《宋史・侯蒙传》载：“宋江寇京东，蒙上书言，江以三十六人横行齐、魏，官军数万无敢抗者……不若赦江，使讨方腊以自赎。”① 宋徽宗是否接受侯蒙的建议而赦免招安宋江，此传没有记载。然而在《宋史・徽宗本纪》里有：“淮南盗宋江等犯淮阳军，遣将讨捕，又犯京东、河北，入楚、海州界，命知州张叔夜招降之。”② 这

① 脱脱等：《宋史》，中华书局 1977 年版，第 11114 页。
② 脱脱等：《宋史》，中华书局 1977 年版，第 407 页。

是正史中明确记载的。北宋宣和年间，李若水约于1121年作《捕盗偶成》：“去年宋江起山东，白昼横戈犯城郭。杀人纷纷翦草如，九重闻之惨不乐。大书黄纸飞敕来，三十六人同拜爵。狞卒肥骖意气骄，士女骈观犹骇愕。”① 这首纪实性的诗歌如耳闻目睹般地介绍了宋江受招安的整个经过。其他材料如《三朝北盟会编》《皇宋十朝纲要》《续资治通鉴长编》《续资治通鉴长编纪事本末》《宋故武功大夫河东第二将折公墓志铭》等也都记载了历史上的宋江曾经被迫归顺朝廷，参加过打方腊。另一方面，自南宋以来在民间流传的水浒故事和相关的文学创作中也已经有了宋江受招安的情节。这也显示出了史官文化对民间文学的影响。如宋末元初的讲史话本《大宋宣和遗事》就讲到“略州劫县，放火杀人”的宋江等人“朝廷无其奈何，只得出榜招谕宋江等。有那元帅姓张名叔夜的，是世代将门之子，前来招诱宋江和那三十六人归顺宋朝，各受武功大夫诰敕，分注诸路巡检使去也。因此三路之寇，悉得平定。后遣宋江收方腊有功，封节度使”②。元代的水浒戏《黑旋风仗义疏财》也写有张叔夜出榜招安，黑旋风李逵听从李撇古之言，劝宋江投降同征方腊的情节。以上所举可以说明施耐庵和罗贯中绝对不可能置历史事实和民间传说于不顾，来改变招安的结局。

其次，作者通过“叙事的延伸”来调解理性与感情的矛盾冲突。

“历史的发展要符合道德的要求”，既是优秀的史官们总结出来的历史发展规律，又是他们的强烈愿望。王靖宇评价《左传》时说：“《左传》本是‘一本道德因果指南，一个预言体系，这个体系不是建立在数字或预兆的基础上的，而是建立在更复杂的、更值得信服的、在实际的人类历史中可觉察的道德模式基础上的。”③ 史官们坚信历史的发展应该符合道德的要求，并且把这一观点渗透到了具体的叙事中。然而这只是他们对历史发展的一种期待，虽然他们在具体的载录过程中力图使之变为现实，但历史的发展与道德要求的矛盾是他们不能回避的。如《左传·僖公十一年》记载，通过贿赂手段登上晋国国君宝座的晋惠公，

① 《全宋诗》，北京大学出版社1997年版，第2013页。
② 《新刊大宋宣和遗事》，古典文学出版社1954年版，第47页。
③ 王靖宇：《中国早期叙事文研究》，上海古籍出版社2003年版，第36页。

在受周王朝派来的使者内史过的册封时，受玉惰，拜不稽首，傲慢无礼。内史过对之进行了批判，并预言晋惠公将无后。内史过为何不把这个恶果直接预言在晋惠公身上，而是他的子孙身上呢？原因就在于对于载录者而言，晋惠公十四年后正常死亡，得以善终是历史事实，无可改变。因此这一历史事件就有违道德批判的原则。但作者通过叙事的延伸，十四年后，晋惠公的儿子晋怀公被在外流亡归国的重耳（晋文公）杀死，而晋怀公无子，这一点给了史官以启示，因此他们把事件的结点定在了晋怀公被杀，晋惠公绝后上。并将此事与十四年前的晋惠公无礼的表现结合起来，从而对晋惠公完成了道德批判，使看似不符合道德要求的历史事件通过叙事的延伸，符合道德的要求。忠于客观事实的理性与理想的感情因素发生矛盾时，史家用叙事的延伸来调和。这种方法也给了小说家很好的启示。在招安的问题上，《水浒传》作者在心理上照样有很大的矛盾。作者一方面积极张罗招安，并让梁山好汉在一片大好的形势下主动归顺朝廷；而另一方面又用冷峻衰煞的笔调写出了招安之后梁山好汉们悲惨的结局。这一主观肯定与客观否定的背后恰恰展示了作者价值理想与社会现实的矛盾。

在情感上，作者对当日的政治腐败和社会黑暗有着清醒的认识，作者渴望社会上出现“路见不平，拔刀相助”的梁山式的英雄好汉来主持正义，除暴安良，以至于替天行道。因此，作者对于梁山好汉们的义举做了酣畅淋漓的描写，并极力歌颂赞扬。“杀去东京，夺了鸟位”的叫喊声使我们读了之后大呼过瘾痛快。然而作者在理智上极力克制这种感情的冲动，不让其发展，并把他们的行为纳入一个价值合理性的轨道上，让他们接受招安。然而对于招安之后的结局，不同的材料差别很大，《大宋宣和遗事》以他们招安之后加官进爵，平定方腊之后宋江加封节度使的大团圆结局而告终。而《宋故武功大夫河东第二将折公墓志铭》则以宋江平定方腊以后被徽宗命折可存于军中捕杀的悲剧而结尾。二者结尾可谓相差悬殊。那么作者为何不选择大团圆的结尾呢？从感情上讲，作者未尝不想给梁山英雄们安排一个辉煌而富贵的结局，因为这样才能不负他们“封妻荫子，青史留名”的热切希望，同时也能彰显出“忠义”的巨大价值。但在理智上，作者清醒地认识到“自古权奸害忠良，不容忠义立家邦”的严酷历史，在国君昏庸无能，而权奸们对梁山英雄又恨之入骨的背景下，招安是不会有好结局的。这也是基于明朝真实存在的朝廷对农民起义残酷镇压以及经常杀降的血的事实。因此作者以宋江等人的悲剧取代了大团圆的结局。

然而这样一来，事件的发展无疑严重背离了道德要求的方向。因为按照道德的标准，梁山好汉的“替天行道”应该换来好的回报和表彰。但结局恰恰相反，本来如果故事写到宋江一伙的死而结尾，整个故事就是一个彻头彻尾的大悲剧，从今天的悲剧理论来看，无疑会给人以更大的震撼，但作者的史官意识使他要采取手段去调解历史与道德的矛盾。因此他通过叙事的延伸来解决这一矛盾。作者在第一百回，采取历史追认的方式，为他们封侯建庙，使他们永享烟火。“敕封宋江为忠烈义济灵应侯，仍敕赐钱于梁山泊，起盖庙宇，大建祠堂，妆塑宋江等歿于王事诸多将佐神像。敕赐殿宇牌额，御笔亲书‘靖忠之庙’。济州奉敕，于梁山泊起造庙宇。”“彼处人民，重建大殿，添设两廊，奏请赐额。妆塑神像三十六员于正殿，两廊仍塑七十二将。年年享祭，万民顶礼。”“生当鼎食死封侯，男子生平志已酬”，“千古为神皆庙食，万年青史播英雄”。梁山好汉死后，成为神灵，享受祭祀。这也算是对他们悲剧人生的一种补偿，他们的价值最终得到认可。有悖道德发展的事件终于通过延伸，符合了道德的要求。

二、儒家文化对世俗文化的渗透

美国芝加哥大学人类学家雷德菲尔德在《乡民社会与文化》中，提出“小传统”与“大传统”这一对概念，“用以说明在较复杂的文明之中所存在的两个不同层次的文化传统。所谓大传统是指一个社会里上层的士绅、知识分子所代表的文化，这多半是经由思想家、宗教家反省深思所产生的精英文化（refined culture）；而相对的，小传统则是指一般社会大众，特别是乡民或俗民所代表的生活文化”①。余英时认为：“大体说来，大传统或精英文化是属于上层知识阶级的，而小传统或通俗文化则属于没有受过正式教育的一般人民。”② 简言之，就中国

① 李亦园：《人类的视野》，上海文艺出版社 1996 年版，第 143 页。
② 余英时：《士与中国文化》，上海人民出版社 1987 年版，第 129 页。

古代社会而言，所谓大传统也就相当于儒家文化，而小传统不妨称作世俗文化。而《水浒传》独特的成书过程恰恰使之成为两种文化的集合体。

《水浒传》源于民间说书艺人的漫长的成书过程，因此具有很强的世俗文化思想。但《水浒传》绝对不是“集合许多口传，或小本‘水浒’故事而成的”①著作。施耐庵、罗贯中的加工整理与写定，又使之受正统的儒家文化影响极为深刻。两人都是正统的封建文人，他们对《水浒传》的贡献绝对不仅仅是整理和编次，而是一种再创造。《水浒传》成为一种蕴含着封建文人政治理想与道德观念的作品。因此“《水浒传》是一部起于民间而被文人改造利用的有寓意的作品，它的宗旨与其成书所根据之本可能有关，却已经过最后一位作者罗贯中的认定、校正与发挥，成为了他所确定《水浒传》要负载并表达的观念”②。我们在充分认识两位作者在艺术上的润色与创新的基础上，更要重视他们在思想上对民间水浒故事的脱胎换骨的改造。

“义”是世俗文化中的一个核心价值观，因此它是梁山英雄们的行为准则与理想人格，评判是非的价值尺度以及他们精神上的纽带。同时也是“众虑同心归水泊”的重要原因。正是由于他们的义气，因此无须相逼，仅受宋江义气的感召，便能同声相应、同气相求，从四面八方聚拢来，形成具有绿林特色的军事集团，“豪杰相逢鱼得水，英雄际会弟投兄。……水战火攻人罕敌，绿林头领宋公明”（第六十九回）。“县官失政君臣妒，天下黎民思乐土。壮哉一百八英雄，任侠施仁聚山坞。”（第八十三回）“义”的核心思想可追溯到古代的游侠传统，司马迁《史记·游侠列传》对游侠极力歌颂：“其言必信，其行必果，已诺必诚，不爱其躯，赴士之厄困。”这一面显扬了游侠的地位，一面也显露了他在非理性的政治势力之外，要求有多元的社会势力以保障人生价值的闳识孤怀。③《水浒传》对侠义的歌颂也是如此。“义”的这一性质在民间被极为推崇，成为人们在

---

① 鲁迅：《中国小说史略》，中华书局2011年版，第209页。

② 杜贵晨：《〈水浒传〉替天行道论》，《菏泽学院学报》2008年第6期。

③ 林聪舜：《智与美的融合》，《抒情的境界》，生活·读书·新知三联书店1992年版，第383页。

正义得不到伸张时唯一的救命稻草，成为政治腐败时期的法外认同。然而作为专制体制的国家机器，是不容许这种法外势力存在的。这一点，作者有着清醒的认识，因此，他必须对这种“义”加以整合与限定，使之符合儒家思想的规范。因此“义”之前加上了“忠”，“行道”之前加上了“替天”。从而只反贪官，不反皇帝，因此，接受朝廷的招安也就在情理之中了。

作者是如何实现儒家文化对世俗文化的这种渗透呢？主要通过宋江对梁山义军的改造来完成。梁山事业在晁盖的手中已经初具规模。那座庄严的“聚义厅”既是他们日常议事所在，又是规范群雄思想和行为的礼仪场所。“聚义”二字正代表着他们的核心价值观和行动指南。然而宋江掌权后，首先第一件事就是改“聚义厅”为“忠义堂”。很显然，在“义”之前加上一个“忠”，“义”便有了严格的规定性，只能反对贪官污吏与不合理的现象，而不能推翻皇帝另建王朝。“忠”在先秦时期是一个普遍使用的概念，常与“信”字连用，其使用的对象也很普遍，并不专门针对君主，而是人人都应具备的美德，其内涵要求是双向的。但随着中央集权国家的建立，“忠”的伦理内涵发生了根本性的变化。尤其是董仲舒阐释界定以后，“忠”成了臣子对君王单向的道德伦理要求，君主是对“忠”的伦理的唯一判断。从而“忠”具有了官方意识形态的含义。“义”的内涵与外在行为方式只有符合“忠”的要求，在“忠”的统辖范围内，才能被官方认可。同时也才能被具有正统思想的封建文人认可。台湾学者张火庆指出：“由侠义传统的起源及其特性，可知中国历代政府对于不论是个人的以武犯禁，或集体的武装叛乱，往往加以禁绝，或者予以压制，表现了侠与法的不相容受，但小说家顺应着侠义存在的事实及效用，设法解消这种对抗，一方面赞扬侠行的正面意义，一方面则揭出更高的理想，经由某个集团领袖的劝导，或某位清官的感诱，而化除侠者好勇斗狠的意气，使之纳入合法化的途径，并以‘忠义’为标榜，转化其心志，则终于臣服于朝廷正统。”① 因此，由“聚义”到“忠义”再到“替天行道”的提出，是施耐庵与罗贯中用正统的儒家思想渗透以至于改造长

---

① 张火庆：《从自我的抒解到人间的关怀——小说（二）》，《意象的流变》，生活·读书·新知三联书店 1992 年版，第 497 页。

期以来水浒故事本身具有的世俗文化的结果。从而，招安也就成了梁山英雄的必然选择。他们在接受招安进京时所举出的两面旗帜“顺天”“护国”正可看出他们从思想到行为的彻底转变。接着他们北征辽国，南打方腊，建功立业。最终褪去侠义英雄的戾气，变为护国安民的忠臣。他们“既在‘忠义双全’的价值召唤中实现了自我，又在这一取向的实践中丢失了自我”①。

三、世俗文化心理的真实反映

世俗文化与儒家文化虽属于两种不同的文化系统，但二者并不是彼此隔绝、互不相干或水火不容的，而是共同存在、相互影响的。因此，世俗文化中的某些因素也使梁山事业最终走向了招安的结局。

首先，对落草为寇、反抗官府的天然抵触。

中国民众的耐受力可谓是最强的，历史上无论朝廷官府多么腐败黑暗、自然灾害多么严重，抑或是二者同时降临，只要还有一线生机，不被饿死，是绝对不会铤而走险，起来反抗的。《乐府诗集》中的《东门行》便为我们细致描述了将要饿死的下层民众起来反抗的心理过程是多么曲折复杂。普通民众对落草为寇都是极为不齿的。梁山好汉中的大多数也是如此。如朱武劝史进上山、王伦留杨志落草、吴用劝朱仝“入伙”时，三人拒绝的言辞如出一辙：

史进道：我是个清白好汉，如何把父母遗体来点污了。你劝我落草，再也休题。（第3回）

（杨志）思量：王伦劝俺，也见得是。只为洒家清白姓字，不肯将父母遗体来玷污了。指望把一身本事，边庭上一枪一刀，博个封妻荫子，也与祖宗争口气。（第12回）

朱仝道：先生差矣，这话休题……天可怜见，一年半载挣扎还乡，复为

---

① 冯文楼：《〈水浒传〉：一个文化整合的悲剧》，《陕西师范大学学报（哲学社会科学版）》1997年第3期。

良民。（第 51 回）

他们一方面惺惺相惜，敬重英雄好汉，但一说到入伙便严词拒绝了。可见他们对造反的天然排斥。其中，林冲的人生轨迹及反抗道路最能说明这一点。由于此事人人耳熟能详，我们就不再赘述了。武松看似最反对招安，但招安一词最初就出自武松之口。对于他们来说，上梁山虽然能让他们暂时躲避官府的迫害，暂时过上稍微安定的生活，但极少有人真正把梁山当成最终的归宿。只要有赦免他们罪过的机会，大多数人还是愿意变为所谓良民的。这可以说是梁山好汉大部分都能接受招安的思想基础

其次，改变生活现状，建功立业的人生需求。

儒家也讲建功立业，但与世俗文化的出发点截然不同，真正的儒者其目的在于国家民众的利益，从而实现其人生最大的社会价值。而世俗文化的建功立业其目的主要是借此扬名立万，从而提高自己的生活质量，改善自己的生活状况，也就是所谓的发迹变泰。这就是所谓的“边庭上一枪一刀，博个封妻荫子”。我们若对水浒英雄做这方面的考察，便发现这种思想十分普遍。

梁山好汉大多是武艺高强或具有一技之长的人，但由于朝廷腐败，他们大多数沉居下僚，如宋江、林冲、杨志，甚至有些人流落市井之中，如吴用、阮氏三雄、安道全、乐和等，他们有着改变境遇的迫切愿望，甚至不惜铤而走险。如刘唐劝晁盖劫取生辰纲，并不是劫富济贫，而是占为已有，后来悉数运往梁山，自己独享了，这和蔡太师享用又有何分别？在第十四回阮小二说起梁山，一副羡慕的语气“他们不怕天，不怕地，不怕官司；论秤分金银，异样穿绸锦；成瓮吃酒，大块吃肉，如何不快活？我们弟兄三个，空有一身本事，怎地学得他们!”阮小七说道：“人生一世，草生一秋！我们只管打鱼营生，学得他们过一日也好!”阮小五抱怨说：“我也常常这般思量：我弟兄三个的本事又不是不如别人。谁是识我们的！若是有识我们的，水里水里去，火里火里去！若能够见用一日，便死了开眉展眼!”可见一方面他们感叹英雄无用武之地，另一方面也表现了他们的饥不择食，哪怕落草为寇都愿意的心情。从这也可以看出他们的所谓理想非常世俗、自私，也确实不够高尚。

而那些来讨伐梁山的宋朝将领呢，秦明、彭玘、呼延灼、关胜等，我们不否认他们是正直之士，但他们对朝廷的黑暗腐败并没有清醒的认识，仍视梁山好汉为贼寇。他们在征讨梁山失败，走投无路时更是视梁山为暂且安身之处，仍将个人的生死得失放在第一位，没有一个舍生取义、杀身成仁的。宋江也正是看准了他们的心理弱点，有针对性地对他们加以劝化并屡试不爽。究其原因，一方面他们都为宋江的忠义之心所感召，另一方面也在于他们世俗化的建功立业之心。这与儒家思想确有相通之处。这也正是儒家思想能够渗透进来的原因所在。

由以上分析可见，《水浒传》招安的悲剧结局是史家的史官文化、儒家文化和世俗文化共同作用的结果，它带有一种必然性。是作者用自身的儒家思想渗透改造世俗文化的结果，同时，世俗文化中的安分守已、发迹变泰等思想最终也使《水浒传》走向了招安的结局。

作者简介：史继东（1981—　），男，河南周口人，古代文学博士，现为陕西理工学院文学院讲师。

论《水浒传》中的信仰之维

俞世芬

（杭州师范大学中文系　浙江杭州　311121）

摘　要：《水浒传》中无论是佛道、墨侠，还是儒家文化，都滋养和丰富了作者的艺术创作。文化碰撞的背景，不仅为小说的时空表现和人物的人生选择提供了复杂的艺术语境，还强化了小说的主题内涵，将入世与出世的信仰问题强化到极致，形成一种独特的艺术张力。通过对小说人物形象、情节和人物结局的分析可见，小说表达了入世之后必然要寻求出世的人生信仰。因此，一部《水浒传》最终表达的是奋争之后的回归虚静。

关键词：《水浒传》；信仰；儒家；佛道；冲突；张力

一、从传统文化的维度看

从文化的维度来解读人物的人格背景与性格底色，从而审视小说的文化视野与精神信仰，无疑是当代批评接近那些古往今来的艺术杰作的有效手段。对于中国古典名著《水浒传》（明容与堂百回本）来说，这一维度历来就被作为揭示其内在精神的成功奥秘。正如古今中外众多研究所揭示的那样，《水浒传》中的侠士与英雄的世界里，呈现着一台由儒、道、佛、墨等各路中国传统文化联袂出演的精彩演出。

儒、佛、道、墨等文化在小说中确实占据着不同的分量和地位。我们从流传下来和业已发表的诸多文章中可以看到，一些观点和看法已是众所周知且深入人心。比如关于《水浒传》与儒家文化的关系，罗集铸先生在1976年发表的《〈水浒〉是一部儒家作品》中就直陈："《水浒》是一部集儒家秕糠大成的作品。它和儒家经学书籍不同之处，只在于它是用文学形式宣扬儒家思想，塑造出孔老二的忠实门徒宋江这个艺术形象罢了。"① 这篇文章在今天看来带有太多的时代痕迹，显得阶级意识极强，火药味甚浓。但其中关于《水浒传》中儒家文化的批判文字，恰可让我们从反面得出结论，即《水浒传》确实是一部关于儒家文化的作品。还有王振星先生在1998年的论述中指出了《水浒传》从三方面不同程度地冲击着以儒家为主导的传统文化，体现了小说固有的文化品格。一者，"《水浒传》反抗封建社会秩序，揭示了造反不惟是官逼民反，也是人生欲求和怀才不遇文化母题促成的"；二者，"其富于思辨的否定精神，有着深厚的思想文化基础。而且小说逞威炫力，其阳刚之气质也是对传统文化重文轻武、崇柔抑刚的反是，这对锻造中华民族刚强的性格有不容忽视的影响"。三者，"小说融入神话，再造神话，流露出肯定造反精神的厚重底蕴，对水浒英雄从人格到神格的塑造，展现了人民大众对他们的崇敬之情"。② 在2004年发表的《儒家文化人格与〈水浒传〉的创作》一文中，王振星先生继续从艺术发生学的视角探究了《水浒传》中主要人物的塑造，提出"儒家文化人格对中国古典小说创作的影响巨大。孔子及其弟子子路作为一对卓显的儒家文化人格符号，对《水浒传》中的宋江和李逵这对文学形象的孕育、塑造起了潜移默化的作用。在深层次上，宋江和李逵的形象不是《三国志演义》影响的结果，而是儒家文化人格浸润使然"③。韩玺吾先生发表于2008年的《水浒英雄之义与儒家文化之关系》一文提出"水浒英雄之义举，明显地表现出残忍好杀的特点，在其侠义的背后，指向的是爱的缺失。究

① 罗集铸：《〈水浒〉是一部儒家作品》，《中山大学学报（哲学社会科学版）》1976年第1期。

② 王振星：《〈水浒传〉的文化品位》，《济宁师专学报》1998年第2期。

③ 王振星：《儒家文化人格与〈水浒传〉的创作》，《齐鲁学刊》2004年第2期。

其原因，乃源于儒家以己为中心的有限度的推爱。而儒家‘义以为上’的观念，在将这种有限的仁爱推向极致的同时，最终导致了仁爱背后爱的彻底失落。……一部《水浒传》，在展示英雄侠义之举的同时，也穷形尽相地逗引出其与儒家文化间千丝万缕的联系，昭示出中国文化之复杂多样性，这正是《水浒传》独特的认识价值之所在”①。与韩文相类，郑晓艳所撰的《试析儒家文化对〈水浒传〉中侠义精神的消解》一文，在肯定儒家文化对《水浒传》创作的巨大影响的同时，也指出儒家文化中的天道观、仁爱观以及礼法观扭曲了侠义精神的本质，弱化了英雄的侠义形象。提出“儒家文化实际上消解了《水浒传》中的侠义精神。从英雄们的悲剧结局中，我们可以看到传统文化所带来的政治残酷性”②。

可以看到，研究者或从小说主要人物形象的塑造，或从小说的文化母题与文化基础入手，将儒家文化在小说中的艺术呈现做了细致的剖析，在条分缕析中将《水浒传》与儒家文化的关系由表及里引至深处。在关于《水浒传》中侠文化、佛文化的阐述中，作者都谈及无论是侠文化还是佛文化，都与儒文化有着不可分割的联系。例如，曹萌发表于2004年的《〈水浒传〉：尚侠思想的遗传与变异》一文认为，从文本所张扬和称赞的根本内容看，《水浒传》带有明显的尚侠思想倾向。因为“此种尚侠并非简单重复中国古代文学中那种歌颂和褒赞侠行为与侠品格的惯常做法，而是对侠的精神气质的新内容，甚至是与传统侠精神相对立的内容加以褒扬”。所以作者认为：“《水浒传》的根本思想倾向是尚侠思想的遗传和变异：其遗传主要表现在塑造了一系列游侠形象、表现了侠的率真乐观心态、以夸张想象塑造人物的侠品格；其变异则体现在该书让许多率性而为的侠遵从儒家伦理道德，让个体活动的游侠服从群体的意志。”③ 张煜在《〈水浒传〉与佛教》一文中提出，《水浒传》表面上对于佛教进行贬抑，实际上作者赞扬的是另

---

① 韩玺吾：《水浒英雄之义与儒家文化之关系》，《江汉大学学报（人文科学版）》2008年第3期。

② 郑晓艳：《试析儒家文化对〈水浒传〉中侠义精神的消解》，《菏泽学院学报》2012年第3期。

③ 曹萌：《〈水浒传〉：尚侠思想的遗传与变异》，《河南师范大学学报（哲学社会科学版）》2004年第4期。

一种佛教。即“像鲁智深那样性情真率，嫉恶如仇，为朋友赤胆忠心，故吃酒喝肉也不妨成佛”。同样，《水浒传》对于儒家也不是一味地尊奉。作者由此得出结论：“《水浒传》是一本反封建压迫、反对假道学的小说，抑恶扬善，崇真去伪是其主旨，这与三教在本质上是没有违碍的。但与士大夫所理解的儒、释、道有不同，体现了一种民间的态度。”①

正如罗杰·M·基辛所说的：“没有哪个社会和文化是一元的，也没有哪个社会和文化是完全整合的，任何社会和文化总是代表某种冲突观点和冲突利益的复合体。”② 一部文学杰作也必然包蕴了多种文化的冲突与整合，体现了作家思想斗争和灵魂挣扎的痕迹。关于《水浒传》中的文化冲突与整合，也是早有论述。例如关四平和陈砚平在1998年发表的《〈水浒传〉：“侠义”皈依“忠君”的悲剧》一文，就提出从封建正统文化与江湖文化冲突碰撞的角度探讨古典名著《水浒传》的文化底蕴。文章认为“《水浒传》贯穿着弘扬侠义与墨守忠君的矛盾与困惑，如实写出了侠义皈依忠君的惨烈悲剧。‘水浒’中的‘侠义’，既有儒家的‘仁爱’、墨家的‘兼爱’，又有江湖文化中的道德人格”。文章分析得出：“作者试图统一侠义与忠君的矛盾，以忠规范义，却未能达到忠义一体的主观命意，徒现两种文化整合的艰难。这样写是作者文化心理矛盾的结果，从更深层次说就是大众文化与正统文化冲突碰撞的结果。”③ 在发表于2004年的《“秩序”以及“秩序”的悖反——对〈水浒〉中儒道释三教运演规律的再诠释》一文中，作者陈彦廷认为“在《水浒》这一独立完整的‘话语空间’里，儒道释三教的相互激荡与摩擦，不仅让我们确定无疑地看到了儒家所处的绝对优势，以及道释宗教在这种权威控驭下的妥协态势，更在其循环往复的递级上升中，窥见一个至为分明的‘扬清激浊’的理性内核——宋江在文本中最终的灰飞烟灭、价值失落，即是明证”④。

---

① 张煜：《〈水浒传〉与佛教》，《明清小说研究》2006年第4期。

② 北晨编译：《当代文化人类学概要》，浙江人民出版社1986年版，第90页。

③ 关四平、陈砚平：《〈水浒传〉：“侠义”皈依“忠君”的悲剧》，《北方论丛》1998年第3期。

④ 陈彦廷《“秩序”以及“秩序”的悖反——对〈水浒〉中儒道释三教运演规律的再诠释》，《台州学院学报》2004年第1期。

综上所述，我们可以得出一个明确的结论，离开了儒佛道墨的传统文化，也就没有了《水浒传》。因此，无论是扎根于民间的佛道思想和文化，喜闻乐见于市井的江湖侠文化，还是笼罩于士人头脑中的儒家思想与文化，都从不同层面滋养了出身下层、以书会才人的身份进行创作的作者，让他凭借丰富的文化养料，从容不迫地展开丰富的想象力，演绎紧张热烈的传奇故事。除此之外，这种交织碰撞的文化大背景，又为小说的传奇时空和人物的人生选择提供了必要的艺术语境。并且，它还充实扩大了小说的主题内涵。《水浒传》以传奇故事来表现历史与人生，它同一般小说的区别在于，它将人生的一个基本矛盾——入世与出世，通过对英雄人物的塑造和侠义人生的描写而强化到极致，形成了一种独特的艺术张力。因为这些侠士豪杰不同于凡夫俗子之处在于，他们不仅要有为，而且要有大为。所以他们的人生是作为一种生活法则和行为规范标示了新的榜样。他们的行侠仗义、除暴安民与恣情洒脱、快意恩仇，多少让读者感受到生命的自由意志的可贵与开辟生活新空间的可能性。

二、生命冲突与艺术张力

《水浒传》能够成为经典名著代代相传受人追捧，丰富的文化内涵固然是一个重要的因素，但更为重要的是，它提供给读者一种赏心悦目的艺术享受。在这里，精神的解放和生命的高扬超越了单纯的文化思考，审美的兴奋掩盖了道路选择的痛苦。所以，《水浒传》的成功并非在于表现或诠释了传统文化，而在于作者运用这些文化创造出了真正的艺术。如果以单纯的某种文化来限定小说的精神内核，实际是忽略了这部伟大的作品作为小说的内在品格，即它具有的艺术的超越性。贯穿小说的，是一种体现着生命单纯的真正的游戏精神和理想主义品格。

正如曲家源先生在《宋江——〈水浒传〉里的理想“完人”》中所指出的，《水浒传》作者施耐庵作为封建社会底层的一个读书人，没有完全摆脱儒学的影响，因此仍然是个儒者，但他对下层百姓的生活相当熟悉。而作为一个“书会”先生，他很有可能曾当过很长时间的“说话人”。因此施耐庵极有可能“对‘说话’艺术有精深研究，擅长说故事，善于创造生动情节，细节叙述得合情合理，解释人物行为动机多圆满有说服力”，而长期的职业环境，又形成了他浓厚的小市民艺术趣味。这样一位作家，当他在创作《水浒传》时，会赋予他的最主要的主人公宋江以什么样的思想品格呢？作者分析后得出：“首先，他的主人公应该是个能够被封建官府勉强接受而又深被广大人民群众喜爱的‘英雄’，这样他就是个‘忠义之烈’的人物。这是对宋江政治上的限定。没有对皇帝的忠，宋江就成了真正的‘强盗’，那么，不用说把他的故事写成书流传，即使在瓦肆场讲说，也是要被禁止的。小说不放过任何机会让宋江表白‘忠’。当他一坐上第一把交椅，立即把‘聚义厅’改为‘忠义堂’，确实表明作家对他忠的正面形象的重视，所以《水浒传》也受到多数统治阶级人物的赏识。”“小说所着力渲染的宋江‘仗义疏财’、‘扶危济困’这些义的表现，就完全投合了广大被压迫被剥削的劳动者的口味，使宋江成了他们心目中的理想人物，故有了‘及时雨’的称号。宋江对武松、李逵这些正直的、无依无靠的沦落者的手足深情，不知感动过多少读者和听众。金圣叹对宋江没有好感，但当他读到这些段落时，也情不自禁地为之一赞三叹。像施耐庵这样的大才，对他要突显的主要人物形象来说，单有忠义是远远不够的；他还要赋予宋江其他一些足以称得上是美德的品质。他要调动他的所有知识贮存，把一切美好的品性都附着在宋江身上，使宋江不仅高出于小说中的所有人物之上，而且高出于读小说的所有读者之上，使宋江成为‘完人’。只有这样，宋江最后的被害死才能打动读者（听众）的心（从这一点上说，作者是具有强烈悲剧意识的）。施耐庵从儒学经典《论语》中找到了他的理想人格。”① 文章从小说的创作机制谈起，将特定历史条件下《水浒传》这部艺术杰作产生的可能过程娓娓道来，得出一个令人信服的结论：正是在这样一种特定的创作环境与创作心理之下，作者才可以以自己卓越的艺术才能，做到既符合统治阶级的思想认知，又满足市民百姓的审美需要；既投合听众与读者的娱乐心理，又抒写自己的人生抱负与心向往之的理想人格。从而赋予了一部看似游戏娱乐之作的《水浒传》以可贵的理想主义的品格。而作家在创作中体现的这种游戏精

---

① 曲家源：《宋江——〈水浒传〉里的理想“完人”》，《山西师大学报（社会科学版）》1992 年第 4 期。

神，正暗合了席勒在《审美教育书简》中所提到的人的理性与想象力这两大因素，两者的和谐共处，才共同构筑了作品关于生命内在呈现的艺术张力。

从作品中塑造的人物形象看，那些顶天立地的英雄侠士身上展现的儒家与佛道两家的文化冲突，又通过生命个体的内在冲突营造了一种艺术张力。《水浒传》同中国传统文化有千丝万缕的联系，所以人物身上或多或少地呈现出一种思想意识的渗透。作为顶天立地的英雄豪杰，他们较一般的侠士作为更大，因而也更需要一种相对的制约力量以形成一种生命的张力。小说中英雄以“义”为本，“替天行道”，而他们尊奉的“大义”又是以天下为重。所以水浒英雄在客观上被塑造成身在江湖心系江山的人，而这正是儒家思想最为核心的内容。倘若从世俗的角度看，这也是男子汉大丈夫最有作为的表现。但从虚无的角度看，这些英雄最后或退隐山林，或身死毒手，又强调了世界的真谛为“空”的大乘佛教思想，宣扬了人生快乐在于功成身退、不受封赏的超脱尘世的道教精神。这些文化的冲突都通过生命个体的内在冲突营造了一种艺术张力，让人得以审视生命存在的种种奥秘。

小说中第七十一回梁山泊英雄排定座次后的菊花之会上，宋江作《满江红》一词，其下阕是：“统豺虎，御边幅。号令明，军威肃。中心愿，平虏保国安民。日月常悬忠烈胆，风尘障却奸邪目。望天王降诏早招安，心方足。”宋江话音刚落，武松就叫道：“今日也要招安，明日也要招安去，冷了弟兄们的心！”李逵的反应更是强烈：“黑旋风便睁圆怪眼，大叫道：‘招安，招安！招甚鸟安！’只一脚，把桌子踢起，攧做粉碎。”宋江大怒之下差点将李逵推出斩首。他回过头来反问武松为何这般时，鲁智深抢着回答说：“只今满朝文武，俱是奸邪，蒙蔽圣聪，就比俺的直裰染做皂了，洗杀怎得干净？招安不济事！便拜辞了，明日一个个各去寻趁罢。”对于武松、李逵、鲁智深等人的质疑招安，宋江做了一番解释：“今皇上至圣至明，只被奸臣闭塞，暂时昏昧。有日云开见日，知我等替天行道，不扰良民，赦罪招安，同心报国，竭力施功，有何不美？因此只愿早早招安，别无他意。”结果是“众皆称谢不已。当日饮酒，终不畅怀，席散各回本寨”。这里有两点值得注意：首先，“众人”显然并不仅只武、李、鲁三人，不同意宋江招安主张的人应该不在少数；其次，众人的道歉，恐怕并非出自真实的本意，而是怕拂了宋江的好意，所谓“称谢不已”更像是场面上的客套，“终不畅怀”足以证明大家都心结难解。①

这里，宋江希望朝廷招安为国效力的“有为”与众人的佛道“无为”之间发生了一场正面对峙，二者之间形成了一种强大的张力。在入世的有为与出世的无为之间形成的这种艺术张力关系给我们提供了一种审视人生的新维度。正如宋代的契嵩所说的：“儒者，圣人之大有为者也；佛者，圣人之大无为者也。有为者以治世，无为者以治心。……故治世者非儒不可也，治出世者非佛亦不可也。”② 可以说，这些矛盾和冲突所表现出的生命冲突，一方面客观还原了水浒英雄各自的生命底色与性格的本真，构成了《水浒传》的独特魅力；另一方面也凸显了儒家文化的社会伦理本位最终对个体生命意志的抑制，从而造成人物形象逐渐失去生命本真的必然结果。因为置身忠义堂中的梁山好汉，实际已经成为一整套儒家等级秩序的执行者，必须严格按照这一行为准则行事。这种“有为”与“无为”之间的文化冲突，在客观上造成了前七十回的英雄形象个性十足，充满生命的活力；后三十回的英雄形象则被强烈的儒家风范所收服，成了儒家精神的一个符号，失去了生命的本真。而即便是自始至终奉行儒家文化的宋江这一形象，也由于被忽视了人性的矛盾而一力塑造成充满儒家精神的人格典范，而成为一个可敬不可亲、可赞不可信的角色。这是儒家的伦理预设对人物的艺术创造的钳制，正如曲家源所说的，作为《水浒传》中最主要的人物，宋江“寓含着作家对理想人物的理解和再现的努力”。“作家是按照儒家经典中关于‘君子’人格的规范来描写他的理想人物的。宋江集忠、义、恭、宽、信、敏、惠于一身，是作家的理想‘完人’。”“但由于儒学自身的悖论和作家过分强调对观念的体现，所以宋江形象存在着许多艺术漏洞和自相矛盾之处，不是一个完全成功的人物典型。”③ 这一论述准确概括了宋江形象历来所遭诟病最多的客观原因。作者

---

① 施耐庵、罗贯中：《水浒传》，人民文学出版社 2008 年版，第 904 页。

② 转引自赖永海《佛道诗禅——中国佛教文化论》，中国青年出版社 1990 年版，第 135 页。

③ 曲家源：《宋江——〈水浒传〉里的理想“完人”》，《山西师大学报（社会科学版）》1992 年第 4 期。

将他塑造成体现儒家精神的人格典范，而不像其他英雄一样，多少受到来自佛与道的因素的影响与牵制。他的忠义之举发展到极致，竟然因为担心李逵会为身遭毒手的自己复仇造反，而诱骗李逵喝下毒酒。这一宁可害兄弟性命也不可废忠君名声的举动，暴露出宋江受制于儒家思想的束缚，身上缺乏真正的生命意识的矛盾冲突而导致的艺术价值上的缺陷。

由此我们看到，儒家伦理范畴中的“善”并不意味着“美”，这便是传统儒学的反美学特色。儒家精神的社会伦理本位造成了对个体生命意志的抑制，使个体缺乏自由的维度。正如宋江身上强烈的儒家风范，使他难以呈现出本真实在的血肉之躯而只能成为儒教精神的一个符号。

三、《水浒传》中的信仰空间

综上所述，《水浒传》中存在着一个由儒教的入世精神为一方，以佛道的出世精神为另一方的张力关系。通过这种关系审美地表现历史中的英雄人物，是小说的艺术特色。儒家“济苍生，安社稷”的建功立业的思想对于《水浒传》中的张力场而言，意味着“有为—无为”这组关系中的“有为”一维。倘若缺乏这一维度，佛家所主张的“空无”就无从着落了。值得注意的是，在反对儒家的入世之“有为”上，道家和佛家是同盟军。二者的区别在于，佛家认为人生悲苦，任何努力都不会有结果，所以主张无为。而道家中，《老子》主张政治上的“虚静无为”，反对以人为的手段（包括种种文化礼仪）来干涉社会生活，要求尊重生活的“自然”状态。《庄子》认为，最理想的社会是上古的混沌状态，一切人为的制度和文化措施都是违逆天性、毫无价值的。因此《庄子》的核心是探求个人在沉重黑暗的社会中如何实现自我解脱和自我保全的方法，强调的是师法自然，另有所“为”。作为二者补充的还有“都不重钱财、乐于施舍，都具有强烈的正义感”① 的墨侠两家。墨家的“兼爱”反对儒家从宗法制度出发的亲疏尊

① 刘若愚：《中国之侠》，生活·读书·新知三联书店上海分店1991年版，第11页。

卑之分，提出“非攻”，反对各国之间以掠夺为目的的战争。实际代表了“农与工肆之人”的利益。“侠”则正如美籍华人刘若愚教授所认为的：“游侠和诸子百家都有点瓜葛，但不属于任何一家，他们既非知识分子，也非政治家，只是一些意志坚强、恪守信义、愿为自己的信念而出生入死的人。”①

关于《水浒传》中的文化分析与界定，显然与上述论述都有关联。由于“一种文化不是一条河流的流动，甚至不是一种合流；它存在的形式是一种斗争，或至少是一种争论——它只能是一种辩证的论证，并在任何文化里都可能有一些艺术家本身就包含很大一部分辩证关系，他们的意义和力量存在于他们自己的矛盾之中”②。所以，作为“游侠”的梁山英雄好汉，在多元文化的对峙与碰撞中，必然表现出诸多方面的矛盾性，而作者也由此呈现出自己思想的矛盾。梁山好汉和作者的矛盾最集中地体现在人生出路的选择上。小说中，作者在用相当篇幅描述了梁山好汉们如何行侠仗义、行走江湖，如何聚义梁山、打出“替天行道”的大旗，再如何接受朝廷招安，从征辽到征方腊的过程，表现了儒家文化对梁山好汉的影响之深切后，在人物出路与结局的安排上，终于无法掩饰自己内心的矛盾与挣扎。

在征辽大胜凯旋后，这支接受招安的队伍却由于奸臣的重重阻挠未能实现加官进爵、封妻荫子的愿望，愁闷不已的宋江于是又主动请缨，终经宿太尉举荐而受命前往江南征剿方腊。这里宋江的愁闷来自“破辽受了许多劳苦，今日连累众弟兄无功，我自职小官微”③，因而主动要求征方腊显然是期望得到皇帝的大力封赏，实践当初对兄弟们的承诺。但是宋江的美好愿望随着一路征战屡失兄弟性命而宣告破产。一个个武艺高强、曾经显赫江湖的英雄好汉高频率地相继殒命于大小战役中：九十二回中折损了韩滔、彭玘、郑天寿、曹正、王定六五人，杨志因患病寄留在丹徒县；九十三回中折损了宣赞、施恩和孔亮三人；九十四回中死

① 刘若愚：《中国之侠》，生活·读书·新知三联书店上海分店1991年版，第13页。

② 莱昂内尔·特里林：《美国的现实》，转引自丹尼尔·霍夫曼主编《美国当代文学》，中国文艺联合出版公司1984年版，第3页。

③ 施耐庵、罗贯中：《水浒传》，人民文学出版社2008年版，第1125页。

了郝思文、徐宁和张顺三人；九十五回中，折损了九员将佐；九十六回折损了六员将佐，八人患病寄留于杭州；九十七回折损了六员；九十八回折损了二十四员将佐……仿佛摧枯拉朽般的，这些平日厉害的好汉被作者急急忙忙、接二连三地打发上了西去之路。等到征方腊结束、班师回朝时，当初的一百零八将只剩下了三十六员。这与当初征辽大胜却未折损一员将领相比，不免就显得意味深长了，作者难道不是在以英雄好汉之死来反思追求功名利禄的可笑与不值吗？如果真的如此，这岂非作者在质疑与否定自己曾经推崇的儒家文化吗？而对众多战死者，作者大多匆匆一笔带过，不加细述，唯有对张顺之死却着墨甚多。作者甚至写到张顺在准备潜入城中里应外合前，站在西陵桥上目睹西湖春暖“水色拖蓝，四面山光叠翠”的美景时不禁发出的感慨：“我身生在浔阳江上，大风巨浪，经了万千，何曾见这一湖好水！便死在这里，也做个快活鬼！”① 这一诗意的描写恰与其之后被守城士兵发现，被“城上踏弩硬弓、苦竹枪、鹅卵石，一齐都射打下来……就涌金门内水池中身死”② 形成鲜明的对比。诗意的理想霎时被现实的目标击得粉碎。作者还追述了身死后的张顺到宋江梦中辞别，宋江请灵隐寺的僧人诵经追荐张顺，并去西陵桥边遥寄张顺亡魂。一路写来让人倍觉凄凉伤感。如此灵动而鲜活的生命，死的却如此简单草率！一想到斯人当年行走江湖时的潇洒灵动、无所不能，怎不让人伤怀郁闷？无怪乎著名学者什克洛夫斯基曾这样说道：“儒家似乎几千年都在与另一种世界观斗争，与人类诗意的感受作斗争。”（《散文理论》）

随着小说情节的继续推进，到卢俊义和宋江相继被奸臣用药酒害死，宋江在临死前又骗李逵喝下毒酒免其造反，死后又托梦吴用、花荣共聚蓼儿洼，结果吴、花二人自缢于宋江坟前……死亡的结局除了让人慨叹奸臣的狠毒、皇帝的昏聩和宋江的愚忠，更让人难以释怀的是为功名前程竟要付出如此惨烈的代价！尽管作者不忘在小说最后添上几笔，将宋江托梦徽宗表明自己忠君心意，徽宗感其忠烈敕造梁山泊庙宇，一百零八位天罡、地煞将军保佑一方子民安宁等备述周

① 施耐庵、罗贯中：《水浒传》，人民文学出版社 2008 年版，第 1178 页。
② 施耐庵、罗贯中：《水浒传》，人民文学出版社 2008 年版，第 1179 页。

详，但这种强烈的失望与遗憾依然萦绕心间。可以说，作者对宋江遭遇的描述进一步削弱了小说对于儒家文化的表现力度。因为同样是死，鲁智深等人的死就显得从容自在高贵得多。在生擒方腊后，鲁智深就曾向宋江表明心迹："不愿为官，只图寻个净了去处，安身立命足已。"而对宋江劝他去往京师做名山大刹主持的建议，鲁智深干脆回答："都不要，要多也无用。只得个囫囵尸首，便是强了。"① 在六和塔前，当听到钱江潮信时，鲁智深满心欢喜，沐浴更衣焚香坐化，尽显禅师风范。读至此处让人不禁平添了几分敬意，更想到这样一句话："有些人认为生命没有价值，因为它会完结。他们没有看到也许可以提出相反的论点：如果生命不会完结，生命就会没有价值。"②

值得注意的是，在英雄身死的结局之外，作者还赋予了人物以别样的出路，比如浪子燕青等人。燕青对卢俊义的一番劝说表明了自己人生的态度："今既大事已毕，欲同主人纳还原受官诰，私去隐迹埋名，寻个僻净去处，以终天年。"③ 作者不禁叹道："若燕青，可谓知进退存亡之机矣。"④ 在劝说无果后，燕青当夜收拾了金珠宝贝一担，不知投往何处了。而李俊、童威、童猛三人和费保四人，"尽将家私打造船只，从太仓港乘驾出海，自投化外国去了。后来为暹罗国之主。童威、费保等都做了化外官职，自取其乐，另霸海滨"⑤。戴宗和柴进在还京后不久纳还官诰求闲为民，阮小七被夺官诰后也满心欢喜地回梁山泊石碣村，依旧打鱼为生，奉养老母，以终天年。朝京受官之后又先后有杜兴跟随李应还乡；邹润回登云山；蔡庆随关胜回北京为民；蒋庆回潭州为民；朱武、樊瑞做了全真先生，云游江湖，投公孙胜出家，以终天年；穆春回揭阳镇乡中为民……在这些人物身上，非常典型地体现了他们对官场羁绊的厌恶和对自由的向往。而作者赋予他们善终的结局，也正是对这种人生选择的肯定与赞许。不难判断，这种人生态

---

① 施耐庵、罗贯中：《水浒传》，人民文学出版社 2008 年版，第 1238 页。

② ［英］波普尔：《通过知识获得解放》，中国美术学院出版社 1996 年版，第 406 页。

③ 施耐庵、罗贯中：《水浒传》，人民文学出版社 2008 年版，第 1243 页。

④ 施耐庵、罗贯中：《水浒传》，人民文学出版社 2008 年版，第 1243 页。

⑤ 施耐庵、罗贯中：《水浒传》，人民文学出版社 2008 年版，第 1245 页。

度正是道家的追求。蔑视王侯富贵，注重个体本位的逍遥自在，视个性独立与人生自由为最终归宿与目标，强调物无贵贱的平民意识，做一个率性而为的性情中人……诸如此类，正是道家崇尚自然、追求自由的人生态度赋予了这些处于人生十字路口的英雄好汉人生选择的依据。回望历史的长河，这委实是生命的一种长久之道和制胜之道啊。难怪伟大的思想巨人鲁迅当年曾明确提出："中国文化的根柢全在道教……以此读史，有多种问题可迎刃而解。"因此，归隐山林退出江湖的心理向度，正是追求独立不羁人格的侠士英雄对道教精神的张扬。作者以此表达了一种确定的人生立场，那就是，在入世之后必然要寻求出世的超然，惟其如此，入世和出世才各自显示出自己的魅力与生命。因此，一部《水浒传》最终表达的是奋争之后的回归虚静。

作者简介：俞世芬（1971—　），女，杭州师范大学人文学院副教授，硕士生导师。

对“水浒文化”界定的再思考

王振星

（济宁学院中文系　山东曲阜　273155）

大致从 20 世纪 90 年代开始，随着文化反思的领域不断深入与扩展，文化涵盖的视阈逐步进入现实社会的诸多层面，便出现了狭义文化的普泛化现象。诸如三国文化、侠文化、服饰文化、酒文化之类，这种文化指的是某门类的知识或某种行业技艺等，是文化普泛化的具体表征，“水浒文化”也不例外。然而，多年来，水浒文化的研究虽然取得了一定成就，但对“水浒文化”概念的界定仍人云亦云，混乱模糊。笔者不揣浅陋，试图对“水浒文化”的概念加以思考，以就教于方家。

一

在文化的演进发展过程中，“文化”一词一直是最复杂的术语之一。一般认为，文化大体上属于人类超越自然界以外的创造物。但在实际运用中，人们用文化常来指称文明成果中那些经历社会变迁和历史沉浮而难以磨灭的、稳定的、无形的东西。水浒文化的主体是精神形态的东西，这可以从水浒文化生成和传播的历史过程中加以认识和了解。

宋江起义的事实散见于宋、元、明几代的正史和野史之中，其材料多取自北宋官方的档案和当时的公、私著述。此后，水浒故事经过民间口头相传、话本小说、诗文、戏曲的加工创造，又发展到舞蹈、绘画、雕刻等综合性的艺术形式。其间几百年的民族矛盾、国家兴亡、忠奸斗争和民族风俗习尚等，都融进了小说《水浒传》，形成了历史与各种艺术形式交融的文学晶体。同时，水浒文化又是一个具有巨大辐射力和渗透力的文化实体，不仅对明清时代的小说、戏曲产生了广泛的影响，而且后世从《水浒传》自身又生发出小说（续书）、戏曲、弹词、诗、词、文、序、跋、评论、电影、电视剧等形式众多的作品。

水浒故事系列也体现了我们民族的文化心态和明确的价值观念，这是水浒文化的实质内容。由于水浒故事系列表现出浓厚的意识形态，因此不同的社会阶层对水浒文化内涵的认识也不尽相同。

从下层民众看，水浒英雄更关注个人的命运。他们与封建皇权的社会秩序发生冲突，要求改变生存环境，实现个人的人生价值，因此忠、勇、智、信和仗义疏财成为他们奉行的道德准则和伦理规范。他们要求冲破黑暗现实，建立一个平等、民主的“八方共域、异姓一家”的理想的社会制度。他们是反抗不合理社会的力量，是维护正义和真理的人，是道德的英雄。水浒故事对他们的肯定和颂扬是中国文学史乃至文化史上一个破天荒的壮举。广大民众通过水浒故事表达了自己对社会生活中的种种现象的爱憎褒贬的情感；水浒故事的理想王国是人类进步思想体系发展过程中的一个环节，对广大民众的反抗斗争起着巨大的鼓舞作用。

对中上层阶级而言，主要是指统治阶级以及依附于他们的官僚与知识分子阶层，他们对水浒故事的文化信息存在着矛盾的态度。一方面，他们把梁山英雄好汉视为“强盗”“劫贼”，对水浒人物反封建社会秩序极其鲜明的个性大加挞伐，并屡次查禁《水浒传》。早在明代崇祯皇帝时，刑科给事中左懋第就向崇祯皇帝告密，他以为“世之多盗”“皆《水浒》一书为之祟也”，要求下令：“士大夫及小民之家俱不许藏，令各自焚之。”① 还有福建监察御史胡定在给皇帝的告密奏折中也写道：“盗言宜申饬也。阅坊刻《水浒传》，以凶猛为好汉，以悖逆为奇

① 《兵科抄出刑科右给事中左懋第题本》，朱一玄、刘毓忱编：《水浒传资料汇编》，南开大学出版社 2002 年版，第 449 页。

能，跳梁漏网，惩创蔑如。……市井无赖见之，辄慕好汉之名，启效尤之志，爰以聚党逞凶为美事，则《水浒》实为教诱犯法之书也。……臣请申言禁止，将《水浒传》毁其书板。”① 这些人把视线集中落在了《水浒传》所具有的叛逆性上，以是否有利于封建君权的统治作为判断标准，表现了更多的奴性意识。

另一方面，这一阶层注意到了水浒故事的忠义思想价值，对水浒故事渲染的忠义伦理精神给以热情褒扬，近而从比较完美的语言形式到生动的内容，都对水浒故事加以肯定。尤其是水浒故事对塑造人们的爱国品格，起到了不可低估的英雄史诗般的陶冶作用。

水浒故事的文化信息已经弥漫于社会的不同阶层，表现出细致的情感、思维和意识观念，诸如反抗精神、忠孝节义、豪侠征战、功名训诲、英雄崇拜、尚武爱国、佛道神话、滑稽喜庆等，就体现了鲜明的阶层性和伦理道德取向以及文化审美趣味的差异。特别是1998年伊始，中央电视台把家喻户晓的古典文学名著《水浒传》改编成电视连续剧，并正式搬上荧幕，水浒故事一时成为街谈巷议的热门话题，再次震撼了新时期的中国民众。这也充分证实了水浒故事弥久的文化生命力和我们民族文化心理的丰富性、延续性。

此外，水浒故事还表现出浓烈的民族文化风采。比如《水浒传》对饮食、风俗、节日等传统习俗的再现，虽然不如世情小说《金瓶梅》那样展示得异彩纷呈，但“大碗喝酒，大块吃肉”的平等生活令人向往；浓郁的节日氛围令人目眩。特别是元宵节，不仅都城东京及其他大城市，就是一些小市镇也家家“赛挂好灯，巧样烟火”，还有相扑、刺字、文身等习俗。所有这些都反映了宋代乃至元明时代的文化生活。

除上述因素外，梁山是一处宝贵的人文景观。北宋末年，梁山英雄好汉凭水泊、山势之险，筑营固寨，惩奸佞，据官军，扶危济困，替天行道，再次上演了一幕幕惊天动地的人间悲喜剧。虽然岁月迁转，沧海桑田，但峰峦间当年英雄好汉的遗迹依然历历在目。如左军寨、右军寨、疏财台、黑风口、宋江寨、忠义堂

---

① 《定例汇编》（节录），朱一玄、刘毓忱编：《水浒传资料汇编》，南开大学出版社2002年版，第458页。

等，仍蕴蓄着昔日的威严和风采。这些文化景观构成了以水浒文化胜迹为主体的风景名胜区。

由此，我们可以大致给“水浒文化”的概念作一界定：从狭义上说，水浒文化是以《水浒传》为核心，在水浒故事产生、成书和传播接受过程中形成的，与其相关的一切政治、伦理、宗教、军事、艺术、价值、习俗等精神现象的总和。从广义上看，水浒文化遗迹以及由水浒故事产生的各种物化形态，也属于水浒文化。

二

水浒文化是一个相对完整的文化体系，但任何一种文化的产生，都离不开特定的社会历史条件，水浒文化的特征正是由特定的社会历史条件决定的。

第一，忠义的政治伦理观念是水浒文化的鲜明特征。

水浒故事的忠义思想早在宋元时代的话本小说《大宋宣和遗事》中就已经很明确了。该书中的“广行忠义，殄灭奸邪”“助行忠义，卫护国家”，已为水浒故事定下了基调。《水浒传》对以宋江为首的英雄好汉的塑造，宣扬了忠义思想，这种“忠义”有着时代的烙印。

北宋末年，金人南侵，人民纷纷结社抗战，建立“忠义社”，即“忠义民兵”。他们的口号有“杀敌报国”“誓杀金贼”“不负赵王”等。太行山八字军称为“忠义八字军”，每个人脸上刺有“尽忠报国，誓杀金贼”八个字。“忠义”就是民众为国尽忠，对外抗战御辱，对内铲除邪恶，包括反对贪官污吏、土豪恶霸的行为，是一种“辅国安民”的思想。《水浒传》中的宋江每每以忠义自诩，阮小五高歌“酷吏赃官都杀尽，忠心报答赵官家”，阮小七高唱“先斩何涛巡检首，京城献与赵王君”，（《水浒传》第19回）都是忠义运动的时代表现。

在民族矛盾上升的时期，“忠义”的民族色彩往往显得更为浓烈。明代遗民陈忱，化名“古宋遗民”，著有《水浒后传》，书中反清复明的思想比较容易理解。他把《水浒传》中劫后余生而分散各地的英雄李俊、燕青、阮小七、乐和、李应等32人，各按其生平、经历、思想和性格，通过种种不同的不幸遭遇，重新聚合在一起，最后因北宋沦亡，避地海外，开基立业，并积极配合南宋朝廷从海外起兵抗金。这些英雄忠肝义胆，智勇双全，光彩夺目。《水浒后传》中涉及的重大历史事件，如北宋联金伐辽，金兵违盟南侵，渡黄河，破开封（汴京），徽、钦二帝被俘，刘豫、张邦昌降金称帝，高宗南渡定都临安等，基本上与历史相符。不少细节描写也有一定的根据，反映了君昏臣暗造成的一场民族大灾难。作者在书中寄托了矢志故国的亡国之慨，是《水浒传》续书中较好的一部。

在此，不难发现，梁山英雄的忠义观念弥漫着一种爱国主义的赤诚情愫。

第二，水浒文化崇尚勇武精神，具有蓬勃的阳刚之气。

水浒英雄大多武艺高强，有过人的勇力和胆气，这是他们除奸恶、斗不平、立身处事的基本条件。在他们看来，是好汉就得有“力拔山兮气盖世”的勇力和气概。鲁智深怒打镇关西、倒拔垂杨柳、大闹野猪林，气势恢宏。武松任酒使性，独闯景阳冈，空手搏虎而千古流传；不仅如此，他还斗杀西门庆、醉打蒋门神、大闹飞云浦、血溅鸳鸯楼，胆气淋漓。李逵斗“浪里白条”、沂岭杀四虎，冲锋陷阵，猛威慑人。劫法场，英雄们人人施威，个个有胆，令官军闻风退逃；战场上，将与将的格斗，兵与兵的厮杀，撼天动地；竞技中，燕青岱岳争跤、梁山泊攧翻高俅，迅如猿猱，猛如鸷鸟；诸如此类，无不在炫耀着雄壮、劲烈的阳刚之气。

在水浒故事滥觞的宋代，其社会政治体制中存在着一个突出的问题：重文轻武。自宋太祖杯酒释兵权后，武官的地位大大下降。宋以前，兵、将、帅的关系比较稳定，武官得以拥兵自重，甚至割据一方。宋代则兵、将、帅相离，打仗时才临时调拨，平时则冷落、散漫，武官还往往受文官的辖制。宋时朝廷武力受到严重削弱，燕云十六州长期得不到收复，边患一直没有平息，堂堂大国要不断地给辽、西夏、金进贡。于是武官空有一身的本事，却无以报效国家，这便成为当时社会广泛关注的问题。水浒故事炫武逞力，反对重文轻武的社会倾向，这也是对中国古代文化中贵柔斥力现象的反驳。到元代，勇猛彪悍的蒙古游牧民族在马上取得天下，他们对武力扫荡天下毫不怀疑，展露的是尚武薄文的文化气息。水浒故事盛行于元代，以戏曲、小说为主要形式的水浒故事有着时代的印记。

水浒故事倡言勇力，不仅在中国文化史上为广大民众树起了一座阳刚的丰碑，而且培养了下层民众的自尊心、自信心和行动的能力：在饥饿绝望之时，他们敢于揭竿而起；在受到外辱欺凌时，敢于奋起抵抗。中国的近代史是中华民族的屈辱史，但出现了许许多多英雄，他们往往以梁山英雄好汉的言行为榜样，面对危难和死亡顽强地抗争，打了不少硬仗、胜仗。抗日战争时期，罗荣桓等率领的鲁西八路军于1939年8月，在梁山全歼日军一个大队，取得了“梁山战斗”的胜利。

据《齐鲁文史》载，1939年3月，时任八路军主力第一一五师代师长陈光和政委罗荣桓，根据中共中央和八路军总部命令，率领一一五师师部和主力部队进入山东境内。8月，他们在梁山县前集村正准备庆祝八一建军节，得到情报说，有一队日军从汶上向梁山开来。他们在前集伏击敌人，给日军造成重大伤亡，自少佐大队长以下三百余人全部被歼灭。梁山战斗是八路军一一五师在双方兵力相当、日军武器占优势的情况下，在平原一带进行的一次成功的伏击战，它提高了八路军官兵坚持平原游击战的信心，鼓舞了军民抗日的勇气。① 战斗结束后，罗荣桓曾意味深长地说：“在梁山脚下看《水浒》，打鬼子，多有意思啊！”② 没有豪言，流露的却是勇武与坚毅。

水浒文化对培养国民的英雄气概，陶冶民众的爱国情操，有着不可低估的影响。

第三，水浒文化具有相当的包容会通精神。水浒文化形成的历史，也是多种思想和文化因素凝结的过程。

首先，水浒文化包容会通的精神表现为对不同思想观念的兼容并蓄，“道并行而不相悖”。水浒故事已经把“忠义”思想具体化，对儒家伦理思想的生动显现，使人耳目可闻可览。而随着佛教的中国化，儒、释（佛）、道三教到唐代已形成“三教归一”的局面；宗教作为一种社会意识形态，在人类文明发展的历史与现实中一直占有重要的一席之地。水浒故事经过了宋元明三代漫长的发展时期，对宗教思想的反映就体现了水浒文化的会通精神。因此在水浒文化的体系中，儒、释、道三家都可以找到自己的代表人物。此外，墨侠思想、游民意识、

① 贾东荣：《陈光在山东的战斗生活》，《齐鲁文史》2002年第1期。

② 朱文烽：《罗荣桓传》，当代中国出版社1991年版，第181～182页。

绿林风范、都市风情等，都显示出水浒文化深刻的多元融合的特征。

其次，水浒文化的会通精神具有广泛的社会性。梁山英雄好汉，广大民众普遍喜爱有加，而统治阶级中的官僚、知识阶层则贬斥的多，赞誉的少，有的甚至切齿痛恨。正是如此，水浒文化既是一个充满矛盾的思想集合体，又是一个充满激情的艺术有机体。在这个有机体上，又派生出多种艺术和娱乐形式，如水浒故事续书（小说）、戏曲、传说、评书、诗、文、词、序、跋、电影、电视剧、绘画、雕刻，甚至供娱乐用的“水浒牌”。以上各种形式又进一步把水浒故事广布于社会各阶层，从而获得了广泛的认同感和具有差异的文化价值观念。英国历史学家汤因比在20世纪70年代初，曾与日本学者池田大作有一次著名的对话，在这次对话中，他指出：“就中国人来说，几千年来，比世界任何民族都成功地把几亿民众从政治上文化上团结起来。他们显示出这种在政治、文化上统一的本领，具有无与伦比的成功经验。”① 这虽然是针对中国文化融合力的评价，但水浒文化作为中华文化的一支血脉，同样具有令人称羡的融合精神。特别是新时期电视传媒对水浒故事的宣扬，以当代人的目光审视水浒故事，把当代人的意识嵌入水浒故事，一曲《好汉歌》唱遍大江南北，标志着当代人对水浒文化精神的一种新的诠释。因此，水浒文化被赋予了无可比拟的广泛社会性，在漫长的社会历史中产生了深刻影响。

水浒故事从历史发端到流传开来，既宣扬了忠义的政治伦理思想，又倡导了勇武精神。而在忠义与勇武交融的过程中，水浒文化闪现了中国传统文化中重德的思想，蕴积着中华民族最富于反抗性的不屈精神。这就构成了水浒文化在中国传统文化中的一道卓异的风景，有助于人们认识那个时代的社会历史状况，培养刚强、勇敢奋进的民族素质。

最后，梁山水浒文化遗迹具有不可更易性。

古代的梁山和梁山泊是连在一体的。梁山泊历史悠久，据史料记载，它是古代大野泽遗迹；随着岁月迁延，梁山泊也随着黄河的决口改道而变化。星移斗转，逝者如斯。到明初洪武年间，梁山泊尚大水茫茫，百里之内难见陆地。明初诗人胡翰《夜过梁山泊》写道：“日落梁山西，遥望寿张邑。洸河带泺水，百里

---

① ［英］汤因比：《历史研究》，上海人民出版社1986年版，第16页。

无原隰。葭菼参差交，舟楫窅窈入。划若厚土裂，中含元气湿。浩荡无端倪，飘风向帆集。野阔天正昏，过客如鸟集。”泊内河港交错，浩荡无端，百里内看不到低湿之地；水面上芦荻丛生，云气升腾，给人一种野阔天昏之感。

到明永乐年间，“筑戴村坝，遏汶南流”，梁山泊又北流断绝。从此，梁山的东南部存留南旺湖。顾祖禹说：“今州境积水诸湖，即其（梁山泊）余流矣。”①到了景泰年间，梁山一望无际的水泊逐渐干涸成陆，梁山泊大都变成耕地了。

清代康熙年间，曹玉珂为寿张县令，由于梁山泊大部分淤为平地，他已看不到“峰峻壑深，过于孟门、剑阁，为天下之险，若辈（宋江等好汉）方得凭恃为雄”的梁山泊了。梁山虽然“险无可恃”，但山上“果有宋江寨焉，于是进父老而问之，对曰：‘昔黄河环山夹流，巨浸远汇山足，即桃花之潭，因以泊名，险不在山而在水也。’”②《大清一统志·泰安府山川》也载：“梁山在东平州西南五十里……旧志：‘山周二十余里，上有虎头崖，下有黑风洞。宋政和中，盗宋江等保据于此。’”③沧桑巨变，我们不能因为水泊干涸而否认宋江等英雄在此筑墙固寨，这未免忽视了其合理性。

梁山泊的面积虽然有伸缩，但梁山的位置是没有变化的，这也是学术界和广大《水浒传》读者所接受的。至于以梁山为参照，人为搞出“前梁山”或“北梁山”，不论处于什么动机，都是违背“水浒文化”内在的规定性，是不负责任的。

我们对水浒文化遗产的继承和开掘，不仅具有浓厚的现代意义，而且将是一个没有止境的过程。

作者简介：王振星（1964—　），男，山东济宁人，《济宁学院学报》编辑部主编，教授，主要研究方向为明清小说与中国传统文化。

---

① 《读史方舆纪要》，朱一玄、刘毓忱编：《水浒传资料汇编》，南开大学出版社2002年版，第83页。

② 曹玉珂：《过梁山记》，朱一玄、刘毓忱编：《水浒传资料汇编》，南开大学出版社2002年版，第82页。

③ 《大清一统志》，朱一玄、刘毓忱编：《水浒传资料汇编》，南开大学出版社2002年版，第86页。

《水浒传》与泰山岱庙

刘传录

泰山周围是水浒故事的发源地，《水浒传》作者也是泰安人，水浒故事从地理上和精神世界都带上了泰山的影子。书中多次提到泰山，最突出的是对泰山山神的府邸——岱庙，也就是书中“岳庙”的描写，实际上《水浒传》中的泰山情节都是围绕岱庙写的。岱庙既是戴宗的归隐处，又是燕青打擂地，更重要的是扩大岱庙规模的宋真宗降天书对水浒情节构思的影响。

宋真宗封禅和岱庙

封禅是中国古时候统治者举行的一种祀典。封为祭天，禅为祭地。封禅就是祭天地。一代帝王登封泰山，被视为国家鼎盛、天下太平的象征，皇帝本人也就合理合法地成为“奉天承运”的“真龙天子”了。

宋真宗是北宋的第三位皇帝，也是宋太宗赵匡义的儿子，他之所以封禅泰山，是他向唐高宗学习的结果。李世民靠玄武门之变夺取的帝位，执政的合法性受到质疑，李世民本人就想通过封禅泰山宣示自己登基的合法性，李世民的封禅车驾到达洛阳时，天上出现了彗星，李世民大惊，立即下令停止去泰山封禅。唐高宗即位后为了强调自己皇位的正统性，去泰山封禅，换来了唐朝的昌盛。宋太宗的皇位来历也不正统，在位时也想封禅泰山，道路也已修好，但是宫中乾元、文明二殿遭火灾被毁，太宗认为此举未符天意，于是停止封禅。宋真宗即位后立即把封禅泰山作为大事来安排。恰逢澶渊之盟，于是宋真宗想利用泰山封禅来达到“镇服四海，夸示外国”，证明即位的合法性，又洗涤澶渊之盟的耻辱。

为了达到这个目的，宋真宗利用了“天书”这个道具。大中祥符元年，真宗先是说神仙告诉他有天书降临，后来果然在左承天门屋之南角得到天书，写的是：“赵受命，兴于宋，付于恒。居其器，守于正。世七百，九九定。”后又在泰山发现天书，天书上写的是：“汝崇孝奉，育民广福。锡尔嘉瑞，黎庶咸知。秘守斯言，善解吾意。国祚延永，寿历遐岁。”天书的接连降临，宰相王旦说：“这是陛下诚敬天地，孝奉祖宗，仁厚勤政，和睦邻国……才感动上天，降下了‘天书’。”兖州等地民意纷纷请求封禅，最后宋真宗看到水到渠成“顺从民意”，正式下诏，宣布到泰山去“禅”。真宗亲临泰山极顶行封祀礼，禅祭皇地祇于社首山，如封祀之仪，以天书降泰山日诣天贶殿建道场设醮，以其日为天贶节，今天的岱庙天贶殿就是真宗封禅泰山所建，岱庙创建于汉代，至唐时已殿阁辉煌。在宋真宗大举封禅时，又大加拓建，修建天贶殿等，初具今天的规模。封禅泰山后，宋真宗诏令各州修建天庆观，各地也修了不少玄女娘娘庙。

降天书、玄女娘娘与泰山有关的情节被作者构思到《水浒传》中。宋江回家搬父亲上梁山，为避官兵追捕，躲入还道村九天玄女庙。宋江被九天玄女娘娘保护，娘娘赠送“天书”三卷，称宋江为星主。但是，《水浒传》中没有写到“天书”在宋江带领造反的弟兄们东征西战中的作用，只是到了宋江归顺朝廷、出兵破辽接连败阵时，才又见玄女娘娘授以破阵之法，大获全胜。作者用宋江得天书来影射宋真宗的天书，这位泰山女神的化身九天玄女，帮助归顺朝廷的好汉们，报了“澶渊之盟”的仇。

水浒中的岳庙其实是东岳庙

《水浒全传》第七回“花和尚拔倒垂杨柳　豹子头误入白虎堂”描写到，林冲结义智深为兄。智深道：“教头今日缘何到此？”林冲答道：“恰才与拙荆一同来间壁岳庙里还香愿。林冲听得使棒，看得入眼，着女使锦儿自和荆妇去庙里烧香，林冲就只此间相等，不想得遇师兄。”

曾有网友在我的博客留言，批评我引用错了岳庙，北宋时期哪有岳庙，岳飞是南宋人，我给他解释说：林冲在这里提到的“岳庙”不是纪念岳飞的庙宇。岳飞是南宋抗金名将，被秦桧以“莫须有”的罪名治罪而死。死后20年，宋孝宗为他平反，后追封为鄂王。而水浒故事发生在北宋期间，人们是不可能为他立庙的。那这个“岳庙”是怎么回事呢？这里的岳庙是“东岳庙”。

泰山东岳庙（岱庙）又名东岳行宫、东岳行祠、泰山庙、天齐庙等，创始于汉，为泰山信仰的祖庭。随着其崇拜的人不断增多，信众开始仿效帝王“行在”制度，在各地为泰山神建立行宫或行祠，特别是唐玄宗封禅告成后，首封泰山神为“天齐王”，对各处东岳庙的兴建起到重大推动作用。

宋真宗封禅泰山、加神帝号后，泰山神信仰影响日渐扩大。大中祥符三年（1010），河东（今山西）居民因为奉祀泰山途程遥远，奏请于本地兴建东岳行祠。宋真宗降敕称：“越以东岳地遥，晋人然（虽）备蒸尝，难得躬祈介福，今敕下从民所欲，任建祠祀。”此敕颁行，各地对东岳庙的修建达到了高潮。

开封府也修建东岳庙，据《东京梦华录》记载，潘楼东街巷“内有泰山庙”，修建时间应该是在大中祥符三年后。《水浒传》中林冲娘子“还香愿”的岳庙就是这个东岳庙。

岱庙是戴宗归隐处

东岳泰山初名岱山，又名岱宗，与神行太保戴宗的发音相同，看来作者对戴宗的名字实有深意，作者和一部《水浒传》的精神归宿地就是泰山，泰山对《水浒传》的成书影响很大，书中情节无不表现了对泰山的崇拜，作者把书中的重要人物戴宗安排为梁山上的代表走上了泰山这个中华民族的精神归宿地，表明了整部《水浒传》的精神内涵。《水浒传》第一百二十回，梁山军队征讨方腊凯旋以后，宋江衣锦还乡回到东京，与被朝廷封为军官的众弟兄相会，令其各人收拾行装前往任所报道。宋江的三大亲信之一神行太保戴宗（其他两人为花荣和李逵）来探宋江，二人坐间闲话。只见戴宗起身道：“小弟已蒙圣恩，除授兖州（管辖泰山和曲阜）都统制。今情愿纳下官诰，要去泰安州岳庙里，陪堂求闲，过了此生，实为万幸。”宋江道：“贤弟何故行此念头?”戴宗道：“是弟夜梦崔府君勾唤，因此发了这片善心。”宋江道：“贤弟生身，既为神行太保，他日必作岳府灵聪。”自此相别之后，戴宗纳还了官诰，去到泰安州岳庙里，陪堂出家，每日殷勤奉祀圣帝香火，虔诚无忽。后数月，一夕无恙，请众道伴相辞作别，大笑而终，古书中大笑而终的有程咬金和牛皋，他们都是福将，但在性格上与李逵差不多。后来戴宗在岳庙里累次显灵，老百姓和庙里的道士，遂塑戴宗神像于庙里，胎骨是他真身。这里的岳庙就是泰安州内的岱庙了，戴宗不仅归隐岱庙，还有幸成为岱庙里的泰山山神。

“戴宗”，乃泰山的别名“岱宗”也，是巧合还是《水浒传》作者的刻意安排，这就不得而知了。有一点可以肯定的是戴宗从此融入泰山，成为泰山众神中的一员，朝夕陪伴泰山，为泰山周围的百姓造福。

变成泰山山神的戴宗，还想着为朝廷做贡献，托梦给道君皇帝，诉说了宋江等人的枉死经历。宋徽宗一觉醒来就忘记了宋江的冤屈，转身又和蔡京、高俅、童贯等人打得火热。

岱庙是燕青打擂地

燕青是《水浒传》中着力塑造的人物形象之一，虽是三十六天罡星的最后一名，但是水浒英雄中素质最全面的一位好汉，他的相扑可以说是继戴宗神行、花荣射箭和张顺潜水之后的第四绝。给读者留下深刻印象的是燕青在泰安东岳庙（岱庙）打擂，摔倒天下第一相扑手任原而扬名天下。宋真宗定东岳大帝的生日为三月二十八日，每年都举办东岳庙会庆贺，这一天的压轴戏就是东岳庙打擂。

《水浒传》中的泰山东岳庙“打擂”，实际上是古代以相扑为主的武术比赛。《水浒传》里描写的相扑是“既有踢打又有摔拿的武术散打形式”，以将对手摔倒在地为胜，采用三回合制。在宋朝，每逢盛大节庆，上至宫廷，下至民间，都要举行各种各样的相扑表演或比赛。宋仁宗时还有女性相扑，“今月十八日，圣驾御宣德门，召诸色艺人，令各进技艺，赐与银绢，内有妇人相扑者，亦被赏赉”。宫中如此，民间也是如此，正月十五上元节、三月二十八日东岳圣帝诞辰、六月六日显应观崔府君生日等节日，民间都举行各种各样的相扑表演或比赛。

《水浒传》中“燕青智扑擎天柱”的情节已成为经典，泰山打擂是燕青一生中光辉的顶点。任原是天下第一摔跤高手，他在泰山打擂，连续两年打败天下高手，保持不败纪录，正准备拿下三连冠。燕青从香客中听说后激发了斗志，当日向宋江禀告，和李逵下山来到泰安州。

要知道，相扑不仅是力量的较量，而且更多地依靠技巧和智慧，岳庙擂台上一番恶战，燕青用计乱了任原的步伐，用右手扭住任原，探左手插入任原交裆，用肩胛顶住他胸脯，把任原托起来，头重脚轻，借力转四五圈，转到献台边，叫一声“下去”！把任原头在下脚在上，直扔下献台来。这一扑，唤作“鹁鸽旋”，数万的香客看了，齐声喝彩。燕青身手不凡，不可一世的上届擂主任原就此成了梁山好汉的手下败将。可惜的是任原被李逵杀掉，给燕青的泰山打擂留下了污点，一时间“轰动了泰安州，大闹了祥符县”。泰山打擂把燕青印象牢牢地留在了泰山之上，也把梁山和泰山紧紧地连在了一起。

燕青打擂向我们展示了当年东岳庙打擂的具体内容。打擂的时间为农历三月二十八日东岳圣帝诞辰日。打擂地点为“朝着嘉宁殿，扎缚起山棚”，其后便是擂台比武之所。擂台设在岱岳庙大殿嘉宁殿前的露台之上，有敬神之意。比赛由泰安知州主持，擂台前摆有香客募献的“利物”（奖品），优胜者不但可以得到优厚的奖品，有时还会被官府破格提拔。知州看到燕青的一身花绣，主张分一半的礼物给燕青，并抬举他在身边做一个官吏。

农历三月二十八日东岳圣帝诞辰日这一天，不仅天下相扑高手云集泰山东岳庙中，在擂台上各显身手，四面八方的香客更是蜂拥而至。擂台上两雄相搏，台下观众的情绪也紧张到极点，整个赛场鸦雀无声，而当台上相扑手使出漂亮的招数时，顿时“庙里的看官，如搅海翻江”。最后以获胜者取得“利物”，达到比赛的高潮。

燕青看似是弱者，宋江、店小二和知州都认为燕青不是任原的对手，都是只看了外貌，忽视了相扑中的智慧因素。燕青胜任原不是凭运气，而是凭实力，燕青和高俅的比赛就可以说明。高俅也是一个相扑高手，只是他没有燕青的智慧。高俅被抓上梁山，酒后扬言，“我自小学得一身相扑，天下无对！”于是燕青和高俅较量了一下。高俅主动进攻，抢将入来，燕青手到，把高俅扭定，撷翻在地上，半晌撑不起。这一扑，唤作“夺命扑”。这是燕青相扑中的绝招，比他战胜任原的“鹁鸽旋”厉害得多，看来泰山打擂燕青还有后备招数。

作者简介：刘传录（1968— ），男，中国新媒体水浒文化研究会副会长，中国文艺家协会山东分会常务副主席，新水浒第一人。代表作《第三只眼看水浒》获第七届刘勰文艺评论奖，《齐鲁晚报》有“第三只眼看水浒”个人专栏。

谈《水浒传》的版本和演化

周文业

摘　要：本文讨论了与《水浒传》版本有关的三个问题。首先介绍了120回全传本中的袁无涯本，指出袁无涯本和郁郁堂本以及所谓的“杨定见本”的差异。然后分析了《水浒传》版本演化中“繁简交替演化论”的问题，认为这种演化论存在的可能性不大。最后分析了《水浒传》版本研究不够深入的主要原因，是在于很多版本影印出版太少，这给研究带来很大的困难。

关键词：《水浒传》；版本；袁无涯本

一、《水浒传》120回全传本中的袁无涯本和郁郁堂本

（一）《水浒传》版本分类

首先简介一下《水浒传》版本的分类。

《水浒传》的版本非常复杂，分类的依据有两个。第一个是文字的繁简，第二个是故事的繁简，即有无田虎、王庆故事。由此产生了三种分类方法。

第一种分类法是只根据文字的繁简，可分为两类。第一类是文字简略的简本，包括102回、110回、115回、124回等几种。第二类是文字繁复的繁本，细

分又包括100回本、120回本和71回本三种。

第二种分类法是只根据故事的繁简，也可分为两类。第一类是故事简略的“简本”，没有田虎、王庆故事，包括100回的文繁本，和71回的金圣叹腰斩本。第二类是故事繁复的“繁本”，插入了田虎、王庆故事，包括各种文字简略的简本，和120回的全传本。

第三种分类法是综合文字的繁简和故事的繁简，分为四类。即文简事繁的“简本”，文繁事简的“繁本”，文繁事繁的繁简综合“全传”本，和金圣叹腰斩删改的“腰斩本”。

下面本文按照第三种分类法对各种版本做简略介绍。

第一种“繁本”即“文繁事简”本，这类版本文字描述详尽，因此称为“文繁”。但在梁山聚义后是征辽，没有讨田虎、王庆故事，征辽之后就是讨方腊。文繁事简的“繁本”一般被认为是《水浒传》最初的版本，比“简本”为早。最早、最重要的是明万历三十八年容与堂刊刻的《李卓吾先生批评忠义水浒传》，简称“容与堂本”。此外还有天都外臣序本、大涤余人序本（李玄伯本）、无穷会藏本、郑振铎藏本、钟伯敬本、遗香堂本和芥子园本等。

第二种“简本”，即“文简事繁”本，这类版本的文字简略，因此称“文简”，在征辽和讨方腊之间，增加了讨田虎、王庆故事，因此称“事繁”。现在一般认为“简本”是“繁本”的删节本。现存较完整的“简本”是明万历二十二年双峰堂刊刻的《水浒志传评林》，保存在日本轮王寺日光慈眼堂，简称“评林本”。此外还有文杏堂本、映雪草堂刊本、藜光堂本、刘兴我本、南图出像本、国图出像本、李渔序本、汉宋奇书等，以及一些残本，包括斯图加特本、哥本哈根本、巴黎本、牛津残叶、德累斯顿本和梵蒂冈本等。

第三种“全传本”也称“繁简综合”本，实际是“繁本”和“简本”的综合，在“繁本”基础上，增加了“简本”中的讨田虎、王庆故事，文字描写也很细致。现存“全传本”最重要的是万历四十二年袁无涯刊刻、有李卓吾序、杨定见小引，也称“袁无涯本”。其次还有郁郁堂本，以及宝翰楼本、初刻英雄谱本和二刻英雄谱本等，这些都是在袁无涯本基础上的翻刻本。

第四种金圣叹腰斩删改批评的“腰斩本”，是将120回“全传”腰斩为70

回，将第一回改为楔子，删去梁山聚义后的故事，以卢俊义一梦为结束，题名《第五才子书施耐庵水浒传》，简称金批本，有明崇祯年间的贯华堂刻本等。

关于《水浒传》版本系统，中国学者和日本学者采取了不同的分类方法。

中国学者一般根据《水浒传》的文字繁简和故事繁简，综合分为上述的四种。而日本学者只根据文字的繁、简，把《水浒传》版本只分为文繁本和文简本两大系统。其中简本和中国学者分类相同，而繁本包括了中国学者的其他三种：120 回“全传本”、100 回“繁本”和 71 回“腰斩本”。

日本学者将繁本又分为“分卷”和“不分卷”两类。日本学者特别重视分卷，不仅在《水浒传》版本上如此，在《三国演义》版本中也如此。中国学者所谓的“演义”系列版本，由于都是二十四卷，日本学者一般称为“二十四卷”系列。而中国学者所谓的“志传”系列，无论是繁本还是简本，多数都是二十卷，因此日本学者一般称为“二十卷”系统。但“志传”系列中的叶逢春本是十卷，而不是二十卷，因此把“志传”系列称为“二十四卷”系列，似乎不够严密。

中日两国学者各采取不同的分类方法，实际是各自从不同角度看问题，各有特点。

（二）袁无涯本、郁郁堂本和杨定见本

全传本中主要的版本是袁无涯本、郁郁堂本和宝翰楼本。

最早的“袁无涯本”为 36 册，在正文之前有六篇序、引，分别是：

1. 李贽“读忠义水浒全传序”。
2. 杨定见“忠义水浒全传小引”。
3. “宋鉴”。
4. “宣和遗事”。
5. 袁无涯“出像评点忠义水浒全书发凡”。
6. “水浒忠义一百八人出身”。

然后是目录和 120 幅插图。

此本命名为“袁无涯本”是因为第五篇“发凡”未署作者，但袁中道的

《游居沛录》中题为袁无涯作，因此命名为袁无涯本。由于此本同时有袁无涯发凡和杨定见小引，有些学者（如马幼垣）称为“袁无涯、杨定见本”。但这种命名也会引起误解，以致出现了单独的“杨定见本”名称，这个名称有其不当之处，见后面的介绍。此本目前所知只藏于北京大学图书馆和哈佛大学哈佛燕京图书馆。

据日本学者笠井直美的研究，北大收藏的袁无涯本，本身可能并不是万历刊本，因为它“插增”20回部分避讳“由”“检”字。但她未调查哈佛大学的袁无涯本，不知是否如此。笠井直美1995年在北大进修时用宝翰楼本的影印本和袁无涯本原本一叶一叶地对照看，确认了袁无涯本和宝翰楼本也酷似，大部分很可能出于同版（包括避讳的地方），但也有几个不同处。①

全传本中除最早、最重要的袁无涯本外，流传最广、最常见的就是郁郁堂本，此本扉页下署“郁郁堂梓行”，正文每页版心下也刻有“郁郁堂四传”字样。

郁郁堂本是袁无涯本（或宝翰楼本）的复刻本，袁无涯本刊刻于明万历四十二年，而郁郁堂本刊刻于明崇祯初，两本都有杨定见序。据笠井直美的研究，它和袁无涯本的不同处，比宝翰楼本还要多一些。换句话说，实际上宝翰楼本比郁郁堂本更接近袁无涯本。郁郁堂本现藏在南京图书馆、日本内阁文库、静嘉堂文库和京都大学等地，较袁无涯本多，也较常见。而宝翰楼本只藏于日本宫内省，看到的人很少。

另外，在崇祯末年还有一种郁郁堂的二印本，此本版心中“郁郁堂四传”被挖去，此本流传更多，首都图书馆、南京图书馆、中国社会科学院文学所、北京王晓传等都有收藏。

全传本除以上三种版本外，还经常见到一种“杨定见本”，或称“杨定见序本”。这是一种什么版本？它和以上三种版本有什么关系呢？很多人对此并不十分清楚，有些学者就把杨定见本当作袁无涯本。

---

① 笠井直美：《北京大学图书馆藏〈忠义水浒全传〉》，《名古屋大学中国语学文学论集》21，2009。

实际上所谓的“杨定见本”就是郁郁堂本，而不是袁无涯本。之所以把这种版本称为“杨定见本”，是由于其开始没有袁无涯本的李贽“读忠义水浒全传序”，而直接就是杨定见“忠义水浒全传小引”，因此很多人就把这种版本称为“杨定见本”。而仔细看这种版本的文字，这个版本实际就是郁郁堂本，而不是袁无涯本。

（三）上海图书馆的郁郁堂本

上海图书馆目前存有一种120回的全传本，此本不是“袁无涯本”，而是郁郁堂本。

上海图书馆目录中有两种全传本，书名相同，都是《忠义水浒全书》。一种标明为：郁郁堂，清初（1644—1722），索书号：线善830088—127，40册，但实际查无此书。另一种标明为：杨定见，明（1368—1644），索书号：线善21801—48，48册。

上海图书馆藏善本《忠义水浒全书》，共6函，每函8册，共48册，第一册只有112幅插图，单独装订；第二册开首为杨定见序，正文为《出像评点忠义水浒全书》。

据李金泉先生目验，上海图书馆此杨定见48册本，在版心有“郁郁堂”字样，因此可以肯定，此本不是“袁无涯本”或“杨定见本”，而是郁郁堂本。

“杨定见本”的名称不严密，所谓“杨定见本”是由于此本开始就是杨定见小引（不是序），由此而命名。而凡称为“杨定见本”的其实都是郁郁堂本。但要注意，袁无涯本和郁郁堂本都有杨定见小引，因此说“杨定见本”，到底是指袁无涯本，还是指郁郁堂本，并不准确。所以，在谈及全传本时，最好不用“杨定见本”的名称，而是直接用袁无涯本或郁郁堂本的名称。

（四）袁无涯本和郁郁堂本的文字差异

郁郁堂本是袁无涯本的翻刻本，因此袁无涯本和郁郁堂本的版式行款完全相同，都是十行二十二字。由于郁郁堂本是翻刻袁无涯本，因此在翻刻中有修订，文字必然就有差异，但仔细核对后证明都是个别文字不同，并没有大段文字的修订。

郑振铎先生1954年整理出版《水浒全传》时，很清楚这两种版本的差异。他是以袁无涯本为底本之一，以郁郁堂本为参考本之一。郑先生当年整理出版《水浒全传》的目的有二，一是希望整理本的底本是最古的，二是希望整理木是最全的。为此，他选定了百回本即国家图书馆藏的所谓“天都外臣本”为主要底本（实际此本是清代补刻本）。但此本没有田虎、王庆故事，为求全，他又以全传本的袁无涯本为底本，并参考郁郁堂本，插补了其中的田虎、王庆故事。但这种求最古、最全的思路，本身就不符合版本演化的历程。

郑先生在整理田虎、王庆故事的第90回到109回的20回中，对袁无涯本和郁郁堂本做了仔细的校勘，并有校记，由此我们可以看出这两个版本文字上的差异，也就是郁郁堂本文字的改动情况。对此我们整理统计如下：

90回7处，91回6处，92回3处，93回6处，94回15处，95回3处，96回2处，97回1处，98回6处，99回0处，100回2处，101回3处，102回2处，103回1处，104回0处，105回5处，106回3处，107回1处，108回2处，109回2处。总计20回有70处不同，平均每回有3.5处差异。

这70处中只有2处文字有较大差异，其余都是个别文字差异。

这70处都是整理者认为郁郁堂本文字优于袁无涯本的，而对于袁无涯本优于郁郁堂本的文字，此书并没有说明。我们由于时间关系，也尚未去仔细核对，估计这类差异肯定还有，多是郁郁堂本刊刻出错所致。

至于其他回目中袁无涯本和郁郁堂本的文字差异，我们没有再去仔细核对，估计和这20回没有很大差别。

因此，郁郁堂本在翻刻袁无涯本时，还是做了一些刻意的修改的，有些文字是改得更合理了。

综上所述，《水浒传》全传本主要有袁无涯本和郁郁堂本两种，两种的文字基本相同，但还是有差异，郁郁堂本是袁无涯本的翻刻本，因此文字上有所修订。要谈及全传本时，如果只是分析研究故事、情节、人物，不涉及细致文字，可以不分这两种版本。但研究中如涉及一些细节文字，由于两者文字略有不同，一定要分清这两种版本。

至于所谓“杨定见本”一般是指郁郁堂本，而不是袁无涯本。但实际这两种版本中都有杨定见小引（不是序），因此所谓“杨定见本”，是个不严密的说法，今后应尽量少用。

（五）《水浒传》整理出版的三个阶段

《水浒传》版本可分为四种，即繁本、简本、全传本和腰斩本，这四种版本中，简本出现很短时间就退出了历史舞台，而其他三种代表了《水浒传》整理出版的三个阶段。

第一阶段是腰斩本时期。金批本出现后，为迎合各方面的需要，统治了市场很长一段时间，从清代直到民国，都是金批本占统治地位。1952 年人民文学出版社出版了修订后的金批本。

第二阶段是全传本时期。全传本的排印本最早是 1929 年上海商务印书馆据袁无涯本排印，胡适为此书写了《水浒传新考》一文。此书后来直到 1957 年曾多次重印，但发行有限。1954 年郑振铎出于求古、求全的想法，在繁本基础上插入全传本的田王二传，读者也愿意看完整故事，掀起了全传热，一时间全传本代替金批本占据了统治地位。这种拼凑本和《红楼梦》的版本很相似。在冯其庸的推动下，红楼梦研究以所谓曹雪芹生前最后整理本的 80 回庚辰本为主要底本，但此本缺后 40 回，因此被迫又利用程甲本补上后 40 回，成为目前最流行的版本。两者的思路完全相同，都是既追求最古——《水浒传》的天都外臣本和《红楼梦》的庚辰本；又追求全——《水浒传》加全传本的田王二传，《红楼梦》加程甲本的后 40 回。但这种拼凑本的不合理之处在于，既然有现成的全传本，为何要推出这种拼凑本？1961 年中华书局又推出以所谓的“杨定见本”为底本的新全传本。但这里出现一个问题，新全传本说是以涵芬楼藏杨定见本为底本，但实际其底本不是早期万历年间的袁无涯本，而是晚期崇祯时期的郁郁堂本。这种“杨定见本”的说法，容易混淆袁无涯本和郁郁堂本。

第三阶段是百回本时期。全传本虽然故事最全，但由于田王二传毕竟是后加的，故事虽然完整，但不如百回本合理。因此，1975 年人民文学出版社为配合毛主席对《水浒传》的批判，又以容与堂本为底本，整理出版了百回本。由于田王二传明显是后人所加，百回本更接近《水浒传》的原本，从此百回本统治了整个市场，以致今日书店中很少再看到金批本和全传本。

回顾《水浒传》整理出版的这三个阶段很有意义，可以认为这是古代小说整理出版史中的典型案例。

（六）《水浒传》版本数字化

本人倡导主持的古代小说版本数字化，从 1999 年开始至今已经有 20 年了。到目前为止，主要集中在五大名著。

目前《水浒传》版本中，根据已经出版的影印本，我们对其中的 16 种版本进行了数字化，包括：

简本：评林本、巴黎本、哥本哈根本、斯图加特本、德累斯顿本、梵蒂冈本、牛津残叶、刘兴我本、藜光堂本 9 种。

繁本：容与堂本、钟伯敬本、遗香堂本、郑振铎藏本和上海残叶 5 种。

繁简综合本：郁郁堂本 1 种。

腰斩本：第五才子书 1 种。

《水浒传》版本目前初步统计有 30 多种，数字化 16 种占一半多。而五大名著中其他四部的数字化都在百分之七八十。《水浒传》版本数字化程度较低的主要原因是版本影印较少，前面已经介绍过，包括袁无涯本在内的很多《水浒传》版本都没有影印，这样也就很难做数字化了。

古代小说版本数字化一大难题就是文字的可靠和准确，这是几乎无法解决的问题。在这方面古代小说版本数字化比一般的古籍数字化难度更高。一般古籍刊刻都比较认真，字迹自然比较规范清楚，而古代小说是通俗读物，读者都是下层百姓，刊刻时比较潦草，不仅有很多错字，还有大量的异体字和俗体字。

不仅刊刻中会有错字，在数字化录入中也会产生大量错字。一个原因是经费有限，目前完成的五大名著 80 多个版本的数字化，总字数有 3000 至 4000 万字，由于经费不足，我们对录入的文字都没有进行仔细的校对，因此肯定会有录入错误。

古代小说中有大量的异体字和俗体字，而录入公司录入员对五笔字型录入很熟悉，但对于古汉语则完全不熟悉。这样遇到异体字和俗体字时，他们只好利用五笔字型录入法，选择字形最接近的文字录入。目前国内一般采用的有7万字的汉字库中有大量各种各样的字形非常接近，但它们实际上是完全不同的文字，而录入员根本不懂这些字形接近的文字，因此很容易录入错误。

而要纠正这些录入错误，除需要花费大量人力、财力，还有一个问题是，如果把这些异体字和俗体字，都统一录入为正体字，虽然检索方便了，但这些异体字和俗体字很可能对版本研究等极为有用，如全部整理为正体字，这些对版本研究很重要的要素就丢失了，这对版本研究很不利。

因此要解决这些问题难度极大。目前数字化只是为学者提供一个很粗糙的原始文本而已，好在我们还同时提供了图像，如学者要引用这些文字，必须和图像比对纠正录入的错误。

我们的数字化用户遍布国内外，日本也有很多学者使用，他们都很理解其中的难处和问题，在我解释之后，从未有人对此提出异议。对此我很感谢！

二、《水浒传》版本演化中的“繁简交替演化论”

（一）《水浒传》版本演化问题

《水浒传》版本演化和《水浒传》版本的主要内容有关。众所周知，《水浒传》经过多次修订后，最后完整的故事包括以下几部分：

1. 梁山聚义、全伙招安。

2. 征辽。

3. 征田虎、王庆，简称“田王二传”。

4. 征方腊。

《水浒传》版本概括分可分为三种，即：

1. 繁本：招安后有征辽，无田王二传，征辽后就接征方腊，文字描述详尽，故称繁本。

2. 简本：增加田王二传，但文字简略，故称为简本。

3. 全传本：在繁本基础上，增加了简本的田王二传，是文字、故事都完整的版本。

此外还有金圣叹删去招安后全部故事的腰斩本。

这些版本之间的演化关系，一般有两种看法。

第一种看法是认为简本在前，繁本是在简本基础上对文字做进一步加工后的版本。首先提出此看法的是鲁迅先生。但目前多数学者认为这种看法是错误的，此处不再详细分析了。

第二种看法相反，认为是繁本在前，简本是把繁本文字删节后的后出版本。这是目前学术界的主流看法。

至于全传本，两种看法都认为是综合了繁本和简本而后出的版本，没有分歧。

这样目前《水浒传》版本演化的主流看法可以概括为：繁本——简本——全传本。

（二）复杂的繁简交替演化论

《水浒传》版本演化除有上述从简到繁和从繁到简的两种看法外，还有第三种看法，认为《水浒传》的版本是简繁交替演化而成。即最早是简本，然后从简入繁，又从繁到简。

这种演化论的代表是欧阳健先生，他把《水浒传》版本演化为三阶段，仔细分析欧阳先生的论述，他实际是分为了五个阶段。①

1. 最初简本阶段，欧阳先生引用鲁迅的话说明，《水浒传》最初是来自说书人的话本，因此《水浒传》最初应该是话本式的简本。

2. 草创初就阶段，或称原始简本阶段，欧阳先生认为这个阶段的标志是在最初简本中插入了田王二传，即形成了“有田、王而无辽国”的原始简本。

3. 第三阶段（即欧阳先生认为的第一阶段），从“有田、王而无辽国”之简

---

① 欧阳健：《水浒解识》，上海三联书店 2014 年版，第 12 ~ 22 页。欧阳健：《明清小说新考》，中国文联出版公司 1992 年版，第 43 ~ 80 页。

本，发展为“去田、王加辽国”之繁本。

4. 第四阶段（即欧阳先生认为的第二阶段），从“有辽国而无田、王”之繁本，删节为“有辽国而无田、王”之简本。

5. 第五阶段（即欧阳先生认为的第三阶段），在“添加改造后的田、王”之繁本产生的前后，又出现了“插增旧本田、王部分”之简本。

如此复杂的演化过程，如不仔细动脑筋仔细琢磨的话，怕真是很难搞清楚。

欧阳先生上述的演化过程，如果只从简本演化看，可分为四个阶段，其过程如下：

1 无辽国无田、王——2 有田、王而无辽国——3 有辽国而无田、王——4 有辽国也有田、王。这和主流看法差异很大，下面再详细分析。

如果只从繁本演化看，则只分为两个阶段，其过程如下：

1 去田、王加辽国——2 添加改造后田、王的全传本。

繁本演化看似和主流看法一样，实际对繁本来源的看法还是根本不同的。欧阳先生认为第一阶段的繁本是从简本删除田王二传，增加辽国。而主流看法认为繁本不是来自简本，其中的辽国不是增加的，繁本中的田王二传也不是从简本删节的，而是本来就没有。

按照欧阳先生上述五阶段论，《水浒传》版本演化是：

最初简本——原始简本——繁本——简本——全传本、简本。

如按照三阶段论，简单说就是：

简本——繁本——简本——全传本、简本。

无论是五阶段还是三阶段，都构成了一种非常复杂的版本演化过程，欧阳先生称为“简本繁本递嬗演化论”，我通俗地称为“简本繁本交替演化论”。

如此复杂的版本演化，一般读者怕很难搞清楚，我也是费了很长时间，仔细琢磨才搞清楚的。欧阳先生的交替演化论首先认为，《水浒传》是在说书人的基础上发展起来的，因此最初应该是简本，而不是一出现就是繁本。其次，欧阳先生的繁简交替演化，实际是前述简本在前和繁本在前两种看法的综合。欧阳先生如此复杂的三阶段理论，说穿了可以简化描述为：把简本在前和繁本在前的两种看法融合在一起，把“简本在前”作为前一阶段，把“繁本在前”作为后一阶段。

下面逐一分析欧阳先生这复杂的繁简交替演化论的问题所在。

（三）简本在前、繁本在后看法是错误的

首先要说的是，欧阳先生有一点看法和主流看法是一致的，就是认为现存的简本在前、繁本在后的看法是错误的。他的主要依据是：

1. 简本存在繁本没有的知识性错误。
2. 简本存在繁本没有的情节上的漏洞。
3. 简本和繁本相比，人物性格有很多不统一。
4. 简本文句有很多不完整。

所以，欧阳先生最后的结论是：从总体上讲，现存的简本是以繁本为底本删节而成的，基本上不存在“改作”的问题。

欧阳先生这个看法和目前主流看法是一致的，是对的，没有问题。

但欧阳先生下面认为，虽然《水浒传》后期是“由繁到简本”，但历史上确实曾存在过“由简到繁”，原始简本中的田王二传是原始简本中就有的。但我认为这种可能性很小。

（四）历史上曾存在过“由简到繁”？

欧阳先生经过以上论述认为，现存的简本是从繁本删节而来的，但他认为，历史上也曾经存在过“由简到繁”的发展过程，其根据是现存简本的田王二传虽然是后来加进去的，但它是原始简本的残留，而不是后期插入的。换句话说，《水浒传》最初简本是没有田王二传的，田王二传是后加进去的，但不是在后期版本时加进去的，而是在最初简本时加进去的，形成了原始简本，也就是欧阳先生所说的第一阶段的“有田王而无辽国”的简本。

欧阳先生为证明田王二传是原始简本中就有的，他举出了以下证据：

1. 简本田王二传人物身份极为错杂，因此是缺乏政治生活经验的瓦舍艺人所为，是原始简本所加的，而不是后期简本所加。
2. 简本田王二传政治倾向也十分混乱，这都是初期水浒的特色。

欧阳先生认为这两条只能是《水浒传》原始简本就有的，但实际上这些情况也可能在后期简本的改编中出现，因为一般改编简本的书商水平也不高，出现上述问题也是很有可能的，不能因为这些错杂、混乱就认定这肯定是原始简本所有，而不是后期简本中出现的。实际上，这两种可能都存在，我个人认为，后期简本的改编中出现这些错杂、混乱的可能性更大。

为证明田王二传不是简本作者所写，而是插增所产生的，欧阳先生又举出了四个证据：

1. 宋江等人职官的矛盾。

2. 宋徽宗、蔡京、高俅对宋江态度的矛盾。

3. 高俅、童贯、梁中书等人性格的矛盾。

4. 人物、年代的混乱错误。

欧阳先生认为，这些情况说明，简本中的田王二传确实是后加进去的，它是原始简本的残留。

和前述一样，欧阳先生这些看法只是认为田王二传是后插增的，是原始简本的残留。而主流看法也认为田王二传是后插增的，但是是在后期版本演变中，从繁本到简本之中插增的，而不是原始简本时插增的。两者看法虽然都承认是插增的，但插增的时间不同。

欧阳先生在本文中，否定了后期的“由简到繁”，简本在前、繁本在后，但又认为在水浒初期存在“由简到繁”。而这初期由于没有任何文献支持，也就无法分辨了，只是一种想象和猜测而已。

我个人觉得还是主流看法的可能性更大，不存在初期的“由简到繁”。

（五）《水浒传》初期版本的形态问题

上述讨论田王二传的问题，本质上是《水浒传》初期版本的形态问题，即初期《水浒传》的版本到底是什么样的？这归结于《水浒传》原始版本到底是简本，还是繁本？

由于《水浒传》初期版本没有像《红楼梦》一样留下抄本，因此只能做理论上的探讨。从理论上看，有两种可能。

一种可能是欧阳先生所主张的，《水浒传》初期版本是话本式的简本，是由艺人说书逐步演化、丰富后衍生出来的，只是各种水浒故事的组合而已。而后不断被文人加工，最后先出现了初期的简本，最后发展成各种繁本和后期简本及全传本。这就是欧阳先生主张的早期版本由简到繁的过程。

这个理论基本和徐朔方的“世代累积”论相似。

另一种可能是，《水浒传》初期版本是施耐庵根据各种艺人的说书中的水浒故事，一次创作出的长篇文学作品。这样，《水浒传》的原本就是完整的故事，就是繁本，不存在所谓的初期简本阶段。后期简本是由繁本删节而来的。刘世德先生持此种看法，在其《水浒论集》中也有详细论述。

从五部长篇小说看，《金瓶梅》《红楼梦》肯定是作家创作而成。而《三国演义》《水浒传》《西游记》由于早期版本没有发现，理论上两种可能都存在。但我个人认为，和《金瓶梅》《红楼梦》一样，《三国演义》《水浒传》《西游记》也是由文人一次创作而成的可能性更大。所谓“世代累积”论，只是小说《三国演义》《水浒传》《西游记》的素材有“世代累积”，不存在小说本身也是“世代累积”，不断修订。《三国演义》《水浒传》《西游记》还是由一位伟大的作家，根据这些“世代累积”的素材，一笔写成现在看到的长篇小说。这样就不存在初期版本，由简到繁的演化。上述欧阳先生的分析就根本不存在了。

（六）欧阳先生第一阶段之不成立

欧阳先生认为，《水浒传》原始版本是“有田、王而无辽国”的简本，而真正《水浒传》版本演化的第一阶段，就是从“有田、王而无辽国”之简本，发展为“去田、王加辽国”之繁本。

换句话说，在原始简本插入田王二传后，出现了“有田、王而无辽国”的简本，但这个简本和后期的“有辽国有田、王”的简本是有本质不同的。

我觉得欧阳先生对第一阶段的论述还是有可商榷之处的。

第一，这种原始简本只是一种想象，目前还没有看到任何材料，实际存在的可能性也极小。

第二，欧阳先生前面已经论述过，现存的简本文字肯定是从繁本删节而来。

因此，原始简本的文字就应该和现存简本不同，否则原始简本文字就应该是从某个原始繁本删节而来，就要认定还有一个原始繁本，这是不太可能的。而原始简本文字要是和现存简本不同，也就和繁本的文字完全不同，这样如何会产生从“有田、王而无辽国”之简本，发展为“去田、王加辽国”之繁本呢？

这里，欧阳先生认为后期简本不可能变成繁本，却认为早期简本可能会演变为繁本。这种推理实在令人难以理解和接受。

因此欧阳先生认为第一阶段是从“有田、王而无辽国”之简本开始，发展为“去田、王加辽国”之繁本，其论述中存在很大矛盾。这种可能性很小，几乎是不可能的。

欧阳先生认为第一阶段应该“有田、王而无辽国”是出于以下两点根据：

第一，他认为宋江招安后要立功，只有征方腊还是不够，应该“求多”“求全”，还应再增加故事情节。——我认为这只是欧阳先生的想象而已，没有任何文献依据来证明。只有演化后期才会“求多”“求全”，这是古代小说版本演化的规律。因此第一阶段“求多”“求全”不成立。

第二，欧阳先生认为要“求多”“求全”就要增加田王二传，而不是加征辽，其根据是袁无涯的序，其中谈到“四大寇”，就包括田王二人，因此第一阶段就应该增加了田王二传。但实际袁无涯所谈的“四大寇”，以及“去田、王加辽国”都是指后人所为，而绝不是《水浒传》第一阶段的版本，因此这不能为据。

所以，《水浒传》第一阶段文本应该不是简本，也不会有田王二传，欧阳先生认为第一阶段是从“有田、王而无辽国”之简本开始，可能性很小。

需要说明的是，除鲁迅和欧阳先生把简本当作第一阶段外，还有何心（陆澹安）在《水浒研究》中也提出过类似看法，他也认为是简本在前，但他还认为简本之前，还有一个原本，这个原本可能是繁本。按照这种分析，则演化过程为：原本（繁本）—简本—繁本—简本。这和欧阳先生的观点略有不同，这也是理论上有这种可能性，缺乏证据。

总之，在第一阶段中，欧阳先生认为是从“有田、王而无辽国”之简本，发展为“去田、王加辽国”之繁本，这个繁本就是目前主流看法的100回容与堂本，也就是目前看到的最早版本，这种可能性我觉得实在是很小。

（七）欧阳先生第二阶段之不成立

欧阳先生的第二阶段，是从“有辽国而无田、王”之繁本，删节为“有辽国而无田、王”之简本。这是所有《水浒传》版本演化说中都没有的一个阶段，而欧阳先生之所以主张有这样一个阶段，是出于以下考虑的。

目前一般看法认为，有征辽和征方腊的100回繁本在前，而简本是从此有征辽和征方腊的繁本删节而来的。但现在看到的所有简本，都既有征辽，也同时有田王二传。而如果简本是从繁本删节而来，就应该先把繁本文字删节，故事不加，征辽后就立即去征方腊，不应该有田王二传。但这样的版本目前还没有发现。因此欧阳先生就认为应该有这样一个中间阶段，即先从有征辽而无田王二传的繁本，删节出“有辽国而无田、王”之简本来。因此他就增加了这样一个第二阶段。

这种看法似乎很有道理。但实际经不起推敲。

简本整理书商如果只是把繁本删节为简本，故事不变，固然可压缩成本，可招揽一部分顾客，但由于故事不变，可能还是不十分吸引人的。因此书商在删节文字的同时，又增加了田王二传，就又增加了卖点，更有市场，这肯定比只删节文字，不增加故事的版本好卖。

《三国演义》中就有类似的例子。《三国演义》的嘉靖本、叶逢春本都没有关索故事，而各种简本中，除文字简略外，都增加了关索故事。其道理很简单，《三国演义》原本没有关索故事，是因为虽然关索是出名的人物，有关关索的传说很多，云南也有关索岭，但正史中关羽并没有关索这样的儿子，关索很明显是个虚构人物，因此《三国演义》作者没有写关索。而简本的整理者觉得关索在民间传说很多，加入关索故事更吸引大众读者，因此在删节文字的同时，又增加了荆州认父的“花关索”故事。而周曰校本等演义系列版本，认为关索主要是参加南征，因此虽然也增加了关索故事，但和简本的花关索不同，没有荆州认父情节，而是突然出现在随诸葛亮南征中。这两种关索故事，和《水浒传》插增田王二传的动机是完全相同的，都是为了吸引读者，扩大销路。

因此，目前没有发现《水浒传》这种只删不加的简本就很自然了，因为即便有这样的版本，也无法和又删又加故事的版本竞争，所以即便曾经出现过，也会很快就被淘汰了。

所以，欧阳先生的第二阶段也是理论上可能存在过，但即便有这种版本也必定会很快被淘汰，所以根本不可能构成一个阶段。我觉得，欧阳先生的第二阶段只是一种似乎合理的想象而已，实际上并不存在过。

（八）欧阳先生第三阶段简本问题

欧阳先生的第三阶段，是在“添加改造后的田、王”之繁本产生的前后，又出现了“插增旧本田、王部分”之简本。

第三阶段实际包括两部分内容。

第一部分是指，在有征辽和征方腊的100回繁本基础上，插增田王二传，产生了120回的全传本，即袁无涯本。这部分看法和主流看法是完全相同的，不用讨论。

第二部分是指，第二阶段的“有辽国而无田、王”之简本，看到全传本出现，故事更完整了，简本要和全传本竞争，只有在“有辽国而无田、王”基础上，再“插增旧本田、王部分”，构成一种新的简本，就是和全传本一样，即有征辽、田王二传、征方腊的全部故事的简本，这就是目前所看到的大量水浒简本。

欧阳先生的第三阶段和主流看法是有差异的。根据前面欧阳先生三阶段论，把简本分为了三阶段：

第一阶段的简本是“有田、王而无辽国”的简本；

第二阶段的简本是“有辽国而无田、王”之简本，是从“有辽国而无田、王”之繁本删节而来的。

第三阶段的简本是再恢复“插增旧本田、王部分”之完整的简本。

因此欧阳先生认为简本的演化是：

有田、王而无辽国——有辽国而无田、王——有辽国也有田、王。

这和主流看法是不同的，主流看法是，简本不存在这样复杂的三个阶段，所有简本都是从繁本一次删节文字、插增田王二传而生成的。

此外还要注意，全传本的田王二传和简本的田王二传有很大差异，如对王庆出身的描写就完全不同。欧阳先生也注意到这个差异，他认为简本再插增旧本田王二传，是在全传本出现的前后，更大可能是在全传本出现之前，因为简本田王二传没有根据全传本做任何修改，因此应该是在没有看到全传本的情况下匆忙做完增补的。

如果欧阳先生的说法成立，则这里更严密的说法似乎是，简本看到全传本增加了和简本不同的田王二传，简本为了和全传本竞争，于是就把最早原始简本中的田王二传又增补回来了。

按照欧阳先生上述论述，简本中的田王二传是在第一阶段前原始简本中先插入的，在第二阶段的繁本本身没有田王二传，因此删节的简本中也没有，到第三阶段简本看到全传本增加了田王二传，因此又恢复了第一阶段简本中的田王二传。如此复杂的转换，实际是否发生过？我持极大的怀疑态度。

全传本和简本田王二传故事到底是怎样产生的？目前主流看法认为，全传本的田王二传故事是在简本田王二传故事基础上做了修订，而现在看到的田王二传就是简本的原貌。这种看法既简单，又明确，我赞同这种看法。

（九）繁本中征辽是原有还是后加的？

《水浒传》版本演化中还有一个问题是，征辽是原本就有的，还是后加的？

目前看到的有征辽故事最早的版本是100回繁本，在招安后立即征辽，征辽后立即征方腊，无田王二传。

对此有两种看法，一种看法认为征辽是原有的，一种看法是征辽是后加的。

根据前面的介绍，欧阳先生认为征辽是后加的，是在第一阶段，从“有田、王而无辽国”之简本，发展为“去田、王加辽国”之繁本。

和欧阳先生有类似看法的学者很多，最早提出征辽是后加的是郑振铎先生。张锦池先生最近也曾发表文章，认为征辽是后加的，他主要根据征辽故事中有很多与水浒其他故事矛盾之处，如蓟州在征辽中是在辽国控制之下，而在水浒其他故事中，蓟州是在北宋控制下。如征辽是原有的，作者应该不会发生如此明显的错误。

20世纪50年代，曾有学者仔细研究了征辽中新出现的地名，发现这些地名都是来自明中叶的一本地理书，因此征辽只可能是后期插入的，而不可能是原有的。我一时找不到此书和此文了。

但也有学者认为征辽是原有的。刘世德先生书中举出很多例证，证明在100回繁本中其他六处地方曾提到征辽。因此征辽应该是原本就有的。

有征辽的故事刚好是100回，如果去掉8回征辽故事就只有92回。一般的小说回数都是整数，不太可能是92回。

张锦池对回数的解释是，他认为原本加征辽是95回，符合中国古代对皇帝有九五之尊的习俗。不过这种解释似乎有些牵强了。

这两种说法的例证都不是铁证，都有相反的解释存在。

认为征辽故事是原有的，对于征辽中有很多与水浒其他故事矛盾之处，可以解释为，这是作家创作中的疏忽所致。

认为征辽故事是后加的，对于繁本在其他地方却提到了征辽，也解释为，这可能是把征辽故事插入时，插入者为保持故事完整，就在其他地方故意做了补充，因此在其他地方也就提到了征辽。

因为两方例证都不是铁证，都可以解释，两种解释似乎都有一定的道理，因此很难判断哪种可能性更大。

（十）简本繁本交替演化论总结

“简本繁本交替演化论”的基本思路是：

原始简本中首先插入了田王二传，成为无征辽有田王二传的简本，然后演化为加征辽删田王二传的繁本，从繁本又删节出没有田王的简本，最后才出现完整的全传本和完整的简本。

总结以上简本繁本交替演化论的看法，我认为有四个问题：

其一，简本繁本交替演化论认为，虽然从文字看，后期简本是从繁本删节而来，但简本繁本交替演化论又认为曾经存在过早期“由简到繁”，即存在过原始简本，存在过一种原始简本，繁本是从这原始简本发展而来的。因此简本繁本交替演化论认为，在《水浒传》早期版本中，是先有简本，后有繁本，由简本发展为繁本。但这只是想象中的情况，没有任何文献支持，实际存在的可能性也很小。

但我觉得并不存在这种原始简本，《水浒传》是一位伟大的作家根据各种素材一次创作产生的，一出现就是繁本。现存的简本应该是一次从繁本删节文字、增加田王二传而来的，绝不太可能是经过如此多阶段的复杂转换而生成的。因此有原始简本的可能性很小。

其二，简本繁本交替演化论认为田王二传是初始简本中就有的，而不是后期插入的。但这种说法和后面简本发展有很多矛盾，也没有任何文献支持这种说法，所举的例证并不是铁证。田王二传也完全可能是在后期版本插入时出现。因此田王二传在早期简本中就插入了，这种可能性也很小。

其三，简本繁本交替演化论认为存在过一种从繁本删节而来、只保留征辽而没有田王二传的简本，这种可能性也很小。后期简本在删节繁本文字的同时，完全可能同时插入了田王二传。

因此，上述非常复杂的简本繁本交替演化的可能性很小，几乎是不可能的。

（十一）简本繁本交替演化论问题的根源

我认为，欧阳先生这种交替演化的出发点，可能是他分析了简本在前和繁本在前两种看法，认为两种说法都有些问题。

于是欧阳先生就想综合上述两种看法，在这两种看法的基础上，再搞出一种组合理论来解释水浒版本的演化。这看似很合理的想法，实际是欧阳先生想象出来的一个似乎是理想的演化过程。而在这样复杂的演化中，如仔细分析会发现，由于演化过于复杂，想增加各个环节来解释现有的现象，但这又增加了很多难以解释的问题和矛盾。因此这种复杂的演化可能只是想象而已，没有任何文献支持，其可能性实际是非常非常微小，几乎是不可能的。

而繁本在前，简本来自繁本的看法，很容易解释上述各种问题，其可能性肯定远远大于欧阳先生如此复杂的版本演化论，其可靠性是非常大的。

我费了很大力气分析了欧阳先生非常复杂的演化思路，由此联想到了天文学中有个很类似的例子，就是托勒密复杂的本轮、均轮的地心说。托勒密认为，地球处于宇宙中心静止不动。从地球向外，有月球、水星、金星、太阳、火星、木星和土星，在各自的圆轨道上绕地球运转。为解释从地球上看到的行星有时顺行，有时又会逆行的奇怪现象，地心说不得不设计出十分复杂的本轮、均轮理论。这样行星的运动就要比太阳、月球复杂些，行星在本轮上运动，而本轮又沿均轮绕地运行，要解释行星复杂的逆行，只好把均轮越加越多，最后结果是越来越复杂。

而哥白尼发现日心说后，地球和各个行星都是围绕太阳运行，所有问题都很简单和顺利地解决了。

复杂的地心说和欧阳先生复杂的《水浒传》版本演化说，实际十分类似。虽然一个是自然科学问题，一个是文学问题，但研究思路实际是相同的，都是企图用极其复杂的理论，来解释复杂的问题。

欧阳先生的《水浒传》版本演化说就和地心说一样，是沿着一个错误的方向前进，不断试图用各种假设的可能性去解释各种情况，结果造成《水浒传》版本演化越来越复杂。而实际上只要用繁本在前，很容易就解释这一切了。

通过研究欧阳先生的《水浒传》版本演化，我最大的感受是，欧阳先生在《水浒传》版本上设想了一套非常非常复杂的演化过程，当然，严格从理论上说，欧阳先生在《水浒传》版本上如此复杂的演化理论，也是一种可能性，但我觉得如此复杂的演化，实际存在的可能性极小。

由于欧阳先生的理论中很多都是假设的情况，如初期《水浒传》版本、没有田王二传的简本等，在这种非常复杂的假设理论中，要进行客观的学术讨论，要想讨论清楚问题，几乎是不可能的。因为假设的因素太多、太复杂。谁要想和欧阳先生进行学术辩论，恐怕最终肯定会没有结果，白费力气的。欧阳先生从20世纪90年代就提出了这个《水浒传》版本繁简交替演化理论，但至今我似乎没有看到有任何人出来和欧阳先生讨论这个问题，其原因恐怕就在于此吧！

（十二）欧阳先生的水浒研究和红楼梦研究

欧阳先生在《水浒传》版本分析方法中出现的问题，也同样体现在他的

《红楼梦》版本研究中。他在《红楼梦》版本研究中发现了一些问题，萌发了“程前脂后”的想法，并顺着这个思路去解释脂本中各种问题，一发而不可收。

我对欧阳先生的“程前脂后”说很有兴趣，但没有深入研究。我觉得，现在看到的各种手抄的所谓脂本，其实都是多次的过录本，有的过录时间可能很晚，甚至比程本还晚，其中的批语，多数并非脂砚斋所批，而是后人所批。因此在这些过录本中出现一些矛盾现象并不奇怪。而欧阳先生因为出现了这些矛盾现象，就推翻了所有脂本，认为所有脂本都造假，都是迎合红学研究而编造出来的，这似乎也不完全合适。这些矛盾很可能是在晚期过录中出现的，这些过录本的实际过录时间可能比程本还晚，而且是多次过录中产生的，已经不是原本的本来面目了。用这样的过录本作为“程前脂后”的证据，恐怕是有问题的。

当然由于资料缺乏，要说清楚这比《水浒传》版本更复杂的《红楼梦》版本问题，就和《水浒传》版本演化一样，也非常困难的，甚至是几乎不可能的事情。

《红楼梦》研究中的乱象，导致一些古代小说文献研究专家不研究《红楼梦》版本，他们知道《红楼梦》版本研究不会有结果，不如去研究其他更实在可靠的课题。

这次深入研究了欧阳先生《水浒传》版本演化理论，感受颇多，我觉得，欧阳先生的《红楼梦》和《水浒传》版本研究，是否在方法和结论上都会很类似呢？其结果恐怕是否也是一样的呢？欧阳先生最初提出“程前脂后”理论后，真正支持其理论的主要是社会上的爱好者，和一些作家及个别学者，主流红学界还和他展开过激烈辩论，但现在恐怕再没有人愿意和欧阳先生去辩论“程前脂后”了，其原因恐怕不言自明。

三、《水浒传》版本研究的困难之处

四大名著中，《三国演义》《西游记》《红楼梦》三部都有版本研究的全面研究专著出版，到目前为止唯独只有《水浒传》版本没有全面的研究专著出版。

（一）《三国演义》版本研究专著

《三国演义》版本研究专著最早是英国魏安的《三国演义版本考》，虽然其中对版本研究论述不多，但全面介绍了所有的版本的基本情况。当年是上海李金泉最先发现了此书，推荐给上海古籍出版社出版了。

另一本是日本中川谕先生的《〈三国志演义〉版本研究》，日文版1998年出版。我觉得中川先生这本书的论述部分，远远比魏安的书更详尽，而国内当时一直没有出版过这样全面研究《三国演义》版本的专著，我就极力建议中川先生在中国出版此书。他开始很犹豫，因为要翻译这本书，工作量不小，日本老师教学工作量都非常大。于是我联系了我校日语系的李均洋老师，他替我找了一位即将毕业的日语研究生林妙燕，她曾经翻译过一些日文图书，比较有经验。书很快翻译完，中川先生也很满意。翻译费是我先垫付的，中文版出版后，中川先生在日本又为此申请了经费，再把翻译费又支付给我，并在“后记”中对我的帮助表示了感谢。

因为中川先生此书出版时间很早，后来他陆续发表了很多有关《三国演义》版本的文章，我本来希望他这次出中文版，就把后来发表的研究成果也写进去。但这样全书要重写，他工作很忙，而且还涉及日文书版权问题，因此他还是决定原书不动照原书翻译，这很遗憾。

这次在上海见到中川先生商议日本小说会一事，我转交给他刘世德先生的《水浒论集》，又建议他像刘先生一样，把这几年发表的《三国演义》版本研究论文汇集成册出版。但他现在实在太忙，暂时无法考虑。

中川先生此书的出版，上海李金泉也帮了很大的忙。因为现在出书都要钱，不要钱出书很难。我看到上海古籍出版社有“光华文史文献研究丛书”，是兴业基金管理有限公司赞助的。丛书主编是章培恒和陈广宏，我都不认识，就请李金泉代为联系。章培恒是中川先生当年在复旦大学学习时的老师，他把此事交给了谈蓓芳办理。谈蓓芳我也不认识，但我知道她曾就《水浒传》无穷会本写了一篇很长的文章和刘世德先生商榷。后来我通过金文京也认识了陈广宏先生，金先生曾请他装裱从黄山民间买到的《三国演义》遗香堂本残本。李金泉和上海古籍出版社也很熟悉。这样中川先生的专著就顺利出版了。

《三国演义》两本版本研究专著出版都和李金泉有关。李金泉在上海税务局工作，研究古代小说版本是业余爱好，但水平很高，我看国内版本研究专家很少有人能超过他的研究水平。马幼垣的《水浒二论》被他发现了错误，他写信给出版社，出版社转给马幼垣，马幼垣在大陆版的后记中专门对李金泉表示感谢。

（二）《西游记》版本研究专著

《西游记》版本研究专著是河南大学曹炳建先生出版的《西游记版本源流考》，此书对《西游记》版本的演化做了全面深入的研究和论述，我看今后在《西游记》版本研究上，很难有人再超过曹老师了。他曾请我用数字化比对帮助研究《西游记》的明代删节本，我也写了文章介绍数字化研究结果，这是我在《西游记》版本中唯一的一个研究。

曹老师为人热情，但做事很低调。2014 年湖北随州召开《西游记》源流文化研讨会，当地想请国内学者参加，但不熟悉，于是请曹老师开列了名单，他们再逐一联系。我也在曹老师推荐名单之中，我本来以为我研究《西游记》版本只写了一篇文章，不符合研讨会的要求，但研讨会收到我的文章后，还是邀请我参加了。这次研讨会上见到很多老朋友，十分感谢曹老师的帮忙。

曹老师的一个硕士生是中央民族大学曹立波老师的博士，我曾多次应曹老师邀请，去民大参加各种研讨会，和这位同学很熟悉，她和曹炳建老师一样，研究问题很踏实。

（三）《红楼梦》版本研究专著

至于《红楼梦》版本研究专著就更多了，我看最全面的是林冠夫的《红楼梦版本论》，对所有《红楼梦》版本都做了详细分析。但我觉得其中对戚序本和庚辰本关系问题的论述似乎有问题。

林先生和冯其庸一样，认为戚序本是来自庚辰本，是“父子”关系。但我觉得戚序本中有很多文字和庚辰本不同，却和甲戌本相同。林先生对此的解释是，戚序本根据甲戌本又做了修订，我觉得这种可能性很小。我觉得戚序本应该和庚辰本无关，它们有共同祖本，是“兄弟”关系，而不是“父子”关系。

我觉得冯先生等人把庚辰本的地位抬得太高了，庚辰本只是《红楼梦》版本演化中的一支，现在看到的庚辰本是过录本，其中错误很多。我和一些红学家们交换过意见，他们也赞同我的看法。我也看到一些红学家写的文章，也都指出了庚辰本的问题。

（四）《水浒传》版本全面研究的困难

四大名著的其他三部都有版本研究的全面研究专著出版，到目前为止唯独《水浒传》版本没有全面的研究专著出版。

刘世德先生出版了《水浒论集》①，但和欧阳先生这次出版的《水浒传》研究专著一样，严格讲都不是有关《水浒传》版本的完整、全面的论著。欧阳先生书中只有一篇关于版本的文章，刘先生论集虽然文章比欧阳先生多得多，有15篇，但还是没有全面论述水浒版本的文章。

20世纪90年代，刘先生应邀到日本访学，因为访学时间很长，日本《水浒传》版本很多，他本来计划要深入研究《水浒传》版本。他也确实去看了很多国内看不到的版本，如映雪草堂本、无穷会本等，也逐一写了文章，日本朋友也送他很多《水浒传》版本资料，他都带回国了。但回国后由于各种原因，《水浒传》版本论文只发了几篇，就停止了研究工作，而转向了《三国演义》版本研究。至今从日本带回的资料还捆着，原封未动。

《水浒论集》只是部分版本研究文章的汇集，没有全面研究，很多版本还没有研究到，对于《水浒传》版本演化也未做全面的梳理。其中有一些新文章，如关于刘兴我本和藜光堂本等，但主要还是以前发表过的文章。

马蹄疾1986年曾出版《水浒书录》一书，此书只是罗列出各种版本，并未对版本演化做深入研究，由于条件所限，错误很多，但还是目前介绍《水浒传》版本最全的书。马蹄疾1953年肄业于浙江绍兴财政学校。他编此书时是中国科学院文学研究所资料员，后曾任鞍山电台记者、市图书馆馆员、市群众艺术馆编

---

① 刘世德：《水浒论集》，社会科学文献出版社2014年版。

辑，人民文学出版社《鲁迅全集》编辑，辽宁社会科学院文学研究所副研究员。他曾出版过《许广平忆鲁迅》。

据我所知，齐裕焜、马成生、陈松柏也出版过水浒研究专著，但都不是研究版本为主，对版本研究不深。

至于《水浒传》版本专家马幼垣先生的两本专著《水浒论衡》《水浒二论》，和刘先生的论集一样，也是论文汇编，没有像魏安、中川谕、曹炳建和林冠夫一样，对《水浒传》的各种版本做全面深入的研究。马先生在《水浒二论》出版后，曾表示，他觉得虽然他把水浒版本都收集全了，但觉得研究下去没有结果，因此就放弃了《水浒传》版本研究，转而研究中国海军史。这次在上海与中川先生和李金泉会面，李金泉还问有无办法联系马先生。我曾从金文京处得到马先生在夏威夷的地址，给他去信，介绍我做的《水浒传》版本数字化研究，希望得到他的帮助，但无回音。在北大一次国际研讨会上，金文京告诉我，马幼垣的兄弟马泰来也来参加了，但我和他完全不熟悉，没有见面。目前没有人专门研究《水浒传》版本，不能不说是十分遗憾的事情。

在随州出席《西游记》源流文化研讨会期间，我和曹炳建老师也谈及《水浒传》版本研究的困境，都觉得很遗憾！

（五）《水浒传》版本影印出版太少

我觉得《水浒传》版本研究水平较低的主要原因是，《水浒传》很多版本在日本，而且都没有出版，因此要研究很困难。日本学者也有人曾研究过《水浒传》版本，如丸山浩明、笠井直美等，也写过一些研究文章，我都分别拜读过，我和他们也很熟悉。但据我所知，他们也都没有出版全面研究《水浒传》版本的专著。丸山和笠井先生最近也不再研究《水浒传》版本了，十分可惜。

据我所知，日本年轻学者中似乎只有荒木达雄先生在研究《水浒传》版本，他是东京大学东洋文化研究所所长大木康的博士，2014 年 9 月 5 日日本小说研讨会上，荒木先生将发表论文《水浒传与石渠阁》，谈《水浒传》的石渠阁补刊本。那年我参加日本中国古典小说会，记得荒木也是发表的有关《水浒传》版本的文章。

四大名著中，国内对其他三部的版本研究比较深入，而对《水浒传》版本研究相对较弱。导致国内《水浒传》版本研究较弱的原因之一，还是影印本较少，学者们很难看到这些版本，也就很难做深入研究。这也是很无奈的事情。

虽然《水浒传》其他多数重要版本都已经影印出版，如繁本的容与堂本、简本的评林本和第五才子书金批本等。但作为全传本最重要的袁无涯本，由于各种客观原因，至今没有影印出版过，不能不说是《水浒传》版本研究的一件憾事，这也大大妨碍了对全传本的研究。郁郁堂本曾由台湾天一出版社影印出版。除袁无涯本外，还有很多重要的《水浒传》版本没有影印出版，如简本的文杏堂本、映雪草堂本、藜光堂本、刘兴我本等，繁本的天都外臣序本、大涤余人序本、无穷会本、郑振铎藏本、钟伯敬本、遗香堂本等。之所以没有影印的一个重要原因是这些版本多数保存在海外，尤其是日本，这就给影印带来很大困难。

由于影印本少，研究者就不足。而研究者不足，市场就小，导致出版社更不愿意影印。这是《水浒传》版本研究的无奈。近年来《红楼梦》的各种版本，各个出版社不断影印，价格也水涨船高，数千元一套，仍有市场。这也促进了《红楼梦》版本的研究的发展，使得《红楼梦》版本研究进入了良性循环，但可惜《水浒传》版本差距极大。希望这个局面今后有所改善，首先最好能把尽可能多的《水浒传》版本影印出版，以推动《水浒传》版本研究的发展。

总之，《水浒传》版本研究大大落后于其他三部名著，这是件很遗憾的事情。其中的原因很多，《水浒传》版本本身较复杂，再加上《水浒传》多数版本在海外，更增加了版本研究的困难。

希望将来有人对《水浒传》版本做彻底、全面的研究，并出版专著，以促进《水浒传》版本研究的发展！但现在年轻人愿意研究版本的人本来就很少，愿意研究《水浒传》版本的怕更难找了！对此我很不乐观！

作者简介：周文业（1945—　），男，安徽全椒人，首者师范大学中国传统文化数字化研究中心常务副主任，高级工程师，研究方向：中国古代小说版本数字化、中国历史地理数字化及中国近代科学家生平等。

儒家思想对明末清初《水浒传》评点的影响

邓　雷

（福建师范大学文学院　福建福州　350007）

摘　要：明末清初的《水浒传》评点本为人所关注者大致有以下几种：余本、容本、袁本、金本。这些评点本或多或少地体现了评点者与儒家思想的契合或乖违，而在《水浒传》中要找一个最能代表儒家思想的人物恐怕非宋江莫属，诸评点本评语中对宋江的态度，也最能说明各评点者所受儒家思想影响的有无与不同。而这些不同除了与评点者自身有关外，与时代的风气以及整个明末清初文化的历史进程也是暗合的。

关键词：《水浒传》；评点；儒家思想；影响

关于明代《水浒传》评点的本子，比较重要的大致有以下几种：《京本增补校正全像忠义水浒志传评林》，余象斗评点本（以下简称余本）；《李卓吾批评忠义水浒传》，署名李卓吾评点的容与堂刻本（以下简称容本）；《出像评点忠义水浒全传》，署名李卓吾评点的袁无涯刻本（以下简称袁本）；《第五才子书施耐庵水浒传》，金圣叹评点本（以下简称金本）。而不甚为人所注意的有：《钟伯敬评忠义水浒传》，署名钟惺的评点本（以下简称钟本）；《二刻英雄谱》，全称《精镌合刻三国水浒全传》，雄飞馆刊本（以下简称谱本）等。本文将以前四种批语研究为中心，而略及其他评点本，从而考察明代《水浒传》诸评点本批语中所蕴含的儒家思想。

《水浒传》中写到的人物众多，其中不乏真正的佛教与道教人物，关于此二教与《水浒传》的关系前人也有颇多的论述，孙述宇先生在其《水浒传与道教》一文中就有过相当精辟的论断。然而关于儒家与《水浒传》关系这一方面的研究则甚少，因为要在《水浒传》中找出一个完全纯粹的儒家式的人物来，恐怕是相当困难的。那么在施耐庵的眼中，儒家式人物的标准是什么？在书中开篇介绍高俅的时候有这样一句话："这人吹弹歌舞，刺枪使棒，相扑顽耍，亦胡乱学诗书词赋；若论仁义礼智，信行忠良，却是不会。"① 这其中的"仁义礼智，信行忠良"八个字似乎可以作为施耐庵心目中儒家人物的注脚。那么在整部《水浒传》中，上至王公贵胄，下至贩夫走卒，要找出这么一个与此八个字都有些关联的人物，恐怕非宋江莫属了。虽然历来对宋江这个人物褒贬不一，论者对于其"忠义"的行为也颇有微词，但是这并不能否定这个人物在《水浒传》中所扮演的"忠之烈""义之烈"的角色。② 下文论述《水浒传》诸评点本中的儒家思想，将以宋江作为中心人物进行考察，旁及其他人或事。

余象斗评本

在余本《水浒传》中，批语有三种类别："评人物""评情节""评诗词"。其中"评人物"的批语共有 583 条，涉及 108 位中的 55 位，共有批语 315 条。而在这评点的 55 位中，排名第一的是宋江，批语数量达到了 87 条，这是一个惊人的数量，一个人的批语数就占了 108 位好汉批语总数的近 28%，而排名第二、第三位的人物是吴用和李逵，其批语数仅为 29 条与 28 条。可见余象斗对宋江是十分钟情的。而这份钟情也正与余象斗崇尚儒家思想有关，在余评文字中，除了三国的典故之外，其他的引用文字大多不离儒家的经典，如【评让位】……正谓

① 施耐庵：《水浒传》，人民文学出版社 1990 年版。
② 张锦池：《〈水浒传〉考论》，人民出版社 2014 年版。

“一人有庆，兆民赖之”① 说，“一人有庆，兆民赖之”语出《尚书·吕刑》。【评鲁达】诗云：投栽以木桃，报我以琼瑶是耳，语出《诗经·卫风·木瓜》。【评被捉】……所谓一言足以丧邦，正此谓耳，语出《论语·子路》“一言而丧邦，有诸”。而《尚书》《诗经》《论语》这三部书都属于儒家经典。同样的，余评文字中儒家思想也洋溢于评点宋江的文字之中，如“言有始有终，则宋江待人之诚即此可见”“宋江嘱武松之言，见忠义若此耶”“宋江力救刘高妻子，因花荣以及友，真义人可见”“宋江见书便辞众人回家一节，见宋江孝心可取之处”“宋江对公人言若去梁山过之言，可见公明从父命而忠孝两全也”。由此也可见，余象斗对宋江的赞美之词多出于宋江的忠义之行，而这种行为正是儒家所提倡的。在宋江的一生中，仅有一件有污生平的事情——为了断秦明后路，逼迫秦明上山，杀害无辜良善，同时致使秦明一家被冤杀。即便余象斗是如此地喜爱宋江，但在此处也站在儒家的角度，对其进行了批判：“宋江用此计顺秦明，此处见宋江不惜人之处，而可恨矣，而可恶矣。”

余本《水浒传》刊行于万历二十二年（1594），当时明朝虽有动乱，但并未见席卷之势，余象斗也并未将梁山众好汉视作流寇一般。而余本批语文字中的儒家思想与评点者余象斗自身的奉儒守业是有很大关系的。首先，余象斗出生在“理学之乡”——建阳。一代儒学大师朱熹的故乡便是此处，朱熹晚年定居建阳考亭讲学、研究理学、著书立说，使得此地具有浓厚的理学气息，而这种地域文化也势必影响着余象斗。其次，余象斗早年曾应举业，然而屡试不第，这才使得其从事家业，进行刻书。但是早年的学习背景，使得儒家经典的思想也势必留存在他的脑海中。即使不得已从事刻书事业后，他也刊刻了众多有关举业的书籍，其中就有儒家经典“四书五经”，可见其不堕儒业之心。最后，即使在刊刻小道书籍小说的时候，他也不忘以儒家的劝惩思想为原则，在刊刻《新刻按鉴编集二十四帝通俗演义全汉志传》时，在他自作的《叙西汉传首》序言中提到：“……

① 余象斗：《水浒志传评林》，中华书局 1991 年版。以下余本批语均出自此书，不另出注。

宁不为世道之一助云尔。”①

容与堂本

容本《水浒传》批语是诸本批语中离儒家思想最远的一本。首先，表现最明显的一点是对“伪道学”的批判。“道学”原指的是老子创立的与道相关的学说，历来典籍文献均以儒道并举，未有将儒家说成道学者，但自从《宋史》立“道学传”以来，自明代李贽至清末均有人揭露宋明理学作为“道学”之伪，遂有“伪道学”之讥诮。在容本夹批与眉批中共出现了14次之多批判道学之语，但最主要的还是集中于回末总批当中，用力最勤，批判也最有力。如第四回回末总评“李和尚曰：此回文字，分明是个成佛作祖图。若是那班闭眼合掌的和尚，决无成佛之理。何也？外面模样尽好看，佛性反无一些。如鲁智深吃酒打人，无所不为，无所不做，佛性反是完全的，所以到底成了正果。算来外面模样，看不得人，济不得事，此假道学之所以可恶也与！此假道学之所以可恶也与！”② 第五回回末总评“李和尚曰：人说鲁智深桃花山上窃取了李忠、周通的酒器，以为不是丈夫所为。殊不知智深后来作佛，正在此等去（处）。何也？率性而行，不拘小节，方是成佛作祖根基。若瞻前顾后，算一计十，几何不向假道学门风去也？”如此等处回末总评尚有第六回、第四十二回、第四十四回、第四十八回、第五十五回、第七十三回、第八十二回，共计9处。

其次，对宋江的憎恶，主要源自对儒家思想的不信任。可以说，容本批者对宋江的批判伴随着宋江的一生，从其“出生”直到死亡。第十八回，宋江刚一出场，容眉批便有“梁山泊祸苗，全在此处，宋江非罪之魁、盗之首而何”，到后来遇着李逵，给他十两银子，又有眉批“只这十两银子，便买了李逵，真

---

① 余象斗：《京本通俗演义按鉴全汉志传》，中华书局1990年版。

② 施耐庵：《明容与堂刻水浒传》，上海人民出版社1975年版。以下容本批语均出自此书，不另出注。

是大贼”，再至攻打祝家庄，抓到扈三娘处，又怀疑宋江要私纳之，“若非李逵说破，安知宋公明不自家要了？此处且参一参看，你道宋公明要也不”，直到书中九十二回，回末批尚言“李大哥为韩、彭报仇，都是真的。宋公明假哭，信他不得”，九十六回眉批“宋江也是自取，可恨可恨”。可以说，但凡宋江做一件事，坏事固然被批为坏，好事也被曲解为有坏心，至于无中生有之批更是有之。这都是因为在容本批者心目中，宋江的一言一行只有假的东西没有真的东西。

最后，容本批者可以为了褒扬自己所钟爱的人物，而无视基本的社会道德准则。这些道德准则又多为儒家思想所规范。如容本批者对李逵的喜爱可以说是整本书中独一号的。比如书中李逵残害了朱仝身边的小衙内，这可以说是李逵极端嗜血、令人发指的一个情节。批语丝毫不予以批判，反而批道：“朱仝毕竟是个好人，只是言必信行必果耳，安有大丈夫而为一太守作一雄乳婆之理？即小衙内性命，亦值恁么，何苦为此匹夫之勇、妇人之仁，好笑好笑”，对一条幼小无辜的生命被残忍地杀害不仅不予怜悯，甚至口出“值恁么”之语，可见批者思想与儒家文化思想是多么乖远。

容本《水浒传》刊刻于万历三十八年（1610），当时心学大炽，在社会上产生了广泛的影响。当时的社会，世风日下，人情淡薄，官场黑暗，道德沦丧。多有一些言行不一之徒，“名为山人而心同商贾，口谈道德而志在穿窬”“阳为道学，阴为富贵，被服儒雅，行若狗彘”。陆王心学确实在当时刮起了一阵旋风，让人们闻到一种不一样的气息。无疑容本评点者正是受到这种思潮的影响，追慕晚明狂禅一派，喜欢率性自然、任情而为，欣赏直性汉子而痛恶虚伪之徒。如此与儒家的礼法教义就相去甚远了。

袁无涯本

袁本《水浒传》批语中关于宋江的批语很多，而且多是赞美的话语。如“公明与武行者临别洒泪，叮咛数语，丈夫意气相期，真切恳挚，然亦惟公明能如此真切恳挚也”①“公明只以忠孝两字为重，说到逆天理、违父教，便泪如雨下，似曾读书识字过来，可敬可畏”“宋公明坚心为晁天王报仇，如玄德之于云长，大义在人心，千古不泯”。从这些批语中，我们似乎觉得袁本的批语与余本的批语相类似，不外乎是对宋江“忠”“孝”“义”行的赞美。其实不然，《水浒传》的书名有不少本子都加上了“忠义”二字，称为《忠义水浒传》。这“忠义”二字在宋江身上是最能体现的。然而这两个字在余本批语与袁本批语中，所侧重的点是不一样的。如果说余本批语中多是对宋江“义”的一方面进行赞美的话，那么袁本批语则多是对宋江“忠”的一方面进行赞美。

关于此点，首先从前七十回与后五十回中对宋江批语的不同态度可知。前七十回，是众好汉驰骋江湖、聚义梁山的故事，尽忠方面谈不上。所以这七十回中，关于宋江的批语不少，但是很明显的赞美很少，上文的三条应该可以说是最明显的了。而后五十回是宋江带领众好汉征辽、破田虎、擒王庆、讨方腊，是宋江对朝廷尽忠的故事，在这些故事中同样也有不少涉及宋江的批语，而这些批语基本上可以说是很明显的褒奖之词。如“宋江念念不忘国家”“只是愈显出宋江忠义”“千载名言。然在宋江身上，不是久恋富贵，倒是久恋忠义，可敬可怜”“不忘患难，不没恩义，不讳微贱，宋江所以难及”。其次，在前七十回中，多有点明宋江的作用在于招安，在于为国家尽忠。如“劫法场是无国法，徒聚义之气，无义之理，可谓忠乎？宋江时愧心痛心于此，故归梁山以后，日愿招安，弃邪归正，事始足传”。最后，当宋江违背这种“忠”心的时候，批者也予以批评。在第十八回，宋公明私放晁天王的回目后，有批语“标题毕竟定宋公明罪，甚正”。

所以，可以说袁本批语所代表的是更加正统的儒家思想，这种思想是从朝廷的立场出发，虽然也提倡“义”，但是更加重视“忠”的层面。与《水浒传》中宋江的口号一样，可以反贪官，可以批判污吏，但是不可以反朝廷，不可以反皇帝。祝家庄、曾头市与梁山泊处于敌对的位置，但是由于并没有什么大错，且忠

---

① 陈曦钟、侯忠义、鲁玉川辑校：《水浒传会评本》，北京大学出版社 1981 年版。以下袁本批语均出自此书，不另出注。

于朝廷，所以袁本也予以赞扬，“有宋江一伙，决不可无祝、曾两庄。宋江的忠义是变风，祝曾的忠义是正局，有宋江以除不忠不义之官府，有祝、曾以御激忠激义之强徒，皆英雄也，故传中并扬之”，此也可以作为袁本批语正统儒家思想的一个侧面反映。

金圣叹批本

金本《水浒传》批语在宋江方面承袭容本而来。容本批语开创了批判宋江的先河，金本则在这一方面走得更远，可谓“登峰造极”。全书批点中出现了独恶宋江的情况，各种曲解宋江的行为，甚至不惜篡改文字来改变宋江的行为，配合批语使得宋江变得狡诈不堪。在第五十七回总评中将宋江描绘成十恶不赦之徒，列举了宋江的十大罪：自愿为盗、私放晁盖、藏污纳垢、杀人灭口、于父不孝、久藏祸心、滥杀无辜、收买人心、对抗朝廷、僭越犯上。在第五十九回更是捏造篡改关于宋江的文字，以造成宋江弑晁盖的假象，并且在回前总评中大肆宣扬宋江杀害晁盖论。金氏对宋江的憎恶可谓前无古人。

如果说容本批者批判宋江概因晚明心学所影响，背离儒家思想，任性自然，喜欢耿直的汉子，从而厌恶“伪道学”般的人物，那么金圣叹批判宋江不仅不是因为心学的影响，反而是受到传统儒家思想的节制。虽然从表面上看金氏批判宋江是因为其虚伪奸诈，但是更深层次的原因是宋江的盗贼身份。这也是《水浒传》诸评点本中第一次明确地将梁山众好汉当作贼寇来批判。不仅仅在评点中称众人为“恶物”“凶物”，更明确指出他们为强盗。但是因为金氏实在喜爱《水浒传》中的众好汉人物，不忍每个都予以恶言恶语，只好寻一个替死鬼，他选定了为首的宋江，所以有“《水浒传》独恶宋江，亦是歼厥渠魁之意，其余便饶恕了”之言。同时金氏口诛笔伐的“强盗”在金本批语中却大多被评为上上人物，而下下人物只有宋江与时迁，不得不说这种态度是十分矛盾的。

造成这种矛盾的原因与金圣叹本人的性格及当时的社会形势都有很大的关系。金圣叹为人狂放不羁、怪诞任性、恃才傲物，一生留下的逸闻趣事不少。金氏的这种性格，使得他很喜爱《水浒传》这部书，而对同为明代四大奇书的

《三国》《西游》不屑一顾。也正因为此，金氏更喜欢书中那些做事随心所欲的绿林豪侠，他尤其钟爱敢爱敢恨的武松。但是由于金圣叹评点《水浒传》之时，明朝已走至末路，其时起义风起云涌，有席卷天下之势。虽然金氏住在较为平静的苏州一带，但是这种局势所带来的动乱肯定对其有所影响，从心底来说，他应该是痛恨贼寇的，而且认为贼寇是不应该被原谅、不可以被招安的。这也与当时张献忠等人叛而复降、降而复叛，将招安作为一种政治手段的历史事实有关。但是另一方面《水浒传》中的英雄人物又正是他所钟爱的人物，所以在不得已的情况下，他只能抓为首的"欲显长厚而似伪"的宋江顶缸了。可以说，这种矛盾正是金氏狂诞的性格与其内心深处正统文人的儒家思想所造成的。

其他评点本

而与金本同一个时期的《水浒传》评点本钟本和谱本，虽然对于来自农民起义以及来自其他政权的入侵都有一定的认识，但是并不把梁山众好汉当作贼寇一般对待，反而将他们当作英雄，希望他们能站出来替天行道，像征辽、破田虎、擒王庆、讨方腊一样，拯救人民于水火之中。所以钟本有言"世无李逵、吴用，令哈赤猖獗辽东，每诵秋风，思猛士，为之狂呼叫绝"①，这是对英雄豪杰的呐喊。而谱本更是一反容本、金本批判宋江的做法，对宋江大加称赞，如果说容本批者对宋江的批判伴随了宋江的一生，从其"出生"直到死亡的话，那么谱本批者对宋江的赞扬也伴随了宋江的一生，从其"出生"直到死亡。第十八回，宋江刚一出场，谱本就介绍宋江只好结识江湖好汉，来投奔他的没有不收纳的，来求钱财的从不推脱，经常周济人棺材、药材处，就有批语赞道："只此数件事，真真好汉做不得。"② 第二十回，刘唐来给宋江送金子，宋江只取了一条，其余的都还给了刘唐，又批语赞道"士却不在财上"。同回，阎婆惜发现了宋江招文袋中的信件，宋江伸手去抢处，批道"英雄也有下手"。后，阎婆惜问信中的

---

① 钟伯敬：《钟批水浒传》，中华书局1991年版。

② 《古本小说集成》编委会编：《二刻英雄谱》，上海古籍出版社1994年版。

金子何在，宋江说已经还回去了，阎婆惜不信，说公人见钱如蝇见血处，批语又为宋江辩驳“宋江却不是这等人”。再，宋江将阎婆惜杀死处，仍有批语赞道“好汉子”。光此数批中的“真好汉”“士”“英雄”“好汉子”之类的赞语，就足见谱本批者对宋江倾心之至，此类赞语直到书的末段仍有出现，如第八十六回“如此重义怎不令人心服”，第九十一回“不没人之差，是以人皆为用”。而如此盛赞之语在谱本批语中是独一号的，在其他的人物身上都极少看到。而这一切都可以说是特殊时期批点者儒家思想的体现，他们希望有能人能匡扶天下、拯救苍生。

小　结

在以上诸个《水浒传》评点本的批语中，儒家思想对其影响的有无以及大小与明代后期至清初整个文化的历史进程也是相一致的。明代正德以前思想文化禁锢十分严重，程朱理学占据着绝对统治地位，人们思想趋于一统，传统思想文化备受尊崇。万历之后，社会伦理纲常动荡，引发了剧烈的文化变革。程朱理学的鼎尊之位已然不复存在，继之而起的是以王阳明为代表的“心学”，多元文化共存于一体的现象已成必然。余本、容本、袁本批语正代表着明代后期文化变革之后的三种形态：在文化大动荡之际继续遵循着程朱理学而又带有小市民观念对《水浒传》中“义”有所偏爱的余本批语；身受心学影响，追求个性自由，不屑圣贤教条，憎恶那些假道学的容本批语；以及在晚明人文主义思潮渐趋衰落后出现了地主阶级自我批判的思潮，以儒学传统“中庸”为核心，摒弃理学家和心学家的极端做法，偏重于“忠”的观念的袁本批语。最后，在明朝天崩地裂之时，金本与钟本、谱本也代表了两种不同的文化思想，以金圣叹为代表的是继续追寻着李贽的老路，在追求个性自由、思想解放的人文思潮中发出最后的呐喊，一方面在超越传统，一方面又不自觉地被传统这一大网紧紧地束缚住。① 而以钟本、

① 陈宝良：《悄悄散去的幕纱——明代文化历程新说》，陕西人民教育出版社 1988 年版。

谱本为代表的是“经世致用”的观念，他们所强调的是在道德价值的规范下，将更多的力量用于国富民强。

无论如何，正如胡适先生所说的“种种不同的时代发生种种不同的文学见解，也发生种种不同的文学作物”①，要想真正了解各个评点本中所蕴含的不同思想，就要去了解每个评点者所处的那个时代。

作者简介：邓雷（1988—　）男，江西抚州人，福建师范大学文学院博士研究生，主要从事古代小说研究。

---

① 张庆善编：《胡适、鲁迅解读〈水浒传〉》，辽海出版社 2001 年版。

清醉耕堂本《水浒传》绣像、图赞系统研究

——以重刻醉耕堂本为例*

李 慧 张祝平

（南通大学文学院 江苏南通 226019）

摘 要：《水浒传》醉耕堂本是清代第一种有图赞的版本，一改明末《水浒传》版本中插图、图赞的形式，首次以人物绣像作为小说插图。此本引明代陈老莲所作的《水浒叶子》人物绣像、图赞入新版本中，开了《水浒传》小说绣像本的先河。所以，醉耕堂本受到后世版本的青睐，催生出众多仿刻本、覆刻本，笔者将这些版本归为一类，称为醉耕堂本《水浒传》绣像、图赞系统。现笔者以重刻醉耕堂本为例，分析、研究醉耕堂本绣像、图赞的意义与价值。

关键词：《水浒传》；重刻醉耕堂本；图赞

《水浒传》清醉耕堂本是在《水浒传》所有有图赞的版本中最早使用绣像配以图赞这种形式刊刻的版本。据马蹄疾先生的《水浒书录》中记载，醉耕堂本为：

清顺治十四年（1657）醉耕堂本刊刻。……扉页上端栏外横书“陈章

* 基金项目：江苏省研究生科研创新计划项目（CXZZ13_0862），南通大学研究生科技创新计划项目（YKCI13029）。

> 侯画像”，右栏顶格直书“王如先生评论，醉耕堂藏版”，左栏大书“五才子水浒传”。正文底标“醉耕堂藏板”五字。首王仕云《评论出像水浒传序》；次《评论出像水浒传姓氏》；次王仕云《评论出像水浒传总论》；次陈老莲画像四十叶，画像背赞。绣像雕刻精工，人物神态奕奕。内容排列与贯华堂本。……①

此段文字所提到的贯华堂本，内虽有杜堇的《水浒人物全图》五十四叶，每叶图有人物两个，但因没有图赞，故不在本论文研究范围之内。通过这段文字可知，醉耕堂本中有绣像四十幅，绣像、图赞版式为正面像、反面赞。醉耕堂本绣像取自陈老莲所绘的《水浒叶子》，绣像雕刻精工细致，陈老莲画风自成一家、别具特色，他笔下的人物栩栩如生，值得一提的是他所画的人物包含着他对人物形象以及对《水浒传》的审美评价，极富艺术性和代表性。

一、醉耕堂原刻本绣像《水浒叶子》

明末，陈洪绶所画的《水浒叶子》共四十幅。叶子为一种民间休闲娱乐之物，《水浒叶子》是在民间吊马牌的基础上产生的，牌面皆为水浒英雄人物绣像，绣像画工精美，线条短而硬，完美地表现出水浒英雄人物的勇猛。绣像偶有幽默、戏谑之作，还配有简短的赞语，这些赞语均为陈老莲个人之作，包含了陈老莲对水浒人物的品评，具有很高的艺术价值，受到上至文人墨客、下至平民百姓的广泛喜爱，成为雅俗共赏的艺术品。

江念祖在《陈章侯水浒叶子引》中说：“……陈章侯复以画水画火妙手，图写贯中所演四十人叶子上，颊上风生，眉尖火出，一毛一发，凭意撰造，无不令观者为之骇目损心。昔东坡先生谓：李龙眠作华岩相，佛菩萨言之，居士画之，若出一人，章侯此叶子何以异是。”② 此段文字高度赞扬了陈老莲的画工。观图 1 至图 4，

---

① 马蹄疾编：《水浒书录》，上海古籍出版社 1986 年版，第 120 页。

② 陈洪绶：《水浒叶子》卷首，据郑振铎编：《中国版画史图录》本第十三册转引。

图1 宋江

图2 史进

图3 李逵

图4 孙二娘

各幅绣像皆各具特色、各具性格。宋江坐“梁山泊的第一把交椅”，观其绣像，官衣官帽表明了宋江的出身，绣像中的宋江正义凛然、豪气冲天、仗义疏财、好结交朋友的性格呼之欲出。九纹龙史进，最大的特征是身纹九龙。他武艺高强，是《水浒传》中第一个出场的英雄好汉。绣像中史进以跨越的姿态入画，陈老莲将史进定格在这一刻，背上展露出的九龙图案，形象生动地展现了史进的人物特点。李逵一直给人憨厚、老实、粗犷、不拘小节等印象，小说中李逵具有喜剧英雄的效果，常与谦谦君子形成巨大反差，从而产生幽默搞笑的场景。观此绣像，李逵体态略胖，一脸的“凶神恶煞”，眼神犀利，怒目直视，让人不寒而栗，与小说中的李逵略有不同。绣像中虽没有李逵的兵器——两把板斧，可李逵的凶猛已经呼之欲出了。孙二娘，别称“地壮星母夜叉”，人称“梁山第一妖艳”，乃张青的妻子，经营人肉包子铺，小说文本中第二十七回写道：“门前窗槛边坐着一个妇人，露出绿纱衫儿来，头上黄烘烘的插着一头钗环，鬓边插着些野花。见武松同两个公人来到门前，那妇人便走起身来迎接。下面系一条鲜红生绢裙，搽一脸胭脂铅粉，敞开胸脯，露出桃红纱主腰，上面一色金钮。见那妇人如何？眉横杀气，眼露凶光。辘轴般蠢坌腰肢，棒槌似桑皮手脚。厚铺着一层腻粉，遮掩顽皮，浓搽就两晕胭脂，直侵乱发。红裙内斑斓裹肚，黄发边皎洁金钗。钏镯牢笼魔女臂，红衫照映夜叉精。”此段文字所描述的孙二娘与绣像中的孙二娘有很大差别，绣像中的孙二娘正一针一线地缝补手中的衣物，俨然一个贤妻良母的形象，虽体态略胖，可装束并不像文本中描述的那样风骚，而是一脸慈善。这样的设计，必然包含陈老莲个人对孙二娘这一人物形象的认知，必然与陈老莲绘《水浒叶子》的主旨相关。

醉耕堂本首次将陈老莲的《水浒叶子》作为小说的绣像部分，将明代突出情节的版画插图变为突出人物个体形象的绣像，开创了绣像作为《水浒传》小说组成部分的新篇章。后世诸多文本沿用此版本的绣像、图赞，虽然绘制与刊刻绣像的质量不同，但图赞内容基本相同。这表明陈老莲所做的赞语同样受到后世的认同。笔者所用版本为清嘉庆道光年间醉耕堂本的重刻本，内容与原刻本无差别，只是重刻本绣像刻工拙劣，不能与原刻本相比，但绣像和图赞皆依原刻本仿刻。且此本的绣像、图赞是以人赞同面的版式刊刻，本文针对图赞研究，所以采用此本作为研究对象不影响研究结果。

二、重刻醉耕堂本版本情况

重刻醉耕堂本，刊于清嘉庆道光年间，共二十卷。封面题“评论出像水浒传”字样，扉页上端题“圣叹外书”，下端分三栏，左栏有“施耐庵先生原本”，另外两栏题有“贯华堂第五才子书”字样。次清桐庵老人《五才子水浒序》；次

《王望如先生评论出像水浒传总论》；次《评论出像水浒传姓氏》；次人物绣像四十幅，配赞语，刻拙。

此本中四十幅绣像，虽为醉耕堂本的重刻本，但此本刻工拙劣，并没有继承陈老莲的《水浒叶子》的画风，仅是对人物绣像画面的简单模仿。图赞内容则与醉耕堂本相同，但两个版本绣像、图赞版式不同。《水浒传》中共有一百零八将，绘图者选择绘制这四十幅人物绣像，必然有其目的。下表为此本的四十幅人物绣像：

表 1

序号	人物	出场回数	座次	序号	人物	出场回数	座次	序号	人物	出场回数	座次	序号	人物	出场回数	座次
1	宋江	25	1	2	林冲	8	6	3	呼延灼	81	8	4	卢俊义	90	2
5	鲁智深	5	13	6	史进	1	23	7	孙二娘	29	103	8	张顺	52	30
9	李俊	43	26	10	燕青	91	36	11	杨志	13	17	12	朱仝	15	12
13	解珍	72	34	14	施恩	30	85	15	时迁	68	107	16	雷横	16	25
17	扈三娘	71	59	18	张清	105	16	19	刘唐	17	21	20	秦明	38	7
21	董平	104	15	22	阮小七	21	31	23	石秀	67	33	24	安道全	98	56
25	关胜	95	25	26	穆弘	48	24	27	樊瑞	86	61	28	戴宗	50	20
29	公孙胜	22	4	30	索超	14	19	31	柴进	9	10	32	武松	27	14
33	花荣	36	9	34	李应	70	11	35	朱武	2	37	36	吴用	18	3
37	李逵	51	22	38	顾大嫂	75	101	39	萧让	53	46	40	徐宁	85	18

依上表，四十个人物中有 31 个是三十六天罡——正将，有 9 个是七十二地煞——偏将。这四十幅绣像的排列顺序不是按照小说中人物的出场顺序，也不是按照一百零八将座次排序的，而是绘图者根据自己对小说文本的理解、对各个英雄人物的欣赏程度不同进行排序。这种排序不同于以往的排序标准，而是带有绘图者的主观感受。

三、重刻醉耕堂本图赞

此本中的 40 首图赞，均与醉耕堂本图赞相同，即图赞作者为陈老莲。40 首图赞的特点皆是短小、精练。《水浒传》的每个人物都具有多重性格特点，而从40首图赞中可以看出，陈老莲创作图赞的主旨思想在于展现人物的“义”。“义”有多种表现形式，以下几例，在表现重“大义”思想的图赞中具有代表性。

1. 天魁星·呼保义·宋江

图5　宋江

图6　卢俊义

如图5宋江绣像，绣像中的宋江气宇轩昂，手捋胡须，指点江山，极具领导气质。作为梁山的第一把交椅，宋江的形象被图画完整地展现出来。宋江绣像的赞语为：“刀笔小吏，尔乃好义。”① 如此简短的两句评价，却将宋江的人物形象、出身与性格表现了出来。“刀笔小吏”，点明宋江乃小小的郓县押司，“押司”是宋朝州、县整理文书、案卷的小吏，并不是官，此句表明了宋江的出身。“好义”指明了宋江好结交英雄豪杰，逢人有难，便仗义疏财，重情重义，他的为人正如“及时雨”这个别称。在小说文本中，宋江一出场，小说作者便借他人之口，道出宋江的乐善好施。如“做媒的王婆，引着一个婆子，却与他说道：‘你有缘，做好事的押司来也’”，再如，“王婆道：‘只闻宋押司家里在宋家村住，却不曾见说他有娘子。在这县里做押司，只是客居。常常见他散施棺材药饵，极肯济人贫苦。敢怕是未有娘子’”②。陈老莲作此赞语，重点赞扬的是宋江的“义”，这一点从绣像题名“呼保义”即可看出。宋龚开作《宋江三十六人

① 《第五才子书》重刊醉耕堂本，宋江图赞。
② 《钟伯敬先生批评忠义水浒传》第二十一回。

赞》中宋江的赞语为："不假称王，而呼保义。岂若狂卓，专犯忌讳！"① 此句赞语意为，宋江是梁山之王，称自己为"保义"，这其中还有保护、忠心于赵室王朝的含义。宋江不会像其他农民起义领袖那样动辄称王，与帝王争衡。《水浒索引》卷首有晁盖及一百八人赞，其中宋江的赞语为："思细于发，算妙如盘，回环曲折，往来兵间。"② 此赞语主要赞扬的是宋江的心思缜密、智谋过人、运筹帷幄。每个图赞作者所作赞语的侧重点都不同。陈老莲更重宋江之"义"。

2. 天罡星·玉麒麟·卢俊义

如图6卢俊义绣像，他身材魁梧高大，面若盘月，威风凛凛。虽然重刻醉耕堂本的绣像不及醉耕堂原本绣像的绘刻技艺，但人物形象大体与原本相仿。其赞语为："积粟千斛赀盗粮，积钱万贯无私囊。"③ 此赞语出自陈老莲之手，意思是卢俊义虽为富豪身，却心存大义，积粮积钱以资梁山好汉。陈老莲赞扬卢俊义的侧重点在于此，而小说中的卢俊义是梁山的第二把交椅，他身家清白，被逼上梁山。卢俊义武艺超群，宋朝却重文抑武，国家又处在内忧外患、水深火热之中，在这种情况下，一身好武艺的卢俊义得不到重用，他仅仅是个员外，社会需要英雄，英雄却没有用武之地。宋江发现了他，设计请他入梁山，可被他拒绝，最后还是无情的、黑暗的社会现实把他逼上了梁山。正如《水浒索引》中卢俊义的赞语："目无英雄，心无城府，身分自高，遭际自苦。"④ 卢俊义不仅战绩卓越，活捉史文恭、活捉酆美、大败耶律四将等，而且容貌俊美，前有《宋江三十六人赞》赞道："白玉麒麟，见之可爱。风尘大行，皮毛终坏。"⑤ 陈老莲的赞语则不同，更注重卢俊义之"义"。

3. 地壮星·母夜叉·孙二娘

如图7孙二娘绣像，此绣像与陈老莲《水浒叶子》中的孙二娘绣像十分相像，孙二娘都是以贤妻良母的形象示人，当然，此绣像的人物形象塑造，主要根

① 南京大学中文系资料室编：《水浒研究资料》，1980年版，第4页。
② 南京大学中文系资料室编：《水浒研究资料》，1980年版，第184页。
③ 《第五才子书》重刊醉耕堂本，卢俊义图赞。
④ 南京大学中文系资料室编：《水浒研究资料》，1980年版，第184页。
⑤ 南京大学中文系资料室编：《水浒研究资料》，1980年版，第4页。

图 7　孙二娘

图 8　林冲

据醉耕堂原本绘刻。此本孙二娘略瘦，没有陈老莲笔下的丰盈之态，同样都是定格在手拿针线缝补衣物的动作。孙二娘的座次排序是第 103 位，属于七十二偏将，陈老莲却将孙二娘的绣像排在第四页上，为何如此排序呢？且看孙二娘图赞。图赞为："杀人为事，天下趋之以为利。"① 此图赞表明了孙二娘的职业，"杀人为事"，并指明宋代流行以杀人为职业都是重利的结果，孙二娘经营人肉包子铺，为生计而杀人，视人命如草芥。在商业繁荣的宋代，加之社会动荡不安，商人重利轻义不足为奇，孙二娘就是典型的重利之人。孙二娘自从遇到武松，与武松成为拜把子兄弟后，就毅然放弃经营多年的家业，与丈夫张青一起上梁山落草。这份义气是重利轻义的商人不可能具有的，由此可说明，孙二娘重"义"胜过了一切"利"，"是女子耶，有丈夫气，是丈夫耶，不免儿戏，是当纳之后山之中，而或误置之深闺之地"②。孙二娘的大义之举男子尚觉难为，一女子却能做到如此大义凛然，着实令人敬佩。故陈老莲将孙二娘的绣像排在前面。此为孙二娘之义。

4. 天雄星 · 豹子头 · 林冲

如图 8 林冲图赞为："美色不可以保身，利器不可以示人。"③ 此图赞正是林

① 《第五才子书》重刊醉耕堂本，孙二娘图赞。

② 南京大学中文系资料室编：《水浒研究资料》，第 190 页。

③ 《第五才子书》重刊醉耕堂本，林冲图赞。

冲的人生座右铭。林冲遇事一味地忍让、委曲求全，他的出场伴随着强烈的矛盾冲突。高衙内调戏林冲夫人，被林冲扯住，在挥拳即落的那一刻，林冲发现是高衙内就停住了拳头，悬在半空中的拳头就像在读者心上悬着的一把剑，拳头最终没有落到高衙内的身上，此情节如下：

> 林冲赶到跟前，把那后生肩胛只一扳过来，喝道："调戏良人妻子，当得何罪！"恰待下拳打时，认的是本管高太尉螟蛉之子高衙内。……当时林冲扳将过来，却认得是本管高衙内，先自手软了。高衙内说道："林冲，干你甚事，你来多管？"原来高衙内不认得他是林冲的娘子，若还晓得时，也没这场事。见林冲不动手，他发这话。众多闲汉见闹，一齐拢来劝道："教头休怪，衙内不认的，多有冲撞。"林冲怒气未消，一双眼睁着，瞅那高衙内，众闲汉劝了林冲，和哄高衙内出庙上马去了。①

此事一出，林冲可以用休妻来避祸，可他没有，此说明他重"夫妻之义"；而"棒打洪教头"，则充分体现了林冲虽有高超武艺，却不轻易示人的性格。柴进庄上的极度傲慢的洪教头逼迫林冲与其比武，林冲再三退让，最后不得已而为之，轻松地将洪教头击败，洪教头羞愧而走。此情节表现了林冲谨小慎微以及不张扬的高贵品质。林冲在梁山的排位次是第6位，而陈老莲将林冲绣像排在第2位，仅次于宋江，如此，正说明陈老莲认为林冲为人谦逊，纵有显赫的官位、高超的武艺也不与人争高下的品德在水浒英雄中实属难得，值得人们尊敬。

5. 天伤星·行者·武松

陈老莲绘制的武松，身材偏矮，较胖，并不似小说文本中描述的那样：

图9 武松

① 《钟伯敬先生批评忠义水浒传》第七回。

身躯凛凛，相貌堂堂。一双眼光射寒星，两弯眉浑如刷漆。胸脯横阔，有万夫难敌之威风；语话轩昂，吐千丈凌云之志气。心雄胆大，似撼天狮子下云端，骨健筋强，如摇地貔貅临座上。如同天上降魔主，真是人间太岁神。①

此段描述了武松的高大威武，而陈老莲笔下的武松略有幽默感，更像是武大郎的形体特征。不知绘图者是否有意设置。武松绣像的图赞为："申大义斩嫂头，啾鬼哭鸳鸯楼。"② 此图赞讲述的是武松的两个事迹，为兄报仇打杀潘金莲和血溅鸳鸯楼。图赞作者选择这两个事迹作为图赞内容，说明图赞作者认为这两件事情最能突出武松的形象，最具代表性。图赞作者称武松为兄报仇为"申大义"，武松在梁山的位次为第 14 位，而在此本绣像中排列在第 32 位，足可看出，绘图者对武松的评价程度的高低。小说文本第二十六回"郓哥大闹授官厅，武松斗杀西门庆"中，钟伯敬总评道："武二郎杀此奸夫淫妇，英雄手眼，菩萨心肠，一段从容，详审尤令人千古莫及。"③ 大大赞扬了武松为兄报仇的事迹。此事妥帖地处理，充分体现了武松的人格魅力。陈老莲所作的武松赞语，贴近人物形象，植根于小说文本。

重刻醉耕堂本中的绣像、图赞具有一定的代表性，是清代众多的《水浒传》有图赞版本中的一类，此类可称为醉耕堂本绣像、图赞系统。此系统是首个以人物绣像搭配图赞出现在《水浒传》小说书籍之中的形式，之前的插图、图赞形式是以场景式插图配以图赞。明末清初，书籍插图出现的从场景式单页大图到人物绣像的这一发展趋势，是整个时代出版印刷业发展的趋势，并不只有《水浒传》如此。醉耕堂本因其绣像、图赞系统的首发性与经典性，成为当世、后世版本争相仿刻、摹刻的对象。

下表为醉耕堂本绣像、图赞仿刻本：

---

① 《钟伯敬先生批评忠义水浒传》第二十三回。

② 《第五才子书》重刊醉耕堂本，武松图赞。

③ 《钟伯敬先生批评忠义水浒传》第二十六回总评。

表 2

版本名	插图、图赞的数量	插图、图赞的版式	备注
贯华堂出像本	40 幅/40 首	单页大图、人赞同面	绣像、图赞均同醉耕堂本，版式稍有不同。
怀德堂本	40 幅/40 首	单页大图、人赞同面	
文华堂本	40 幅/40 首	单页大图、人赞同面	
坊间重刊本	40 幅/40 首	单页大图、人赞同面	

由此可见，醉耕堂本绣像、图赞系统深受历代各书坊主的青睐，成为清代《水浒传》绣像、图赞的一大底本，与稍晚于它的贯华堂本绣像、图赞共同流行于整个清代。

参考文献：

[1] 马蹄疾编：《水浒书录》，上海古籍出版社 1986 年版。

[2] 陈洪绶：《水浒叶子》卷首，据郑振铎编：《中国版画史图录》本第十三册转引。

[3] 金圣叹：《第五才子书》，重刊醉耕堂本，清嘉庆道光刻本。

[4] 钟伯敬：《钟伯敬先生批评忠义水浒传》，明天启刻本。

[5] 朱一玄、刘毓忱编：《水浒传资料汇编》，南开大学出版社 2012 年版。

作者简介：

李慧（1987— ），女，江苏徐州人，南通大学文学院硕士研究生。

张祝平（1955— ），男，上海崇明人，南通大学文学院教授，研究方向：先秦两汉文学、宋元明清八股文形成史、宋元明清小说戏曲。

明刻《水浒传》插图对梁山受招安事件的诠释

陆　敏　张祝平

（南通大学文学院　江苏南通　226019）

摘　要：对于小说中梁山好汉接受招安一事，《水浒传》明刊本的插图者均是持以肯定的态度，这主要体现在刊刻过程中利用图像弱化梁山中的反招安斗争、突出受招安场景的恢宏与壮阔、淡化英雄结局的悲剧色彩这三个方面。究其原因，一是出自插图者自身的忠义价值判断，认为接受朝廷招安才是梁山好汉忠义思想的具体表现，亦是众人实现“保国安民”目标的既定选择。甚至将其视为“此正是一百单八人幸处”“死于王事为死所”，进一步坚定了对受招安者的肯定态度。二是如刘兴我本、钟惺批本与二刻英雄谱本插图者皆处于明代末世背景下，对统一有力的朝廷以及救世英雄的热切期盼，亦是造成肯定态度的重要原因。

关键词：《水浒传》插图；招安；诠释

引　言

诠释学关注读者对文本的意义，认为作品不是作者的私有物品，读者的鉴赏参与才在真正意义上实现了作品的完成，因而作品的内涵可能富有多层次性，其思想艺术有多种外延，从而构成了文本的多重接受。明代小说插图绘刻者是读者，但同时又是作品的参与者，插图的内容、形式、色彩、笔调、风格等都从不同方面体现了绘图者对文本的接受，又传达和宣扬了绘图者的思想倾向。插图本小说打破了由作者到文本、读者的三步模式，创造了作者—文本—绘图者—读者四步走的新模式。在小说传播过程中，插图亦成为读者接受的对象之一。小说插图的根本目的和作用就是通过图像对文本进行诠释，使故事家喻户晓，对于明代广大不识字的读者而言，图像更是了解故事的主要手段，从某种意义上说插图使文本有更多的读者，传播更广泛。因此，研究插图对文本的诠释尤为重要。研究明代《水浒传》各版本的插图，可以从这一特殊的角度研究《水浒传》在当时的解读情况。本文截取明代《水浒传》插图对梁山受招安这一事件的阐释，来管窥插图者的思想倾向和态度。

《水浒传》小说中，当写到梁山英雄二赢童贯、三败高俅之际，作者忽然笔锋一转，通过“梁山泊分金大买市 宋公明全伙受招安”一回将众人彻底送上“辅国安民”的忠义正道，由此也揭开了梁山事业由盛转衰的序幕：接受招安后，梁山众人相继代表朝廷征辽征方腊（简本还包括征田虎、王庆），此举不仅未能得到朝廷的真正赏识，反倒自身力量损失惨重，待至征方腊结束后，原先的108位好汉仅剩下27人安全返回（除去此前留在京都的安道全等5人），之后又受到蔡京等人的谋害，宋江、卢俊义、李逵被毒死，吴用、花荣自缢身亡，柴进、阮小二等辞官归乡，梁山事业最终以水浒英雄的身死人散凄惨落幕。从这个意义上来看，招安带来了英雄命运的大逆转，是造成水浒悲剧结局的直接原因。历来学者对《水浒传》中的受招安一事颇有争议，有赞之者，如大涤余人序本前《刻〈忠义水浒传〉缘起》云：“……亦知《水浒》惟以招安为心，而名始传，其人忠义也。”① 将梁山英雄的受招安视为众人忠义的具体表现；有恨之者，如清初金圣叹批小说后50回乃罗贯中续写的“狗尾”，甚至自行删去，只保留前70回的情节。纵观《水浒传》明刊插图本可以发现，尽管是出自不同年代、不同书坊，但在梁山英雄受招安一事上各本插图者均是持肯定态度的。

---

① 马蹄疾编：《水浒资料汇编》，中华书局1980年版，第14页。

一、弱化梁山中的反招安斗争

尽管归顺朝廷是梁山众人的最终选择，然而其中仍不乏以鲁智深、武松、李逵三人为代表的招安反对者，各自的反招安言行甚是突出，如容与堂本第71回，当听到宋江《满江红》一词的末句“望天王降诏早招安”时：

> 武松叫道：“今日也要招安，明日也要招安去，冷了弟兄们的心！”黑旋风便睁圆怪眼，大叫道：“招安，招安！招甚鸟安！”只一脚，把桌子踢起，撷做粉碎……
>
> ……鲁智深便道：“只今满朝文武，俱是奸邪，蒙蔽圣聪，就比俺的直裰染做皂了，洗杀怎得干净？招安不济事！便拜辞了，明日一个个各去寻趁罢。”

此处是梁山内部招安与反招安矛盾的首次出现。观各刊本对此段情节的阐释：评林本有插图“宋江命斩李逵”，是对宋江忠君思想的强调；刘兴我本有“宋江会众宴菊花会”与“宋江斩逵众人劝免”插图两幅，以此突显梁山兄弟之间的深情厚谊；袁无涯本有插图“赏菊集群英”（图1），图像中人物形象众多，重现了宴席上“笑语喧哗，觥筹交错”的欢乐场景，其他如容与堂本、钟惺批本与二刻英雄谱本均无相应的插图表现。显然，此插图是对武松等反招安言行的有意忽略，这样一来，即使是在建阳每页一图的刊本中，插图者也仅是通过对宋江命斩李逵一幕的刻画将阐释重点转移到对小说“忠”或“义”思想的表现上来，以此掩饰文本中的反招安斗争。

图1　袁无涯本

第75回，在御史大夫崔靖的奏议下，太尉陈宗善奉诏赴梁山招安，吴用、林冲知晓后率先反对：“论吴某的意，这番必然招安不成；纵使招安，也看得俺们如草芥。”“朝廷中贵官来时，有多少装幺，中间未必是好事。”之后，萧让等四人奉命在半路迎接，期间张干办、李虞候的嚣张跋扈更是让吕方、郭盛二人顿生怒意：“是何言语？只如此轻看人。”阮小七船接太尉上梁山，此前却早已根据吴用的安排“分拨二十余个军健棹船，一家带一口腰刀”，随后又上演了水手唱歌、小七倒船、太尉换船、偷换御酒等一系列精彩画面；忠义堂上，萧让招安诏书方才读罢，“宋江已下皆有怒色”，李逵更是“从梁上跳将下来，就萧让手里夺过诏书，扯的粉碎，便来揪住陈太尉，拽拳便打”，甚至肆无忌惮地大骂徽宗；待众人发现御酒仅是普通白酒后，“鲁智深提着铁禅杖，高声叫骂：‘入娘撮鸟，忒煞是欺负人！把水酒做御酒来哄俺们吃！’赤发鬼刘唐也挺着朴刀杀上来，行者武松掣出双戒刀，没遮拦穆弘、九纹龙史进一齐发作。六个水军头领都骂下关去了”。此处算是小说中反招安斗争的集中表现。评林本与刘兴我本此处的插图情况如表 1 所示，第 64 回“小七倒船偷御酒 李逵扯诏谤朝廷”，评林本有插图 6 幅，刘兴我本有 4 幅，分别为：

表 1

评林本	刘兴我本
蔡太师陈太尉共议招安	张叔夜迎太尉入府
宋江差人迎接太尉	萧让乐和迎接太尉
阮小七船迎接太尉	
陈太尉在忠义堂上开诏	
李逵扯破朝廷诏书	李逵毁诏叱骂太尉
宋江送陈太尉下山	宋江送陈太尉下山

明显是为了突出众人对朝廷招安的热切渴望——除李逵扯诏一幕外，原先的种种冲突尽被忽略，如评林本利用“阮小七船迎接太尉”一图掩盖水船上发生的真实情景，从图像中分明可见梁山众人对朝廷的赤胆忠心，而即便在对李逵扯诏的刻画中亦可察觉出插图者的弱化之意，试看两种本子各自的插图表现：

两张插图均停留在扯诏动作的完成时：评林本中，李逵与太尉交错相立，李逵一手指向太尉，被扯破的诏书悄然坠地；刘兴我本中，李逵侧对着太尉，从双手的动作来看应是表现其撕破诏书后习惯性地拍打双手。插图者共同回避了对扯诏一举的直接表现，通过对刊刻时间点的推迟来缓和画面的紧张感与冲突力度。不仅如此，图像中人物的动作、神态中规中矩，黑旋风的暴怒之意丝毫不见，尤其是刘兴我本，不仅未能体现出标题中的“叱骂”二字，李逵手部的动作更是极易使读者判断其淡然、无谓的心境，这与文本描写截然相反。

图 2　评林本

图 3　刘兴我本

再看单页大图本，容与堂本与袁无涯本分别有插图“活阎罗倒船偷御酒”“黑旋风扯诏谤徽宗”与插图“阎罗尝御酒”对应此段情节，尽管李逵的反招安举动在插图“黑旋风扯诏谤徽宗”中得到了一定的还原，然而，小七船接太尉后的一系列冲突在两种刊本中均被消融，既无李虞候倚官仗势的咄咄逼人，亦不见小七等众人毫无畏惧地针锋相对，画面中展现更多的则是平静、规矩之意。三幅插图分别如下所示：

图 4　容与堂本

图 5　容与堂本

图 6　袁无涯本

第80回，在两败高俅之际，宋江率众前赴济州接受招安，不想天使早与高俅串通，故意将诏书中“除宋江、卢俊义等大小人众，所犯过恶，并与赦免”一句宣读为“除宋江，卢俊义等大小人众，所犯过恶，并与赦免”，由此激怒了梁山众人：花荣当即射死天使，随后众好汉齐声大叫“反”，东西两面又有李逵、扈三娘引领着马步两军杀来，原先的招安计划因此彻底毁灭。观刘兴我本，仅有“宋江等赴济州听诏”插图一张强调梁山众人接受招安的意愿，文本中梁山好汉与官军混战的描写则被彻底忽略。

此外，文本中关于众人劝说宋江重回梁山泊的描写在各本插图中同样难寻其迹，或是真实情况被掩盖，如评林本与刘兴我本利用标题中的“议事”二字遮掩了水军头领邀请吴用商议的真实意图（出自评林本第96回、刘兴我本第106回），或是被直接忽略，如李逵先后两次力劝宋江之举（分别出自“五台山宋江参禅 双林渡燕青射雁”一回与最后一回）在各本插图中均未有任何表现。由此明显可见各本插图者对众人反招安斗争的有意弱化。

二、突出受招安场景的恢宏壮阔

全面彰显接受招安场面的恢宏是插图者此番肯定态度的另一表现。“梁山泊分金大买市 宋公明全伙受招安”一回中，作者用洋洋洒洒数千字热情渲染了招安场面的宏伟盛大，这在评林本、刘兴我本、容与堂本以及袁无涯本中均有相应的插图表现，如下表所示：

表2

评林本	刘兴我本	容与堂本	袁无涯本
天子登宣德楼观看宋江等	天子宣德楼观宋江	宋公明全伙受招安	承恩赐御宴
宋江卢俊义摆对而行	宋江领众朝见天子		
天子传旨令宋江换御袍	光禄寺筵宴宋江等		
殿上排列整肃朝仪	宋江等文德殿谢恩		
光禄寺筵宴宋江等			

通过上表并联系各自的图像刻画可以发现，《水浒传》两种插图本在表现招安盛况上是有所区别的：由于建安版画简约古朴的传统风格，再加上狭长形画幅的限制，评林本与刘兴我本难以在单页图像中全然展现梁山好汉入城朝见天子的浩荡之势。然而，其每页一图的插图方式却为招安过程的细节化表现提供了可能，而插图者正是利用4幅或5幅插图一步步展现出招安的全过程，以此彰显招安的庄严与隆重。

与上述两种刊本形成对比的是容与堂本和袁无涯本，由于插图数量有限，插图者不得不将文本中数千字的铺陈集中于同一幅图像中，而更为广阔的插图表现与愈发精湛的版刻技术则为此奠定了坚实的基础，观袁无涯本“承恩赐御宴”（图7）一图，画面层次分明，人物形象繁多，场面的盛大、隆重一览无余。

以云雾为界，可将容与堂本插图“宋公明全伙受招安”（图8）分为上、下两个部分，图像上部分表现的是徽宗引百官在宣德楼观看，下部分则刻画了不同装扮、不同姿态、不同神情的9位梁山好汉，以此突显英雄进城的飒爽英姿与磅礴气势，插图如下所示：

图7　袁无涯本

图8　容与堂本

三、淡化英雄结局的悲剧色彩

在代表朝廷征讨方腊过程中，梁山队伍损失惨重，阵亡将领多达59人，其中正将14人，偏将45人，在返回途中又有10人病故、1人坐化、1人出家、1人还乡、4人辞别，而即便是成功获得加赏的宋江等27人亦未能避免身死人散的悲惨下场，这着实令读者唏嘘不已，也是小说中“受招安”一情节引发诸多争议的重要原因之一。然而，这种悲剧色彩在《水浒传》明刊插图本中均得到了不同程度的弱化，插图者在全力表现梁山好汉“保国安民”的英勇行径时，有意回避了对多数英雄最终命运的交代，最为突出的是钟惺批本与二刻英雄谱本，二者全部插图中未曾有一幅直接表现英雄的被害或被迫分离，读者仅能从各自的“张顺魂捉方天定”一图中了解到浪里白条已逝的不幸，如此一来，小说中浓重的悲剧色彩几乎被彻底掩盖，插图中只留下梁山英雄意气风发的勃勃身姿。

观评林本、刘兴我本、容与堂本以及袁无涯本，各自表现英雄悲剧结局的插图包括：

评林本：

A 张近仁刺死彭玘　B 徐宁中箭送回秀州养病　C 张顺被箭枪射死涌金门
D 厉天闰绕树刺杀张清　E 石宝用锤打死索超　F 刘唐文仲容入城被戮
G 阮小二被挠钩搭身自刎而亡　H 解珍解宝乱箭射死乌龙岭
I 郑魔君铜砖打死一丈青　J 郑彪飞剑斩断武松手臂　K 庞万春射死史进
L 六和塔鲁智深坐化　M 武松辞宋江在寺修行　N 燕青留书辞宋公明
O 李俊诈讽不赴朝京　P 秦安州狱庙戴宗归神　Q 卢俊义受毒坠河而亡
R 宋江误饮药酒　S 宋江赐药酒与李逵　T 吴用花荣缢死宋公明冢上

刘兴我本：

A 张顺被射死涌金门　B 石宝用锤打死索超　C 火排烧阮小二船只
D 解珍解宝越岭遭伤　E 郑魔君砖打一丈青　F 昱岭关乱箭射史进
G 庞万春箭射死欧鹏　H 方杰刺秦明于马下　I 六和寺鲁智深坐化
J 李俊诈疯宋江看视　K 柴进弃官归乡为民　L 卢俊义中毒坠河死

M 宋江与李逵饮药酒　　N 花荣吴用缢死坟前

容与堂本：

A 涌金门张顺归神　　B 宋公明大战乌龙岭　　C 鲁智深浙江坐化

袁无涯本：

A 神归涌金门　　B 六和寺圆寂

单是从插图数量上来看，容与堂本与袁无涯本插图对英雄最终命运的阐释明显不够全面，108 位好汉中仅对 3 人或 2 人的结局有所表现，难以再现文本中的悲剧情调，不仅如此，即便是在相关的插图刻画中亦不难体会此番淡化之意，如两种刊本分别以“归神”与“神归”一词指称张顺被害一事，英雄被乱箭射死的悲惨意味明显削弱不少。除此之外，各自对鲁智深圆寂的刻画，如下图所示：

图 9　容与堂本

图 10　袁无涯本

容与堂本插图中，鲁智深身披袈裟、盘腿坐于禅椅上，双目紧闭，神色安宁，前方有两人双膝跪地、拱手相拜，而身旁站着的四人不仅全无悲痛之感，甚至面露笑意，可见此幅插图重在强调鲁智深参悟一切后回归本我的安然，包含了插图者对“放下屠刀，立地成佛”的莫大肯定与无限敬意；袁无涯本中，尽管插图标题为“六和寺坐化”，观其图像却并非是对鲁智深圆寂一幕的直接表现，相反，对钱塘江潮信的景物刻画占据了画面的 3/4，仅是在图像右下角露出鲁智深询问僧人一景，英雄辞世的无限惋惜全然不见。

再看评林本与刘兴我本，虽然每页一图的插图方式降低了插图者对相关情节的回避率，使得二本中此类插图分别多达20幅与14幅，尤其是评林本，共有12幅插图（前11幅与插图Q）是对英雄惨遭杀害一幕的直接刻画，然而正如上文所言，此番刻画是借英雄为国捐躯来突显小说的忠义主题（插图Q除外），亦从另一角度反映出插图者对梁山受招安的肯定。这在其余几幅中又得到了进一步证明——由于刊刻重心的转移，插图L、M、N、O、P、R、S中全无文本中英雄辞世、兄弟分离的悲戚之感，观其图像，或是对梁山兄弟之义的突显，如插图M、O、S、T，或是利用标题掩盖英雄被害的真相，如以“受毒”（Q）与“误饮药酒”（R）解释宋、卢二人的死因，更有甚者在图像中直接忽视文本中的悲剧描写，试以插图“武松辞宋江在寺修行”为例：

图11　评林本

根据文本，此前在乌龙岭与郑彪混战时，武松被包道乙掣下的玄天混元剑砍断左臂，尽管插图表现有误，武松断臂的事实却明确反映在评林本“郑彪飞剑斩断武松手臂”一图中。再看图11，是对征方腊结束后武松拜辞宋江一幕的刻画，图像中武松拱手跪地，与文本中断臂后的人物形象完全不符，不仅如此，宋江脸上亦是神色平和，兄弟分离时的不舍与痛心不见丝毫。笔者认为，尽管不排除因建本错漏百出而带来图像与文本不符的可能性，然此处更似插图者的有意作为，以此掩盖英雄残废的不幸结局，淡化小说的悲剧色彩。此般用意在图像上方“武松等效其修行，何等清闲快活”的评语中得到了进一步证明与强化。

相比评林本，刘兴我本插图对英雄辞世的回避之意更为明显。上文曾提到，刘兴我本中表现梁山英雄悲剧结局的插图共 14 幅，其中直接表现英雄惨死一幕的插图仅 10 幅，其他相关描写皆被忽略，以下试举几例：①刘兴我本第 109 回，宋军兵分三路夹攻杭州，在关胜的率领下，中路大军在东新桥驻扎。一日，徐宁与郝思文二人到达北关门时，与敌军兵马正面相对，郝思文被捉入城中砍头，徐宁则被关胜救回，但由于身中毒箭，在送回秀州半月后身亡。评林本此处有插图“徐宁中箭送回秀州养病”，图像中徐宁被人搀扶着，全无先前将领的风采，是对其悲惨结局的暗示，刘兴我本却将此忽略，仅是通过“宋江看视徐宁箭枪”一图强调宋江对兄弟的情深义重，以此回避对英雄结局的交代。②第 110 回，由于此前被敌军火炮打伤左臂，董平一直怀恨在心，此后又擅自与张清相伴前往独松关与厉天闰、张韬交战。交战中，张清被厉天闰一枪戳中倒在地上，董平亦被张韬从背后拦腰砍成两段。评林本有插图“厉天闰绕树刺杀张清”，回避了对董平结局的表现，刘兴我本中二人被杀的结局则皆被忽略。③同一回中，卢俊义引着林冲等人攻打候潮门，兵至城下时，刘唐、文仲容为夺头功，径自抢入城里，却在敌军砍断吊桥绳索后坠下闸板而死。评林本中插图“刘唐文仲容入城被戮”即是对此段描写的阐释，而刘兴我本再次未有相应的插图表现。④鲍旭与李逵约定要去捉拿石宝，在一刀砍下廉明后，鲍旭又率先抢入城内，不想却被石宝砍作两段。刘兴我本此处有插图“鲍旭舞刀斩死廉明”，这是对鲍旭英勇无敌的表现，然其最终被砍死的悲剧结局却未曾出现在图像中。⑤第 112 回，宋江兵马杀至睦州，武松与鲁智深合战郑彪，不料包天师暗地里飞出玄天混元剑，正好砍中武松左臂。此处，评林本有插图“郑彪飞剑斩断武松手臂”，虽不乏对文本的误读之处，却也准确表现出了武松断臂的事实，而此幕场景在刘兴我本图像中同样未有表现。

不仅如此，对梁山英雄惨遭杀害的刻画，相比评林本，刘兴我本的插图更显委婉含蓄。试对比各自对张顺之死的刻画：

图 12　评林本

图 13　刘兴我本

李俊引着水军头领兵至北新桥路，因屯兵过久，张顺遂与李俊商议，先从湖中潜入城内放火，此后便可进兵占领水门。是夜，张顺在涌金门边等至四更，眼看着天色将明，遂决定顺着城门爬进城内，不想却正中敌军埋伏，可怜昔日的浪里白条被硬弓、苦竹枪等活活射死。评林本插图“张顺被箭枪射死涌金门”还原了张顺被乱箭射死的真实场景，很好地保留了文本中英雄之死的惨烈；观刘兴我本，图像中张顺只是头部中箭一支，惨烈之意顿时削弱不少，不仅如此，图像中张顺穿戴整齐，虽是有悖于文本描写，从中却可以体会出插图者极力维护英雄最后一丝尊严的愿望，相比之下，悲剧色彩明显不及评林本浓厚。

相似的例子又如各自对阮小二结局的表现，插图如下所示：

图 14　评林本

图 15　刘兴我本

宋军兵至乌龙岭，在宋江的命令下，阮小二等四人乘驾着战船摇上岸滩，孰知方腊的四名水军总管早已安排下五十连火排，火排顺着水势冲向阮小二等人，而众人背后又有大船紧紧跟随，无奈之下，阮小二自刎而亡。评林本插图“阮小二被挠钩搭身自刎而亡”即是对其自刎一幕的刻画，尽管图像画得甚是粗糙，然从中仍可依稀分辨出阮小二绝望无助的神情；刘兴我本插图则将刊刻时间点前移至阮小二船只被烧的那一刻，以此避免对其悲惨下场的表现。

同回中各自又有插图“解珍解宝乱箭射死乌龙岭”与“解珍解宝越岭遭伤”：

图 16　评林本

图 17　刘兴我本

眼见乌龙岭久攻不下，解珍、解宝兄弟二人主动请求上岭去扰乱敌人，不想攀爬时身上的钢叉刮在竹藤上乱响，也因此惊动了岭上的敌兵，最终，解珍从高崖下坠落而死，解宝亦被乱箭、石块等射中砸死。评林本插图忽略了二人的不同死因，将其共同刻画为被乱箭射死，然文本中的悲剧色彩丝毫无损；尽管刘兴我本插图标题为“解珍解宝越岭遭伤”，然其图像仅是对二人前往乌龙岭一幕的刻画，并未涉及二人的悲惨下场，不仅如此，从标题的“遭伤”二字中更是分明可见插图者对原先悲剧意味的有意淡化。

通过以上分析可见，刘兴我本插图对梁山英雄悲惨结局的回避是毋庸置疑的，这与其特殊的刊刻背景密切相关。明末时期，社会危机四伏，百姓日日在动乱与疾苦中挣扎，他们渴望救世英雄的出现，而《水浒传》一书所塑造的梁山好汉便是众人心中英雄的最佳代表，因此，他们不愿看到小说中对好汉悲惨下场的描写，不愿心中最后的一丝幻想破灭。刘兴我本插图对英雄辞世的回避即是这一社会心理的产物，反映了末世之下广大民众对英雄的深切渴望。

通过上述分析可见，对于小说中梁山好汉接受招安一事，《水浒传》明刊本的插图者均是持肯定态度的，这主要体现在刊刻过程中利用图像弱化梁山中的反招安斗争、突出受招安场景的恢弘与壮阔、淡化英雄结局的悲剧色彩这三个方面。究其原因，很大程度上是出自插图者自身的忠义价值判断，认为接受朝廷招安乃是梁山好汉忠义思想的具体表现（大涤余人序本《刻〈忠义水浒传〉缘起》），亦是众人实现“保国安民”目标的既定选择（余象斗《题〈水浒传〉叙》中“尽心于为国之谓忠，事宜在济民之谓义”）。正因为如此，插图者毅然切断了梁山好汉在征讨过程中的损折与受招安的直接联系，甚至将其视为“此正是一百单八人幸处”“死于王事为死所”，进一步坚定了对受招安的肯定态度。另一方面，如刘兴我本、钟惺批本与二刻英雄谱本，朝代末世背景下对统一有力的朝廷以及救世英雄的热切期盼亦是造成插图者此番肯定态度的重要原因。

参考文献：

[1] 余象斗：《题〈水浒传〉叙》，出自马蹄疾编：《水浒资料汇编》，中华书局1980年版。

[2] 李贽：《容与堂刻〈忠义水浒传〉一百回总评》第91回评，转引自马蹄疾编：《水浒资料汇编》，中华书局1980年版。

作者简介：

陆敏（1988— ），女，江苏南通人，江苏工程职业技术学院助教，研究方向：中国古代小说。

张祝平（1955— ），男，上海崇明人，南通大学文学院教授，研究方向：先秦两汉文学、宋元明清八股文形成史、宋元明清小说戏曲。

原文发表在《现代语文》上旬《文学研究》2014年第2期

明清时期《水浒传》的禁毁与传播*

陈卫星

（重庆三峡学院传媒学院　重庆万州　404120）

摘　要：《水浒传》在流传过程中，曾受到过统治阶层的一再贬斥和禁毁，这对小说的传播产生了重要影响。自明代崇祯以后直到清末，《水浒传》一直处于被禁的状态之中。《水浒传》的“诲盗”作用和功能，是《水浒传》遭到禁毁的重要原因。朝廷的禁毁政策虽然一直延续，但禁毁的严厉程度和效果在不同的时间或地域呈现出巨大的差异。就时间而言，清代康熙、乾隆、嘉庆、道光时期较为严厉，其中以康熙和乾隆时期为最；同治时期，环境较为宽松，但江苏地区较严；而明代崇祯和清代咸丰、光绪、宣统时期就比较松散了。就地域来说，康熙和乾隆时期全国的禁毁政策都很严格；而道光时期的江苏和浙江、同治时期的江苏地区比较严格。禁毁政策可以缩小《水浒传》的传播范围，减慢传播速度，但并不能完全阻断它的传播。当环境稍有宽松，小说很快就会出现在读者面前。

关键词：《水浒传》；“诲盗”；禁毁；传播

《水浒传》自问世以来，就受到了社会各个阶层的热烈欢迎。明代学者胡应

---

* 本成果为教育部人文社会科学研究项目“明清禁毁小说的传播学研究”（12YJC751007）阶段成果。

麟所说“今世人耽嗜《水浒传》，至缙绅文士亦间有好之者”，绝非虚言；“嘉、隆间一巨公案头无他书，仅左置《南华经》，右置《水浒传》各一部”①，亦可见一斑。读者的喜爱和追捧，也激发了官私书坊刻印《水浒传》的热情。“《水浒》一书，坊间梓者纷纷”（《忠义水浒志传评林·水浒辨》），真实地描述了书坊争相刻印《水浒传》的景象。据马蹄疾《水浒书录》中的不完全统计，明代从嘉靖至崇祯的123年里，《水浒传》刊印达到31次之多，清代禁书严厉，但自顺治至同治的231年里，刊印也达到22次。② 也正因如此，《水浒传》成为我国版本最为复杂的古代小说之一。

值得关注的是，与广大读者的喜爱和追捧相悖，《水浒传》在流传过程中曾受到统治阶层的一再贬斥和禁毁。在封建社会，统治阶级的禁毁之举对小说的传播无疑有着举足轻重的影响。因此，深入了解和洞察《水浒传》禁毁的历史背景及其真实情况，无论是对于探究小说版本变化的原因，还是研究小说流传的历史过程，都有着十分重要的意义。

一

最早见于史料记载的《水浒传》禁毁事件发生于明末崇祯年间。崇祯十五年四月十六日，刑科右给事中左懋第向崇祯皇帝上书，请求朝廷颁令焚毁《水浒传》，其辞曰：

“一曰焚贼书、易贼地名、正其必不肯作贼之心。李青山诸贼啸聚梁山，破城焚漕，咽喉梗塞，二东鼎沸。诸贼以梁山为归，而山左前此莲妖之变，亦自郓城梁山一带起。臣往来舟过其下数矣。非崇山峻岭，有险可凭；而贼必因以为名，据以为薮泽者，其说始于《水浒传》一书。以宋江等为梁山啸聚之徒，其中以破城劫狱为能事，以杀人放火为豪举，日日破城劫狱，杀人放火，而日日讲招安以为玩弄将士之口实。不但邪说乱世，以作贼为无伤，而如何聚众竖旗，如何

① 胡应麟：《少室山房笔丛》卷四十一，上海书店出版社2001年版，第437页。

② 马蹄疾编著：《水浒书录》，上海古籍出版社1986年版。

破城劫狱，如何杀人放火，如何讲招安，明明开载，且预为逆贼策算矣。臣故曰此贼书也。

李青山等向聚梁山而讲招安，同日而破东平、张秋二处，犹一一仿而行之。青山虽灭，而郓、巨、寿、范诸处，梁山一带，恐尚有伏莽未尽解散者。《水浒传》一书，贻害人心，岂不可恨哉？按宋鉴纲目，但有淮南盗宋江掠京东诸郡，知海州张叔夜平之耳。此书荒唐不经，初但为隶佣瞽工之书，自异端李贽乱加圈奖，坊间精加缮刻，此书盛行，遂为世害。而街市小民将宋江等贼名画为纸牌，以赌财物，其来尤久。小民一拈其事，不至于败行荡产不止。始为游手之人，终为穿窬劫掠之盗，世之多盗，弊全坐此。皆《水浒传》一书为之祟也。

臣思皇帝崇经右文，方且表章周、程、朱、邵、张子之书，以正一世之人心，而此等邪乱之书，岂可容存天地间以生乱萌以煽贼焰哉？臣请自京师始，《水浒传》一书，书坊不许卖，士大夫及小民之家俱不许藏，各令自焚之。乃传天下，凡藏《水浒传》书及板者，与藏妖书同罪。市有卖纸牌及家藏纸牌并牌模者、并以纸牌赌财物者，皆以藏《水浒传》之罪罪。而梁山一地，仍请皇上更其名，或以灭寇荡氛名其山，勒石其巅，庶漕河之畔，人望其山而知贼之必不可为，又知《水浒传》之为妖书也。人心正，盗风自息。诸不逞之徒，怵于皇上之威灵，岂复有敢思啸聚者哉？不但山左盗息，而天下之盗风皆可息矣。伏候圣裁，谨题请旨。”①

在奏折中，左懋第认为李青山等人啸聚山林，竖旗闹事，是因为受到《水浒传》的启示。世风日下，多有奸盗游手好闲之人，其弊也全在此书，因此，请求朝廷下旨焚毁《水浒传》，颁令收藏该书和刻板及售卖行为均须治罪，售卖以宋江等人物为画的纸牌，一并治罪。

关于在山东梁山聚众起事的李青山，史料所记不多。《明史·张国维传》载：“（崇祯）十四年夏，山东盗起，（国维）改兵部右侍郎兼督淮、徐、临、通四镇兵，护漕运。大盗李青山众数万，据梁山泺，遣其党分据韩庄等八闸，运道为

① 《左懋第谨题为再陈息盗要着事》，见中研院编印：《明清史料》乙编第十本（影印本），北京图书馆出版社2008年版，第701～702页。

梗。……国维合所部兵击降之，献俘于朝，磔诸市。”① 明朝计六奇的《明季北略》卷十八“山东李青山”条记载：“壬午（崇祯十五年）正月山东盗平，擒李青山入京。青山本屠人，乘机啸聚数万人，屡寇兖州，山左骚动。……国维察其非常，还部，帅将士疾驰，给事范叔泰、鲁府左相俞起蛟拒战，擒青山尽降其众。”② 清人宋起凤《稗说》中记载略详：“山左大盗李青山，弟明山，素为群大侠，兄弟皆具膂力敢斗，居常窝盗，凡河北魏博刑洛与淄青间，驰骑数十成群，掠道路行旅，夺县饷无忌。事发，相率匿青山兄弟所，青山复遣其党，赂上下胥吏辈，故沉其案，日久渐阁。前党复出掠他所，千里外攫客物，数馈贻不休。家日益富，而肆恶日益剧。四方亡命徒，争投纳门下，日治酒食轰饮，所谋皆剽夺行劫事。青山兄弟视财轻，好结欢无赖，过之者不惜多金赠，故人乐为之用。”③ 从史料看，李青山原为一名屠夫，为人豪侠，重才轻物，追随者众，他于崇祯十四年夏到十五年初，在山东水泊梁山一带率数万人起事，阻塞漕运，抢掠财物，后兵败被杀。

就李青山起事本身而言，时间前后不足一年，影响并不是很大，故正史着墨不多。然而，左懋第为何要以此事为由奏请朝廷禁毁《水浒传》呢？

李青山为侠义之士，极重江湖兄弟之情，与《水浒传》中的梁山好汉类似。在起事过程中，李青山等人均有意无意地从《水浒传》中得到了一些启发。首先，李青山起事的原因是出于天灾人祸，实属情非得已。崇祯十二年至十四年，山东连年遭受干旱，加之蝗灾为害，疫病流行，粮食数年失收，人民衣食无着，生活窘迫，惨不忍睹。《明史》卷三十载：“（崇祯）十二年，两畿、山东、山西、陕西、江西饥。河南大饥，人相食……十三年，北畿、山东、河南、陕西、山西、浙江、三吴皆饥。自淮而北至畿南，树皮食尽，发瘗胔以食。十四年，南畿饥。……畿南、山东洊饥。德州斗米千钱，父子相食，行

---

① 《明史·列传一六四·张国维传》。

② 计六奇：《明季北略》，见《笔记小说大观》第十二编第五册，新兴书局1981年版，第2725～2726页。

③ 宋起凤：《稗说》，江苏人民出版社1982年版，第39～40页。

人断绝。大盗滋矣。”① 在灾荒之中，社会风气明显向坏，抢盗之风盛行，官府无暇顾及。《稗说》中也有记载：“崇祯辛巳（1641，即崇祯十四年），海内大饥，石米金数锾，河北山左逆旅间，争相封人饷客，客只身徒手匿足不敢前。关西盗蜂起，中原数千里兵燹，所在皆是。”在这样的情况下，“青山同弟号招平昔羽党，掠取远近马匹兵仗，聚数千人，据梁山为巢”②，既是求生，也是自保，颇有“逼上梁山”之意。

其次，起事之后，李青山等人占据梁山的有利地形，控制水路交通，但他们并非唯利是图，而是做到了“盗亦有道”。“梁山素多水，灌莽颇深，与漕渠密迩。安山一带又犄角，东南粮艘至，例候闸，闸层次栉比，不数里即衔尾。……青山令从贼索米，每艘计石，廉其所携货轻重而什取三，始传箭放行，无敢越者。”③ 在船过闸时依次按“所携货轻重而什取三”的此种行为，如他自己所说，是“率众护漕，非乱也”④，“邀结子弟，无非守此土以外御耳”⑤。

更为关键的是，李青山等人效法《水浒传》中的宋江，一直在等待时机，谋求朝廷“招安”，修得“正果”。他们得知时任内阁首辅的周延儒因复官从宜兴沿运河北上进京，途经梁山，便认为是个绝好的机会，设法拜见了周延儒，并得到了周延儒的许诺，行动似乎取得了成功。《明史》有载：“周延儒赴召北上，青山谒之，言率众护漕，非乱也。延儒许言于朝，授以职。”⑥《稗说》记其事甚详：“（周延儒）舟过之，青山兄弟裹甲拥百骑出，列河干请曰：‘传语相公，梁山泊李青山欲造请一言，幸毋相讶。’公不能却，勉就见。青山马上俯身执手曰：‘武人不谙礼，且在野次，愿相公恕我，此地不能多陈，乞相公一临山寨，当有大事相干也。’立命一舆至，舆卒数人促公登。公私度曰：我大臣也，初入国固无利害相加。拒而不纳，殆示惧，已往听之。乃谓仆从曰：‘东平郡吏手版进侯，

---

① 《明史》卷三十《志第六》。
② 宋起凤：《稗说》，江苏人民出版社 1982 年版，第 40 页。
③ 同上。
④ 《明史·列传一六四·张国维传》。
⑤ 宋起凤：《稗说》，江苏人民出版社 1982 年版，第 40 页。
⑥ 《明史·列传一六四·张国维传》。

为语赴李将军约，当来前途尚有谕，少待之毋令遂归。’公至梁山寨，青山预已肃从贼行，列旗帜金鼓，盛其军容以待。纳公座，率头领数十人拜堂下。公起谓曰：‘予奉召难久留，汝曹有何大事速陈我，苟力可致奚难。’青山曰：‘某等为凶岁所迫，铤而走险，聚至多人，县官岂能忘情我辈。但今天下大乱矣，关之内外，河之南北，兵甲连年。我辈身处父母之邦，邀结子弟，无非守此土以外御耳！相公归朝，乞奏请青山等罪犯，赦其往而录之，愿自当一勇为天子捍山左臂，众所望也。’公慨然曰：‘上悬赏破寇亟，若曹果革心归命，脱得成功，封侯之爵可坐致。予何惜一言收众杰耳？’青山送公还舟入京。”①

有所不同的是，李青山等人没有宋江那样的幸运，通过朝廷招安漂白身份并为国家效命，而是被周延儒以招安为饵诱捕，押送进京并惨遭杀害。尽管如此，李青山等人起事的原因、所占领的据点、行事的方式以及对朝廷招安的美好愿望，无不与《水浒传》有异曲同工之奇。可见小说《水浒传》的确对李青山等人产生了非常重要的影响，成为他们行动和决策的指引。正因为如此，作为一名朝廷命官，左懋第担心《水浒传》成为盗贼的行动指南，指导他们如何聚众竖旗，如何破城劫狱，如何杀人放火，如何讲招安，从而带来社会的动荡、朝纲的松弛乃至政权根基的动摇。从李青山起事来看，左懋第的担心不无道理。

实际上，据史料记载，在李青山起事前后，有多起民间聚众起义事件发生，且都能清晰地看出所受《水浒传》的影响。早在明万历十四年，发生在山东的农民起义，就曾经在檄文中使用了“群英聚会，代天行道”之语；万历十六年，太湖、宿松地区爆发的刘汝国起义，刘自称“替天大元帅”，打出“济贫招贤旗”，经常“白昼张入县治，开仓取富民粟给贫民”；山东、河北地区的徐鸿儒，“误信梁山泊演义故事巢于梁家楼”，其率领的义军人数多达十多万，先后攻占巨野、邹县、滕县等多个县城，并截断明王朝的运河漕运，建“大成兴帝国”，称“中兴福烈帝”，其情形“直欲亲见梁山泊故事”。② 明末占据四川为王并建立大西政

---

① 宋起凤：《稗说》，江苏人民出版社 1982 年版，第 40 页。

② 查继佐：《罪惟录》，《明代传记丛刊》本，明文书局 1991 年版，第 2703 ~ 2704 页。

权的起义领袖张献忠受《水浒传》的影响更深，竟以其作为军事指挥的参考，刘銮《五石瓠·水浒小说之为祸》即载有张献忠“日使人说《三国》《水浒》诸书，凡埋伏攻袭皆效之”。而模仿和借用水浒英雄的诨号，如“托天王”“赛保义”“呼保义”“一丈青”等更是多见，亦足可见《水浒传》的深远影响。

一部小说所产生的重大社会影响，引起了朝廷官员左懋第的重视，最高统治者崇祯皇帝借着左懋第的奏折，也看到了问题的严重性。崇祯十五年六月，左懋第关于禁毁《水浒》的意见被朝廷采纳了，兵部郎中龚彝颁布了皇帝的旨意：

“兵部为梁山寇虽成擒等事，该本部题前事等因崇祯十五年六月□日本部尚书陈□□等具题，十五日奉圣旨降丁各归里甲，勿令仍有占聚，着地方官设法清察本内，严禁《（水）浒传》，勒石清地，俱如议饬行，钦此，钦遵抄出到部送司案呈到部拟合就行，为此：

一、咨都察院，合咨贵院烦照本部覆奉明旨内事理，希转行山东巡按，即严饬道府有司，实心清核，务令降丁各归里甲，勿使仍前占聚；一面大张榜示，凡坊间家藏《（水）浒传》并原板，尽令速行烧毁，不许隐匿；仍勒石山巅，垂为厉禁，清丈其地，归之版籍。并通行各省直巡按及五城御史，一体钦遵，禁毁施行。

一、咨东抚、登抚，合资贵院烦为遵照本部覆奉明旨内事理，希严饬道府有司，实实清察，务使降丁各归里甲，勿令仍前占聚殃民；一面大张榜示，凡坊间家藏《（水）浒传》并原板，速令尽行烧毁，不许隐匿；仍勒石山巅，垂为厉禁，清丈其地，归之版籍。期于窟穴肃清，萑苻屏迹，施行。

一、通行九边省直各督抚，合咨前去，烦为遵照本部覆奉明旨内事理，希大张榜示，凡坊间家藏《（水）浒传》并原板，勒令烧毁，不许隐匿施行。

崇祯十五年六月二十三日郎中龚彝。”①

据此规定，朝廷严禁再在梁山聚众，同时严禁私藏《水浒传》以及刻书原板。从此，禁毁《水浒传》的律令正式颁行，范围遍及全国。

当时正是明王朝灭亡的倒数第二个年头，明末政权风雨飘摇，外有满族铁骑

① 东北图书馆编：《明清内阁大库史料》，东北图书馆1949年版，第429～430页。

虎视眈眈，内有各地起义风起云涌。因此，统治者有心无力，无法真正禁绝《水浒传》的传播。然而，此事首开统治阶层明令禁毁《水浒传》的先例，成为《水浒传》传播史上一个标志性的重要事件。

二

明末风起云涌的农民起义，虽然并不完全是明朝灭亡的根本原因，但是在很大程度上加速了明王朝的覆灭。清朝统治者吸取了明亡的教训，对通俗小说戏曲一直延续着禁毁态度。《水浒传》的禁毁，更是题中之义。

顺治九年，清朝统治根基尚未十分稳固，官方就曾下令："坊间书贾，止许刊行理学政治有益文业诸书；其他琐语淫词，及一切滥刻窗艺社稿，通行严禁。违者从重究治。"① 因清朝尚处于建国之初，百废待兴，禁令尚难严格执行。

康熙朝继承了顺治禁"琐语淫词"的政策，分别于康熙二年、二十六年、四十年、四十八年、五十三年下令严禁小说。如康熙二年规定："如有私刻琐语淫词，有乖风化者，内而科道，外而督抚，访实何书系何人编造，指名题参，交与该部议罪。"② 康熙二十六年刑科给事中刘楷上疏说："自皇上严诛邪教，异端屏息，但淫词小说，犹流布坊间，有从前曾禁而公然复行者，有刻于禁后而诞妄殊甚者。臣见一二书肆刊单出赁小说，上列一百五十余种，多不经之语、诲淫之书，贩卖于一二小店如此，其余尚不知几何？此书转相传染，士子务华者，明知必无其事，佥谓语尚风流，愚夫鲜识者，妄拟实有其徒，未免情流荡佚，其小者甘效倾险之辈，其甚者渐肆狂悖之词，真学术人心之大蠹也。"因此要求"一切淫词小说……立毁旧板，永绝根株"③。这次对小说的查禁，是在康熙二年的禁

① 王利器辑录：《元明清三代禁毁小说戏曲史料》，上海古籍出版社 1981 年版，第 23 页。

② 《钦定学政全书》，《续修四库全书》第 828 册，上海古籍出版社 2002 年版，第 584 页。

③ 王利器辑录：《元明清三代禁毁小说戏曲史料》，上海古籍出版社 1981 年版，第 24 ~ 25 页。

令之后，且罗列出小说一百五十余种，应是认为这些书籍在禁令之下仍在大肆流传，且影响很坏，亟须采取措施。康熙四十年和四十八年分别颁令："淫词小说等书，俱责令五城司坊官，永行严禁。"① "淫词小说，及各种秘药，引诱愚民，请敕地方官严行禁止。"② 禁令一再得到申明。

康熙五十三年（1714 年）上谕："凡坊肆市卖一应小说淫词，在内交与八旗都统、都察院、顺天府，在外交与督抚，转行所属文武官弁，严查禁绝，将版与书，一并严行销毁，如仍行造刻印者，系官革职，军民杖一百，流三千里。市卖者杖一百，徒三年。若该管官不行查出者，初次罚俸六个月，二次罚俸一年，三次降一级调用。"这次禁令，不仅严格，而且相当细致。对于违禁者分情形给予不同的惩处，对于地方政府官员未能尽责查禁的也规定了处罚措施。

正因为朝廷一再颁布禁令，且言辞一次比一次严苛，地方官员绝不敢在这个问题上有所懈怠。康熙二十五年，江苏巡抚汤斌颁布《严禁私刻淫邪小说戏文告谕》曰："为政莫先于正人心，正人心莫先于正学术，朝廷崇儒重道，文治修明，表章经术，罢斥邪说，斯道如日中天。独江苏坊贾，惟知射利，专结一种无品无学希图苟得之徒，编纂小说传奇，宣淫诲诈，备极秽亵，污人耳目，绣像镂版，极巧穷工，致游佚无行，与年少志趋未定之人，血气摇荡，淫邪之念日生，奸伪之习滋甚，风俗陵替，莫能救正，深可痛恨，合行严禁，仰书坊人等知悉：……若仍前编刻淫词小说戏曲，坏乱人心、伤败风俗者，许人据实出首，将书板立行焚毁。其编次者、刊刻者、发卖者，一并重责，枷号通衢；仍追原工价，勒限另刻古书一部，完日发落。"③ 编、刊、卖淫词小说戏曲者，不只是杖责，更要加以经济处罚和劳役，还要戴枷游街示众。因朝廷的高压，地方政府往往对此类行为加以更严厉的处罚，自是情理之中。

对编、刊、卖者实施处罚的措施，为雍正、乾隆所继承。《台规》载："雍正二年又奏准，凡坊肆市卖一应淫词小说，在内交与都察院等衙门，转行所属官

① 延煦等编：《台规》卷二十五，清光绪刻本。
② 《大清圣祖仁皇帝实录》，卷二百三十八，中华书局 1986 年版。
③ 汤斌：《汤子遗书》卷九《苏松告谕》，《四库全书》集部七别集六。

弁严禁，务搜版书，尽行销毁；有仍行造作刻印者，系官革职，军民杖一百，流三千里；市卖者杖一百，徒三年。买看者杖一百；该管官弁，不行查出，按次数分别议处，仍不许借端出首讹诈。”① 乾隆三年，也颁布了同样的法令，只是更为细致和详尽：“乾隆三年议准，查定例，凡坊肆市卖一应淫词小说，在内交与八旗都统、察院、顺天府，在外交督抚等，转饬所属官，严行查禁，务将书板尽行销毁，有仍行造作刻印者，系官革职，军民杖一百，流三千里，市卖者杖一百，徒三年，该管官弁不行查出者，一次罚俸六个月，二次罚俸一年，三次降一级调用。盖淫词秽说，最为风俗人心之害，例禁綦严。但地方官奉行不力，致向存旧刻销毁不尽，甚至收买各种，叠架盈箱，列诸市肆，租赁与人观看。若不严行禁绝，不但旧板仍然刷印，且新板接踵刊行，实非拔本塞源之道。应再通行直省督抚，转饬该地方官，凡民间一应淫词小说，除造作刻印，《定例》已严，均照旧遵行外；其有收存旧本，限文到三月，悉令销毁。如过期不行销毁者，照《买看例》治罪。其有开铺租赁者，照《市卖例》治罪。该管官员任其收存租赁，明知故纵者，照《禁止邪教不能察缉例》，降二级调用。”②

清王朝对《水浒传》的禁毁，就是发生在这样的背景当中。清代首次点名禁毁《水浒传》发生在乾隆十八年。乾隆十八年七月二十九日，颁布上谕：“满洲习俗纯朴，忠义禀乎天性，原不识所谓书籍。自我朝一统以来，始学汉文。皇祖圣祖仁皇帝欲俾不识汉文之人，通晓古事，于品行有益，曾将《五经》及《四子》《通鉴》等书，翻译刊行。近有不肖之徒，并不翻译正传，反将《水浒》《西厢记》等小说翻译，使人阅看，诱以为恶。甚至以满洲单字还音抄写古词者俱有。似此秽恶之书，非惟无益，而满洲等习俗之偷，皆由于此。如愚民之惑于邪教，亲近匪人者，概由看此恶书所致，于满洲旧习，所关甚重，不可不严行禁止。将此交八旗大臣、东三省将军、各驻防将军大臣等，除官行刊刻旧有翻译正书外，其私行翻写并清字古词，俱着查核严禁，将现有者查出烧毁，再

① 延煦等编：《台规》，卷二十五，清光绪刻本。

② 王利器辑录：《元明清三代禁毁小说戏曲史料》，上海古籍出版社 1981 年版，第 41～42 页。

交提督从严查禁，将原板尽行烧毁。如有私自存留者，一经查出，朕惟该管大臣是问。”①

在严禁小说的清朝，最高统治者再次明确提出严行禁止《水浒传》实是事出有因。就在这一年的正月，广东东莞莫信丰和增城王亮臣分别聚众起事，“纠众结盟，伙向富户强借粮米，欲图抢掠村庄”②。七月，直隶、山西相继奏报邪教案，引起了乾隆皇帝的特别关注，在他看来这并非骗钱财这么简单，故而亲自谕示：“看其情节，乃依附经典，编造歌谣，虽非谋叛大逆之案可比，而供词乃有悖逆之语。……据邪词，甚属鄙俚，何以能诓骗银钱多至数百两。其中或另有煽惑之处，不肯实供耳，宜并加穷究。”③ 正是这样的事件频发，让乾隆皇帝不得不思考问题的根源所在，他认为“愚民之惑于邪教，亲近匪人者，概由看此恶书所致”。于是，就在这个月的月末，颁布了上述禁行《水浒传》的谕令。

谕令一经颁布，地方官员闻风而动。次年（乾隆十九年）三月二十三日福建道监察御史胡定上奏：“盗言宜申饬也。阅坊刻《水浒传》，以凶猛为好汉，以悖逆为奇能，跳梁漏网，惩创蔑如。乃恶薄轻狂曾经正法之金圣叹，妄加赞美；梨园子弟，更演为戏剧；市井无赖见之，辄慕好汉之名，启效尤之志，爰以聚党逞凶为美事，则《水浒》实为教诱犯法之书也。查康熙五十三年，奉禁坊肆卖淫词小说。臣请申严禁止，将《水浒传》毁其书板，禁其扮演，庶乱言不接，而悍俗还淳等语。查《定例》，坊间书贾，止许刊行理学政治，有裨文业诸书，其余琐语淫词，通行严禁，违者重究。是教诱犯法之书，例禁森严。今该御史奏请将《水浒》申严禁止等语，查琐语淫词，原系例禁，应如所奏请，敕下直省督抚学政，行令地方官，将《水浒》一书，一体严禁；亦毋得事外滋扰。”④当年，该奏折就经议准，“《水浒传》一书，应饬直省督抚学政，行令地方官，

---

① 《大清高宗纯皇帝实录》卷四百四十三，中华书局 1986 年影印版。

② 《大清高宗纯皇帝实录》卷四百四十三，中华书局 1986 年影印版。

③ 《大清高宗纯皇帝实录》卷四百四十三，中华书局 1986 年影印版。

④ 江西按察司衙门刊：《定例汇编》卷三《祭祀》，乾隆三十五年刻本。

一体严禁”①。

乾隆三十七年开始了《四库全书》的编纂，朝廷下诏搜求天下古今遗书，大批书籍在这一过程中被销毁。《水浒传》早就是禁毁之书，故只要出现就只有销毁一途，而且不会再重新列入禁毁名单。经过乾隆皇帝的一再燔销，再加上比较严厉的文化政策，《水浒传》的传播受到了明显的阻碍，在公开场所再难见到这一小说，文人也不再对其展开讨论或公开评价。

三

正因为乾隆对《水浒传》的多次点名禁毁，以及在编纂《四库全书》的过程中该书遭受了秦火似的洗礼，《水浒传》在民间所存不多。嘉庆时期，虽然同样延续了对小说的禁毁政策，但不再提及《水浒传》，注意力有所转向。

嘉庆七年十月，嘉庆上谕内阁：“今满洲非惟不能翻译，甚至清话生疏，不识清字，其粗晓汉文者，又以经史正文，词义深奥，难于诵习，专取各种无稽小说，日事披览，而人心渐即于偷，此不独满洲为然，即汉人亦多蹈此陋习。……惟喜瞽词俗剧，及一切鄙俚之词。更有编造新文，广为传播，大率不外乎草窃奸宄之事，而愚民之好勇斗狠者，溺于邪慝，转相慕效，纠伙结盟，肆行淫暴，概由看此等书词所致，世道人心，大有关系，不可不重申严禁。但此时若纷纷查办，未免假手吏胥，转滋扰累。著在京之步兵统领、顺天府、五城各衙门及外省各督抚通饬地方官，出示劝谕，将各坊肆及家藏不经小说，现已刊播者，令其自行烧毁，不得仍留原板，此后并不准再行编造刊刻，以端风化而息诐辞 。”② 在嘉庆的谕令中，虽也提及这类小说“大率不外乎草窃奸宄之事，而愚民之好勇斗狠者，溺于邪慝，转相慕效，纠伙结盟，肆行淫暴，概由看此等书词所致，世道人心，大有关系”，但这种书籍，不再是前朝多次提到的《水浒传》，而是“编

① 王利器辑录:《元明清三代禁毁小说戏曲史料》，上海古籍出版社 1981 年版，第 45 页。

② 《大清仁宗睿皇帝实录》卷一百四，中华书局 1986 年影印版。

造新文”。

根据嘉庆七年前后的情况，嘉庆皇帝所说的“编造新文”，应是《施公案》一类。①《施公案》从内容来说，虽以施仕纶断案故事敷衍成篇，但小说中写了侠客黄天霸，他出身绿林，除暴济民，惩恶扬善，行刺施公被擒，改邪归正，改名“施忠”，充当官家的护院和走卒。黄天霸的故事突出了其英雄和侠义，其情节模式也是先行侠江湖，后被“招安”，其内在理路和《水浒传》类似。《施公案》清刻本篇首有嘉庆三年的序文一篇，可见在那时候该书已经出现和流传，或正是在那时候首次刊刻也是极有可能的。

嘉庆十八年十二月，上谕提及：“至稗官野史，大率侈谈怪力乱神之事，最为人心风俗之害，屡经降旨饬禁。……至民间演剧，原所不禁。然每喜扮演好勇斗狠各杂剧，无知小民，多误以盗劫为英雄，以悖逆为义气，目染耳濡，为害尤甚。前已有旨查禁，该管地方官，务认真禁止，勿又视为具文。”② 所说的饬禁小说，指的是“侈谈怪力乱神之事”的小说；而使民众“误以盗劫为英雄，以悖逆为义气”的，也不再是小说《水浒传》，而是戏曲。由嘉庆的这一上谕，便可以说明几宗事情：一是《水浒传》流传稀少，不再是朝廷关注的重点，乃至英雄传奇一类小说朝廷也不以为虑，他们关注的重点转向了谈“怪力乱神”之类的小说；二是《水浒传》在民间已少有流传，故而没有得到任何关注；三是《水浒传》并非完全不存在，也并非全无影响，它的影响正通过戏剧得以延续。如清代中叶戏剧作家唐英的《十字坡》被改编成京剧《武松打店》在各地上演，经久不衰。嘉庆、道光时期的地方戏中，保留有《三打祝家庄》等经典曲目。影响更大的，还有取材于陈忱《水浒后传》的地方戏《打渔杀家》，生动再现了梁山起义失败后英雄好汉隐居自保，却遭到地方恶霸豪绅勾结官府一再欺压，愤而杀

---

① 与《施公案》类似的还有《彭公案》，《彭公案》写彭朋“上报君恩，下安民业”，在侠客李七侯、欧阳德等的帮助下，除豪强左奎、武文华，镇压响马周应龙，查办大同部兵傅国恩等人的叛乱，后彭朋受到皇帝嘉奖，官至兵部尚书。《彭公案》署清贪梦道人撰，撰年不详。但从内容看，对《施公案》有所借鉴，应在《施公案》出现之后。

② 《大清仁宗睿皇帝实录》卷二百八十一，中华书局 1986 年影印版。

死恶霸全家的故事。①

道光时期同样对小说采取严禁态度，一再申明小说禁毁事宜，但对于有违禁的人事和行为，惩处并没有前朝严厉。② 在朝廷的所有律令当中，都没有提到过《水浒传》。而在地方官府禁令中五次提到过水浒，两次是指水浒戏剧，三次是指小说。

其中指水浒戏剧的，一次是江苏按察使裕谦（道光十四年至十九年任该职）颁《训俗条约》提到："一应昆、徽戏班，只许演唱忠孝节义故事，如有将《水浒》《金瓶梅》《来福山歌》等项，奸盗之出，在园演唱者，地方官立将班头并开戏园之人，严拿治罪，仍追行头变价充公。"③ 另一次是道光十六年四月，广东容山书院颁《禁止演淫盗诸戏谕》："为谕止演淫盗诸戏，以正人心，以消乱萌事。盖闻圣王治人性情，必以礼乐。礼教起于微眇，而乐之感人尤深。优戏，亦乐类也。演忠孝节义之事，则愚夫愚妇亦感激奋兴，或叹息泣下，是有司教化之所不及施者。优戏能动之也，虽谓胜于古乐可也。……《水浒》一书，亦在禁限。盖观《水浒》者，至戕官篡囚，辄以为快。不知上下有定分，乃天经地义。父虽不慈，子不可忤；官虽失德，民不可犯。宋江等三十六人，横行天下，一夕尽为张叔夜所杀，载在正史，凡为不轨者，可以鉴戒。今登场演《水浒》，但见盗贼之纵横得志，而不见盗贼之骈首受戮，岂不长凶悍之气，而开贼杀之机乎?"④ 这是两个不同地方禁止水浒戏的相关条文，与小说无涉。

而三次提到小说《水浒传》的，是在地方官府的禁毁书目当中列出。道光十八年五月，江苏省颁令禁毁淫词小说，在"吴县学宫，设公局收买"，凡是自动送缴的，按价值付钱，并免受究问。根据政府颁布的"计毁书目单"，图书共计116种，其中有《水浒》，下有注云："即五才子。"⑤ 道光二十四年九月初九日

① 《打渔杀家》最早的演出记录见于嘉庆十五年（1810）成书的《听春新咏》。

② 如道光十四年二月颁禁毁传奇演义板书谕，只说"各直省督抚及府尹等，严饬地方官实力稽查，如有坊肆刊刻，及租赁各铺一切淫书小说，务须搜取板书，尽行销毁，庶几经正民兴，奇邪胥靖，朕实有厚望焉。将此通谕知之"。见《大清宣宗成皇帝实录》卷二百四十九，中华书局1986年影印版。

③ 余治：《得一录》卷十五之四，宝善堂重刊本。

④ 余治：《得一录》卷十一之二，宝善堂重刊本。

⑤ 余治：《得一录》卷十一之一，宝善堂重刊本。

至十三日，浙江省在省城杭州的仙林寺设公局，所有淫词小说，“照估给价”，由“绅士捐资设局收买”，然后由官府集中销毁。该公局公布的“禁毁书目”，共有120种，其中，有《水浒》和《汉宋奇书》在列。《水浒》下亦有注曰：“即五才子。”① 此两种禁毁书目中的《水浒》，即是指小说《水浒传》，注文“即五才子”，是指明小说《水浒传》为金圣叹删定的版本，共七十回，通篇有金氏批注，以及金氏所撰三篇序文和伪托施耐庵的序文，其全称应为“第五才子书施耐庵水浒传”（该版本今存崇祯十四年贯华堂刻本）。《汉宋奇书》，又名《英雄谱》，是《水浒传》和《三国志演义》的合刊本，其中《水浒传》一百一十回，明代即已出现。②

道光时期，小说禁毁政策依然存在，但与前几位皇帝相比力度已经减弱了许多。正是这样稍显宽松的环境，使得《水浒传》的传播有所活跃。社会上有多种水浒戏公开演出，而且小说《水浒传》也开始公开露面。但是，在这样的环境下，《水浒传》并不能大面积地广泛传播。此一时期所出现的《水浒传》，仍主要是明代刊刻的两种版本。此外，对水浒戏和小说《水浒传》的禁毁，只在江苏和浙江两地进行，其他地区受到的影响不大。可以推知的是，其他地区的水浒戏和小说《水浒传》的传播，肯定会保持着一定的活跃度，或也存在新刻和刊行《水浒传》的可能性。从后来咸丰时期官方禁毁小说的情形，亦可证实这一点。

四

咸丰皇帝即位之初，就面临着国家局势的动荡。此一时期，僧人郑洪二（化

---

① 王利器辑录：《元明清三代禁毁小说戏曲史料》，上海古籍出版社 1981 年版，第 122～124 页。

② 《汉宋奇书》又名《英雄谱》，又题《二刻英雄谱》，正文卷首题“精镌合刻三国水浒全传”，分上下两栏。上栏为《水浒》，题“钱塘施耐庵编辑”。正文每回双回目，共一百十回。有旁批。全书十卷，十集。下栏为《三国志演义》，题“晋平阳陈寿史传，元东原罗贯中演义，明温陵李贽批点”。单回目，全书计二百四十回，二十卷，十集。有明崇祯雄飞馆刊本。

名万云龙）于乾隆年间在福建所创立的“天地会”影响越来越大，势力范围不断扩张，台湾、两广、江西、云贵、湖南等省均有分布，还出现了多个不同的天地会派别分支。统治者在担忧时局的同时，也要找寻事发的原因，《水浒传》自然难脱干系。

咸丰元年七月，上谕军机大臣：“有人奏湖南衡、永、宝三府，郴、桂两州，以及长沙府之安化、湘潭、浏阳等县，教匪充斥，有红簿教、黑簿教、结草教、斩草教、捆柴教等名目，每教分温、良、恭、俭、让五字号，每号总领数百人至数千人。又有斋匪，名曰青教，皆以四川峨嵋山会首万云龙为总头目，所居之处有忠义堂名号。其传徒皆用度牒，盖以图记，声气联络，往来各处，皆供给银钱饭食。每月按三六九期赴会，头目乘轿骑马，动辄数百人，抢夺淫掠，无所不至。……现已谕令徐泽醇访拿峨眉山会首，如该省访获要犯，讯出情形，即密咨四川，一体查办。又据片奏，该匪传教惑人，有《性命圭旨》及《水浒传》两书，湖南各处坊肆皆刊刻售卖，蛊惑愚民，莫此为甚。并著该督抚督饬地方官严行查禁，将书板尽行销毁。”①

所谓红簿教、黑簿教、结草教、斩草教、捆柴教和青教，均是“天地会”的分支机构。“天地会”亦倡行“忠义”，在组织结构、帮派规定、口号、目标等多方面，都于《水浒传》有所借鉴。因此，统治者在对反动势力镇压的同时，也对各处坊肆皆刊刻售卖《水浒传》的行为严行查禁。

咸丰时期虽仅存续十一年，但实属多事之秋。在咸丰元年，爆发了太平天国起义，而且，鸦片战争之后，英法联军先后攻占广州（咸丰六年），攻陷大沽炮台（咸丰八年），攻占天津和北京（咸丰十年）并要求割地赔款，清政府力求自保，根本无暇顾及《水浒传》禁毁事宜，禁毁谕令成了一纸空文。

同治三年，经过多年剿灭，太平天国起义宣告失败，清政府终于迎来休养生息、重振河山的机会。反思战乱，有大臣认为农民起义与《水浒传》这一类“诲盗”小说关系重大，应采取措施严禁。同治七年二月，江苏巡抚丁日昌上折奏请拟编刊《牧令》各书并禁毁小说，三月，皇帝就二事谕令内阁：“丁日昌现

---

① 《大清文宗显皇帝实录》卷三十八，中华书局1986年影印版。

拟编刊《牧令》各书，颁发所属，著即实力奉行，俾各州县得所效法。……至邪说传奇，为风俗人心之害，自应严行禁止，著各省督抚饬属一体查禁焚毁，不准坊肆售卖，以端士习而正民心。”①

此次禁毁小说一事，由丁日昌提出，朝廷准奏，但在并未得以全国真正施行。倒是在丁日昌任职的江苏，立即开展了声势浩大的禁毁淫词小说运动。当年四月，丁日昌颁令在各书局附设“淫词小说局”，筹措经费，给价收缴淫词小说，集中销毁：“淫词小说，向干例禁；乃近来书贾射利，往往镂板流传，扬波扇焰。《水浒》《西厢》等书，几于家置一编，人怀一箧。原其著造之始，大率少年浮薄，以绮腻为风流；乡曲武豪，借放纵为任侠。而愚民鲜识，遂以犯上作乱之事，视为寻常。地方官漠不经心，以致盗案奸情，纷歧叠出。殊不知忠孝廉节之事，千百人教之而未见为功；奸盗诈伪之书，一二人导之而立萌其祸。风俗与人心，相为表里。……即于现在书局附设销毁淫词小说局，略筹经费，俾可永远经理。并严饬所属，明定限期，谕令各书铺将已刷陈本及未印板片，一律赴局呈缴，由局汇齐，分别给价，即由该局亲督销毁。”② 他先后两次开列应禁书目，各类共计达到265种之多，其中就包括《水浒传》（有注：“即五才子”）和《汉宋奇书》。

此次小说禁毁，不仅种类远超前朝，而且由于丁日昌对淫词小说的危害程度认识十分深刻，故而决心也很大，他将小说禁毁是否认真与官员政绩挂钩，“将以办理此事之认真与否，辨守令之优绌”。很快，小说禁毁就取得了较显著的成绩。在一次回复山阳县禀报查禁淫书事宜的函件中，丁日昌对该县的成绩进行了表扬：“该县查禁淫词小说，并不假手书差，遂得收缴应禁各书五十余部，及唱本二百余本，办理尚属认真，应即记功一次，以示奖励。”同时，他还借机对禁书的必要性和阶段性成果进行了申述：“淫书小说，最为蛊惑人心，童年天真未漓，偶得《水浒》《西厢》等书，遂致纵情放胆，因而丧身亡家者多矣。前此分檄各属严禁，初时，江北应者寥寥，旋据江、甘二令搜索五百余部，上元等县续

---

① 《大清穆宗毅皇帝实录》卷二百二十六，中华书局1987年影印版。

② 余治：《得一录》卷十一之二，宝善堂重刊本。

报搜索八百余部，并板片等件，今山阳又复继之，苏、常各属，报缴尤多，或数千、数百部不等，板片则令解至省城书局，验明焚毁。倘能再接再厉，得一扫而光之，亦世道人心之一转机也。已将焚缴尤多者记大功，余则记功。仍祈尊处通饬所属认真搜查，勿留遗种，庶通力合作，收效较赊也。”① 无论是从禁毁的决心、态度，还是从最后的成效来看，这一次都当之无愧地称得上明清小说禁毁之最。

但必须指出的是，尽管这次禁毁力度和规模空前，但它仍然是区域性的，范围仅限于江苏省内。其他地区的禁毁情况，尚未看到任何记载。因为同治皇帝相关的谕令，是否是对丁日昌奏折的“顺水推舟”，朝廷真实的想法不得而知；其他各地官员对于此事的认识是否有如丁氏那样深刻，是否有丁氏那样热情地参与此事，都很难说。

果然，时隔三年，御使刘瑞祺再次上书奏明各省书肆刊刻售卖违禁小说，要求销毁全国违禁小说书版。同治十年六月，皇帝就该奏折上谕内阁：“坊本小说，例禁綦严。近来各省书肆，竟敢违禁刊刻，公然售卖，于风俗人心殊有关系。亟应严行查禁。著各直省督抚府尹饬属查明应禁各书，严切晓示，将书版全行收毁，不准再行编造刊印。”② 此可见出，同治七年禁书谕令在江苏之外的地区，并未产生应有的效果。究其根本原因，在于同治一朝，皇帝年幼，宫斗凶险，权贵争利，地方官员自然明白其间利害，能够权衡轻重，禁书一类事情实在不是当急要务。正因为如此，此次再颁类似的禁令，同样很难取得较好的效果。也就是说，除江苏外，小说刊刻和传播已基本没有政策的障碍了，对于《水浒传》来说，亦是如此。

光绪、宣统时期，虽然前朝严禁小说淫词政策依然得以沿袭，但封建统治已是强弩之末，政局纷乱，内忧外患交困，国家如一叶扁舟漂浮于惊涛骇浪，于小说禁毁一事，既无心也无力为之。

有些地方官员对小说禁毁有一定的认识，但不能带来任何改变。光绪二十九

① 丁日昌：《抚吴公牍》卷七，光绪丁丑年林达泉校刊，华文书局影印本。
② 《大清穆宗毅皇帝实录》卷二百二十六，中华书局 1987 年影印版。

年，山西曲阳县令向山西省禀报请求“禁诞亡悖逆戏文”，其中专门提到了《水浒传》：“溯自嘉、道以来，大乘教、八卦教、白莲教、大刀会、义和拳、红灯照，各邪匪结党图乱，蔓延数省，旋灭旋起，未绝根株。……固由愚民无知，易惑难晓；而揆其被惑之易，盖有先入为主，其所由来者渐矣。请以演戏言之：坊间流传《西游》《封神》《水浒》等本，或为见道寓言之作，或为忧时抒愤之言，随意发挥，半皆文人游戏。等而下之，俚鄙之词，夹杂荒诞，编辑日出，不可殚指。乃有撮举情节，登诸俳优歌舞之场，尽相穷形，明目张胆，以干法败纪之事，逞煊耳耀目之奇；蚩蚩何知，群相观听，当其眉飞色舞，业已志荡神摇矣。……不学失教，以假为真。举凡唤雨呼风，降神诵咒，联盟拜会，结寨立巢，辄以往事有征，互相称述。左道惑人之术，诧为神奇，作乱犯上之流，指为好汉，以劫狱戕官为任侠，以抗兵踞地为顺天。懦者信而不疑；强者勃而欲试。彼邪匪迎机而煽之，盖不啻以磁引针，以艾投火，无怪乎日事剿匪，而匪党终不能清也。……至若诞怪离奇，强梁跳丑戏文，显干法纪，隐肇乱阶，其几甚微，其祸甚烈，似当一律查明，严行申禁，以端民志，以遏邪氛。”① 显然，这一请求如泥牛入海，并没有得到任何回音。但是这位地方官员的陈述，从另外的角度向我们展示了小说《水浒传》的水浒戏在民间是多么受欢迎，对人的熏陶和感染是多么深刻。

可以这样说，光绪、宣统时期，小说禁毁政策名存实亡，小说市场日渐繁荣，小说品种日渐丰富，小说读者日益增多。《水浒传》迎来了清朝统治之下刊刻和传播的黄金季节。就是在这个时期，《水浒传》的刊刻、买卖和阅读，完全没有任何政策上的障碍，因此，大量的《水浒传》涌向市场，越来越多的读者有机会阅读到这部“奇书”。

结　语

《水浒传》一书，自明代崇祯以后，历代统治者都不再简单地把它看作一部

① 王利器辑录：《元明清三代禁毁小说戏曲史料》，上海古籍出版社 1981 年版，第 154 页。

通俗小说了，而更愿意将其看作一本“诲盗”之书。在起义、教案和匪乱出现之后，《水浒传》的“教化”作用经常会被提及，这也正是《水浒传》遭到禁毁的重要理由。但《水浒传》“诲盗”的作用和功能是否真的存在，似乎并无定论，可能需要更专业化的探讨。

从理论上来说，自明代崇祯以后直到清末，《水浒传》一直处于被禁的状态之中。朝廷的禁毁政策虽然一直延续，但禁毁的严厉程度和效果在不同的时期或在不同的地域呈现出巨大的差异。就时间而言，清代康熙、乾隆、嘉庆、道光时期较为严厉，其中以康熙和乾隆时期为最；同治时期，环境较为宽松，但江苏地区较严；而明代崇祯、清代咸丰、光绪、宣统时期就更为松散了。就地域来说，康熙和乾隆时期，全国的禁毁政策都很严格；而道光时期的江苏和浙江、同治时期的江苏地区是比较严格的。

禁毁政策可以缩小《水浒传》的传播范围，减慢传播速度，但并不能完全阻断它的传播。就是在禁毁政策最严厉的康乾两朝，《水浒传》也并没有完全消失。禁毁政策严厉之时，版本问题较为简单；而在条件宽松的时候，因刊刻较多，版本问题就较为复杂。但无论如何，《水浒传》都会以独特的方式在我们历史文化的长河里存续，只要条件允许，就随时可能出现在读者面前。或许，这也是伟大作品之所以伟大，“奇书”之所以“奇”的一个重要原因吧。

作者简介：陈卫星（1975— ），男，湖北黄冈人，文学博士，重庆三峡学院传媒学院教授、副院长，主要从事中国古典文学与中国传统文化研究。

《水浒传》中的“大聚义”与“小结义”

——兼论朝廷失政与梁山聚散*

高 方

（中国社会科学院文学研究所 北京 100005）

摘 要：《水浒传》中的梁山泊经历数年发展更迭了三代领导人，方才成就一番大事业。梁山的聚义规模如滚雪球一般渐次变大，所谓“大聚义”之先、之后，又有无数次英雄们三三两两的“小结义”。“小结义”序年齿，“大聚义”定地位，形式相近而本质不同，两者交互为水浒故事平添许多波澜与色彩。一百单八将梁山相聚可以不论尊卑、不分僧俗、不避男女，虽然“义”字当先其实却因由不同，受招安后的际遇也不尽相同，众兄弟风流云散之后的结局更是不同。值得玩味的是，梁山兄弟之聚缘于朝廷失政，梁山兄弟之散也缘于朝廷失政。

关键词：《水浒传》；结义；聚散；失政

赛珍珠 1933 年的《水浒传》英译本题为《四海之内皆兄弟》，这个译名因

---

* 本文是教育部人文社会科学青年基金项目“《左传》文学研究”（11YJC751022）和黑龙江省哲学社会科学规划项目“《左传》文学接受研究”（12B008）的成果。

书中《水浒传》原文均源自《百家汇评本〈水浒传〉》（施耐庵著，郭皓政辑评，陈文新审订，长江文艺出版社 2007 年版）。

得其精髓而一直为人称道。但这句话并不是赛珍珠对水浒精神的总结，而是整部小说的叙事线索，更是《水浒传》中多次出现的语句。第二回史进与少华山陈达相遇，陈达就曾口言“四海之内，皆兄弟也”；第四回鲁达在代州雁门县，并非江湖之人的赵员外也向他说“四海之内，皆兄弟也”；第四十四回戴宗、杨林与石秀初遇时，石秀谢二人解难赐酒，杨林向石秀说的也是同一句话。《论语·颜渊》中“君子敬而无失，与人恭而有礼，四海之内，皆兄弟也”，是这句话最早的出处，而《水浒传》中的这一理念在本质上表现为众位英雄的扶危济困与互相救助，在形式上则表现为英雄之间的结拜行为。

一

《水浒传》中结拜之事极多，人多时惯称“聚义”，人少时习称“结义”。因从规模上看有大小之别，故而本文姑且称为“大聚义”与“小结义”。从字面推究，《水浒传》中最大的聚义只有一次，那就是水泊梁山英雄排座次，天罡地煞一百单八人齐聚忠义堂。但事实上，这一次最大规模的聚义并不是从天而降的，而是英雄势力一次次发展壮大的最终结果和必然结果，是聚沙成塔、集腋成裘，更是瓜熟蒂落、水到渠成。

《水浒传》中最早写到的规模较大的聚义，就是第十五回的“东溪村七星聚义”。这一次聚义的人物为晁盖、吴用、三阮和刘唐、公孙胜，有七星聚义方成智取生辰纲之妙文，乃有七人上梁山之架构。此前第十二回林冲落草梁山，坐了第四把交椅。书中虽然未言他与王伦、杜迁、宋万、朱贵的结义情形，但依江湖习气和梁山惯例，这五个其实也是结义的兄弟，只是此番兄弟之情并没影响火并时林冲手起刀落杀了气量极小阻碍梁山壮大的王伦。第十九回“林冲水寨大并火，晁盖梁山小夺泊”后，第二十回即言：“自此梁山泊十一位头领聚义，真乃是交情浑似股肱，义气如同骨肉。”分明只一个白衣秀士碍事。如上便是梁山聚义的第一个小高潮，说的是梁山泊头领从四人到五人再到十一人的变化过程。

第三十五回打下清风寨后梁山泊再议座次，添了秦明、花荣一干人等，一共是二十一位头领。第四十回“梁山泊好汉劫法场，白龙庙英雄小聚义”，有张顺等九人，晁盖等十一人，加上宋江、戴宗、李逵等，共是二十九人。第四十一回智取无为军、活捉黄文炳之后，梁山上已有四十位头领。第五十八回“三山聚义打青州，众虎同心归水泊”之后，山上又添了呼延灼、鲁智深等十二位新头领。至第七十一回“忠义堂石碣受天文，梁山泊英雄排座次”时，一百单八将已尽数归于水泊梁山，使得众多英雄“功名未上凌烟阁，姓字先标聚义厅”，终于完成了全书地地道道的“大聚义”。

《水浒传》常于不甚重要处道出重要关节。例如第一百零一回说到王庆与娇秀的奸情，介绍娇秀出身时说：“原来那女子是童贯之弟童贳之女，杨戬的外孙。童贯抚养为己女，许配蔡攸之子，却是蔡京的孙儿媳妇了，小名叫做娇秀，年方二八。”《红楼梦》中四大家族联络有亲是人尽皆知的事实，《水浒传》中几大奸臣之间的勾连却在此处似被不经意地带过，往往让人忽略他们之间其实也有极大的裙带关系。而这裙带关系中的官官相护又被一个“利”字紧紧联结，与水浒英雄因“义”而聚形成了一种对立。

第八十二回水泊梁山全伙受招安之时，宋江曾两次说道“王伦创立山寨以来，次后晁天王上山建业”。这也是作者在提醒我们：梁山势力和实力有一个相对漫长的发展变化的过程。虽然我们常说梁山好汉因“义”而聚，但上梁山者又实在是各有各的缘故——有占上梁山者，如王伦、杜迁等；有逼上梁山者，如林冲、杨志等；有逃上梁山者，如晁盖、吴用等；有赚上梁山者，如秦明、卢俊义等；有随上梁山者，如宋清、燕青等。当然也有为数不少的难以归类之人，小旋风柴进就是其中之一。张恨水在《水浒人物论赞》说：“大抵柴为人，并非势必为盗之辈。固一思宋朝天下夺之于彼柴门孤儿寡妇之手。自负身有本领，颇亦欲为汉家之刘秀。且宋纲不振，奸权当道，柴家禅让之功，久矣不为人所齿及，而尤增柴氏耻食宋粟之心。故柴虽不必有唐州坐井观天之一幕，亦迟早当坐梁山一把交椅也。”①

俗话说天下没有不散的筵席。宋江全伙受招安之后，先征大辽，后来破田虎、取王庆、讨方腊，水浒兄弟或战死，或病死，或自寻门路，或为朝廷奸臣所

---

①　张恨水：《水浒人物论赞》，江苏文艺出版社 2008 年版。

害。关于这一凄凉结局，第一百一十回早有暗示。这一回因燕青在秋林渡射雁，宋江便说：“此禽五常足备之物，岂忍害之。天上一群鸿雁相呼而过，正如我等兄弟一般。你却射了那数只，比俺兄弟中失了几个，众人心内如何？兄弟今后不可害此礼义之禽。”燕青默默无语，悔罪不及。宋江于是马上吟诗一首，更“不觉心中凄惨，睹物伤情”。本回之后便有公孙胜辞行，而日后如罗真人所言位列仙班的公孙胜也是一百单八人中第一个离开梁山团队的人。

紧接着第一百一十一回便有打方腊先折了宋万、焦挺、陶宗旺，第一百一十二回折了郑天寿、曹正、王定六，第一百一十三回折了施恩、孔亮，并专写“武松念起旧日恩义，也大哭了一场”。第一百一十四回折了徐宁、郝思文，张顺死于涌金门下枪箭之中，第一百一十五回折了董平、张清、周通、雷横、龚旺，其余死伤不一而足。到收服方腊回军之时，去掉战死、病死之将只剩得三十六人。此后，又有六和寺中鲁智深坐化、武松出家，过杭州走了浪子燕青，到苏州丢了李俊和童威、童猛……待宋江率部三进京城之时，一百单八将只剩下区区二十七人。而这二十七人中还有后来被下了水银的卢俊义，被下了慢药的宋江和被宋江拉上黄泉路的李逵，以及在宋江坟前双双自缢的吴用与花荣。

有人在解说“桃园三结义”时说：“就结义行为本身而言，焚香盟誓既表现异姓兄弟生死与共的情谊，又具有草莽英雄危难互助的江湖信义，还带有‘同心协作’‘上报国家，下安黎庶’的乱世雄杰的奋斗精神。”① 这一说法无疑也适用于水泊聚义。可是一部忠义水浒传，众兄弟应天罡地煞之数聚“义”而来，却又因对“忠”的不同理解而走死零落、风流云散。

二

《水浒传》最好看的文字大多在英雄排座次之前，而此前最好看的文字莫过于在一个又一个小故事中看英雄大展豪杰本色，并且相惜结义。因为英雄多为路

---

① 宋辉：《论“桃园三结义”的价值取向及作者文化心理》，载《湖北大学学报（哲学社会科学版）》1992 年第 4 期。

上偶遇，所以与多人聚义之“聚”不同，三三两两结拜兄弟的情形更为常见，故而我们姑且呼之“小结义”。

第七回林冲于墙外观看鲁智深倒拔垂杨柳大声喝彩，通了姓名之后二人结义。之后林冲遭陷害刺配，才有鲁智深大闹野猪林救了林冲性命，也才有林教头风雪山神庙的故事和林冲雪夜上梁山的情节。第十七回，以鲁智深与杨志的对话带过鲁智深十字坡与张青结义，是为略写；第二十七回，武松路过十字坡时，则以张青之言详说鲁达当初路过本已被孙二娘麻翻，是张青归来时“见他那条禅杖非俗，却慌忙把解药救起来，结拜为兄”。第二十八回又写武松“感激张青夫妻两个厚意”，结拜张青为兄。至此，鲁智深为张青义兄，张青又为武松义兄。鲁智深与武松虽未直接结拜，却也在事实上有了义兄义弟的情分，进而与杨志在二龙山上以兄弟相称。

宋江虽是《水浒传》一书最大的主角，却直到第十八回方才出场。这个面黑身矮的“黑宋江”，有“孝义黑三郎”和“呼保义”之称，“刀笔精通，吏道纯熟；更兼爱习枪棒，学得武艺多般”，因为“济人贫苦，周人之急，扶人之困，以此山东、河北闻名，都称他做及时雨”。宋江出场的缘故是给劫了生辰纲的晁盖等人通风报信，并借他心理活动说：“晁盖是我心腹兄弟。”待通了消息，吴用、公孙胜等人向晁盖问起方才所来究系何人时，方由晁盖说出：“他和我心腹相交，结义兄弟”“结义得这个兄弟，也不枉了”。虽然并未交代晁宋二人相交的因由，省略了结义过程，却让读者领悟到宋江担着血海大干系所救者原来不只是一般的江湖兄弟，而是他推心置腹的义兄。

第二十三回武松在柴进府上与宋江结识，宋江待武松甚厚。待武松欲回清河县探望武大时，宋江不忍相别，又携兄弟宋清直送到十里开外，饮酒饯行，直感动得武松主动将宋江拜为义兄。第三十二回武松因犯下人命案子，要投二龙山鲁智深、杨志落草，却巧于路中再逢宋江，对话中流露了渴望招安之意：“天可怜见，异日不死，受了招安，那时却来寻访哥哥未迟。”宋江临别之时也和武松说：“入伙之后，少戒酒性。如得朝廷招安，你便可撺掇鲁智深、杨志投降了。日后但是去边上，一刀一枪，博得个封妻荫子，久后青史上留一个好名，也不枉了为人一世。”可后来受了招安之后看清了朝廷本质的武松却改了初衷，在六和寺出家做了真正的行者。武松与宋江这对曾经意气相投的结义兄弟最终选择了不同的人生道路。

第三十六回，揭阳岭宋江逢李俊，李俊拜了宋江为兄。第三十七回宋江险为张横所害，及时赶来的李俊又说出张李二人原是结义的兄弟。第四十四回“锦豹子小径逢戴宗，病关索长街遇石秀”，杨林结拜戴宗为兄，二人又欲与在闹市相遇的石秀结拜，只是没来得及行礼就被冲散了，结果是杨雄拜石秀为弟。这些结义故事彼此勾连不但使小说的情节波澜起伏，而且更显出梁山好汉们不一时不一地际遇中始终如一的“同声相应，同气相求”，为一百单八将最终的大聚义铺垫了诸多前提。

第五十四回于罗真人处请了公孙胜回营破高廉，武冈镇上李逵与汤隆结拜上山，然后方有第五十六回吴用使时迁盗甲、汤隆赚表兄徐宁上山。第六十三回蔡京派宣赞礼请关胜进京之时，关胜正与郝思文论说古今兴废之事，关胜向宣赞说郝思文“是我拜义弟兄”。三人同进京师，方成后来三人同上梁山的契机。《水浒传》第五十五回回中诗云：“忠为君主恨贼臣，义连兄弟且藏身。不因忠义心如一，安得团圆百八人。”只寥寥二十八字便道出了梁山大聚义皆由忠义的小结义而来。

结义之风在书中表现甚广，可以如卢俊义与燕青之不论尊卑，可以如鲁智深与林冲之不分僧俗，也可以如燕青与李师师之不避男女。除水浒英雄之外，反面人物间也多有此类关系。如高衙内本是高俅义弟，后来才求为义子；而施恩为救武松之时从康节级口中打探到“张都监和张团练两个，同姓结义做兄弟”，故而二人因收了蒋门神的钱财合力要害武松。

同辈结义之外，《水浒传》中还有义父母与义子女的关系。例如裴如海是潘巧云父亲的干儿子，便也就有机会听潘巧云娇唤他一声“师兄”，进而引发了二人的奸情；再如三打祝家庄之后，扈三娘忘却满门血海深仇，拜了宋太公为义父，方有宋公明这个义兄兼寨主将她嫁给了不成才的王矮虎；三如琼英女在战乱中认了邬梨倪氏夫妇做父母，情知自家亲生父母被害之后，权且隐忍假装为敌效力方得伺机报仇。

第七十一回“梁山泊英雄排座次”一百单八将尽归水泊之后，《水浒传》中大聚义已到尽头，小结义的情形也明显减少。但每一次结义都显示出不同的意蕴，其中最典型的莫过于第八十一回燕青与李师师的结义和第一百一十三回李俊、童威、童猛与费保、倪云、卜青、狄成七人的“太湖小结义”。

燕青为将宋江等人渴望招安之心传至朝廷只好去走天子相好李师师的门路，因李师师有爱他之心又担心坏了梁山大事，燕青便顺水推舟拜了李师师为姐姐，并得到了道君皇帝的手写赦书，从而实现了日后的从容云游。这一回书显出燕青的机敏与才艺。而李俊在太湖小结义之后听从了费保功成身退的劝谏，后与六兄弟造船出海，竟做了暹罗国主。这两处结义都事关各人的终身去处，而这几人的去处又都寄寓着作者的理想，在表现各人人生大智慧、大彻悟的同时，与宋江、卢俊义等执迷不悟之人的结局形成了鲜明的对比。

三

有学者称后世结义或出于春秋结盟，如《左传》中所记国与国之间的会盟之事。“周朝诸侯之间以歃血、赌咒为其军事结盟的基本形式，这形式后来却演变成为民间结拜兄弟的习俗。”① 结义的形式使人与人之间形成了一种拟血缘关系，对《水浒传》而言，大体就是兄弟关系。第八十五回宋江向罗真人说梁山兄弟是“同声相应，同气相求，恩如骨肉，情若股肱”，第九十回在五台山面见智真长老时，宋江也曾与众将拈香设誓说：“只愿弟兄同生同死，世世相逢!”

《水浒传》中的结义多为慕名、慕义、慕情而生，梁山兄弟之中没有一个慕利之人。慕名者如众英雄一闻及时雨宋江之名倒头便拜，李逵、张横都是如此；慕义者如武松感于张青的路中救助和意气相投，呼廷灼、秦明等人感于被俘后梁山好汉的礼遇；慕情者如林冲、鲁智深之相遇相惜，而宋江对被俘女将扈三娘之礼重使得扈三娘甘愿拜宋太公为义父并为梁山效力。对梁山而言，数次规模较大的聚义均在于凭借本领、贡献确定众头领在山上的地位排名，无数次小结义则不

---

① 陈尚仁：《盟约与结义——从春秋与〈三国〉谈起》，《浙江学刊》2003 年第 1 期。

论功业本领只是各序年齿澄清兄弟名分。

宋江主持山寨之后，水泊梁山设有断金亭、忠义堂，并打起“替天行道”的杏黄旗子。这应该是呼应了第四十二回九天玄女娘娘授天书时所下的法旨：“宋星主，传汝三卷天书，汝可替天行道，为主全忠仗义，为臣辅国安民，去邪归正。”但水浒英雄聚义梁山并非都是心甘情愿，在为梁山做事的同时也有不顾及做人底线的地方。

经过梁山的英雄，多有受到邀请却不愿留下的人。第二十回杨志不肯应王伦之请入伙梁山，只因思及“清白姓字，不肯将父母遗体来玷污了”，当初史进不肯上少华山为寇是因为这个，后来宋江路过梁山不肯立刻落草也是因为这个。正因为很多人心存要做良民的念头，所以第三十四回，梁山俘了秦明只假意拉他吃酒，却教人穿了他的盔甲骑了他的马拿着他的兵器来打青州城。此举虽然赚来秦明上山，却害了秦明一家老小，其妻更是被割下首级挑在枪上。秦明虽然后来娶了花荣的妹子，但当时目睹妻子首级“气破胸脯，分说不得，只叫得苦”，怕也是终生难忘。只是梁山人等并不在意此种人伦之情。后来柴进化名柯引，于方腊处娶了金芝公主，最后却因阵前反水而致金芝公主自缢身亡。柴进化名潜伏多时，与金芝公主不可能没有夫妻房闱之事，却丝毫不念枕上恩情。实在是有兄弟情，却无夫妻义。

第六十一回吴用去卢俊义府上算命时，卢俊义曾自言：“卢某生于北京，长在豪富之家，祖宗无犯法之男，亲族无再婚之女，更兼俊义作事谨慎，非理不为，非财不取。”可见他的出身和行事都是好的，实在无心更是没必要为盗。正因梁山好汉深谙此理，所以定计智赚玉麒麟，使他不慎落入了壁题反诗的圈套，不得已而入水泊，坐了第二把交椅。卢俊义入伙后却也遵奉“义”字，与宋江等人兄弟情深。

《水浒传》中一个很有意思的情节是第八十一回“陈桥驿滴泪斩小卒”。宋江手下军校杀了克减御赐酒肉的厢官，那军校知罪自叩首伏死，却引得宋江哭道：“我自从上梁山泊以来，大小兄弟，不曾坏了一个。今日一身入官所管，寸步也由我不得！虽是你强气未灭，使不的旧时性格。”那军校痛饮一醉，在树下缢死。虽枭首示众却也见得宋江爱护兄弟之心。打方腊折了众多兄弟后，宋江更是几次心焦，不肯听从吴用之劝执意出兵，大有刘备为关羽报仇孤注一掷的架势，倒是吴用屡次劝他“勿以兄弟之情，误了国家重事”。

《说文解字》说：“结，缔也。”而“缔”则是“结不解也”，也就是说此结非刀劈火断则不能解，既然结义便是终生不变的关系。但水浒兄弟虽因“义”而聚，却在尽忠之后走上了不同的人生道路。

第一百一十九回鲁智深擒了方腊，既不要还俗“在京师图个荫子封妻，光耀祖宗，报答父母劬劳之恩”，也不要“便到京师去住持一个名山大刹，为一僧首，也光显宗风，亦报答得父母”，他的想法是“只得个囫囵尸首，便是强了”。虽惹得宋江“不喜欢”，却因此一念“听潮而圆，见信而寂”，在六和寺坐化修成了正果。而武松也因在此地出家得以八十善终。林冲虽因风瘫只半年就在武松的照顾下病故，人生的归宿却也是和鲁智深、武松一样，也在这个六和寺。周思源说：“‘六和’出自《礼记·礼运》，据孔颖达的解释，是指酸、苦、辛（辣）、咸、滑、甘（甜）六种味道。作者让这几位人们寄予希望最多最为敬爱的好汉安息于这个宝刹，象征着他们已经彻底体验了人生的各种滋味，尽了毕生之力，也看破了人生，在这个风景如画的寺庙里找到了自己的归宿。”① 第一百一十三回混江龙太湖小结义，李俊许诺保举费保等人做官，费保说：“若是我四个要做官时，方腊手下也得个统制做了多时。所以不愿为官，只求快活。若是哥哥要我四人帮助时，水里水里去，火里火里去。若说保我做官时，其实不要。”费保更劝李俊、童威、童猛等三人趁气数未尽自寻门路。李俊说：“只是方腊未曾剿得，宋公明恩义难抛，行止一步未得。今日便随贤弟去了，全不见平生相聚的义气。”却也与之约定待收服方腊之时再来兄弟相聚共践此言并承诺“誓不负盟”，后来果然于梁山和费保两处均全了兄弟情义，并在日后做了暹罗国主。

燕青本是卢俊义家的小厮，是满身花绣文艺武艺兼擅的英俊少年，于《水浒传》后半段戏份极多。燕青上梁山后最常与柴进、李逵搭伴，第七十二回到七十四回更是集中表现李逵与燕青同出共入。从此直到第八十一回内容，粗看去全似

① 周思源：《名家品水浒》，中国华侨出版社 2009 年版，第 231 页。

燕青之传。征讨方腊之后燕青曾力劝卢俊义归隐，苦劝不得之后独自出走，他向宋江留书一封并写下四句口号：“雁序分飞自可惊，纳还官诰不求荣。身边自有君王赦，洒脱风尘过此生。”他面对李师师之美色寸心不动，面对大好官诰坦然放弃，燕青的天巧星之名当不仅巧在技艺上，更是巧在看破乱世的慧心上。

水浒结义兄弟中最可叹者当属李逵。李逵曾于刑场救下宋江并处处护佑他，“尽管如此，李逵被宋江不分缘由喝斥的场面不尽其数”。① 宋江“虽然执掌山寨大权，但与每一个英雄之间都是兄弟，惟有宋江和李逵之间可以说是父子关系”。② 或许也正因如此，宋江才“有权”决定李逵的生死。第一百二十回，宋江被奸臣下了慢药之后，为怕李逵造反，也以相聚为名在酒中下了慢药，他亲自将详情说与李逵时，李逵垂泪道：“罢，罢，罢！生时伏侍哥哥，死了也只是哥哥部下一个小鬼！”李逵对宋江自作主张结果自己性命的举动，竟没有半句怨言！

金圣叹将《水浒传》列入“六大才子书”，李渔将其列入“四大奇书”，都是对这部书的极高评价。金圣叹《水浒传》序三更说：“施耐庵《水浒传》其为文章之总持。”可是这部封建文人所作的《水浒传》，虽以蓼儿洼“建立祠堂，四时享祭”和皇帝敕书水泊梁山大修庙宇作结，但星宿四散的悲凉之雾密布心头总难散去。那些英雄捻土为香、插草为盟，四拜兄弟、八拜生死的场景始终萦绕在读者的眼前，让人永远认得一腔干云豪气、两肋入骨的深情。

同是明代小说，除《水浒传》一百单八人小结义、大聚义之外，《三国演义》有刘关张桃园三结义，《西游记》有唐太宗拜陈玄奘为御弟和孙悟空、牛魔王等妖魔结拜，至《金瓶梅》也有西门庆热结十兄弟。可见结义是各位小说作者所处的明代市井文化中接受度较高的一种现象，也正因如此它才能成为众多以不同时代为背景的小说作品不约而同采用的重要情节支撑点。而《水浒

---

① ［日］佐竹靖彦著，韩玉萍译：《梁山泊——〈水浒传〉一〇八名豪杰》，中华书局2005年版，第81～82页。

② ［日］佐竹靖彦，韩玉萍译：《梁山泊——〈水浒传〉一〇八名豪杰》，中华书局2005年版，第81～82页。

传》大写结义兄弟的聚散，我们或者可以引一语而道破：“评《红楼梦》者曰：‘一百二十回小说，一言以蔽之，讥失政也。’张氏曰：‘吾于《水浒传》之看法，亦然。’”①

作者简介：高方（1972— ），女，黑龙江哈尔滨人，黑龙江科技大学人文学院教授、博士，主要从事中国古代文学与文化研究。

① 张恨水：《水浒人物论赞》，江苏文艺出版社 2008 年版。

宋江故事的演变及其对《水浒传》创作的影响

郭浩帆

（济南大学文学院　山东济南　250022）

摘　要：宋江起义是发生在北宋末年的一次农民起义，亦是小说《水浒传》反映的核心事件。在《水浒传》产生之前，宋江故事大致沿着两条线索在社会上流传：一是以南宋以来的史志文集笔记为代表的官方和史家的历史记载；一是以《大宋宣和遗事》和元代水浒杂剧为代表的民间传说和文人创作。宋江故事就是在这两条线索的相互交织和影响下得以不断丰富和发展的。考察宋江故事的流传和演进，可以得到这样两点认识：第一，《水浒传》的题材来源相当庞杂，在长期流传过程中逐渐统一，最终“百川入海”，归到水泊梁山；第二，水浒故事与山东梁山泊的关系非常密切又十分微妙。宋江起义与梁山泊实际上并无直接关系，《水浒传》与山东的密切关系主要体现在文化心理层面。

关键词：《水浒传》；宋江；故事；演变

宋江起义是北宋末年发生的一次规模较大的农民起义。宋江三十六人横行京东、河朔，官军“莫敢撄其锋”的故事从南宋开始便在社会上广泛流传，逐渐被故事化，后来成为长篇小说《水浒传》的创作蓝本。对于宋江故事的追溯和还原，直接影响着人们对《水浒传》成书过程及其思想意蕴的认识和评价，成为准确解读《水浒传》的一把钥匙。本文试图在前人研究的基础上，对南宋以来有关宋江故事的资料进行比对分析，尽可能明晰地勾勒出宋江故事流传演变的过程，并考察其对于《水浒传》创作的意义和影响。

一

在《水浒传》产生之前，从南宋直至元末明初，宋江故事大致沿着两条线索在社会上流传。这两条线索，一是南宋以来的以史志文集笔记为代表的官方和史家的历史记载，一是以《大宋宣和遗事》和元代水浒杂剧为代表的民间传说和文人创作。宋江故事就是在这两条线索的相互交织和影响中得以不断丰富和发展的。由于宋江起义的故事本身具有较浓厚的传奇色彩，因而这个题材更多地受到民间艺人和文人们的重视。他们不断从历史记载中汲取素材，并加以艺术创造，经过许多代人的长期努力，这次历史上很普通的农民起义逐渐走进了小说、戏曲领域，宋江这个北宋末年的起义军首领也一步步从历史走向文学，终于成为一个初具色彩的艺术形象，散发出比在历史上更为灿烂动人的光彩。

宋江起义是在北宋徽宗宣和年间发生的一次规模较大的农民起义。《三朝北盟会编》《皇宋十朝纲要》《东都事略》诸书中都有关于这次起义的零星记录。此后，在《宋史》以及宋元人的碑志、笔记、文集中，也有一些关于宋江故事的记载。总体说来，这些记载显得相当零散、简略，而且彼此间也存在很大的差异。但是，综合分析这些史料可以使我们对宋江故事有一个起码的了解。

宋江是北宋末年的一个起义军首领。他于宣和初年在今山东、河北一带举事①，横行河朔，转略十郡，官军数万，无敢抗者，形成了较大的声势②。他的活动范围大致在山东、河北、河南一带，最远曾到达江苏北部的海州一带③。他没有建立根据地，作战方式是游击性质的。他曾战淮阳军，后转战于京东、河

---

① 见《皇宋十朝纲要》卷十八，《文定集·显谟阁学士王公墓志铭》，《宋史·张叔夜传》。

② 见《东都事略·侯蒙传》，《宋史·张叔夜传》。

③ 见《东都事略》及《宋史》之“徽宗纪”“侯蒙传”“张叔夜传”，《续宋编年资治通鉴》卷十八，《皇宋十朝纲要》卷十八，《毗陵集》卷十三，《泊宅编》，《敬乡录》。

北，然后入楚海州界，大约于宣和二年底或三年初被海州知府张叔夜击败招降①，后又随官军征讨过方腊起义军②。

宋元两代的正史记载中宋江故事的基本情况也大致如上。毋庸讳言，正史对宋江起义事件的载录多出于正统角度，其内容也是相当琐碎零散的。对于宋江其人大都冠以“巨贼”“巨寇”等称号，仅有宋人龚开在《宋江三十六赞》中说他“识性超卓，有过人者”，元人陈泰在《所安遗集补遗》中说“江之为人，勇悍狂狭”而已，关于他的生平等信息则远未涉及。尽管如此，宋元史志文集笔记的记载对于《水浒传》的创作仍然具有很重要的意义。

其一，宋江三十六人起义是《水浒传》创作的历史根据，它们为《水浒传》的创作提供了基本的素材和艺术创造的广阔天地。“据史演义”“依史结传”是中国古代章回小说创作的重要特征，历史演义和英雄传奇类作品尤其如此。《水浒传》继承了“讲史书”的说话传统，并融合了“小说”及“说铁骑儿”的表现手法，在艺术创作上较《三国演义》取得了更高程度的自由。但是，由于受章回小说发展早期独立性的限制，特别是由于作品所表现内容的要求，《水浒传》在题材上对历史仍有一定的依赖性。宋江故事的传奇色彩，北宋末年朝廷腐败、内忧外患的动荡局势，便成了后世艺人文士寻找灵感和题材的昆山邓林。正是在这种意义上，宋江起义以及宋元两代关于这一故事的历史记载为《水浒传》创作提供了丰富的素材和艺术创造的充分自由。如果没有历史上的宋江起义，如果没有关于这一事件的历史记录，就不可能有长篇小说《水浒传》的问世。

其二，它们确定了宋江起义的大致时间和活动范围。历史上宋江起义的时间在宣和初年，受招安在宣和二年底或三年初。《水浒传》中，宋江起义的时间与史实基本吻合，受招安的时间为宣和四年二月，与史实仅差一年，可见《水浒传》在对宋江起义起止时间的限定上大致遵循了历史的记载。《水浒传》中，梁山英雄闹江州、闹华山，活动范围比较广阔，而其活动中心仍在今山东、河北一

① 见《皇宋十朝纲要》卷十八，《东都事略·张叔夜传》。

② 见《三朝北盟会编》卷五十二、卷一百一十二，《通鉴长编纪事本末》卷一百四十一。

带，这与历史记载也大致相符。所不同的是，这时候的记载中宋江等人还没有根据地，也还没有关于水泊的记录。

其三，在情节内容上，宋元两代的历史记载中已经出现了宋江“举事”“横行河朔”“受招安”“征方腊”等事件。后两个情节在《水浒传》中用了长达二十一回的篇幅来描写。另据周密的《癸辛杂识续集》，宋人龚开曾作《宋江三十六赞》并序。在这里，已有了宋江三十六人之说，宋江有了“呼保义”的称号。序中谓其“立号既不僭侈，名称俨然，犹循轨辙，虽托之记载可也”。龚开之言，极有可能受到民间传说的影响，它为《水浒传》表现宋江“不假称王，而呼保义”的思想倾向和梁山英雄的集体群像打下了基础。

二

与史志文集笔记记载相对，在南宋以来的勾栏瓦舍之内、街谈巷语之中，宋江故事成为艺人讲述演唱的重要内容。南宋画家龚开在《宋江三十六人赞序》中云：“宋江事见于街谈巷语，不足采著。虽有高如、李嵩辈传写，士大夫亦不见黜。”罗烨的《醉翁谈录》“小说开辟”条录有“石头孙立”“青面兽”“花和尚”“武行者”四种水浒题材的“说话”篇目。可见宋元两代，宋江故事在民间的流传是相当广泛的，而将这些民间传说加以收集、整理的集大成之作当推《大宋宣和遗事》。

《大宋宣和遗事》是宋元间人记述北宋衰亡及南宋南迁临安前后史实的一部杂著，其中有七节关于宋江故事的描叙，展示了《水浒传》的原始面貌，是现传宋江故事的最早话本。在这部书中，宋江是郓城县的一个押司。宣和二年五月，晁盖等八人劫夺生辰纲事发，宋江出于义气私放了晁盖。晁盖上太行山梁山泊落草后，遣刘唐携金钗一对酬谢宋江，不料为娼妓阎婆惜知得。宋江因父病返家料理，回到郓城县后，发现阎婆惜与吴伟相好，于是怒杀二人，后逃至九天玄女庙，得天书一卷。因天书上写有三十六人姓名，于是宋江带领李逵、戴宗等九人上梁山泊落草为寇，后为元帅张叔夜招降，因平方腊有功，受封为节度使①。

① 见《大宋宣和遗事》之元集、亨集。

《大宋宣和遗事》虽属史裁，其内容多取旧籍，但也含有相当多的民间传说成分。特别是关于宋江故事的描述，更带有吸收民间传说，并将之加工、整理的明显痕迹，因此本文未将其归入史书范畴。尽管该书对宋江故事的描写不乏夸诞失实之处，但较之宋元两代的历史记载，它对于宋江故事的描写已有了很大的进步，主要表现为：

其一，它为宋江起义军找到了一个根据地——太行山梁山泊。尽管这个地点距《水浒传》中的梁山泊相距甚远，但它启发了《水浒传》作者对梁山泊的构想。而且，从此以后，宋江等人的活动终于有了一个立足之处，他们的作战方式也由游击性质变成以根据地为中心的四面出击，这已与小说的描写相当接近。同时，《大宋宣和遗事》也张大了起义的声势。宋江一伙以梁山泊为中心，"略州劫县，放火杀人，攻夺淮阳、京西、河北三路二十四州八十余县"，这也为小说描写宋江起义军南征北战、所向披靡的宏大气势开了先声。而且，《大宋宣和遗事》还给了宋江一个相对美好的结局——受招安被封为节度使。

其二，故事情节更为丰富。晁盖的出现对《水浒传》梁山事业格局的形成发生了重要影响。"智取生辰纲"把晁盖八人及杨志等十二指使聚到了太行山梁山泊；而宋江私放晁天王的义举，又把他从既定的生活轨道拉上了"落草为寇"的道路上来，并且还带了李逵、戴宗等九人一起上山。尽管他们"及到梁山泊时分，晁盖已死"，但由于宋江的加盟，梁山事业的格局从此定了下来，并进入快速发展的时期。与此同时，故事情节也有所增加，除"举事""受招安""征方腊"，又有了"杨志卖刀""智取生辰纲""私放晁盖""怒杀阎婆惜""玄女庙得天书""梁山泊聚义"等情节内容。这些故事都为小说所继承，成为《水浒传》描写梁山泊起义的重要蓝本。

其三，它确定了宋江的身份——郓城县押司，宋江的身上已经注入了起码的伦理道德色彩。史书将宋江指为"山东贼""河北剧贼""淮南盗"等，属于正统的贴标签式评判。龚开的《宋江三十六人赞》称宋江"不假称王，而呼保义"，又不免失之浮泛、概念化。《大宋宣和遗事》中，宋江因父亲生病而告假归省，直至父亲病愈后才回到县里，可见他已是一个孝子；宋江私放晁盖以及送董平等四人投奔梁山泊都是义气使然，又显示出他较为明显的义士特征。宋江上梁山后，虽然仍在“劫掠玉帛”“放火杀人”，但玄女娘娘的天书里已经明确提出了“广行忠义，殄灭奸邪”的要求，而且宋江一伙终于还是归顺了朝廷，为朝廷出力，并接受了朝廷的封赏。《水浒传》将忠、孝、义三者作为宋江思想性格内容的核心要素，而这三者在《大宋宣和遗事》中都已经萌芽，宋江的身上显示出了起码的伦理道德色彩。

三

以《大宋宣和遗事》以及其他的记载和传闻为基础，宋江故事在元代文人笔下有了长足的发展，其标志是当时产生了一大批以宋江故事为题材的“水浒”杂剧。据傅惜华的《元代杂剧全目》及邵曾祺的《元明北杂剧总目考略》等著作统计，元代（包括元末明初）产生的水浒杂剧共有三十余本，现有全剧存世的六种。这些作品对于宋江故事的描写更为细致、具体，宋江等人的形象特征也逐渐明朗、充实。且看高文秀《黑旋风双献功》杂剧第一折中宋江出场诗及自白：

家住梁山泊，平生不种田。
刀磨风刃快，斧蘸月痕圆。
强劫机谋广，潜偷胆力全。
弟兄三十六，个个敢争先。

某，姓宋名江字公明，绰号及时雨者是也。幼年曾为郓州郓城县把笔司吏，因带酒杀了阎婆惜，脚踢翻蜡烛台，沿烧了官房，致伤了人命，被官军捕盗，捉拿的某紧。我自首到官，脊杖六十，迭配江州牢城去。因打此梁山过，有我八拜交的哥哥晁盖，知某有难，领喽啰下山，将押解人打死，救某上山，就让某第二把交椅坐。哥哥晁盖三打祝家庄身亡，众兄弟拜某为头领。某聚三十六大伙，七十二小伙，半垓来小喽啰，威镇梁山。寨名水浒，泊号梁山。纵横河港一千条，四下方圆八百里。东连大海，西接济阳，南通巨野、金乡，北靠青、齐、兖、郓。有七十二道深河港，屯数百只战舰艨艟；三十六座宴楼台，聚百万军粮马草。声传宇宙，五千铁骑敢争先；名达天庭，聚三十六员英雄将。风高敢放连天火，月黑提刀去杀人。

在现存的水浒杂剧中，介绍宋江及梁山起义军威势较为详备精彩的当推这一段。它使我们知道了宋江的表字和绰号，并增加了“三打祝家庄”“刺配江州”等情节。这些内容以及其他水浒杂剧关于梁山泊的描绘，对于《水浒传》的创作产生了直接的影响。应该说，水浒杂剧在情节内容上对于宋江故事的描叙较《大宋宣和遗事》并无过多的增益，而且与《三国志平话》的着力描写张飞相同，这些杂剧把李逵、鲁智深等粗豪之士作为重点塑造的对象，对他们大加称扬，而宋江则相对地受到了冷落。在三十多本水浒杂剧中，以宋江为题目的几乎没有；而在现存的六个剧本中，宋江则都是由“冲末”和“外”的角色扮演的，在剧中处于配角地位。尽管如此，水浒杂剧对于水浒故事和宋江形象的塑造还是具有十分重要的意义的，这主要体现在比较强烈的忠义色彩和平民意识上：

其一，在水浒杂剧中，宋江已不再是一个杀人放火的强盗头子，梁山起义军已不再是侵州略县、劫掠钱财玉帛的队伍，梁山好汉身上已体现出比较强烈的忠义特征。水浒杂剧第一次站在下层民众的立场上，歌颂了梁山好汉们的忠肝义胆和豪杰气概。在这些作品中，梁山泊上已有了“忠义堂”，忠义堂前已竖起了“替天行道”的大旗，而后者在《水浒传》中被解释为“为主全忠仗义，为臣辅国安民，去邪归正”的行为规范，成了宋江等梁山英雄信守不渝的行为准则。现存的六种水浒杂剧中，有五种明确提到“替天行道”，梁山英雄的所作所为已带有明显的忠君保国、扶危解困的特征。《李逵负荆》第一折中“替天行道救生民”的纲领，意味着梁山起义上合天意，下顺民情，与龚开“不僭侈”“循轨辙”的赞词以及《宣和遗事》“助行忠义，卫护国家”之说相比，思想上有了质的飞跃。

其二，宋江已是一个比较鲜明的侠士豪杰形象。在《都孔目风雨还牢末》《黑旋风双献功》杂剧中，宋江有了“及时雨”的称号。宋江“幼小为司吏，结识英雄辈”，他自称“我平日度量宽洪，但有不得已的英雄好汉见了我，便助他些钱物，因此天下人都叫我做及时雨宋公明”①。梁山义军或如《燕青博鱼》《双

---

① 见《都孔目风雨还牢末》。

献功》那样打击权豪势要，或如《还牢末》《争报恩》那样“只杀贪官滥吏”，或如《李逵负荆》那样惩治流氓泼皮，解救无辜被害的平民百姓、书生妇女，都体现出“与民除害”的侠义特征。这些杂剧发展了《大宋宣和遗事》以及民间艺人关于宋江等人侠义品质的描写和传说，对于《水浒传》塑造“疏财仗义”“济弱扶倾”的梁山英雄群体形象具有直接的启发作用。

四

综观宋元两代的史志笔记、民间传说以及文人创作对于宋江故事的记载和描写，可以发现，在《水浒传》之前，宋江故事经历了大约三百年的演进过程。在这个过程中，宋江故事由零散简略逐渐丰富充实，题材流传由比较分散到归于统一，宋江等梁山好汉的形象也逐渐明朗、生动，从而为《水浒传》创作打下了比较坚实的基础。考察宋江故事的流传和演进，可以得到这样两点认识：

第一，《水浒传》的题材来源相当庞杂，在长期流传过程中逐渐统一，最终“百川入海”，归到水泊梁山。

中国最早问世的几部长篇小说，如《水浒传》《三国志演义》《西游记》等，都曾经过历史记载与民间口头传说、说书人演述、最后被写定的过程，但其中的情况也并不尽相同，如《三国志演义》就不完全依据《三国志平话》加工而成，而基本上是“据史演义”的产物；《西游记》的情节则主要根据元代的《西游记平话》扩展而成。《水浒传》的成书情况与这两部书都不一样。尽管南宋时宋江故事已经“见于街谈巷语”“士大夫亦不见黜”，但在《水浒传》之前，似乎并没有完整叙述水浒故事的话本流传。《大宋宣和遗事》抄撮杂史、话本中的有关记录，其中就载有宋江三十六人的故事以及他们的姓名、绰号，这可能是根据宋江三十六人故事的话本缩写而成的，也是宋元间流传的水浒故事的基本概貌。但这三十六人中，除杨志、晁盖、宋江有故事情节，其他人物如林冲、鲁智深、武松、李逵等，《大宋宣和遗事》都没有单独的故事加以描叙。我们知道，这几位都是《水浒传》里的重要角色，各自有回数不等的专门片段来敷衍他们的故事。这种情况表明，在《大宋宣和遗事》之外，还另有讲述这些人物的话本在世上流行，一个旁证是：宋末元初罗烨《醉翁谈录》卷一“小说开辟”所开列的小说话本名目中，公案类有“石头孙立”，朴刀类有“青面兽”，杆棒类有“花和尚”“武行者”。这些小说话本很有可能另有渊源，或许是从宋江故事衍化出来，经过说书人加工而成为单独的段子，最终被纳入《水浒传》中。

《水浒传》的结构特点是，上半部以人为单元，下半部以事为顺序。上半部采取连缀式、穿珠式写法，往往集中几回写一个或一组人物，将其上梁山前的事迹基本写完，然后引出另一个或另一组主要人物，而上一组人物则退居次要地位。这样环环相扣，以聚义梁山为线索，将一个个、一批批人物串联起来。这种史书列传式的结构方法，固然与小说“众虎同心归水泊”的创作主旨分不开，但同时也透露出这些故事来源于不同话本的信息，如：它们的叙述语言保留了很多宋元说话艺人现场演述的习用插话，“看官牢记话头”“说话的，你道怎样”“若是说话的同时生，并肩长，拦腰抱住，把臂拖回……”均是。尤其明显的是其中还保留了话本篇末惯用的点题语，如第四回叙鲁智深大闹五台山后，接着插入一句：“此乱唤做‘卷堂大散’。”第十六回叙晁盖等人智取生辰纲后，又插入一句：“这个唤做‘智取生辰纲’。”第四十回叙梁山好汉赴江州劫法场、白龙庙小聚义后，又插入一句：“这个唤做‘白龙庙小聚会’。”这些插话，原是说话艺人向听众报故事名目的。因此，我们有理由相信，这些章节原是各自独立的话本段落，后被收入《水浒传》中。与此相联系，我们发现在《水浒传》前七十回中，诸如“拳打镇关西”“风雪山神庙”“智取生辰纲”“怒杀阎婆惜”等不少故事片段，写得精细有致、形神兼备，而后三十回写梁山泊全伙受招安、征辽、征方腊等事件，则大都写得简略刻板，其生动形象程度较之前半部逊色不少。出现这种情况的原因可能有多种，但主要的恐怕是这些情节所依据、采用的原材料，本来便不如前七十回丰富、精致，如李逵“双献功”“乔教学”“燕青射雁”等情节，可能是依据水浒杂剧中的相关剧情编成的。因为剧本毕竟不同于话本，不能稍加剪裁便纳入小说中，因此其剧情即便改编得比较有韵味，也还是缺乏精细入微的刻画。

还有一个问题。《水浒传》叙事中存在很多地理错误，这是大家都知道的事实。史进离开华阴县的少华山，“取路投关西五路，望延安府路上来”，半个月后却来到了延安西南的渭州；鲁智深离开五台山投奔东京大相国寺，却经过了山东青州地面的桃花山；戴宗从梁山泊出发往蓟州拜访公孙胜，结果绕到了东边的沂水县。错得特别离谱的是，杨志从大名府押送生辰纲到东京，结果却一直向东绕到了济州的黄泥岗，正好让晁盖等人将生辰纲智取了去。此外，如无为军、揭阳镇的地理位置，后来征辽、平方腊等，都有不同程度的地理错误。出现这种情况的原因，有人认为是“为情节需要而随便改动”，有人认为是“传抄错误”，更有人干脆认为这属于作者根据创作需要进行艺术虚构的惯常做法，不宜对号入座。“不能用现实的尺度去衡量《水浒传》中的地理学。或者说，《水浒传》中的地理学是真的（true），但不是实的（not real），它和现实没有对应关系，只在《水浒传》设定的领域内具有有效性与正确性。”① 这些观点都有道理，笔者更倾向于后一种说法。《水浒传》有一定的历史依据，但更多接受了民间传说和文艺创作的滋养，较《三国演义》有更多话本气息和市民风味，其中的历史依据不过是个由头而已，大可不必斤斤计较。即以书中所谓比比皆是的地理错误而言，其实根本原因应该是小说中各段故事的来源本不相同，在当时的政治、交通、信息条件下，施耐庵们在将之采纳入书的过程中，难免出现编辑不细致、加工不彻底，张冠李戴、南辕北辙的毛病，正所谓“组织成书时，编辑功夫再精密仍难免留下原有故事不协调的痕迹”②。历史小说如能做到地理精确最好，如实在没有做到，其实也没有必要大惊小怪，因为毕竟是一部小说而已。例如在与梁山泊相关的地理错误中，由于我们预先确定了梁山泊的地理位置，梁山泊成了预设的地理原点，其他地点和线路则是流动的、不确定的，而判定它们正确与否的唯一标准就是与梁山泊的方位是否符合。其实，如果我们真把这部书当成小说来看，把梁山泊看成是文学作品中最适合宋江等英雄好汉打家劫舍、替天行道的广大水域，那么很多所谓地理错误也就不再成为问题了，并且诸如“太行山”“泰山”

---

① 周岩壁：《〈水浒传〉中的地理被指有问题 或因传抄错误》，《光明日报》2013 年 9 月 30 日。

② 马幼垣：《桃花山究竟在哪里?》，《中国时报》1987 年 6 月 1 日（《人间》），转引自《水浒论衡》，生活·读书·新知三联书店 2007 年版，第 278 页。

"太行山梁山泊"等地理问题也就没有必要再费心费力去证明什么了。

第二，水浒故事与梁山泊的关系非常密切又十分微妙。《水浒传》与山东的关系源远流长，梁山好汉作为山东人的代表也由来已久，这都是几百年来社会文化心理作用的结果，并为世人所一致认同。但是，如果我们仔细梳理历史，会发现宋江起义与梁山泊在现实上并无直接关系，《水浒传》与山东的密切关系主要体现在文化心理层面。

迄今为止，还没有发现宋代任何一种史书里有过宋江等人在梁山泊起义的记载。在宋人的记载中，宋江的身份是"淮南盗""京东贼""山东盗""河北贼""河北巨贼"，没有一种记载宋江是山东人特别是郓城人；其起义地点有多种说法，但均不提及山东的梁山泊，而且他们是游击作战，没有固定的根据地。现存文献中最早将山东梁山泊与宋江故事结合起来的是宋末元初的《大宋宣和遗事》，而此书关于宋江故事的记录多出于话本和民间传说是世人共知的。尽管宋江据梁山泊之事屡见于历代诗文，如袁桷的《次韵瑾子过梁山泺三十韵》、陆友仁的《题宋江三十六人画赞》等，但全都在元中叶之后，时间最早的距离宋江起义也有大约二百年。至于曾修《一统志》、得见《永乐大典》及《天下郡国图》的清代史学家顾祖禹在其所著的《读史方舆纪要》中称宋江曾经结砦保据梁山泊，也难保不是受了前代野史杂史和民间传说的影响，更何况以今证古的方法本身就不科学，通过类比得出的结论自然不足采信。

宋人龚开在《宋江三十六赞》中多次提到宋江三十六人，但他们大都在太行山一带活动，没有一次提到梁山泊：

> 白玉麒麟，见之可爱。风尘大行，皮毛终坏。（玉麒麟卢俊义）
> 平康巷陌，岂知汝名？太行春色，有一丈青。（浪子燕青）
> 太行好汉，三十有六，无此火儿，其数不足。（船火儿张横）
> 不疾而速，故神无方，汝行何之，敢离太行？（神行太保戴宗）
> 出没太行，茫无畔岸。虽没遮拦，难离火伴。（没遮拦穆横）

《大宋宣和遗事》首次将宋江起义与梁山泊联系起来，却是"太行山梁山泊”。从杜贵晨教授的《试说泰山别称“太行山”——兼及若干小说戏曲之读误》① 一文中，我们知道太行山在一定范围内有泰山别称的小传统，可是为什么《宋江三十六人赞》和《大宋宣和遗事》偏偏总是提这个别称“太行山”或“太行山梁山泊”，而一次不提正名“泰山”或者“泰山梁山泊”呢？为什么不提“泰山春色”“风尘泰山”“泰山好汉”“敢离泰山”呢？尽管宋江故事是否真有一个“太行山传说”还有继续探讨的必要，但是有这么多关于太行山的记录流传下来，确实是一个很值得注意的现象，恐怕不仅仅是“隐指泰山”一句话所能完全回答了的。

有意思的是，宋江故事的来源如此庞杂，涉及今天山东、河北、河南、安徽、江苏、江西、山西、陕西等许多地方，但集其大成的终点既不落在山西，也不落在江西或者其他什么地方，却偏偏落到了山东的梁山泊，这是山东与《水浒传》关系密切更有意义的所在。究其原因，一是因为宋元间，梁山泊烟波浩渺，芦苇丛生，盗贼出没其间，易于逃匿，官府难于捕捉，遂为“盗薮”。《宋史》中屡有“梁山泊多盗”之语。宋洪迈《夷坚志乙志》记载：宣和七年，户部侍郎蔡居厚死后被阴司惩罚，原因是“侍郎去年帅郓时，有梁山泺贼五百人受降，既而悉诛之”②。二是元代杂剧的推波助澜。如果说《大宋宣和遗事》将宋江起义与梁山泊联系起来只是宋江故事走向梁山的第一步，那么元代的水浒杂剧则是将宋江起义拉到山东梁山泊的大功臣。水浒杂剧的作者大多为山东人，作《双献功》的高文秀、作《李逵负荆》的康进之就是东平人。东平是北杂剧的活动中心之一，高文秀们就出生在梁山泊的土地上，他们从小浸染了宋江故事的文化基因，而梁山好汉劫富济贫、替天行道的义举又是他们从小追慕的榜样，因此，宋江起义与梁山泊的关系被敷演得越来越紧密，故事情节越来越细致详备。三是历史上山东人普遍粗犷、豪放、好客、仗义的性格特征。就地域而言，山东人是正统的北方人；而在文化上，山东人则代表了正统的中国人。国学大家钱穆曾说：“若把代表中国正统文化的，譬之于西方的希腊般，则在中国首先要推山东人。

① 见《文学遗产》2010 年第 6 期，第 37 ~ 48 页。

② 见《夷坚志乙志》卷六《蔡侍郎》。

自古迄今，山东人比较上最有做中国标准人的资格。”1919年巴黎和会上，中国代表提出收回被德国攫取的山东权益，其理由之一是：“山东为中国两大圣贤孔子、孟子诞生之地，中国文化所肇始，实人民之圣域。”山东人粗犷刚烈，却非好勇斗狠、恣肆凶残的暴徒，而是刚烈而公道。清嘉庆时期有人上书皇帝说：“山东民情，悍而不刁。”山东人坦直、忠信、孝义，讷于言而力于行，惯用实际行动说话，看不起“嘴上功夫”。元人郭居敬辑《二十四孝》，收录22个孝子和2个孝女的故事，其中山东就有10人，占总数的41.7%。这些对于宋江故事最终落脚山东都有非常重要的吸纳力。特别重要的是，山东人的传统性格把《水浒传》拉到了山东，而小说中塑造的武松、宋江、李逵等文学形象反过来又成为山东人的代表，对于区域文化性格的塑造产生了重要影响。文学与社会、文化互相影响、相互促进的双向互动效应于此可见一斑。

综上所述，在《水浒传》产生之前，宋江故事已经经历了一个相当长的发展、演变过程。尽管故事的内容尚不充实、详备，尽管宋江等人的形象尚嫌单薄、刻板，但它们为《水浒传》的天才创造提供了比较丰富的素材，触发了施耐庵们的创作灵感。在这个过程中，来自不同地域、不同时间的宋江故事一步步汇集到山东的梁山泊，梁山好汉的身份、经历和结局一步步确定了下来，《水浒传》的思想意蕴也一步步定下了基调，并最终为《水浒传》对于梁山事业的宏大书写奠定了坚实的基础。

作者简介：郭浩帆（1963— ），男，内蒙古化德县人，济南大学文学院教授。

水浒区域传统民间器物与民间传统文化

杜朝伟

（山东师范大学历史与社会发展学院　济南　250014）

摘　要：水浒区域即今天的鲁西南及其周边区域，传统民间器物承载着厚重的民间传统文化。这些看似不起眼的民间器具伴随着我们的祖辈生活了几千年，也反映了水浒区域人们的性格特质。随着时间的推移和文明程度的提高，许多传统民间器物逐渐淡出了人们的视线，但仍然是我们取之不尽的精神资源。物化的种种日常用具不仅满足了人们的生活需要，而且蕴涵着种种精神文化的审美情趣、价值追求和道德观念。本文主要对水浒区域传统民间器物的特征和文化意蕴作了简要概括和简单分析，总结出传统民间器物所承载的民间传统文化，碎小中有深度，细微中见智慧，充分体现了民间器物的强大生命力和影响力。

关键词：水浒区域；民间器物；传统文化

所谓器物，是各种用具的统称。传统民间器物是指民间日常生活和生产活动中使用的传统用具。

传统器物与历史文物不同，历史文物是“指古代历史发展进程中遗留下来的遗迹和遗物，也称古代物质文化和精神文化遗存”①。这些文物已经走进了历史，

---

①　谢辰生：《中国大百科全书·文物卷》，中国大百科全书出版社1993年版，第585页。

完全脱离了人们的现实生活，大量文物失去了使用价值，留下的只是人们深情的回忆与对过去的留恋。而传统民间器物虽然起源较早，有的延续了几千年，绝大部分至今仍然在民间社会生活中发挥着作用，并且衍生出更多的民间器物在生活中广泛使用。随着现代科学技术和经济建设的快速发展，有些在人们的社会生活中有着重要价值的日常用品逐步被更先进的日常用品所取代。但即便如此，这些传统民间器物仍然与人们的情感并存，被以各种形式保存下来，它们依然在民间深层的记忆中占有一席之地，人人谈起来如数家珍，件件可以说出许多故事。

水浒区域指的是水浒英雄们曾经活动的区域，即今天的鲁西南及其周边区域。这一带地貌以平原为主，山地较少，历史上多沼泽、多湖泊。传统民间器物多是就地取材、简单实用。

水浒区域的传统民间器物是山东西部民间器物的代表，既具北方民间器物的一般特色，又有浓郁的地方特征，在我国北方传统民间器物中具有典型的代表性。

民间器物的产生首先是满足人们生存和基本生活的需要，“没有需要，就没有生产。而消费则把需要再生产出来”①，进而是满足生活娱乐和审美情趣的需求，再者是顺应精神文化、思想观念的追求。维持生存是人们行为的起点，风俗习惯是为了提高生活水平而约定俗成的行为模式，精神追求是行为文化的升华和发展的动力。先有器物，才有使用这些器物的行为，形成基本固定的行为习惯，奠定了人们观念、信仰的基础。人们的观念、信仰又影响了为实现观念而进行的行为活动，进而会产生为行为活动服务和利用的民间器物。

由此可见，传统民间器物是民间传统文化的表层结构，是民间传统文化的物质存在形式。人们使用这些器物的方式方法，如生活方式、风俗习惯、人生礼仪和宗教仪式等，是器物文化的反映，是民间传统文化在人们行为中的具体体现。而这些器物所反映出的人们的观念、信仰和情感等，是器物文化的本质所在，它虽然是无形的，却是深藏在人们脑子里近乎固化的一种存在形式。② 文化的本质

---

① ［德］马克思、恩格斯：《马克思恩格斯选集》，人民出版社 1995 年版，第 9 页。

② 何星亮：《中国图腾文化》，中国社会科学出版社 1996 年版，第 3 页。

观念决定了人们的行为方式，程式化的行为方式决定了器物的存在与改变。器物—习惯—观念，三者相互影响、相互依存、相互作用。在相互影响中，民间传统文化被一代代继承下来，在相互依存中得以延续下去，又在相互作用中得到变化、完善和发展，形成了民间传统文化的强大影响力和生命力。

文化是不断变化的，又是相对静止的。变化即不停地发展和完善，变化的文化是生命力的象征。静止的文化是相对的，没有相对的静止，我们也不会看到文化的整体面貌和丰富多彩，它使我们能够欣赏、享受和参与到文化中来。文化既然是变化的，就会有产生、发展和消亡的过程，一种文化消失了，它不是悄无声息的销声匿迹，而是被转移或者融合到新的物质存在，被另一种新的文化所吸收、取代。①

传统民间器物蕴涵的民间传统文化同样具有不断变化和相对静止的特征。每一类器物都是适应人们的需要而产生，随着人们生活水平的提高而完善；部分器物也会随着社会的发展而消失，进而被更先进的器物所取代。虽然器物的形制可能完全变化，但器物所蕴含的文化因素将被继承、完善和发展。

水浒区域在几千年的历史上，文化发展虽不能说独树一帜，但可以说有独到之处。如陶制器具、石制器具、木制器具、铁制器具等传统民间器物源远流长，崇礼、敬天、尊老、重教等民间传统根深蒂固。其传统民间器物“质朴拙壮”，其民间传统文化平实忠厚，是水浒区域传统文化的集中体现。传统民间器物中所蕴含的传承几千年的、凝结着劳动人民勤劳品德和智慧结晶的传统文化，理应得到珍惜和留存。然而，现实中传统的生活方式正在变化，传统用具正次第走进历史，传统民间器物承载的优秀文化正亟待我们去挖掘、整理、传承和发扬。

一、水浒区域传统民间器物的特征

水浒区域的传统民间器物，总体上看与山东其他区域的传统民间器物一样，朴实无华、简单大方、式样类似、风格一致，体现了传统民间器物的统一性特

① 何星亮：《中国图腾文化》，中国社会科学出版社 1996 年版，第 2 页。

征。但受鲁西南区域的特殊地理环境、传统的物产和颇具特色的民间风俗的影响，传统民间器物既多种多样又独具特色，体现了传统民间器物的地域性特征。每一种器物的制造都是为了生活所需，本区域基本上是统一形制、因材造物，既满足了人们对器物的审美要求，更注重器物的使用功能，体现了传统民间器物的实用性特征。人们不仅重视器物的实用性，而且还将自己的观念和希望以物的形式表现出来，赋予器物丰富的文化内涵，使每一件器物都包含人们美好的追求，体现了传统民间器物的寓意性特征。

1. 功能、样式的实用性

传统民间器物的制造，首先要满足人们的生活需要，其次要兼顾人们的审美需求。因此，每种器物的出现都是以人们的需求为目的的，这体现了传统民间器物的实用性特征。

传统民间器物只有满足人们不断增长的生活需要才有存在的必要，只有具备了实用功能才有强大的生命力。为满足人们的饮食需求，多种饮食器具应运而生。为满足人们出行运输的需求，舟车规模和类别不断扩大。在此过程中，为适应社会的发展和人们审美需求的变化，创造者对器物的材质、形制、功能、技艺、纹饰等不断改进、不断完善、不断提高，使器物更能适合人们的新需求。器物的实用性决定了器物的存在性，一旦失去了使用价值，器物就成了文物，只能供人们欣赏和品评了。

早期蒸煮食器——陶甗

现代不锈钢锅

随着社会的进步，人们的需求也由单一的生存需要向多方面、多层次发展。传统民间器物以其有针对性的功能满足着人们的生活之需，以多样的形制和丰富的装饰满足人们多方位的需求。为了适应风俗习惯，人们发明和改进了多种器物，如应民间节庆活动的需要产生了年画、对联、鞭炮；应婚嫁仪式的需要，出现了花轿、喜饼、嫁妆；应宗教活动的需要，衍生了香炉、庙宇、神祇等。娱乐活动使民间玩具和器乐用品不断产生、扩展。嬉戏玩耍促成了风筝、陀螺、泥娃娃等玩具的出现；民间戏剧促成了唢呐、铜锣、梆子等的产生。人们的这些需求长盛不衰，促成了这类器物的不断丰富和发展。

器物随着社会的发展和人们新的需求产生，其造型、结构、功能又不断得以改进和完善，使器物更具有实用性。

有的器物随着人们使用方向的变化而改变，如风筝在发明之初是为了在战争中传递情报，后来演变为娱乐用品，现在又可以用于体育比赛。这种功能的变化是基于人们在不同时期对器物有不同的需求，这也是民间器物实用性特征的最好体现。

2. 形制、装饰的统一性

民间器物的制造在形制上绝大部分主张统一。在民间，同一类器物在形制、功能上大同小异、基本类似，这是由于民间器物经过长时间的流传，经过人们的不断使用、改造，继承了器物的优点，改进了器物的不足。一些相对落伍、笨拙、呆滞的器物被淘汰，逐渐走向历史，成为文物。大量先进、新颖、美观的器物不断涌现，被争相使用，使民间器物在更适应生活需要、更符合人们的审美情趣方面日渐趋同，形成了符合时代要求、符合约定俗成观念的器物类型。这是传统民间器物的统一性特征，历史上的“六合同风，九州共贯”（《汉书·王吉传》），也是指这一点。

古代车辆

今日曲阜马车

在水浒区域，长期的贸易往来和文化交流使人们的思想观念和价值观念逐渐趋同，在民间也逐渐形成了约定俗成的审美观念和评价标准。对于所使用的器物，每个时代都有较为统一的审美标准和功能要求。人们在挑选生活用品时，都有大致统一的衡量尺度。人们对用具的要求一是结实耐用，二是使用方便，三是美观大方。因此，人们通过挑选、比较，最后确定了一致公认的“好用具”，器物制造者会根据“一致公认”的使用需求和审美标准来满足使用者的生活、生产和心理需要，制造出类型统一的器物来。

传统民间器物的使用者和制造者同为基层劳动者，其相同的社会地位和经济条件，也使其价值观念和审美标准处于同一水平。水浒区域的人们对生活要求简单，不过分追求奢华，但有生活情趣。因此，满足这种朴素的生活需求并不需要过分讲究用具的复杂和繁琐，统一、简单、实用最好。同时从符合“一致公认”标准的从众心理出发，也使民间器物很容易走向统一的范式。

在任何时代，器物制造者在创造过程中，首先考虑的不仅仅是自己的兴趣，更是要照顾使用者的喜好。适应人们需要的器物就会销路通畅，反之就会无人问津。这些按照社会上统一的标准制造出来的器物，保证了传统器物的统一性。

人们的传统观念使传统器物延续千年、经久不衰。孔子曰：“礼失而求诸野。”（《汉书·艺文志》）越是传统观念浓厚的地方，传统民俗保持得越完好，传统器物保存得也越完整。从现在留存的民间器物上，都能够找到原始器物的痕迹。

3. 习俗、材质的地域性

古人云：一方水土养一方人，“由于地理、气候、物产等自然的因素差异和劳动者在需求上的趣味倾向，以及在长期的改造自然过程中所形成的不同于其他地域的观念、方式、技艺等主观因素，从而使在一定的地理范围内创造出来的社会文化有着明显的地域特征”①。

民间器物的制造与传承，是在人们观念的选择中得以留存的。因此，民间器物的各种功能必然受到时代观念的制约。虽然人们对器物的实用功能都有统一的要求，但在外观与装饰方面，由于受到当地物产与民风民俗的影响，不同区域的

① 徐艺乙：《中国民俗文物概论》，上海文化出版社 2010 年版，第 57 页。

人们有不同的欣赏情趣。因此，为适应某一区域的欣赏情趣和风土人情，民间器物呈现出显著的地域性特征。

《汉书·地理志下》载："凡民函五常之性，而其刚柔缓急，音声不同，系水土之风气，故谓之风；好恶取舍，动静亡常，随君上之情欲，故谓之俗。"班固认为，由于自然条件不同而形成的习惯叫"风"，由于社会环境不同而形成的习惯叫"俗"。西汉琅邪皋虞（今山东即墨）人王吉说过："百里不同风，千里不同俗，户异政，人殊服。"（《汉书·王吉传》）山东郓城民间更有"十里不同俗，五里改规矩"之说，这说明不同的地理、气候、物产等自然因素的差异和劳动者在需求上的个性趣味倾向，是区域风俗习惯差异的一个原因。

水浒区域的农村，盛产麦秸、玉米皮、高粱秆、芦苇、蒲草、黄草、柳条等原材料，当地农民以传统的技艺编织成席子、蓑衣、草帽、簸箕、笊篱、粮囤、篮子等生活用品。除了满足当地的需要，还销往全省各地及周边省份。这一地域的所产用品与其他地区的产品有着明显的区别。一是取材不同。产品完全利用本地特有的农作物、野生植物为原料，制作的产品独具特色；产品因其环保、牢固、轻便而备受欢迎。二是造型不同，这一带的产品个大、料实、修饰少、造型单一，但结实、耐用，体现了简单、实用的理念。三是花样不同，这一带的产品颜色纯正，以白、红两色居多，特别是用于婚嫁的席子，多附有喜庆、富贵等吉祥图案，体现了追求富贵吉祥的民风民俗。在这些传统用品中，劳动者充分利用本地材料丰富的优势，结合当地传统的技艺，从而创造出有着鲜明地域特征的传统民间用品。

山东郓城条编

编席女

东昌府年画

瓮——陶缸

人们约定俗成的实用功能和审美要求，都以感性的方式体现在传统器物的外形上。在水浒区域一带，其年画内容与其他地区大同小异，多以富裕、多子、长寿、幸福、吉祥为主。而在形式上，却与天津、河北、山西一带有较大的差异。年画的着色、样式与其他地域相比有着明显的区域特征，着色多为红、黄、蓝，样式多为长方形，画面喜庆，人物丰满，内容多为当地流行的民间故事和民间传说。

在器物的制造过程中，“不同区域的人们由于各种主客观的因素的差异，创造出来的传统用品有着相当的不同，从而形成了传统民间器物的地域性特征”①。随着社会的发展和生活水平的提高，人们追求创新、个性的愿望更加强烈，也促使了传统民间器物的地域性特征以更为鲜明的形式得以展现。

山东郓城县玉皇庙乡的几个村子都有制陶烧窑的传统，烧制的陶盆、瓷碗在当地比较著名，土窑的技师（当地人称他们为老师儿）在制作时经常互相交流，他们将设计最好、烧制技术最高的老师儿作为学习的榜样，从而不断地提高技艺。这里的土窑产品在外观上几乎没有差别，这一区域的瓷器、陶器产品的材质、形状、功能、装饰等基本上已固定下来，形成了带有区域特征的传统民间器物。

4. 内容、形式的寓意性

民间器物除了具备实用功能，其表现内容和表现形式使器物都有一定的寓

---

① 徐艺乙：《中国民俗文物概论》，上海文化出版社2010年版，第60页。

意，体现了劳动人民的精神追求和价值观念。这就是民间器物的寓意性特征。

民间春节期间，写在春联上的内容都是喜庆、祈福的吉祥语句，年画所表现的都是吉庆、祥和的画面。其色彩鲜艳、样式活泼，寓意着日子过得红红火火，庆祝节日热热闹闹。

民间建筑上的雕刻、壁画，有的精雕细刻，有的简单描画，多以民间传说和历史故事为内容。有的雕刻为辟邪、防灾的护法器物，寓意着保护全家消灾解难。有的壁画为著名的历史人物及其故事，教育后代学习古人、发扬传统。水浒区域传统民间器物中，展现二十四孝装饰的更是多种多样，反映了这一带孝文化氛围的厚重。这些雕刻既展示了工匠们的精湛技艺，其反映的内容对世人也有教化作用。

在水浒区域，小儿玩具中有一种叫孩模（泥模），可以翻印出许多不同的形象，有人物、动物、花草、鱼虫等各种图案。儿童边玩边辨认，寓教于乐。这类器物将教育寓意在玩耍之中，体现了劳动人民的聪明智慧。

嘉祥二十四孝石雕（部分）

民间器物的名称大都有一定的寓意，如木工所用工具，有班母、班妻、鲁班尺等称呼，提醒人们鲁班是这些器物的发明者。

在水浒区域民间，每个宗族都有敬祖宗的传统，特别是在春节，家家都将祖先牌位挂于中堂，称为“请家堂”，两边对联写着“忠孝传家远，诗书继世长”等家训，意在时时提醒子孙不忘“忠孝”，勤读诗书。

泥模玩具

鲁西南家堂

在世代交替中，辛勤的人民通过劳动制造着器物、改造着器物。同时，承载着传统文化的民间器物又影响着人们，教化着人们。人与物互相影响，互相作用。人们通过对器物的改进和完善，使民间器物更合理、更先进、更完美；同时，人们在使用这些器物的同时，也被器物所熏陶、感染、同化。

三、水浒区域的传统民间器物与民间传统文化

水浒区域的传统民间器物反映了水浒区域的民间传统文化，而民间传统文化又影响了传统民间器物的风格，促进了传统民间器物的发展。传统民间器物与民间传统文化息息相关、密不可分。

水浒区域传统民间器物给人的印象是“拙壮质朴”，它们敦实厚重，真材实料，结实耐用，朴实无华，具有北方器物大气、壮硕、实用的特点。这也契合了水浒区域人崇尚节俭、注重趋同的行为模式和厚道稳重、朴实粗犷的性格特点。

1. 崇尚节俭、反对奢靡

水浒区域一贯崇尚节俭，《史记·货殖列传》载：“邹鲁滨洙泗……地小人众，俭啬。”古代齐地曾一度尚奢，但后来也逐渐被倡导俭约的鲁文化所同化。

鲁西南民宅

“水浒区域一带将晚饭称作‘喝汤’，这是因为从前晚上不劳作，为了节省粮食，不需要吃面食，晚饭都是喝稀汤，久而久之，‘喝汤’就成为了晚饭的代名词。在山东人看来，辛辛苦苦挣来的粮食吃掉，是很浪费的。”① 直到现在，历史上许多省吃俭用的故事仍在民间流传，时时提醒人们俭省节约、反对浪费。

崇尚节约的民风反映在器物的制造和使用上，多表现为倡导就地取材、一物多用，尽量自给自足，大型器具共同出资、多户共用等。这些模式使器物制造节约了材料，又使器物的功效得到最大限度的发挥。在水浒区域大部分的农村地区，给孩子缝制的布娃娃玩具，皆是利用做衣服剩下的边角料制作。山区盖房多以石头为主料，平原建房烧土为砖，皆是就地取材。如马车、耕犁等大型农具，则是多家共用，既节省了资金，又不误农时，也提高了大型农具的利用率。

在水浒区域，崇尚简约的民风也有例外。由于受儒家思想影响，这一带尚礼仪、重交际，在婚丧礼仪、人际交往方面往往“喜奢忘俭”，推崇大方场面，但背后仍是“淡泊自足”“以自苦为极”。光绪六年的《菏泽县志》载：“迩来宴会渐以多品、大品相夸诩，细民效之，至有典卖称贷以备一筵之费者。”而在日常生活中，水浒区域的人们又极其节俭。清末至民国十七年“乡民之食事，冬季朝

① 刘德增：《正统的北方人》，济南出版社 1992 年版，第 41 页。

夕两餐，春、夏、秋则朝、午、夕三餐”，鱼肉“仅嫁娶、宴会时用之，不以供常食也”。“男子出门，长衫皆折叠挂于肩背，及门方服之。而入出则仍折之归，其俭亦可见一斑。”

2. 注重克己趋同、反对标新立异

水浒区域人民主张统一一致，不提倡过分张扬个性。“木秀于林，风必摧之；堆出于岸，流必湍之；行高于人，众必非之。”意思是说一棵树高于整片树林，大风一定会先吹倒它。岸边的土堆，激流一定会把它冲走。一个人的品行高于众人，别人一定会对他产生非议。这一格言在水浒区域非常流行，人们担心“枪打出头鸟”。

这一观念在器物的制造和使用上表现明显，因而，水浒区域的传统民间器物无论形制、功能、装饰都大同小异。尤其这一带的民宅，趋同性更为明显。房舍一律以一院四屋为定格，又以主房、偏房、门楼、厨房、厕所各有定位，不可错乱，否则，居之不吉。有人曾戏言，在农村，一张图纸可以盖遍整个鲁西南。

3、厚道稳重，缺少开拓进取

水浒区域人民处事稳重，除非万不得已，一般不会打破现状。没有十分的把握，就不会贸然行事。这一带深受儒家传统文化的影响，崇尚尊重传统、继承祖业。《宋史·地理志》载：“兖、豫、青、徐之域……皆朴鲁纯直，甚者失之滞固。”意思是说，鲁西南一带自古纯朴、率直，过于稳重、固执，使人们拘泥于过去，不主动开拓进取。子路“衣敝缊袍与衣狐貉者立而不耻”，娄敬见刘邦不肯易衣。司马迁把这一特性叫“地重，难动摇”。

在20世纪80年代，这一带商店里陈列的首饰、手帕都是南方30年前的过时用品。浴室只会用“洗澡堂”作商号，极少用时髦的名称取悦、招徕顾客。

这一观念渗透在传统器物的制造与使用上，水浒区域的民间器物延续千年，保持完好。

水浒区域的陶器用具由来已久，从大汶口文化时期到龙山文化时代，陶质器具都已普及。虽历经几千年，到现在陶盆、陶罐、陶缸器具的使用在水浒区域一代的农村仍很普遍。尤其是家中家具以及家具的摆放模式，正屋基本上都是北墙条几，几前八仙桌，两边放两把太师椅，椅子前再有几个杌子。就连条几上的摆设和桌子上吃饭用的茶碗，也几乎一模一样。整个鲁西南几乎千篇一律。趋同心理和攀比心理可见一斑。

4. 朴实粗犷，鄙视矫揉造作

“山东大汉”一直名噪全国，人们评价山东人诚实厚道，粗犷刚劲、好勇逞强。“山东人素有好勇之名……十余年来，寄迹大江南北，所至不下八、九省，到处听人评论，山东人胆大而好打架。”可见，山东人以朴实粗犷著名，而水浒区域人民则是山东人所具特点的典型代表。

水浒区域的传统民间器物也反映了朴实粗犷的风格。水浒区域一带流行“大碗喝酒、大口吃肉”，喝酒用大碗，炖肉用大锅，上酒不是一大缸就是一坛子，饮食器具以大见长，前些年农村中曾盛行一种大黑碗，容量堪比盆大，水浒区域民间流行的小调人称“锯大缸”，可见，家家都有大陶缸。水浒区域民间盖房，比宽敞、比高度；家具比宽度、比容量，处处以大为好、以高为美。但对于器物的装饰，则简单、实用，多种用具不加修饰，显得笨重、粗糙。

四、水浒区域传统民间器物与民间传统文化的研究现状

传统民间器物的研究“在一段时期内，被泛政治化的氛围笼罩着，一直得不到应有的名分，在多数情况下被看作是落后的、封建的、黄色的、迷信的、低俗的，除了极少数具有相当高的美术、工艺、科技价值的物品被鉴定为文物得以进入博物馆外，大部分都成为文物参考品，通常在一些近现代史的展览中用来说明当时社会的阴暗面”①。

随着社会的发展、生活水平的提高，人们的观念也发生了根本变化。受“乱世黄金、盛世文物”观念的影响，近年来文物市场逐渐火爆，但由于社会上带有猎奇、炫耀性质的炒作，人们的目光大部分集中于那些存世数量较少、经济价值较高的历史文物上，而对经济价值不高、对与过去的社会生活有着密切联系的传统民间器物仍是不屑一顾。

从整个水浒区域范围来看，对传统民间器物的研究还处于对器物的零散收

---

① 徐艺乙：《中国民俗文物概论》，上海文化出版社2010年版，第33页。

集、个体介绍、实物展览等简介式的展演阶段，虽然现在各市、县基本上都有博物馆、展览馆、农展馆之类的展示型场所，但对传统器物与民间文化的关系研究既不系统也不全面。因此，对传统民间器物与民间传统文化的系统研究，到目前为止，还有一片不小的空间。近几年对民间器物的研究虽然有所重视，特别是各地地方政府，如菏泽、郓城等市县，出于对地方文化挖掘和保护的需要对地方民俗文化进行了整理，对有关的民间器物有所提及，但对于民间器物在民间文化的起源、传承、发展中所承担的角色，以及对整个水浒区域传统文化的承载、影响和推动少有涉及。而且缺少对民间器物反映的时代特点分析，缺少对劳动者创造智慧的展现。

随着全国文化建设工程的开展，对地方区域文化的挖掘、整理与研究将是大势所趋。今后较长时期内，各地方政府、地方文化研究机构、专业研究人员以及广大地方文化爱好者，必将参与到区域文化研究的工作中来，形成百花齐放、百家争鸣的研究氛围，从而推动传统民间器物与民间传统文化研究的大发展、大繁荣。

作者简介：杜朝伟（1962— ），男，山东郓城人，山东师范大学历史文化学院党委副书记、副教授，研究方向：山东民间文化。

英语学界对水浒世界的道德、价值观念与“义”之研究

谢春平

（赣南师范学院文学院　江西赣州　342500）

摘　要：《水浒传》所描绘的梁山是一个相对独立又非常独特的世界。水浒英雄所奉行的道德规范、价值观念，以及他们所倡导、所遵循的“义”，是历来研究者争论不休的问题。英语学界的《水浒传》批评者，从异质文化的角度，对水浒世界的基本道德规范、价值观念与“义”进行了相对新颖而独特的探求。本文从此三方面，系统讨论英语学界对水浒世界的道德、价值观念与“义”所做的研究。

关键词：水浒世界；道德规范；价值观念；“义”

《水浒传》所描绘的是一个英雄好汉的世界，这个世界有其自成一格的伦理道德和价值观念体系，它和我们生活的世界是大异其趣又格格不入的。1963 年，吴杰克就曾如此评论过《水浒传》的道德、价值问题，他说：“对于任何一部具有巨大影响而又与我们的世界如此格格不入的小说来说，如果没有贴上各种道德冲突的标签，那是几乎不可能的。”① 那么，《水浒传》所宣扬的道德、价值观念

---

① Jack, Wu, The Morals of “All Men are Brothers”, *Western Humanities Review*, 17: 1 (1963: Winter) p. 86.

究竟是怎样的呢？关锦（据 Jin Guan 音译）在研究时指出：

> 梁山好汉的主要特征是坚守义气的规范，而这最终充当起好汉加入梁山的入场券。《水浒传》里的好汉，或者因为遭遇腐败政府、贪官污吏的不公待遇而被迫加入梁山，或者因为不能容忍不公而加入梁山，加入梁山之后能够保持自己的本色。在社会的边缘，这些好汉仍然践行自己的价值观念，并希望通过反对不公给社会带来积极影响。①

的确，“义气”是水浒世界好汉们行动的重要标杆，也是他们身份的主要标识。所谓路见不平拔刀相助，所谓“酷吏赃官都烧尽，忠心报答赵官家”，以及后来梁山竖起的“替天行道”大旗，都是由梁山好汉的以“义气”为核心形成的伦理道德与价值观念体系所决定的。

同时，关锦认为，水浒世界的伦理道德与价值观念属于儒家思想范畴，对社会起着积极作用。对此，该论者说：

> 梁山好汉的首领宋江是个儒者，他把儒家的价值观念施加给他的群体，因而这些成员成为了社会的积极力量。由于宋江强烈的儒家信念，为了封妻荫子、光耀门庭，他最终说服同伴接受招安为朝廷服务。②

单从宋江力主招安以及希冀博得封妻荫子、光耀门庭的角度来看，似乎可以认为水浒世界的道德、价值观是属于儒家思想范畴。但其实，梁山好汉的伦理道德与价值观念是否属于儒家思想范畴，梁山好汉是不是社会的积极力量，等等，

---

① Jin Guan, The values of Mountain Outlaws and of Contemporary Gangs, “*Women and Men, Love and Power: Parameters of Chinese Fiction and Drama*” *Sino-Platonic Paper*, 193 (Novermber, 2009), p. 169.

② Jin Guan, The values of Mountain Outlaws and of Contemporary Gangs, “*Women and Men, Love and Power: Parameters of Chinese Fiction and Drama*” *Sino-Platonic Paper*, 193 (Novermber, 2009), pp. 169～170.

所有这些涉及水浒世界道德、价值观念的问题在批评者之间都是存在很大争议的。下面，我们就来看看英语世界的批评者对这些问题的具体认识。

一、水浒世界的基本道德规范

《水浒传》描绘的是一个非常独特的英雄的世界，英雄们所信守的道德规范是与普通百姓是大不相同的。只要对这部小说有所了解，就能发现这样的问题。英语世界的批评者对作品的道德规范的关注、研究由来已久，从早期的菲茨杰拉德到晚近的康磊诸人，也取得了很多研究成果。下面，我们就来梳理、讨论他们对此问题发表的各种看法和观念。

菲茨杰拉德对《水浒传》所反映出来的道德问题所做的研究比较简单，一方面基本肯定梁山好汉的行为，一方面指责朝廷的不公与腐败，至于英雄好汉身上的非道德因素则几乎不提及。他说：

> 每一个梁山英雄都是在朝廷的贪腐、官员的严重不公之下被逼落草为寇的；他们是诚实的人，除非遭受无法忍受的冤枉，要不然没有犯罪的念头。一旦沦为草寇，那时，他们就为自己遭受的痛苦向贪官污吏复仇，并轻而易举就把懦弱的朝廷军队给打败了。①

该论者还指出：

> 纵观整部作品，梁山好汉才是真正的英雄，他们英勇、忠诚、讲义气。宋朝的官员大臣与皇帝，则一律被描写成是卑鄙的迫害者、卑贱的恶棍与堕落的懦夫。②

---

① C. P. Fitzgerald, *China*, *A Short Cultural History*, NewYork: Praeger, Inc, 1950, p. 507.

② C. P. Fitzgerald, *China*, *A Short Cultural History*, NewYork: Praeger, Inc, 1950, p. 507.

很显然，菲茨杰拉德的论述是很不公允的，既片面又与小说所写很不相符。对于像《水浒传》这么一部内容非常庞杂的作品来说，简单的肯定或否定是不行的，菲茨杰拉德的讨论仅仅触及问题最表面那一层。不过，1950 年时西方学者对《水浒传》的研究毕竟还不深入，该论者提出这样的看法是可以理解的。

吴杰克对《水浒传》道德的认识比菲茨杰拉德深入了很多。他对赛珍珠提出的《水浒传》表达的是“四海之内皆兄弟”的道德信仰的观点做出了挑战。吴杰克说：

> 我们只能猜想，中国学者的道德精神之外，布克夫人对人类的爱无意中可能影响到她对一部悲观厌世作品的阐释。……在杀害无辜的受害者中英雄们普遍的残忍与完全的冷漠，他们反抗的悲哀，他们复仇的彻底，这些几乎不表明可以把他们看作是“人道主义者”。相反，这是一群被他们生活的邪恶社会所放逐的人；他们是活跃的反动分子，准备把挡在他们前行路上的任何人清除掉。①

根据上述，可以发现吴杰克对梁山好汉身上非道德因素的认识是很清楚的。只是他同时也意识到，这些好汉身上还有不少积极、正面的道德品质。吴杰克指出：

> 作者描绘的是一个腐败的社会；但在那个社会里也有至善（immense good）。在坏人的世界里，活动着一群英勇的斗士。在背叛、通奸、贿赂之中，我们看见一群英雄，他们各有不同的缺点，却也拥有忠诚、友好、慷慨的共同美德。在作品描写的许多故事里，他们一直向欺骗和不忠复仇。背叛

---

① Wu Jack, The Morals of “All Men are Brothers”, *Western Humanities Review*, 17：1 (1963：Winter) p. 86.

的确是小说的重大主题；个人的忠诚可以说是重要的行为原则。①

赞美梁山好汉身上表现出来的忠诚、好义、慷慨等道德信条，这在批评者中是很常见的。而这些也是水浒英雄们给人们带来的积极、正面的精神品质。综合梁山好汉正负两方面的道德元素后，吴杰克进一步指出：

> 对个人本身的威胁，这既是激怒这些好汉的、也是激怒每个人心的原因。好汉们反抗社会，因为他们的个性被压制。他们对敌残酷，对友慷慨，这种极端态度显示出他们既不是忘我美德的信奉者，也不是无知邪恶的奴隶，而是任性、热情、能爱能恨的普通人。②

从上文可知，吴杰克明确认识到梁山好汉在对敌、对友上具有两种完全不同的道德标准。只是他提出："即使英雄们的双重行动标准极大地毁坏了他们的美德，至少给予我们更强烈的直面现实的态度。"他还说："为他人而牺牲自己当然不是件容易的事，这些英雄的勇气与献身精神值得我们尊敬。"③ 从这些论述中我们可以看到，吴杰克对梁山好汉道德准则的肯定还是多于否定的。

吴杰克的论述虽然比菲茨杰拉德更深入、更全面，但对某些问题的讨论还是过于简单。以对待朋友来说，如下文即将谈到的夏志清、康磊所指出的，梁山好汉在慷慨之外，也存在野蛮、残忍的一面，这在招罗秦明、朱仝、卢俊义等人时表现得尤其明显。

对水浒英雄信守的道德规范，夏志清认为，从表面来看小说作者肯定了"孝道""忠君"与"行侠仗义"等若干好汉信条。他说："孝道在好几位英雄那里

---

① Wu Jack, The Morals of "All Men are Brothers", *Western Humanities Review*, 17: 1 (1963: Winter) p. 87.

② Wu Jack, The Morals of "All Men are Brothers", *Western Humanities Review*, 17: 1 (1963: Winter) p. 87.

③ Wu Jack, The Morals of "All Men are Brothers", *Western Humanities Review*, 17: 1 (1963: Winter) p. 88.

得到强调，特别是在宋江、李逵、公孙胜身上。”① 但即便如此，夏志清又指出，当宋江通风报信“私放晁天王”时，“宋江的行为是欺君、犯上、不孝的（因为其父将受牵累）”②。对李逵取母一事，夏志清认为李逵虽然出于一片孝心，事实上却害死了自己的母亲。这就如浦安迪所说的，结果与愿望之间的反差实在是一种莫大的反讽（见前文水浒人物研究部分）。说到“忠君”，夏志清认为并非所有的梁山好汉都有此思想。他说，在小说中，像李逵、鲁智深、武松等人是反对接受招安为朝廷服务的。这就指出了梁山好汉的“孝道”与“忠君”信念其实是非常含混、矛盾的。至于好汉们的英雄信条，夏志清认为“英雄信条在对待其他基本的人生约束方面却与儒家观念格格不入”③。在夏志清看来，梁山好汉总体上不看重夫妻之间的儿女私情，绝大部分英雄都没有家室，这与儒家倡导的“不孝有三，无后为大”以及家庭天伦之乐之间完全是背道而驰的。

此外，夏志清对水浒英雄把“友情”或“义”置于一切之上的道德信念也给予了批评。他说，好汉们讲义气、行侠仗义，但“他们行侠仗义，不是通过政府，而是以自己的双手伸张正义”④，其造成的结果往往是破坏性的。对此，夏志清进一步指出：“英雄信条中有某种利他的爱，但由于无视法律和社会规范，它又鼓励了一种与利他主义相反的行帮道德。”⑤ 在夏志清看来，“行帮道德”只是对“英雄信条”的“拙劣模仿”，而在“行帮道德”的驱使下，欺骗、狡诈、贪财与争权，野蛮残忍的复仇与非理性的杀戮，以及为了梁山内部个别兄弟的权利而对无辜的平民百姓带来巨大的伤害，诸般“不义行为”都会获得认可和肯

---

① ［美］夏志清著，胡益民等译：《中国古典小说》，江苏文艺出版社 2008 年版，第 84 页。

② ［美］夏志清著，胡益民等译：《中国古典小说》，江苏文艺出版社 2008 年版，第 85 页。

③ ［美］夏志清著，胡益民等译：《中国古典小说》，江苏文艺出版社 2008 年版，第 84 页。

④ ［美］夏志清著，胡益民等译：《中国古典小说》，江苏文艺出版社 2008 年版，第 84 页。

⑤ ［美］夏志清著，胡益民等译：《中国古典小说》，江苏文艺出版社 2008 年版，第 84 ~ 85 页。

定。从作品的具体内容来看，夏志清之论不虚。

除上述诸人，研究过《水浒传》中道德规范的批评者还有不少。但据笔者目前掌握的资料来看，英语世界的批评者对《水浒传》道德规范的研究，相对来说，康磊（Lei Kang）做得最系统、最深入。该论者吸收、借鉴夏志清、刘若愚、柳存仁、浦安迪等学界前辈的研究成果，对水浒世界的道德规范进行了更加全面、翔实的分析讨论，给出了更加合理、到位的分类，从而使我们对梁山好汉奉行的道德信条有了一个更加可行的认识和理解。鉴于此种情况，在下面的讨论中，笔者将会在相应的地方插入不同研究者的观点。具体见下文。

康磊从三个层面来研究《水浒传》的道德问题，一是梁山好汉内部处理相互之间关系的道德规范，一是水浒英雄处理与朝廷之间关系的道德规范，再就是梁山好汉处理与普通百姓之间关系的道德规范。①

首先，我们来讨论梁山好汉内部处理相互之间关系的道德规范问题。就梁山好汉内部处理相互之间关系的道德规范，康磊说：

> 乍看起来，主宰梁山好汉处理内部相互之间关系的道德规范，似乎是明确、积极的，反映了通行的认识，即他们是组织严密的兄弟群体。他们把友谊置于一切之上，相互保护、打击敌人，通过努力支持彼此。②

该论者以“宋公明私放晁天王”为例说，当宋江知晓晁盖抢劫了送给蔡京的“生辰纲”将要被逮捕时，他给晁盖通风报信，从而让晁盖逃走了。对这一事件，康磊指出：

---

① Lei Kang, The Dichotomy between Popular Opinion and the Novel: Morality in Water Margin., “*Women and Men, Love and Power: Parameters of Chinese Fiction and Drama*” *Sino-Platonic Paper*, 193 (Novermber, 2009), pp. 145 ~ 157.

② Lei Kang, The Dichotomy between Popular Opinion and the Novel: Morality in Water Margin., “*Women and Men, Love and Power: Parameters of Chinese Fiction and Drama*” *Sino-Platonic Paper*, 193 (Novermber, 2009), p. 147.

> 然而，这里对兄弟情谊的强调存在一个显而易见的问题：自然地，把友谊置于一切之上就意味着必须忽视其他的关系。宋江维护他的朋友之情，但他背叛了上司。而且，当追捕的军队被大批杀害时，他的行为也间接地造成了成百上千人的死亡。即便忽略其他的关系并未直接否认对他们友谊的通行看法，但确实淡化了对“认为他们的兄弟情谊是高尚的”的盲目信仰。这里，根据生命的价值，宋江犯下了更大的罪过：他可以挽救个别兄弟的生命，但这样做却剥夺了上百条其他人的性命。尽管他的行为有讲义气的动机，因此也不完全是不道德的，但结果却并非不容争辩地就意味着是好的。①

从生命价值的角度来说，“宋公明私放晁天王”所带来的后果不只是“不好”所能概括的，更意味着一扇“罪恶”之门——血腥杀戮的开启。从宋江个人来说，他是豪情仗义，为朋友两肋插刀，实在是英雄的楷模。但如果从晁盖一行人的行动所造成的严重后果来看，又可谓是罪恶滔天。这正如夏志清所指出的那样，我们必须把好汉个人与梁山好汉群体区分开来。他说：“在好汉个人的行动与好汉整体的行动之间有一个重要的区别。单个的好汉恪守英雄信条，整个梁山好汉群体则奉行一种行帮道德。”②

对梁山好汉内部的结义兄弟关系，康磊指出，虽然梁山好汉似乎并没什么野心和权力欲望，只是一旦宋江加入并在后来成为山寨的首领，好汉们之间存在的问题与缺陷就被揭示出来了。在康磊看来，这些问题中首先就是晁盖与宋江之间对领导权的争夺。晁盖坚持维护自己首领的地位，但宋江在好汉中的威望以及处理各种事情的能力远超过他，这就形成了一种无形的威胁。宋江与晁盖也就视对方为自己的竞争对手。对此，康磊说：

---

① Lei Kang, The Dichotomy between Popular Opinion and the Novel: Morality in Water Margin. , “*Women and Men, Love and Power: Parameters of Chinese Fiction and Drama*” *Sino-Platonic Paper*, 193 (Novermber, 2009), p. 148.

② Hsia, Chih-tsing, *Classical Chinese Novel: A Critical Introduction*, New York: Columbia University Press, 1968, p. 93.

> 这样，好汉们之间的关系就最为脆弱。一旦为了权力，他们相互之间开始视对方为敌手，那么，他们相互支持、拥护的誓言就崩溃了。因为他们两人都没有采取任何手段维护权力，我们不能评判宋江和晁盖行为的道德问题，只是他们声称的兄弟情谊、大家认同的信任和尊重，在此听起来并不诚恳。①

关于宋江和晁盖争夺领导权的问题，浦安迪也认为他们两人是水浒世界最高权力的“竞争者”（contender）。浦安迪认为，宋江收买梁山好汉同时剥夺了晁盖的实权。当他听到晁盖最终死亡的消息时，像丧父一般嚎哭。据此，浦安迪援引金圣叹的观点说宋江是晁盖之死的“共谋”（complicity），用儒家最严厉的词来说是宋江“弑”晁盖。② 当然，浦安迪等人的观点也只是一家之言。

康磊认为，梁山好汉对自己结义兄弟道德规范的违反，不止表现在宋江与晁盖之间的争权上。他说：“梁山好汉对兄弟情谊规范的最显著的亵渎，发生在企图招募新成员时。”③ 对此，该论者进一步分析道：

> 在这些事件里，最十恶不赦的是招募秦明和朱仝。为了招募来秦明，宋江命令一个士兵乔装成秦明，并假托秦明的名义攻打青州城。结果，秦明被斥为叛徒，他的妻小也被处死。作者声称秦明的加入是契合上界星辰，就把其中的不公搪塞过去了……然而，这样的结盟特别脆弱；他一家被屠杀的事实不可能那么轻易忘却。让秦明如此快就默认天意，作者是无视对他的不公。如果这些好汉把友谊置于一切之上，如果他们如公众认为的那样崇高，

---

① Lei Kang, The Dichotomy between Popular Opinion and the Novel: Morality in Water Margin., “*Women and Men, Love and Power: Parameters of Chinese Fiction and Drama*” *Sino-Platonic Paper*, 193 (Novermber, 2009), pp. 148 ~ 149.

② Andrew H. Plaks, *The Four Masterworks of the Ming Novel*, Princeton University Press, 1987, p. 341.

③ Lei Kang, The Dichotomy between Popular Opinion and the Novel: Morality in Water Margin., “*Women and Men, Love and Power: Parameters of Chinese Fiction and Drama*” *Sino-Platonic Paper*, 193 (Novermber, 2009), p. 149.

他们就不应该以如此低劣的手段来招募一名英雄。①

对招募朱仝的事件，康磊说：

像这种不忠的另一个事例是好汉们招募朱仝。这里，宋江指示李逵谋杀了朱仝监护下知府四岁大的儿子，以迫使他加入梁山。朱仝对这种做法怒不可遏，他要求和李逵来场决斗，这反映出对他的不公平。再一次，小说仅用兄弟情谊的漂亮话就掩饰过去了：朱仝遭受的可能不是肉体的伤害，但只有真正的友谊和一个恰当的道德规范能让他得到平静，而不是强迫他加入梁山集团。②

通过上面的分析和讨论，康磊的结论是：

因此，我们发现，支配梁山好汉处理相互之间关系的道德规范，远不如人们曾期望的那样正直。首先，他们把兄弟情谊置于一切之上的做法造成了无意识的灾难性后果：以数百条生命的代价换取一个兄弟，这不是最崇高的行为。在单个好汉处理相互关系时有正面的表现，其中有很多相互帮助的事例。只是一旦好汉们开始以行帮的形式行动时，当为了权力个人之间开始视对方为敌手而不是盟友时，他们宣称的兄弟情谊就开始瓦解。

对好汉们宣称的兄弟情谊最致命的打击出现在他们的招募方式上：强迫“盟友”加入梁山集团所表现出来的野蛮、残忍，是无法对其进行辩护的。由此，我们可以推知支配梁山好汉处理相互关系的道德规范是什么样的。表

① Lei Kang, The Dichotomy between Popular Opinion and the Novel: Morality in Water Margin. , “*Women and Men, Love and Power: Parameters of Chinese Fiction and Drama*” *Sino-Platonic Paper*, 193 (Novermber, 2009), p. 149.

② Lei Kang, The Dichotomy between Popular Opinion and the Novel: Morality in Water Margin. , “*Women and Men, Love and Power: Parameters of Chinese Fiction and Drama*” *Sino-Platonic Paper*, 193 (Novermber, 2009), p. 149.

面上，他们声称相互尊重，互为支持者。当好汉们独立、自由地活动时，他们的行为恪守这个信条。然而，一旦他们之间需要某种表面的秩序，这个信条就变质了；当好汉们抑制的嫉妒、傲慢情绪被派系冲突、被野蛮的招募方式泄露出来时，好汉就会把自己放在首位，而不是“兄弟”。这里，我们不仅看到作为道德高尚的梁山好汉个人之间最初的裂隙，也看到了把这些好汉维系在一起的极端空洞的标签。①

夏志清、浦安迪等人对梁山好汉对英雄的野蛮、残忍行为也有过研究②。而在这些受害的英雄里，浦安迪尤其对梁山好汉陷害卢俊义，使得他家破人亡的行为进行了批判③。事实上，康磊对上述这些问题的讨论，就是以他们的研究成果为基础的。康磊的研究吸收了他们的基本观点，并且把它们系统化了，因此笔者就不再一一细述了。

接下来，我们开始讨论康磊对水浒英雄处理与朝廷之间关系道德规范的研究情况。在这一方面，康磊认为梁山好汉的道德规范更为明确，也更少表现出傲慢、嫉妒的情绪。对此，该论者认为，“支配梁山好汉反对当权者的道德规范，看起来更为明确：在这，总体来看，他们的行为更加高尚，同时更少染上傲慢、嫉妒的色彩”④。康磊说，作品最后四十回左右（该论者以袁无涯刻120回本为依据）描写梁山好汉接受招安，为朝廷服务，参与征四寇保卫宋王朝，展现出忠君精神。而这正是对梁山好汉在处理与朝廷之间关系时呈现出来的积极、明确的

---

① Lei Kang, The Dichotomy between Popular Opinion and the Novel: Morality in Water Margin., “*Women and Men, Love and Power: Parameters of Chinese Fiction and Drama*” *Sino-Platonic Paper*, 193 (Novermber, 2009), pp. 149 ~ 150.

② 具体见：［美］夏志清著，胡益民等译：《中国古典小说》，江苏文艺出版社2008年版，第91 ~ 92页。

③ Andrew H. Plaks, *The Four Masterworks of the Ming Novel*, Princeton University Press, 1987, p. 341, 345.

④ Lei Kang, The Dichotomy between Popular Opinion and the Novel: Morality in Water Margin., “*Women and Men, Love and Power: Parameters of Chinese Fiction and Drama*” *Sino-Platonic Paper*, 193 (Novermber, 2009), p. 150.

道德规范的最好证明。康磊说：“在此关系中爱国的好汉们表现出来的明确的道德规范，反映了把他们看作好人的通行观点。”①

在该论者看来，在宋江的领导下，梁山好汉接受招安、忠心为朝廷服务，展现出来的是儒家的伦理道德观念与要求。这就如夏志清所认为的那样，宋江是“深谙孔孟之道的精神首领”，是“儒家忠于皇帝的主要标志”②。从服务朝廷、忠于皇帝的层面来说，梁山好汉奉行的的确是儒家的道德信条。但这并不是水浒英雄处理与朝廷之间关系道德规范的全部内容。因为小说除了描写梁山好汉对朝廷忠诚的一面之外，还写了不少两者之间对立的事件。

就梁山好汉与朝廷之间的对立，康磊说：

> 这并不意味着就没有和朝廷对立的事情。小说中出现的一个更令人不安的施虐事件，是对俘虏黄文炳——一个之前告发宋江的官员——的处理。复仇行为不止局限于黄文炳自身，这帮人还杀死了他的全家：“一门内外大小四五十口，尽皆杀了。”而黄文炳一旦被俘，李逵立即对他给予惩罚。这个惩罚是那么的残忍、野蛮：黄文炳当面被李逵脔割，炙来下酒。李逵还把黄文炳的心肝与众头领做醒酒汤。③

对梁山好汉向黄文炳如此非理性的复仇行为，夏志清指出这种惩罚残酷得令人毛骨悚然，即使为宋江报了仇，却完全无法博得读者的同情和怜悯；而小说家又明显袒护英雄们的虐杀行为和嗜食人肉的做法，这显然是与文明行为相

---

① Lei Kang, The Dichotomy between Popular Opinion and the Novel: Morality in Water Margin., “*Women and Men, Love and Power: Parameters of Chinese Fiction and Drama*” *Sino-Platonic Paper*, 193 (Novermber, 2009), p. 151.

② Hsia, Chih-tsing, *Classical Chinese Novel: A Critical Introduction*, New York: Columbia University Press, 1968, p. 107.

③ Lei Kang, The Dichotomy between Popular Opinion and the Novel: Morality in Water Margin., “*Women and Men, Love and Power: Parameters of Chinese Fiction and Drama*” *Sino-Platonic Paper*, 193 (Novermber, 2009), p. 151.

对立的①。事实的确如此，而这一点体现出来的并不是儒家的道德观念。

就梁山好汉的复仇欲望，康磊认为，他们不仅对黄文炳这样的官员如此，就是对待普通百姓、无辜者时亦具有决定性的影响。该论者说，无罪者理应不被残杀，像黄文炳的家人，尤其是孩子，不应该为他的罪负责，结果却同样遭到残酷的惩罚。这样的行为是无法让人接受的。与之相反，康磊说："对腐败、暴政之下遭受的苦难而对那些恶贯满盈的成员加以残酷的惩罚，那一定会让人接受，甚至令人深感欣慰。"② 他以林冲被逼上梁山为例，说林冲是朝廷腐败的牺牲品，正是官场的不公使他沦为草寇，而非他自愿加入。正因为如此，所以当我们看到林冲手刃陆谦等恶徒时，就能得到阅读的快感，同时为林冲的遭遇深表不平，并对他流露出同情。

对康磊的观点，笔者深表赞同。但对《水浒传》来说，正是小说作者对好汉们野蛮行径的这种暧昧、含糊的态度，令现代读者对作品中的道德问题深感困惑。不过从总体上来看，梁山好汉处理与朝廷之间关系的道德规范，积极、明确的方面要多于矛盾、冲突的一面。

最后，我们来讨论梁山好汉处理与普通百姓之间关系的道德规范问题。就梁山好汉与普通百姓之间的关系，康磊认为：

> 虽然在政府腐败的描写上，大众的看法与小说一致，但视梁山好汉为平民百姓对抗朝廷的保护者的观点，实在难以与小说实际相符合。他们不是保护人，这实在是被夸大了，因为他们造成的伤害经常超过他们带来的好处。③

---

① Hsia, Chih-tsing, *Classical Chinese Novel: A Critical Introduction*, New York: Columbia University Press, 1968, p. 97.

② Lei Kang, The Dichotomy between Popular Opinion and the Novel: Morality in Water Margin., "*Women and Men, Love and Power: Parameters of Chinese Fiction and Drama*" *Sino-Platonic Paper*, 193 (November, 2009), pp. 151 ~ 152.

③ Lei Kang, The Dichotomy between Popular Opinion and the Novel: Morality in Water Margin., "*Women and Men, Love and Power: Parameters of Chinese Fiction and Drama*" *Sino-Platonic Paper*, 193 (November, 2009), p. 153.

同时，康磊也指出，小说里面也有典型的锄强扶弱式的人物故事，如鲁达。对此，该论者说：

> 当然，也有个体英雄保护平民百姓的事情。举例说，鲁达杀死郑屠——因他压迫金氏父女、强迫金翠莲做他的妾并勒索他们的钱财，鲁达就是锄强扶弱（这个屠户号称“镇关西”）。鲁达保护弱小的故事还在继续，他挽救刘太公的女儿使其避免与强人首领成亲；他也营救了林冲，使他在流放途中免遭两个解差的谋杀。①

康磊对鲁达的这些行为给予了非常高的评价，他说鲁达是一个道德高尚的人。就鲁达个人来说，毫无疑问他是真正意义上的仗义之人、是顶天立地的英雄好汉。刘若愚根据上述故事也对鲁达表达了高度的赞美之情，称其是中国之侠的标的，当人们需要帮助时他就出现了②。不过，正如夏志清、李惠仪等人所指出的那样，《水浒传》中这种锄强扶弱、济困扶危的事例实在太少了。相反，就是对待平民百姓，小说作者描写更多的还是好汉们的复仇行动。

在前面的讨论中，康磊曾说梁山好汉给平民百姓“造成的伤害经常超过他们带来的好处”，从作品本身来看，确实可以这么说。如夏志清所指出的那样，好汉们的道德信条主要是由复仇的欲望所驱使的，是严苛的以牙还牙③。夏志清说，武松就是这类好汉的代表性人物。对武松的复仇，不管是夏志清还是康磊等研究者都认为，如果杀死潘金莲、西门庆为兄弟报仇是有正当理由的话，如果在鸳鸯楼上杀死张都监、张团练与蒋门神三人还可理解的话，那

---

① Lei Kang, The Dichotomy between Popular Opinion and the Novel: Morality in Water Margin. "*Women and Men, Love and Power: Parameters of Chinese Fiction and Drama*" *Sino-Platonic Paper*, 193 (Novermber, 2009), p. 153.

② Liu, James J. Y. *The Chinese Knight-Errant.* Chicago: The University of Chicago Press, 1967, p. 113.

③ Hsia, Chih-tsing, *Classical Chinese Novel: A Critical Introduction*, New York: Columbia University Press, 1968, p. 97.

么，像众好汉杀死黄文炳的家小一样，武松血洗张都监一家是完全不可理喻的。因为那些仆妇、孩子是完全无辜的，他们不应该为其他人的罪行承担任何责任。对“血溅鸳鸯楼”，浦安迪则说，武松的血腥屠杀反映了他内心的极端不健康，他无视那些可怜的仆妇、佣人的恳求，展现出他人格中极卑劣的一面①。而在康磊看来，在宋江杀死阎婆惜、雷横杀死歌女白秀英两事件中，宋、雷二人“施行的复仇与崇高差之太远”②。

上述只是好汉个体向平民百姓的复仇。按夏志清之论，单个的好汉基本上能恪守英雄信条，但整个梁山好汉群奉行的是行帮道德，当他们集体行动时，对平民百姓造成的往往是灾难性的后果。康磊以“三打祝家庄”、攻打曾头市为例说明：

> 在这些事件中，好汉的行动毫无疑问是错误的。这两个村庄并没有犯错：事实上，正如梁山好汉一样，他们居住在那里同样是出于个人的自主意愿。他们被消灭，仅仅因为他们不友好的自立对梁山是一个威胁。③

从现代人的角度来看，在这两个事件中，引起冲突的原因的确是无关生死命脉的小事情，梁山好汉的行为也确实有掠夺的成分。但即便如此，他们还是能够找到在他们自己看来是正当的理由，那就是为梁山好汉的荣誉和尊严而战。

根据上面的讨论，从总体上来看，梁山好汉所信守的道德规范的确如吴杰克所说的那样，是充满矛盾、冲突的。虽然康磊把它分为三个层面，但就是在同一层面内，好汉个人与梁山好汉群体之间在道德规范的遵循上也会出现很大的差异。有时，好汉们的行为甚至会出现如康磊所指出的那样，完全是对自己倡导的

① Andrew H. Plaks, *The Four Masterworks of the Ming Novel*, Princeton University Press, 1987, p. 322.

② Lei Kang, The Dichotomy between Popular Opinion and the Novel: Morality in Water Margin., "*Women and Men, Love and Power: Parameters of Chinese Fiction and Drama*" *Sino-Platonic Paper*, 193 (Novermber, 2009), p. 154.

③ Lei Kang, The Dichotomy between Popular Opinion and the Novel: Morality in Water Margin., "*Women and Men, Love and Power: Parameters of Chinese Fiction and Drama*" *Sino-Platonic Paper*, 193 (Novermber, 2009), p. 155.

道德信条的“亵渎”。

夏志清等人认为，水浒世界的道德规范之所以会出现如此混乱、冲突的情形，这可能与小说作者对待梁山好汉的各种行为时保持一种暧昧、含糊的态度有关。而笔者以为，如果批评者能够站在漂浮无根的社会流民的角度来理解梁山好汉极度缺乏安全感的生存处境的话，就能比较好地理解他们所做的各种事情。因为不论他们做了什么，他们的根本目的首先就是争得生存。而为了消除对自己的各种威胁，好汉们就会不惜铤而走险，甚至为自己的血腥杀戮找到各种借口和理由。而这些借口和理由在旁人看来根本就不成立。

此外，在梁山好汉处理内部关系的道德规范上，在招募秦明、朱仝、卢俊义等人时，就出现了那种非常野蛮、残酷的方式，这一方面与小说的主题有关，另一方面则与作者要达成完整的叙事有关。小说开篇讲述了“洪太尉误走妖魔”的故事，而这个故事恰好为整部作品的神话象征结构埋下了伏笔。所谓“宛子城中藏虎豹，蓼儿洼内聚蛟龙”，这就决定了梁山一百零八好汉必然聚首的情节。作者为了达成这个叙事结果，自然就会搬出所谓的“上界星辰契合”等诸如此类的话来，从而对其中出现的种种野蛮、残酷与血腥杀戮报以视而不见的态度。当然，在现代人看来所谓的“上界星辰契合”自然是骗人的鬼话。但小说的叙事正是这样一步步发展而成的。不过，这只是一家之言，不足为据。

二、水浒世界的基本价值观念

在《水浒传》研究中，夏志清把梁山好汉的信条与好汉们的特点概括为三个方面，即“讲义气，爱武艺；疏财仗义，慷慨大方；不贪女色而嗜食贪杯”①。其中“讲义气”“疏财仗义，慷慨大方”与“不贪女色”，都与水浒世界的价值观念密切相关。事实上，在《水浒传》的研究中，人们一般都能注意到上述这几点。像柳存仁、浦安迪、李惠仪等人都讨论过梁山好汉的“讲义气”“仗义疏财”“不

① ［美］夏志清著，胡益民等译：《中国古典小说》，江苏文艺出版社2008年版，第90页。

好女色”等价值认同。不过，上述诸人的讨论比较零散、细琐，也并不全面。相对来说，在英语世界批评者对此问题的研究中，关锦做得是比较系统的。

对梁山好汉所认同的价值观念，在夏志清等人的研究基础上，关锦认为可以把它们分成荣誉感、慷慨大方、不好女色、正义感以及强健的体魄与超群的本领五个方面。对此，该论者指出：

> 我们可以把好汉的价值观界定成五个不同的类别：荣誉感，慷慨大方，不好女色，正义感，以及体魄强健、本领超群。根据进入梁山社会的条件来看，在这里面，荣誉感、慷慨大方与正义感是最关键的。为什么不好女色与武艺超群没有那么重要呢？因为好汉的对手与他们自己一样，通常也有好武艺，能够使用各种武器。①

笔者以为，该论者的概括是比较到位的，从内在的精神价值认同到外在的本领、特长的赞赏都点明了。梁山好汉能走在一起，首先当然是志趣相投，而首要的又的确是荣誉感、慷慨大方与正义感三个方面。像鲁达不喜李忠，就与其在对金氏父女时很小气有关。不过，像林冲与鲁智深的结义，一开始还是出于对对方本领的赞赏。

对梁山好汉的不好女色，关锦说：

> 好汉认为房事会削弱一个人的健康和战斗本领。他们视不好女色为对好汉精神力量的一个考验（夏志清）。大部分好汉把女人看作是麻烦之源或者是一种累赘。②

---

① Jin Guan, The Values of Mountain Outlaws and of Contemporary Gangs, “*Women and Men, Love and Power: Parameters of Chinese Fiction and Drama*” *Sino-Platonic Paper*, 193 (Novermber, 2009), p. 170.

② Jin Guan, The Values of Mountain Outlaws and of Contemporary Gangs, “*Women and Men, Love and Power: Parameters of Chinese Fiction and Drama*” *Sino-Platonic Paper*, 193 (Novermber, 2009), p. 170.

对这一点，夏志清是这样说的：

> 对好汉更重要的考验是他必须不好色。梁山英雄大都是单身汉。至于已婚英雄，他们婚姻生活方面的事书中很少提及，除非他们因妻子遇到什么麻烦。据称杨雄和卢俊义一心习武，根本不管妻子，宋江出于怜悯而买阎婆惜为侍妾，却极不愿去她身边。即便如此，李逵这位鲁莽而又出色的英雄也仍然将宋与阎的瓜葛视作宋江的一个污点，并认为宋江秘密进京会见名妓李师师也是不光彩的。对习武者来说，禁欲大概首先被认为是一项保健措施。但到梁山泊传奇形成的时候，禁欲已成了英雄信条的主要一项。①

夏志清还指出，梁山好汉中唯一贪恋女色的矮脚虎王英，他是受到同伴们嘲笑的。总的来说，对梁山好汉不好女色的认识，上述两人的观点是一样的。

对梁山好汉的正义感问题，关锦指出：

> 每一个梁山好汉都拥有正义感。梁山好汉没有谁会容忍不公平的事情，无论是谁经历了那样的遭遇。一看到不公道的事情，他们就会毫不犹豫地涉身其中，打抱不平。②

该论者以《水浒传》中的重要好汉鲁达为例，说他之所以会成为和尚，并在不久后落草为寇，就是因为他对不公道事情的零容忍。鲁达听说郑屠欺骗、迫害金氏父女，他就和金氏父女站在一起，并给予他们物质上的帮助。在帮助金氏父女逃走之后，鲁达还不忘教训那个恶霸，并因此丢了官职，开始了逃亡的生活。

---

① ［美］夏志清著，胡益民等译：《中国古典小说》，江苏文艺出版社 2008 年版，第 86 页。

② Jin Guan, The Values of Mountain Outlaws and of Contemporary Gangs, "*Women and Men, Love and Power: Parameters of Chinese Fiction and Drama*" *Sino-Platonic Paper*, 193 (Novermber, 2009), p. 170.

对梁山好汉路见不平、拔刀相助的价值信念，关锦进一步指出：

> 像鲁达一样，大部分梁山好汉反抗不公，根本不会考虑哪怕是出现最严重的后果。当他们遭受不公道的对待时，为了复仇，好汉们将不惜采取非常残暴的手段。①

对这一点，如夏志清、李惠仪等人指出的那样，英雄们在维护正义的名义下，往往会出现血腥屠杀，这就走向了正义的反面，同时也给作品带来了阴暗的一面。像夏志清讨论过的，李逵对黄文炳的折磨、虐杀，杨雄对潘巧云的报复杀害，凡此种种，皆是非理性的杀戮行为，作者的描写却那样津津乐道，毫无道德上的批判意味。从这方面来说，我们就可以理解为什么刘再复会把《水浒传》视为“地狱之门”“黑暗王国”了。

谈到梁山好汉的慷慨大方，关锦说：“好汉的慷慨大方，不仅在钱物上，也包括他们自愿牺牲自己的差事、家庭、社会地位乃至生命本身。”② 该论者认为，宋江是这一方面的最好代表，“他获得及时雨的绰号，是因为任何处于困境中的人都能得到他的支助”。该论者指出，宋江不仅给他人银子，如在揭阳镇时对待病大虫薛永那样，他还担着“血海般干系”给心腹兄弟晁盖通风报信。对此，该论者指出：“宋江丢掉自己的差役被迫离家出逃，全都是为了帮助自己的朋友。”③ 就宋江来说，该论者的说法是合乎作品的描写的。

对梁山好汉的慷慨信条，夏志清有不同的看法，他指出：“由于绝大部分好

① Jin Guan, The Values of Mountain Outlaws and of Contemporary Gangs, “*Women and Men, Love and Power: Parameters of Chinese Fiction and Drama*” *Sino-Platonic Paper*, 193 (Novermber, 2009), p. 171.

② Jin Guan, The Values of Mountain Outlaws and of Contemporary Gangs, “*Women and Men, Love and Power: Parameters of Chinese Fiction and Drama*” *Sino-Platonic Paper*, 193 (Novermber, 2009), p. 171.

③ Jin Guan, The Values of Mountain Outlaws and of Contemporary Gangs, “*Women and Men, Love and Power: Parameters of Chinese Fiction and Drama*” *Sino-Platonic Paper*, 193 (Novermber, 2009), p. 172.

汉都并不富有，因而不可能太慷慨。”① 如果从总体上来分析梁山好汉的行事，夏志清的看法更符合作品本身。就作者对水浒英雄的描写来看，以慷慨闻名的主要还是宋江、柴进，以及很晚才出场的卢俊义等家底比较殷实的几个人。

对上述五种水浒世界信守的价值观念，关锦认为其中核心的“正义感”和“慷慨大方”皆来自“义气”的规范。该论者说：“好汉的正义感和慷慨，两者都是由义气的规范所驱动的。”②

那么，《水浒传》中梁山好汉所宣扬的“义气”或者说“义”是什么呢？下面我们就来讨论英语世界对这个问题的研究。

三、研究者对“义”的辨识

在历来的研究中，梁山好汉所信守的“义气”，或者说“义”，是一个很难对其进行清晰、明确界定的概念。中国学者王学泰认为，《水浒传》描绘的是一个游民的世界，“义”与“义气”是游民集聚的心理、文化纽带，是“义”让那些英雄好汉奔向一处。在中国思想文化中，儒家倡导“义”，墨家也倡导“义”，但细究起来，水浒世界所说的“义”属于墨家的范畴。他说：

> 儒家把“义”看成一种做人的义务与原则，孟子说：“善恶之心，义之端也。”这种义务与原则，是和他们所主张的仁爱、忠恕之道的伦理基础与“克己复礼”的社会主张联系在一起的。他们强调“义利之辨”，认为两者往往不能兼而得之。有“君子喻于义，小人喻于利”之说；又有“见利思义”之戒。总之，“义”和“利”是对立的。利益当前，首先要看一看它是否妨碍“义”，不要见利忘义。墨家则与儒家相反，他们把“义”“利”打

---

① ［美］夏志清著，胡益民等译：《中国古典小说》，江苏文艺出版社 2008 年版，第 86 页。

② Jin Guan, The Values of Mountain Outlaws and of Contemporary Gangs, “*Women and Men, Love and Power: Parameters of Chinese Fiction and Drama*” *Sino-Platonic Paper*, 193 (Novermber, 2009), p. 172.

> 成一片。墨子说，“义”是“有力以劳人，有财以分人”。又说，“举义”是“不辟贫贱”“不辟亲疏”“不辟近”也“不辟远”的。由此可见，墨子主张的“义”是以“兼相爱”“交相利”为基础的。因此，墨子在《贵义》篇中明确地说：“义可以利人。”这与儒家明辨义利是大异其趣的。后世的士大夫讲的“义”多属于儒家，指本着儒家观念应该尽的义务；而游民所说的“义”和“义气”则接近墨子的主张，他们把“义”看作利，而且是赤裸裸的个人利益，在《水浒传》中的“义气”就是指白花花的银子。①

王学泰在此提出的水浒世界的“义”属于墨家范畴的观点，与本节开篇谈到的关锦提出的梁山好汉以“义”为核心的道德、价值观念属于儒家思想范畴的认识显然是相左的。那么，其他人是如何看待这一问题的呢？下面，我们就来讨论英语世界的批评者对“义”这一观念的具体研究情况。

夏志清较早就对梁山好汉所讲的“义”进行了研究。夏志清认为，水浒世界宣扬的“义”或“义气”是“由友谊所支配的”（dictates of friendship），梁山好汉讲“义气”就是“把对朋友的责任置于一切之上”②。对此，夏志清说：

> 他们分外看重友情，互相视若兄弟骨肉。这不仅是赞同书中常常提到的儒家格言“四海之内皆兄弟”，也是鼓励他们行侠仗义，不是通过官府，而是以自己的双手伸张正义。③

夏志清同时也指出：

---

① 王学泰：《游民文化与中国社会》，同心出版社 2007 年版，第 330 ~ 331 页。

② C. T. Hsia defined yiqi as “dictates of friendship”, in which a haohan would put his duty to friendship above everything. Hsia, Chih-tsing, *Classical Chinese Novel: A Critical Introduction*, New York: Columbia University Press, 1968, p. 86.

③ ［美］夏志清著，胡益民等译：《中国古典小说》，江苏文艺出版社 2008 年版，第 84 页。

然而，尽管这一英雄信条并不违背孔子的仁义道德，但实际上，这些信条强调“友情”或曰“义”高于一切，从而否定了更高的伦理规范，《水浒》中的英雄们在夺取豪门的财物时是从不犹豫的。……英雄信条中有某种利他的爱，但由于无视法律和社会规范，它又鼓励了一种与利他主义相反的行帮道德。①

夏志清还指出：“虽然《水浒》肯定了英雄们的豪情壮举，但它同时对野蛮虐杀事实上的赞同，使得中国文化学者对这一重要作品莫知所从。”②在夏志清看来，水浒英雄之中有一些人是恶魔的象征，像嗜杀的李逵、武松。夏志清在分析“《水浒》的所谓反政府主题”时曾经指出，梁山好汉虽然标举“义”的大旗，反对贪官，仇恨不公与不义，但他们为了维护个人声誉和团体权益而不惜血腥杀戮，表现出非理性的残暴，施行的是不义之举。对此，夏志清说：

要讨论《水浒》的所谓反政府主题，就必须把好汉个人与梁山好汉整体区分开来。这一区分极端重要。单个的好汉恪守英雄信条，然而整个梁山好汉群，则奉行一种行帮道德。这种道德只是英雄信条的拙劣模仿而已。单个传奇英雄如鲁智深、武松、林冲，甚至宋江等人都是堂堂男子。如果横遭迫害，他们必定奋起反抗，充分显示出他们的英雄气概。但是，小说在讲了王进、史进、鲁智深及林冲的英雄故事后，写了一大段智取生辰纲的故事，肯定了欺骗和狡诈。……诚然，蔡京是朝廷四大奸臣之一，这些生日礼物全是民脂民膏；可是要在鲁、林、史、武等英雄，就肯定不会因此而采取这种劫夺的做法，因为这样做有贪财之嫌。吴用、晁盖、阮氏兄弟等却不因此而感到不妥。③

---

① ［美］夏志清著，胡益民等译：《中国古典小说》，江苏文艺出版社 2008 年版，第 84～85 页。

② ［美］夏志清著，胡益民等译：《中国古典小说》，江苏文艺出版社 2008 年版，第 99 页。

③ ［美］夏志清著，胡益民等译：《中国古典小说》，江苏文艺出版社 2008 年版，第 91 页。

很显然，夏志清在此是用接近儒家的思想观念以及现代意义上的“正义”观来评论梁山好汉的行为的，并且是在一种比较高的层次上来谈论的。笔者以为这与作品的主导方面是不一致的。因为从根本上来说，水浒英雄的“义”是相对狭隘的，有其特定的适用范围。

与夏志清的观点不完全相同，詹纳尔（Jenner W. J. F）是这样界定《水浒传》中的“义气”观念的，该论者指出：“‘义气’的完美表达是自愿作出个人的全部牺牲，而对其没有任何正常的义务要求。”① 詹纳尔以史进为例说：

> 当少华山上三个头领中的朱武、杨春两人愿意献出自己的性命践行他们“不求同日生，只愿同日死”的誓言时，史进被三人表现出来的“义气”感动了。史进释放被俘的陈达，并与他们三人结成好朋友，这纯粹是出于“义气”。②

就詹纳尔对“义气”的理解与认识，用关锦的话来说是：

> 詹纳尔认为，“义气”不只是友谊；可以把它界定为这样的原则，即为了帮助朋友或是萍水相逢的陌生人摆脱困境或为他报仇，好汉将竭尽全力、不惜采取任何手段。③

关锦以林冲火并王伦为例，当晁盖等人上梁山寻求庇护时王伦却想用以前拒绝林冲的相同借口把他们赶下山去时，林冲无法容忍王伦不仗义的行为从而火并

---

① Jenner, “*Tough Guys, Mateship and Honour: Another Chinese Tradition*”, East Asia History [1996]: p. 11.

② Jenner, “*Tough Guys, Mateship and Honour: Another Chinese Tradition*”, East Asia History [1996]: p. 11.

③ Jin Guan, The Values of Mountain Outlaws and of Contemporary Gangs, “*Women and Men, Love and Power: Parameters of Chinese Fiction and Drama*” *Sino-Platonic Paper*, 193 (November, 2009), pp. 169 ~ 170.

杀死了他，并把晁盖等人留在山寨。在这件事中，林冲功不可没，他却推举晁盖为头领，自己只坐了第四把交椅。由此，关锦认为，林冲没有从杀王伦中得到任何东西，他这样做只是出于“义气”。

詹纳尔对《水浒传》所表现的“义气”观念的认识与理解，比夏志清更全面。的确，《水浒传》中不少好汉不只对朋友讲义气，对陌生人也同样讲义气。最典型的莫过于鲁达。他在渭州做提辖时，偶遇被郑屠欺凌的金氏父女，他就义愤填膺。不仅给金氏父女银子，为了让他们能安全逃出郑屠的魔爪，鲁达还坐守客栈以防小儿通风报信去追赶。小说中能证实詹纳尔观点的事例尚有不少，在此不一一列举。但要指出的是，詹纳尔提到的那些展现梁山好汉“没有任何正常的义务要求”的故事，只是小说所展现出来的“义气”的一个方面。

李惠仪对《水浒传》所宣扬的“义”进行的更多是现代意义上的思辨和阐释，尤其是以西方的“正义”观念为参照系。在李惠仪看来，梁山好汉讲的“义”，形式多样，意义含混不清，而从根本上来说又与“正义”没多大关系。对此，她说：

> 一个反复出现而又意义含糊的字——“义”（有各式各样的翻译，如“righteousness”“honor”“valor”“solidarity,”），用它来界定梁山世界的价值观。这些好汉，当他们宣誓成为兄弟时，叫“结义”；当他们认可自己联合团结的协定，或准备掠夺、发动战争，或为抢劫、战争的胜利庆祝时，叫“聚义”；为荣耀结义兄弟关系而采取的行动叫“义举”。然而，把“义”翻译成“righteousness”是很成问题的。因为“righteousness”是“礼节”（“仪”）和“正义”的结合。而在《水浒传》里，“义”则是指好汉们维持生存和繁荣的思想观念，却很少关注“正义”本身。①

梁山好汉讲的“义”确实和我们现在所说的“正义”不一样。正如夏志清、

---

① *The Columbia History of Chinese Literature*, Victor H. Mair editor. New York: Columbia University Press, 2001, p. 629.

孙述宇、浦安迪诸人所指出的那样，梁山好汉一面标榜“义”，一面却又在血腥杀戮、野蛮劫掠，像李逵等人甚至在杀戮中获得快感。而且，梁山好汉的很多行为都只是为了维护自己集团的利益。这些都与“义”背道而驰，同时也给梁山世界蒙上了黑暗的阴影，从而使作品缺乏温暖人心的一面。而作品阴暗、混乱的方面也为阐释研究制造了很多棘手的问题。李惠仪指出，像小说中表现出来的崇高的修辞风格与暴力现实之间的不协调是最典型的。

对作品演绎的“义气”主题，李惠仪如此说：“即使反复出现表现强烈的个人义气的主题，但朋友与敌人的界线有时正如公道与公道之曲解一样模糊、空洞。”① 以“义夺快活林”为例，李惠仪进一步指出：

> 与《水浒传》的“行帮道德”一致，个人和团体的忠诚掩盖了道德评判。以施恩和蒋门神之间的地盘之争为例，他们都试图霸占快活林，从弱小者那里收取“闲钱”。人们谈论的是施恩收买武松的忠诚，在武松的帮助下“义夺快活林”，而义气与公道则似乎没有问题。施恩的名字意味着“施与恩惠”，他和武松的关系，说明了个人之间的忠诚烙上了慷慨相待、大方礼赠的印痕。在《水浒传》里，这是一个常见的交换方式。②

从李惠仪的分析我们可以看到，水浒世界的“义”和“利”是紧密联系在一起的，而“义”时常又是以“利”为基础的。这就基本接近王学泰提出的“游民所说的‘义’和‘义气’则接近墨子的主张，他们把‘义’看作利，而且是赤裸裸的个人利益，在《水浒传》中的‘义气’就是指白花花的银子”。事实上，在梁山好汉内部，相互的“忠义”和对本集团利益的维护，是评判好坏、善恶的最高标准。而在小说中，相互之间的“忠义”又确实有依靠“银子”结成

---

① *The Columbia History of Chinese Literature*, Victor H. Mair editor. New York: Columbia University Press, 2001, p. 631.

② *The Columbia History of Chinese Literature*, Victor H. Mair editor. New York: Columbia University Press, 2001, pp. 630 ~ 631.

的因素在内。正因为如此，就出现如李惠仪所说的那样，“义气”成了模糊、空洞的东西而失去了正义层面上的道德评判意义。这就难怪李惠仪会说：

> 梁山的口号是“替天行道”，“济生民”也偶尔会提及。然而，进一步考察这个世界则会发现这里没有更高的道义评判。作品开篇，鲁达杀死迫害金翠莲和其父亲的地方恶霸郑屠，但这种“锄强扶弱”的事例相对来说实在罕有。①

综合上述英语学术界的批评者对水浒世界道德与价值观念核心的“义”与“义气”的分析、研究，我们可以得出这样的认识：

梁山好汉的“义”虽然有不求回报的一面，但它和“利”密切相关，此其一；其二，梁山好汉的“义”比较狭隘，虽然他们会帮助陌生人，但主要还是通行于好汉内部；第三，与我们常说的“正义”不同，水浒世界的“义”不完全具有道德评判的意义，换句话说就是它不具备普适性。

综合上述，笔者以为梁山好汉所奉行的道德规范、价值观念与作为其核心的“义”是比较复杂的，既受到儒家思想的影响，也受到墨家思想的影响，而其根本则还是在墨家。

作者简介：谢春平（1979— ），男，江西省瑞金市人，博士，赣南师范学院文学院讲师，主要研究方向：比较文学与比较诗学、海外汉学。

---

① *The Columbia History of Chinese Literature*, Victor H. Mair editor. New York: Columbia University Press, 2001, pp. 629 ~630.

水浒文化与郓城旅游开发

——兼谈“好汉郓城”城市形象的确立

黄　波

（郓城县旅游发展委员会　山东郓城　274700）

一、水浒文化与郓城的关系

1. 什么是水浒文化

2002年《水浒文化》创刊时，约我写过一篇《水浒文化漫谈》，对于水浒文化，我曾做过这样的描述：水浒文化虽是起源于《水浒传》的流传，却不是《水浒传》所赋予的，也不局限于一部小说所描写的内容。水浒文化是水浒故地及相关地域内，以儒家文化和侠义文化为根基，以崇文尚武、义气豪爽为特点的传统文化，随着《水浒传》的流传而为水浒故地的人们所秉承、创造和发展的一种特殊的文化现象。具体来说，水浒文化是水浒故里的人们在漫长的历史岁月里逐渐形成的武术文化、酒文化、兵学文化、饮食文化、服饰文化等。总之，一切与《水浒传》或水浒英雄、水浒故里有关的，由人类创造的经验、感知、知识、科学、技术、理论以及制度、教育、语言等，都属于水浒文化的范畴。这大约是对于水浒文化较早的一个说明。

现在好多人，包括学术界的一部分人有一种看法，那就是：水浒文化就是草莽文化。这实在是一个误区！所谓草莽文化（英语翻译为草根文化），是指在山林出没的农民起义军的文化，它有两层含义：一是指同政府或决策者相对立的文化，一是指同主流、精英文化或精英阶层相对应的弱势阶层的文化。我看无论是哪一种，都与当今社会格格不入，都不是一种积极向上的文化。而水浒文化则是植根于以郓城为代表的水浒四县的沃土中，日渐为大众所崇尚的“热情好客、仗义疏财、扶贫济困、豪爽坦荡”的标签，成为郓城社会各阶层的民俗特色标志，也是郓城特色文化的体现。

2. 郓城是水浒文化之根

郓城历史悠久，大汶口文化时期就有先民在这里繁衍生息。商称廪丘，廪者粮仓也，为衣食富足之地，当然也是兵家必争之地。

春秋时期鲁成公四年“城郓以备晋”，“郓”字，意为驻军之城。郓城从历史上便与军事、战争结下不解之缘，是军事重镇和兵家必争之地。因而周边兵家层出不穷：战国时期军事家孙膑、隋末群雄之一孟海公、唐开国功臣徐懋功、黄巢、王仙芝、宋江晁盖吴用等水浒英雄、元兵部尚书晁显、明兵部尚书樊继祖、刑部左侍郎樊敬、嘉靖年间抗倭名将曹邦辅、清武状元张宪周、登州总兵夏辛酉……甚至抗日英雄冯昌武、志愿军英雄刁秀魁、2010 年广州亚运会首金得主袁晓超等，总之，郓城一带从古到今都是出英雄好汉的地方，这些人中不仅有草莽英雄，更有朝廷命官、社会精英，他们都是英雄好汉！所以郓城一带，历史上就是出好汉的地方！

说郓城是水浒之根、之源，丝毫不过分。首先，水浒英雄大多出自郓城，民间素有“梁山一百单八将，七十二名在郓城”之说，晁盖、宋江、吴用、朱仝、雷横等首领都是郓城人。其次，《水浒传》故事的开端也是在郓城，倘若没有七星汇聚东溪村，就没有智取生辰纲；没有宋公明私放晁天王，也就没有了日后晁盖火并王伦坐上梁山泊第一把交椅；倘若没有宋江怒杀阎婆惜，就不会有宋江被刺配江州，也便没有浔阳楼题反诗和上梁山，哪里还有天魁星带领梁山英雄排座次，《水浒传》亦不复存在。或许王伦仍在梁山偏安一隅，梁山也不过是郓城辖下无人定居的一座孤岛，偶尔聚一些鸡鸣狗盗之徒，行一些苟且之事，何来“转略十郡，官兵莫敢撄其锋”的破竹之势？而东平湖那时还是一片陆地，又与水浒何干？

因而郓城之于水浒，确实是本与末、因与果的关系，郓城是水浒故事的发源地。

3. 水浒文化是郓城旅游的灵魂

旅游是一种文化体验，是一种游历的经验，即使是自然生态之旅，也是基于游客自身文化品位和精神需求之上的休闲活动。旅游的需求，是在基本需求满足之后产生出的一种社会行为，以高层次需求的满足为驱动力，属于以精神需求为主导的范畴。旅游活动从本质上讲是一种文化活动，无论是旅游消费活动还是旅游经营活动都具有强烈的文化性。只有挖掘出旅游标的物的文化内涵，才能吸引游客。游客借助文化底蕴与自然景观融合，与人文景观对话；景区依托其文化内涵化抽象于具体，让游客获得身心上的满足，从而实现旅游产品的经济价值。

说到底，旅游是以地域文化或者生态环境的差异性作为旅游吸引物和标的物来诱发游客的旅游行为，是靠商贸、修学、怡情、奇异等因素和设想衍生出的具体旅游项目，实现吃、住、行、游、购、娱的经济效益活动。就郓城来讲，没有水浒文化，没有大碗喝酒、大块吃肉的民俗民风，没有义气豪爽、扶贫济困的英雄形象，也就没有吸引游客的原动力，即便打造出再大规模的旅游景区，也是苍白的无生命力的砖头瓦块，不会产生经济效益。正是深藏于民间的、丰富的、原汁原味的有关水浒英雄的传说和大量存在的水浒遗址遗迹，使得郓城的旅游产品具有较强的生动性和吸引力，尽管景区不大，缺乏营销，游客却逐年增加、络绎不绝。在郓城，还没有任何一种文化现象能够像水浒文化一样，如此贴切地诠释出郓城人忠孝豁达、崇文尚武、义气豪爽的特点，也没有任何一种文化现象能够像水浒文化一样深入人心，令人荡气回肠。离开水浒文化，郓城文化的突出特色也就不复存在了。

所以，水浒文化是郓城旅游的灵魂，离开了水浒文化，郓城旅游便成了无源之水、无本之木；而郓城现有的旅游景点，正是水浒文化的具体展现和形象的诠释，没有这些景点，游客也就无法看到、感到、体验到水浒文化的独特魅力。

以水浒文化和武术文化为核心，整合民俗、生态等郓城地方特色文化作为旅游发展文脉，充分依托湿地生态、绿色生态、农业生态等优势休闲旅游资源，实施以旅游产品体系建设为核心、以市场体系构建和支撑体系完善为保障的旅游目的地建设战略。重点打造水浒好汉城、宋江湖、黄泥冈、宋江故里等一批有影响力的旅游项目，并逐步辐射带动九天玄女庙等水浒旅游资源的开发，同时在武术文化、民俗文化、温泉和农业生态等旅游资源的开发过程中加强水浒文化的渗透，逐步形成“水浒文化之源”旅游产品集群，并通过构建多层次的市场体系，在旅游市场上确立郓城水浒文化之源的地位。在旅游产品体系和市场体系建设的同时，加强旅游发展体制创新和旅游基础设施建设，将郓城打造成以水浒文化之源为突出特色的文化体验和生态休闲度假旅游目的地。

二、水浒文化在郓城旅游产品打造中的应用

1. “好汉郓城”主题形象的确立

“好汉郓城”作为旅游主题形象和郓城城市形象的提出不是偶然的，它是郓城精神的集中展现，更是水浒文化的浓缩和精华。尽管水浒英雄之躯已湮没在漫漫黄沙之中，烟波浩渺的梁山泊也杳无踪迹，在郓城大地上却留下了大量与水浒有关的遗迹和动人心弦的传说，令人缅怀不已。在漫长的历史进程中，形成了以“崇文尚武、义气豪爽”为特点的独特的水浒文化，使郓城成为全国首批“全国武术之乡”和“中国好汉之乡”。

《山东省水浒旅游专项规划》把郓城定位为水浒之根、水浒英雄的故乡，所以，郓城的旅游主题形象，应该围绕英雄好汉来生发和思考。数年前笔者在梁山参加“山东省旅行社协会年会”的时候，与万东林先生的一次谈话中提到了“好汉郓城”这一形象，之后其成为郓城旅游主题形象的首选。

“好汉”一词始于汉，盛于宋，流行至今。唐王李世民正是与“山东豪杰”结成了稳固的联盟，才打下江山；在郓城周边，好汉文化从商周之际便开始形成，一直延续到当代。郓城好汉，是山东大汉的最早体现。

当新石器时代的山东大汶口文化进入父系社会时，中原地区的仰韶文化、陕西的半坡文化、长江流域的河姆渡文化、燕山以北的红山文化等，尚处于母系社会时代。“山东大汉”雄踞其中，好汉文化可谓源远流长。山东地区由来已久的好汉文化是水浒文化的源头，而水浒文化恰恰是好汉文化的组成部分。对于郓城来说，水浒文化就是好汉文化。

从2010年开始，我们请相关专家进行研讨和论证，并着手进行“中国（郓

城）好汉节”的策划，并于2010年和2012年两次通过互联网在全社会展开“好汉郓城”标识的征集活动，2011年至2014年连续举办了四届“好汉节”，2012年起，在央视等媒体对“好汉郓城”进行形象宣传，并有计划地举办了一系列以“好汉郓城”为主题的文化旅游活动，在全社会引起很大反响，好汉郓城的概念深入人心。2012年初，郓城县委书记王永华在郓城县党代会报告中明确指出：以“忠义天下，好汉郓城”作为旅游主题形象。经过郓城旅游局的十年摸索、一年研讨、三年全方位的宣传营销，2014年初，郓城县委宣传部正式发文，要求郓城各县乡在重大活动中统一使用“好客山东”和“好汉郓城”标识，确立了“好汉郓城”作为郓城旅游主题形象和城市主题形象的地位。

2. 郓城水浒文化旅游资源研究

郓城境内水浒文化旅游资源众多，列表如下：

主类	亚类	基本类型	单体名称	资源概况	数量
B水城风光	BA 河段	BAA 观光游憩河段	宋金河	又叫宋江河、广济河，北宋年间因河宽五丈又称五丈河，是八百里梁山泊的南出口，直通东京汴梁，是漕运皇粮的水上交通要道。	4
			北沙河	位于水浒城北部，西南—东北走向接入宋金河。	
			跃进河	宋金河支流，位于水浒城中部，跃进路南侧。	
			边庄沟	宋金河南部边界，位于水浒城南部。	
	BB 天然湖泊与池沼	BBB 沼泽与湿地	宋金河湿地	长8公里，占地2900亩，水生植物有芦苇、蒲草等。	1
		FAE 文化活动场所	郓城水浒好汉城	郓城唯一的4A级景区，位于郓城县西门街南段，是集宋江武校的武术修学旅游、传统武术绝技表演和水浒民俗风情展示于一体的综合性人文景观，是一处明清时期的古代建筑群，具有非常高的文物价值，主要景点有：郓城县衙、宋江武馆、晁家庄、忠义庙、乌龙院、古筝坊、孙二娘客栈、青面兽镖局、及时雨茶楼、古代戏楼、大刀馆等。	8
			水浒文化博物馆	位于水浒好汉城内，是一座展示水浒文化遗迹、水浒人物、水浒兵器，以及酒文化、武术文化等宋代郓城当地民俗的综合性博物馆。	

（续表）

主类	亚类	基本类型	单体名称	资源概况	数量
B 水域风光	FC 景观建筑与附属型建筑	FCB 塔形建筑物	唐塔	山东省历史优秀建筑，省级重点文物保护单位，位于郓城县城唐塔广场。又称观音寺塔、荒塔，建于唐五代。唐塔为八棱四门楼阁式砖塔，地面之上现存4级。	1
		FCK 建筑小品	宋江钓鱼台	在县城东北3.5公里的宋金河东岸，为一高丈余的土台。	2
	FD 居住地与社区	FDA 传统与乡土建筑	东溪村 西溪村	位置在宋金河大桥以北三义村段河两岸。七里铺村为东溪村，对岸三义村为西溪村，有古碑为证。现存晁盖井、晁家林等遗迹。晁盖后人藏有《晁氏族谱》，有晁盖砍头入谱的传说。	2
		FDD 名人故居与历史纪念建筑	夏公馆	县级重点文物保护单位、爱国主义教育基地，系清末所建，为清朝提督夏辛酉公馆。夏辛酉在新疆平叛和甲午中日海战中立下战功。	1
	FG 水工	FGB 水井	乌龙井	位于唐塔下郓州宾馆院内。传说为阎婆惜所居乌龙院的遗迹。	1
G 旅游商品	GA 地方旅游商品	GAA 菜品饮食	水浒牌系列白酒	系郓城县水浒酒厂生产，主要原料是小麦、高粱，采用传统工艺和五粮液酿造工艺相结合，具有窖香兼芝麻香的独特香味，有“天蒸”“地蒸”两大系列数十种水浒品牌白酒。	4
			黄泥冈酒	系黄泥冈酒厂生产，主要原料是小麦、高粱，是采用传统工艺精心制作的曲香型纯粮食酒。	
			皮家烧鸡	至今已有千年的历史，曾作为贡品贡奉朝廷。采用鲁西南土鸡，在祖传工艺配方的基础上精制而成。	
			好汉饼	又叫“壮馍”，意思是壮士吃的馒头，是宋江故里特有的风味小吃。是用牛羊肉为馅，白面为皮，油煎而成，外酥里嫩，香气四溢。	
		GAE 传统手工产品与工艺品	鲁锦	俗称土布，鲁西南民间织锦的简称。织造工艺非常复杂，要经72道工序，以22种基本色线变化出1990多种绚丽多彩的图案，堪称千变万化、巧夺天工。	3

（续表）

主类	亚类	基本类型	单体名称	资源概况	数量
G 旅游商品	GA 地方旅游商品	GAE 传统手工产品与工艺品	水堡纸牌	也叫水浒纸牌，又叫老妈妈牌、婆婆牌或小牌，最早出现在元朝末年晁盖故里——郓城县的水堡村，为纪念梁山英雄创制，兴盛于清代，流传至今。雕版印刷工艺印制，长6厘米，宽1～3厘米，共120张，传说当时根据北宋官府捉拿梁山好汉的赏银数目设计，后来逐渐流传到河南、河北、江苏、安徽、江西、浙江及东北三省。为山东省首批非物质文化遗产之一。	3
			郓城古筝	郓城的古筝是全国很有影响力的主要古筝之一。古筝制作工艺名列山东省首批非物质文化遗产。今在水浒好汉城内的古筝坊现场制作，其用料讲究，制作工艺独特，尤以音色取胜。	
H 人文活动	HA 人事记录	HAA 人物	孙膑	战国时期齐国军事家，生于郓城境内的古廪丘（有争议）。有著作《孙膑兵法》传世，其独创的“孙膑拳”，至今流传于郓城。	
			王观	三国廪丘人，做过尚书、河南尹、尚书少府等多个官职。	
			宋江	北宋末年农民起义领袖，郓城县水堡乡人。与36人聚众起义，活动于河北、山东一带，曾在梁山泊设营结寨。占领十郡，一时威震河北，撼摇京师。	
			孙时	孙林村人，孙膑后代。1390年举人。官至刑部员外郎、大理寺右丞、兵部侍郎等职。1436年辞官归里。	
			侣钟	郓城县侣楼村人，1467年进士，户部尚书，一代名臣，《明史》十七卷有传。	
			樊继祖 樊敬	樊继祖，郓城县人，1511年进士。兵工两部尚书。著有《双岩奏疏》《十友传》《山海纪程》《金丹集》。樊敬为其祖，曾任刑部左侍郎，曾于城南建草堂，以文会友，传为佳话。	
			魏希徽	郓城县城关镇魏路口人，帝师。清康熙殿试二甲第一，选翰林院庶吉士，参加了《平定方略》《明史》等书的编修。60岁时告老还乡，首创郓城名吃“澂汤”。	

（续表）

主类	亚类	基本类型	单体名称	资源概况	数量
H人文活动	HA人事记录	HAA人物	祝增	浙江省海宁市人。郓城知县，任职期间，政绩卓著。修大成殿时捐俸金700两，重修奎星楼。	12
			仝云集	郓城县仝老家村人，从医于咸丰、同治、光绪年间。正骨医术高超，善治跌折骨伤。百姓称他为“神医”。	
			王殿玉	民国盲人琴师，号称丝弦圣手，在天津、上海一带享有盛誉。	
			夏溥斋	号莲居，清末知府，辛亥革命时被公推为山东各界联合会会长。致力于山东教育事业，拒绝日伪政权邀请。后研读佛法，将《无量寿经》汇为善本，在佛教界享有盛名。	
	HC民间习俗	HCB民间演艺	梆子戏	声调高亢有力，婉转曲折。曲牌有簧、快慢二八等，乐器主要是板胡、二胡、笙、笛等。传统剧目主要有：《闯幽州》《李白醉酒》《诸葛亮吊孝》等。	
			枣梆	是陕西上党梆子在鲁西南的变种，后因“盛义班”逐渐发展成具有独特风格的地方剧种。传统剧目主要有：《蝴蝶杯》《珍珠塔》《五花马》等。	
			柳子戏	又称弦子戏，是中国古老剧种之一。是“东柳西梆”中的“东柳”。主要剧目有：《挂龙灯》《打登州》《孙安动本》等100余出。	
			评剧	中华人民共和国成立后出现。长城评剧团在菏泽市首屈一指。	
			两夹弦	从河南传入。传统剧目有《王定保借当》《小姑贤》《三拉房》《站花墙》等。	
			大弦子戏	亦称大笛子络络，是郓城人民喜闻乐赏的地方剧种之一。剧目有《火龙镇》《搜孤救孤》《薛刚打朝》等50余出。	
			郓城落子	发源于郓城、巨野二县，乡村民众非常喜爱。主要节目有《五子登科》《大红袍》《千里送京娘》等。	
			大鼓书	嘉靖年间，由落第秀才马立祥根据《三国演义》改编，传统节目主要是三国故事。	

（续表）

主类	亚类	基本类型	单体名称	资源概况	数量
H 人文活动	HC 民间习俗	HCB 民间演艺	花鼓丁香	是郓城、巨野乡间流行的小戏曲，平地化妆演出，伴奏只有一个花鼓，二人或一人就能演，曲目有《王林休妻》《站花墙》等。	13
			鱼鼓坠	用鱼皮糊的竹筒为主要敲打乐器，再用坠琴伴奏，后来受河南坠子的影响，成为河南坠子的一支。	
			莲花落	伴奏乐器是截子和木竹板。刘官屯村的白法云唱腔独具特色，《打狗劝夫》是其拿手戏。	
			民间杂耍	一般在秋后、春节期间举办。有要狮子、要老虎、踩高跷、跑花船、抬阁、舞龙灯等。	
			山东琴书	是流行于郓城县内的主要剧种之一，国家级非物质文化遗产。	
		HCD 民间健身活动与赛事	武术	郓城是中国武术发源地之一。现存拳种二十多个，主要有孙膑拳、水浒拳、炮拳、小红拳、梅花拳、少林长拳、阴阳掌等。县内有宋江武校等多个武校。	2
			郓城会盟宋江阵	2009 年全国武林掌门人于郓城会盟，切磋武功，研讨武艺。后每年举办一届，全县二十多个武术门派汇聚县城，以武会友。宋江阵，元代发源于郓城，传说是宋江带兵打仗的阵法，初见于九天玄女庙，阵法变幻莫测，表演人数为 36、72、108 人不等。现流行于东南沿海尤其以台湾地区为盛。是郓城重要的两岸交流活动。	
	HD 现代节庆	HDA 旅游节	好客山东贺年会	重点培育忠义庙会、好汉灯会、小年封刀、初五请刀、撞钟祈福、烧头炷香等特色品牌，使之成为吸引游客的亮点。好客山东贺年会开展三届以来，郓城连续三年被评为全省先进单位。	3
			好客山东休闲汇	郓城是好客山东休闲汇全省十个试点县之一，重点培育镖局金库寻宝、状元节、武林郓城会盟、垂钓宋江湖等旅游热点。	
			中国（郓城）好汉节	郓城独创的、全国唯一的展现好汉文化的旅游节会，内容包括：好汉研讨、认证、两岸宋江阵交流、郓城会盟等活动。	

从以上资源列表和资源调查情况可知，郓城旅游资源在类别构成上，人文旅游资源占93.18%，自然旅游资源占6.82%，人文旅游资源占有绝对优势，这说明郓城县的历史文化资源基础深厚，适宜人文景点的开发建设。

3. 郓城旅游发展的空间格局前瞻

第一，以水浒好汉城为支撑，打造“好汉郓城”核心产品。

水浒好汉城是集宋江武校武术交流、民间武术绝技表演和古代街区水浒故事寻踪为一体的综合性人文景区，包括郓城县衙、晁家庄、宋江武馆、九天玄女庙、及时雨茶楼、明清古戏楼、忠义庙、孙二娘客栈、青面兽镖局、乌龙院、古筝坊、郓城酒楼、水浒文化博物馆等二十多个景点，状元大刀武术绝活、全国书状元精彩演出、李逵坐衙情景剧表演等旅游演艺活动引人入胜，晁家庄地主庄园暗道密布、清代戏楼和寅宾馆雕刻精美绝伦、忠义庙忠义三杰浩气长存，都令游客流连忘返。

好汉文化源远流长，是水浒文化的根基和升华，“山东大汉”是山东人最响亮的名字，作为全国独一无二的“中国好汉之乡”，郓城应该抓住“山东出好汉，好汉在郓城”的独特优势，在“好汉郓城”的旗帜下，以名列全国十大名武馆（校）之首的宋江武校为依托，增加表演、体验等游客互动的项目，打造国家AAAAA级旅游精品景区。

第二，以水浒古城为标志，打造“好汉郓城”形象产品。

水浒古城是指以环郓城县城的宋江河、北沙河和跃进河（五丈河）三河环绕的水系为界限，涵盖水浒好汉城和明清时期郓城古城区在内的旅游项目的统称。通过水浒古城的打造，形成郓城独特的品牌和区别于其他水浒三县的旅游产品，成为“好汉郓城”的形象代表。

根据打造水浒古城的规划要求，在产品打造上，首先要以郓城县志记载为依据，恢复东、南、西、北四大古城门，改建仿古唐塔广场、古城北街、古城东街、南街，新建仿宋五丈河（跃进河）水街，恢复明清时期的郓城古城。以宋江河环城水系为依托，修建金沙滩湿地休闲区、水浒湿地鸟类家园、唐店闸水城等景点，打造水浒休闲水城。以郓城浓厚的武术文化为主线，通过武术套路、散打、跆拳道、拳击等项目表演和武术竞技比赛，形成浓厚的武术之乡氛围；通过水浒故事场景重现和遗址遗迹的恢复，打造水浒文化城。最终形成郓城县“古城、水城、文化城”三城辉映的旅游格局。

虽然规划前景似锦，内容令人炫目，然而随着郓城城市建设的快速发展，在郓城老城区恢复古城仍困难重重，在经济尚不发达、百业待兴的郓城县城，全貌恢复古城也确实是一件劳民伤财的事情。而且县志记载郓城县几易其址，所谓的郓城古城其实只是明清时期的遗迹而已，并非北宋时期的县城。因此，应该将郓城古城与规划中的文化城合二为一，以水浒好汉城为中心，扩大规模，完善设施，建设集餐饮、住宿、购物、休闲于一体的新格局，在新奇、参与上下功夫，打造郓城水浒旅游综合体。利用环城水系，开发水上旅游线路，实现夜游水浒城的目标，形成水浒旅游的精品景区。

第三，以四乡文化为依托，打造《山东大汉》演艺产品。

郓城是著名的好汉之乡、武术之乡、戏曲之乡、古筝之乡，自古有“书山戏海、筝琴之乡”的美称，如何利用丰富多彩的四乡文化和民风民俗活动，活化古代民俗、重现古风古韵，是郓城亟须做好的重大课题。特别是利用好汉郓城品牌，彰显“山东大汉”形象，是郓城旅游的系统工程。

山东大汉的形象是山东人最突出的代表。山东出好汉，一部《水浒传》就是为好汉们立下的传记。此书一出，山东好汉无人争锋，“路见不平一声吼，该出手时就出手”，正是山东大汉行侠仗义的精确写照。

但是，作为旅游大省，除黄金海岸、儒家文化和泰山之外，还应该有一个体现山东大汉、山东好汉的旅游形象，这才是山东人的金字招牌，是好客山东的依托和核心，就山东境内的历史文化旅游资源来看，“山东大汉”的形象打造，非水浒英雄莫属！

目前，以梁山、郓城、东平、阳谷四县为代表的水浒旅游方兴未艾、蓬勃发展。梁山大寨、东平水泊、郓城好汉城、阳谷景阳冈，都给人们留下深刻的印象。但是唯独缺乏一个大型的旅游演艺活动来体现山东人的热情好客、义气豪爽，这场演出应该有一个最响亮的名字，那就是——山东大汉。无论是历史文化氛围还是资源优势、交通优势，郓城都应该是这场演艺活动的首选地点。所以，竭尽所能地打造体现山东大汉孔武有力、义气豪爽、诚信坦荡、拔刀相助的形象；充分展示山东地方特色，选取优秀的非物质文化遗产项目进行现场展示，带给游客以全新的感受；将传统魔术、武功绝活、威亚技术与水浒人物和故事情节结合起来，形成轰动效应；还可以借用LED背景，充分展示水浒英雄惊天地、泣鬼神的梦幻场景，将《山东大汉》旅游演艺活动打造成一场视觉盛宴。这既是水浒之旅项目内容的要求，也是水浒英雄形象的综合体现，还是夜游水浒城形成周边县市水浒旅游时间错层的需要，更是集中展示“山东大汉”性格和形象的核心内容。

第四，以“一心两带”为格局，打造“好汉郓城”产品组合。

所谓“一心两带”，即以郓城县城的“水浒古城”为中心，整合全县水浒文化旅游资源，形成以县城为交叉点的东西、南北两条旅游带，即东西向的以水浒文化遗址遗迹为轴线的水浒文化旅游带和南北向的以宋江湖、宋江河、城南水库、赵楼水库为轴线的水资源旅游带，打造水浒好汉城、宋江故里廪丘古镇、宋江庄园农家乐、曾头市八卦阵、九天玄女庙道教养生旅游区、灵官殿民俗旅游区、黄泥冈精品采摘园、宋江湖生态旅游区、宋江河水泊湿地、水浒温泉康体休闲区、黄河人家乡村休闲旅游带等特色产品，形成以水浒文化为灵魂、以武术文化为依托、以忠孝道义为标志、以好汉饮食为补充的“好汉郓城”旅游产品组合。

第五，以地名改造为突破口，形成水浒故地的浓厚氛围。

尽管郓城是公认的水浒英雄的故里，然而走进郓城，却丝毫感受不到水浒文化的强烈气息，无论是建筑的风格、格局还是特色，都与水浒文化格格不入。因此，亟须打造包括城市建设、地名设置、水浒雕塑符号在内的系统改造工程，形成浓厚的水浒文化氛围。其中，地名恢复是花钱最少、效果最好的捷径。郓城县乡应恢复和更改与水浒文化关系密切的地名，如宋江镇、宋江河等，县城新修道路要优先使用与水浒文化相关的名称，南北向道路以36天罡的名字命名，东西向道路以72地煞的名字命名，胡同街巷以水浒英雄外号和地名来命名，仅靠设置道路指向牌就能在一定程度上给游客置身水浒故地的感觉，何乐而不为？

附：郓城历史上与水浒相关的部分地名恢复及更名建议

序号	现用地名	拟改地名	依　据	
1	郓城镇	宋江镇	1958～1966年间曾叫“宋江公社”且辖区内有宋江武校和与宋江有关的遗迹多处	
2	黄堆集镇	黄泥冈镇	为智取黄泥冈之地，有明代万历年间的石碑为证	
3	宋金河	宋江河	历史上民间已有此名，现民间仍称宋江河，而且曾有文学报纸《宋江河》出版发行。古代官府为避水浒英雄之嫌变更之	
4	水堡乡水堡村	宋家村	为宋江老家，今有遗址	
5	玉皇庙镇	曾头市镇	为晁盖中箭身亡之地，历史上有梁山将智取“葛针寨”的传说	
6	七里铺	东溪村	为晁盖故里，三义村改名“西溪村”。两地名在《地名志》均有记载，有古代石碑为证	
7	旷庙苏庄	还道村	为宋江受困还道村得三卷天书之地；王沙窝更名“灵官殿村”，为刘唐醉卧灵官殿之处，均有遗迹和传说	
8	西门街	好汉街	南有好汉城	
9	胜利街	县西街	宋江与阎婆惜的住处在县西巷内，县招待所有宋江怒杀阎婆惜的乌龙院遗址；盘沟路更名为“县前路”，县衙之前原名县前街，有茶棚等建筑	
10	东门街	英雄大道	向东连接济广高速出口	
11	临城路	忠义路	是火车站到城区的主要道路	
12	宋金河东、西岸大路	东溪路 西溪路	七里铺为晁盖老家东溪村，对岸为西溪村	
13	金河路	宋江大道	向西连接德商高速出口	
14	东环路	大溪路	因往北通往即将建设的宋江河景区和宋江河八百里水泊景区，也可命名为“寻浒路”	
15	县政府前新开大街至临城路	茶坊街	县前茶坊在此处	
16	通往烈士陵园的南北路	红叶路	是东溪村（七里铺）红叶树所在地。红叶是郓城知县考核官兵是否夜巡的凭证	

（续表）

序号	现用地名	拟改地名	依据	
17	县政府东边小巷	文庙路	原孔庙在此	
18	南环路	郓州大道	郓城原为郓州，向西连接德商高速出口	
19	站前街	廪丘街	郓城商代称廪丘，为衣食富足之地	
20	新建街	忠孝街		
21	新城街	忠勇街		
22	园区路	天书路	九天玄女授三卷天书处	
23	金聚街	玄女街	九天玄女庙	
24	开拓路	灵官殿路	在刘唐醉卧的灵官殿前	
25	跃进北路	水浒路	直通水浒好汉城	
26	学前西街	布政司街	布政司在街左	
27	学前东街	按察司街	按察司在街右	
28	育才路	崇文路	取崇文尚武之意，因一中、西关小学在此	
29	武校北路	尚武路	取崇文尚武之意，武校在此	

三、郓城旅游发展的前景——融入水浒之旅

目前，水浒旅游线上四县的旅游业都在快速发展、渐成规模，已经形成了以梁山为核心产品、东平为水泊特色、阳谷和郓城为两翼的水浒之旅的雏形。尽管外界频频炒作梁山东平之争，但事实上梁山的核心地位是不可动摇的，不仅仅是因为梁山长达三十年的先期开发，更重要的是水泊梁山从一开始便是水浒的招牌和代名词，影响人们数百年的《水浒传》早已经先入为主地把梁山英雄和水泊梁山的概念植入人们内心深处，所以不管其他三县如何打造、如何宣传，最终在游客的意识当中，水浒旅游的主体和核心仍然是水泊梁山。

然而梁山由于受自然、历史和资源的限制，加上经济发展的制约，仅凭一己之力远远不能形成雄霸一方的拳头产品，只有四县联合，形成大水浒旅游品牌——水浒之旅，才是水浒旅游发展的方向和归宿，任何想要单打独斗的行为都

只会因重复建设和内斗损耗减缓联合的步伐，并不能改变联合的最终结果和进程。因此，郓城旅游的发展前景和方向，也只能是四县联合基础之上的“水浒之旅”。

1. 好汉郓城在水浒之旅中的地位和贡献

郓城旅游开发在四县之中起步最晚，而且没有形成集全县之力打造的局面，发展较为缓慢。但是近几年来，随着水浒好汉城的快速崛起，郓城旅游已经缩小了与其他三县的差距，虽然不能在短期内后来居上，由于没走弯路，加上有深厚的水浒文化底蕴和宋江武校强大的人力资源作支撑，郓城已经在水浒之旅中独树一帜，正逐步打造成水浒旅游的精品景区。

郓城是水浒文化的发源地和水浒故事的主要发生地，梁山好汉的主要首领晁盖、宋江、吴用都是郓城人，民间素有“梁山一百单八将，七十二名在郓城”之说，郓城是水浒英雄的老家，深厚的水浒文化内涵是水浒之旅的文化支撑，是水浒之旅的灵魂所在，其文化内核的主导作用是毋庸置疑的。然而由于历史原因，郓城这个梁山英雄的大哥，在实际上成为水浒旅游开发的小弟，但是随着时间推移、产品打造和旅游市场的需要，特别是人文景观的开发、浓厚的水浒故事原发地的文化氛围和四千名宋江武校小英雄的有力支撑，郓城成为水浒之旅最有潜力和发展前途、具有低成本运作优势的地方。因此，离开了水浒之旅的郓城和离开了郓城的水浒之旅，都是不可想象的。尽管郓城和阳谷在产品形态上是作为水浒之旅的两翼，然而两地深厚的历史文化渊源和水浒文化基础，决定了两县仍然是水浒旅游发展的灵魂和根基。

山东省旅游局非常重视水浒旅游的发展，多次组织四县进行联合打造的探索和实践，四县也成立了水浒旅游联盟，梁山是第一任“盟主”，打下了四县联合的基础；阳谷是第二任“盟主”，多次召开四县联席会议，完成了四县联合宣传册《水浒之旅》，达成了四县景区联合宣传意向；郓城作为第三任也是时间最长的“盟主”，完成了四县在主景区互设宣传牌的实质性营销，实现了在央视联合做“水浒之旅”的形象广告，目前正在积极运作《水浒之旅》导游词的编辑出版工作。

几十年前，美国的夏威夷州有人将啊罗哈（aloha）这个词用于对景区游客的称谓，成为一种独特的文化现象，以至于啊罗哈一词演变成一种精神，最后夏威夷州被称为啊罗哈州，啊罗哈成为夏威夷的代名词。与之类似，要想融合四县资源，打造水浒之旅，首先应该整合四县的水浒旅游品牌形象。

在长期的旅游开发过程当中，四县逐渐形成各自的品牌形象，如梁山的“大义梁山”，郓城的“好汉郓城”，东平的“水韵东平”，阳谷的“英雄阳谷”，四县在央视等媒体上做形象宣传，在社会上和游客中产生了一定的影响。但这还不够，如果要实现水浒旅游的跨区域联合，就必须打造一个统一的品牌形象。有人叫“水浒故里”，但仔细推敲并不十分合适，这个词组本身就不通，水浒的本意是水边，亦可指名著本身抑或是水浒文化的简称，但无论是什么，让它作为“故里”的定语都不合适。四县合作之初就约定俗成地称为水浒之旅，统一印刷的宣传推介材料和央视媒体宣传都是采用“水浒之旅”这一统一形象。

在四县旅游主题形象识别系统的打造中，郓城是较为完善的一个，“好汉郓城”品牌形象识别系统的打造，极有可能成为“水浒之旅”的形象识别系统的基础和指导，特别是抱拳礼的标识，有可能成为整个“水浒之旅”产品标识的借鉴，将抱拳礼推广到水浒之旅的所有分景区，成为水浒旅游的行为系统，成为水浒之旅的啊罗哈，将是“好汉郓城”对“水浒之旅”的突出贡献。而且郓城已经完成了国家商标局“水浒之旅”商标的注册工作，将来愿意提供给四县资源整合之后的“水浒之旅”品牌来使用。

2. 水浒之旅的发展构想

山东省旅游局早在2008年就委托山东省旅游规划设计研究院编制了《山东省水浒旅游专项规划》，力图以区域联合为前提、以产品整合为基础、以市场合作为手段，整合区域优势，培育具有深厚文化内涵和丰富旅游功能的综合性文学名著观光体验与特色休闲相结合的旅游目的地，构建在全国具有独特地位的水浒文化旅游带。水浒之旅确立了“ 一轴、两核、四区、多点”的水浒旅游发展格局。其中，一轴是指由郓城、梁山、东平、阳谷四县构成的水浒文化旅游中轴线；两核是指梁山、东平湖两个水浒旅游的枢纽性地域；四区是指郓城水浒英雄故里旅游区、梁山水浒山寨旅游区、东平湖水泊旅游区、阳谷武松传奇旅游区；多点是指串联山东境内的其他水浒旅游点。当然也存在一些实际性的问题。由于种种原因，四县在各自的开发中互有借鉴，不乏重复建设和形象冲突的现象，关键是在实际的联合开发过程中，四县对于具体产品的打造没有规定一个操作性强的原则。

尽管经过近十年的整合，最终并没有将水浒旅游的各县真正打造成旅游联盟，四县实际上聚少离多，各行其是。究其根源，无非是行政和市场两大因素使然。从行政区划来看，梁山隶属济宁，郓城隶属菏泽，东平隶属泰安，阳谷隶属聊城，四县分属四个地市，各自的行政决策必然不同，为了争夺市场又相互倾轧。更可悲的是，尽管四县都在或明或暗地争夺水浒旅游的话语权，然而水浒旅游在四个市的地位都非常尴尬，都被边缘化，如济宁的主题是“孔孟之乡”，菏泽的主题是“牡丹之都”，聊城主题是“江北水城”，泰安的主题是“中华泰山”。事实证明，以行政区划为单位的旅游产品营销都不能体现水浒之旅的形象，非但没有促进水浒旅游的形象宣传和营销，反而束缚和限制了水浒之旅品牌的推广和四县产品资源的融合。要从根本上解决问题，第一是行政区划整合。即重新整合行政区划，由水浒四县组成新的“水浒市”统一管理四县是最理想的发展模式，当然在现在的条件下，也是乌托邦式的空想。第二是产业经济联合。通过行政或经济手段，成立“水浒之旅”旅游发展集团，统一经营四县景区是最佳的发展模式和有可能实现的蓝图。尽管为了实现大水浒旅游的目标，省旅游局一直在进行坚持不懈的努力，甚至帮助四县物色有实力的企业参与整合和整体打造，但是四市不同的行政管辖、四县不同的发展思路，决定了谈判和融合的过程将是非常艰辛和漫长的，除非有大财团的介入和省政府的鼎力推动。所以在目前的条件下，无论是用行政还是经济手段对水浒之旅进行整合，都不会是一帆风顺的。

笔者以为，在上述两种模式实现之前，现阶段发展水浒旅游的最佳方法只能通过统一规划调整规范产品打造方向，通过行业管理相互监督制约，将“水浒之旅”打造成国家 AAAAA 级旅游景区，形成共同的品牌，四县共同使用、共同受益。依照“梁山的寨、郓城的家、东平的水、阳谷的冈”这一开发定位，在具体的产品打造中，应遵循以下原则：梁山应突出展示山寨文化，包括梁山好汉的生活起居、攻防设施、山寨风俗、征战和结拜仪式等，集中打造绿林好汉的原生态产品；郓城则突出展示好汉文化，包括英雄故里、武术文化、饮食文化、市井百态等，以郓城县衙为切入点，恢复北宋时期的衙署文化和官场信息，集中打造水浒古城；东平应突出展示水泊风情，包括水寨原貌、湿地风情、水上游乐、水韵歌舞等，集中打造水上旅游项目；阳谷则应突出展示打虎英雄武松，包括景阳冈、虎趣园、西门府、药文化研究院等，集中打造以传统养生和两性保健为主要内容的游览和商品研发。同时，省主管部门要制定惩罚性条款，对水浒之旅的联合进行监督，凡违背联合条款的行为，就不得使用“国家AAAAA级景区”的名称，直至开除出联盟，甚至不能再使用“水浒”品牌进行宣传营销。四县既可以在文化上互为依托，在产品上各有所长，又能在营销中优势互补，使“水浒之旅”成为四县共有的旅游品牌，这样才能成为真正意义上的跨区域资源整合的旅游联盟。

3. 水浒之旅的营销理念

首先，要建立“水浒之旅”形象识别系统。总体定位是“水浒之旅”，分景点形象定位是：梁山：大义梁山；东平：水韵东平；阳谷：英雄阳谷；郓城：好汉郓城。

其次，要建立“水浒之旅”的视觉识别系统。确定传统的“抱拳礼”LOGO。这是水浒好汉精神内涵的最佳体现。（注：抱拳礼是传统抱拳礼，非左掌右拳经武协改良的抱拳礼。）

第三，要建立“水浒之旅”的行为识别系统。统一各个景区导游服装和信息图形符号，规范景区导游词；接待游客都用抱拳礼，并称呼游客为“好汉”或“兄弟”，形成具有“水浒之旅”独特文化内涵的行为识别系统。

第四，要做好“水浒之旅”的形象推广。制作统一的形象广告，在影视或平面等媒体做形象推介。口号为“山东大汉，水浒之旅”“好客山东人，豪爽水浒地”“兄弟之情，侠义之旅”等。

第五，做好“水浒之旅”的客源地公关。一级客源市场：山东、北京、天津、河北、河南；二级客源市场：山西、长江三角洲、珠江三角洲；三级客源市场：国内其他发达省市、港澳台地区及东南亚。编制水浒之旅1～3日游旅游线路组合，对客源市场进行联合推介。

作者简介：黄波（1964— ），男，山东梁山人，原郓城县旅游发展委员会主任。

激活水浒文化资源　做大文化旅游产业

周国栋

（郓城县文化和旅游局　山东郓城　274700）

郓城历史悠久，是千年古县，早在春秋时期就筑城名郓，郓城是闻名全国的“戏曲之乡”“武术之乡”“书画之乡”和“古筝之乡”。郓城文化底蕴深厚，是水浒故事的发祥地，素有“梁山一百单八将，七十二名在郓城”之说。2009 年底，郓城县被正式命名为“山东省旅游强县”，成为全省首批十三个旅游强县之一。2013 年，郓城又成为首批文化强省建设先进县。现就郓城文化旅游现状进行分析。

一、郓城水浒文化旅游资源深厚

春秋时期，鲁成公四年（公元前 587 年）冬，鲁国为加强防御，筑城名郓，这就是郓城得名的起源和由来。在千年的历史长河中，郓城积累了丰厚的文化矿藏，形成了崇文尚武、义气豪爽的民风，造就了独特的文化内涵。郓城传统文化和民间艺术源远流长，全县现有重点文物保护单位 46 处，馆藏文物 1400 多件，其中，国家珍贵文物 300 余件。郓城境内有肖堌堆商代古文化遗址、苏庄汉墓群、五代唐塔、金代名相史惟良墓等。郓城钟灵毓秀、人才辈出，涌现出著名歌唱家彭丽媛等。宋江武术院列全国十大名武馆（校）榜首，组建的“狗娃艺术团”以其独特的魅力名扬海内外。

宋江起义，尤其是《水浒传》的诞生与流传，给郓城抹上了一层厚厚的水浒色彩。而今，英雄之躯已湮没于茫茫黄沙之中，烟波浩渺的梁山泊也杳无踪迹，但在郓城大地上，留下了大量与水浒有关的遗迹和动人心弦的传说。起义军领袖宋江、晁盖、吴用都是郓城人，郓城有智取生辰纲的黄泥冈，宋江杀阎婆惜的乌龙院，梦得天书的九天玄女庙，宋江故里的宋宅、宋坑、宋井等遗址遗迹，丰富了人们关于水浒故事的想象力。

《水浒传》中描述的府、州、县、镇中，郓城县可算得上重笔特写的县城，单发生在这里的故事（发生在郓城县辖区但未提到“郓城县”的名字未计算在内）就有十二回之多，所以，郓城县是水浒文化的重要发祥地。

梁山义军先后两位首领都是郓城人，作为梁山泊事业发端的“智取生辰纲”就发生在郓城县内，决定宋江起义军行动纲领“替天行道”的“九天玄女授天书”处的“玄女庙”也在郓城县辖区内，这里也是《水浒传》主要作者之一的施耐庵曾经工作和“采风”的主要地区。所以，郓城县自然就成了《水浒传》读者和研究者广泛关注的地方。

二、郓城水浒文化旅游资源利用现状

近年来，郓城县充分发挥水浒文化资源优势，出台了一系列的扶持政策，促进了文化旅游事业的初步发展。全县基本形成了以国家AAA级景区水浒文化城为主要景点的旅游业、以轰动全国的电视连续剧《水浒少年》为代表的广播影视业、以水浒宝剑和水浒麻将为典型的艺术品制造业、以“狗娃闹春”艺术表演团为代表的文艺演出业、以“水浒人家”美食连锁店为龙头的休闲娱乐业、以宋江武术院为依托的体育业等全方位、多方面发展的新格局。

1. 擦亮水浒文化名片，打牢水浒旅游基础

今年年初，由省文化厅组织的第二批山东省文化产业示范园区评选中，郓城水浒好汉城文化产业园被评选为山东省文化产业示范园区（全省仅5家），是山东省“一百个不可不去的地方”之一。郓城水浒好汉城文化产业园始建于2004

年，由郓城宋江武校所属的山东郓城水浒旅游发展有限公司投资建设，位于郓城县西门街南段，占地9万余平方米，主营业务包括文化旅游业、演艺业、影视业和艺术品业。它实现了水浒故事、好汉文化与古代建筑、武术表演的有机融合，是一处集观光旅游、武术修学、休闲娱乐于一体的综合性人文景区。这里有三大看点，一是明清古代建筑群，宋江武馆、乌龙院、天王祠等景点，建筑风格迥异，雕刻精美，别具匠心。二是精彩的武术舞蹈表演，依托全国十大武术名校之一的宋江武校，3000多名身怀绝技的学生每天进行多次演出，让游客看得如痴如醉。三是游客可以亲身体验、参与飞檐走壁的武术特技和几十种武术流派的观摩学习，感悟中华武术文化的博大精深。

2. *办好水浒节庆活动，提高文化强县美誉度*

近年来，郓城县立足水浒文化优势，先后举办了“水浒杯”第六届全国武术之乡武术比赛、中国（郓城）水浒文化旅游节、中国（郓城）好汉节、中美散打擂台赛等10多场全国性的节庆活动和重大赛会，举办省市县级大型的节庆活动更是不计其数。这些活动的成功举办，大大提升了郓城“水浒”品牌在国内外的影响力，成为郓城县文化旅游业逐步走向成熟的催熟剂，每年吸引的国内外游客成倍增长。同时，郓城县举办的这些重大活动，引起了媒体的广泛关注，新华社、人民日报、中央电视台、中央人民广播电台、山东卫视等媒体做了专题报道。2012年“五一”黄金周期间，《好汉郓城》专题片在中央电视台热播，引起了强烈的反响。

2011年起，郓城县开始举办中国（郓城）好汉节暨海峡两岸忠义水浒论坛活动，邀请省内外水浒研究专家出席，至今已连续举办三届，在国内外引起了强烈反响，在海峡两岸有效地提升了“好汉郓城”的知名度和美誉度。中国（郓城）好汉节获得了“2011好客山东休闲汇主题周最佳创意奖”。每年的好汉节都有一个重要的活动，那就是“海峡两岸宋江阵交流活动”，来自宝岛台湾的“宋江阵”高手与“宋江阵”发源地郓城县的同行共同切磋交流。变幻莫测、精彩纷呈的表演，引来两岸观众的阵阵喝彩。

武林郓城会盟至今已举办四届，每届都有来自21个武术门派的200余名武术拳师，包括武林大师和后起之秀，展演众多武术节目，并且每年都有很多新近挖掘的传统经典武术拳种和套路，带给大家更多新奇美好的休闲感受。

在忠义水浒文化论坛活动中，来自海峡两岸的数十位专家学者齐聚一堂，纵论水浒忠义文化，从不同的侧面论述水浒忠义文化的产生、发展和流传过程，一致认为水浒忠义文化是中华优秀传统文化的一部分，数百年来有着广泛的影响，在当今社会也有重要的现实意义。专家们还就郓城如何弘扬水浒忠义文化、打造“好汉郓城，宋江故里”品牌、发展文化旅游产业提出了意见和建议。

除此以外，每次在中国（郓城）好汉节的开幕式上云集了郓城当地的众多元素，将特有的好汉文化进行融合，形成一台极具表现力的盛会。

3. 推进国民休闲汇，扩展文化旅游层次

郓城是一个有124万人口的大县，开展国民休闲汇这项活动，一是有深厚的文化底蕴，二是老百姓有较好的经济条件。近几年郓城县民营经济得到快速发展，可以说藏富于民，老百姓的腰包鼓起来了，全县城乡居民的存款总量、私家车拥有量等12项经济指标连续多年位居菏泽市第一。群众的消费观念转变了、消费层次提高了，追求健康文明的生活愿望越来越强烈。因此，从2013年开始，郓城突出特色，精心打造了国民休闲汇系列活动，取得了圆满的成功。整个活动围绕“走近好汉，休闲郓城”这个主题，策划了“健身娱乐、文化休闲和健康旅游”三个系列，开展了“山东出好汉、好汉在郓城”“团圆过中秋、垂钓宋江湖”等主题活动周，共36项活动。特别是着力开展的水浒书场、北派古筝演奏、千人齐诵弟子规、关胜大刀表演、散打擂台比赛等活动，场面宏大、影响广泛；200多名自行车爱好者参加了每周一次的自行车骑行系列活动，特别是组织开展的西藏之旅、京沪之旅，在全县范围内掀起了健康生活的热潮。同时，郓城还确定了6个定点单位、8个示范点，评选出“10大郓城名吃”，开展了休闲社区、休闲家庭评选活动，有效推动了休闲活动的开展。

4. 民间水浒文化风生水起

从2002年开始，郓城的水浒文化开始兴起，郓城县水浒研究学会、郓城县水浒文化艺术中心、水浒书画院等民间团体先后成立，汇集了全县热爱水浒文化研究的人士，围绕水浒研究举办活动做全县水浒文化产业发展的参谋。2006年5月，郓城县委、县政府和中国水浒学会联合举办了全国水浒文化研讨会，这是新中国成立以来在山东举办的规格最高、规模最大的一次水浒学术会议，来自北京、上海、新疆、香港等27个省、市、自治区、特别行政区的近百名专家学者汇集郓城，发表自己的研究新成果，为郓城开发利用水浒资源建言献策。此后，郓城又和阳谷、梁山等地结合，举办了五次不同类型的水浒文化研讨会。

双月刊《水浒文化》自2002年创刊以来已连续出版48期，连年被评为菏泽市优秀内部资料性出版物。《水浒·郓城·宋江》《水浒故地话水浒》《水浒争鸣》等水浒研究专著相继出版，尤其是《水浒文化系列丛书》的成功编撰，丰富了水浒研究的资料库。《水浒文化系列丛书》分为《水浒印象》《水浒人文》《水浒传说》等共4册，每册20万字左右，从政治、经济、军事、文化、民俗等方面全面展现水浒文化产业发展的全过程、水浒文化的精神内涵，阐释了水浒文化在齐鲁文化、中华民族文化和世界文化中的作用与影响。

经过近几年的努力，郓城县通过整合资源、搭建平台等措施，经过精心策划、科学整合，已建成几条独具特色的旅游线路，凸显出水浒故里旅游的新亮点。第一条是游客到水浒文化城参观古代建筑，观看狗娃艺术团表演，感受武术精髓；到宋江河风景带享受城市休闲；到水浒水上景区领略八百里水泊风貌，抒发思古幽情；到宋江故里和黄泥冈寻觅英雄足迹；到宋江怡情园参与拓展训练，品尝水浒美食，领受水浒文化的独特魅力，形成水浒文化"两日游"。第二条是观唐塔、商代迁都遗址、状元祠、孙膑祠、曹武惠祠等，形成古代文化旅游线。第三条是参观刘邓大军强渡黄河遗迹、樊坝战斗遗址、鲁西南战役纪念馆等，形成红色旅游线。

三、郓城水浒文化旅游资源开发存在的问题和不足

与梁山、东平、阳谷等其他水浒县区相比，郓城的水浒文化旅游发展相对缓慢。主要表现在：

1. 水浒旅游资源过于分散，分散于菏泽、济宁、泰安、聊城等地，由于行政区划关系，使水浒旅游不能统一规划、集中开发，目前的开发显得支离破碎。

2. 水浒地区经济落后，旅游开发投入较少，旅游服务设施长期不能配套。

吃、住、行、游、娱、购都不能满足旅游者的要求。

3. 水浒品牌推广不力，各旅游区旅游宣传各自为政，实行多品牌战术，采取不同的广告诉求，使水浒宣传过于分散，形象得不到统一，既达不到提升水浒品牌形象的目的，又造成品牌推广投入的浪费。

4. 遗址遗迹保存不完整。许多水浒故事的发生地只留下了一些故事和传说，就连宋江的老家也仅有一处故居和宋江井。宋江杀阎婆惜的乌龙院现已变成郓城县政府招待所，只有一眼枯井和一座石碑立在那里。名闻天下的梁山和景阳冈都已没有了当初的险峻与荒野。

5. 政府重视程度不够，没有形成浓郁的水浒氛围。当地政府更倾向于发展民营经济，投入到文化特别是水浒文化的资金屈指可数。由于缺乏有力的财政支持，文化的发展显得后劲不足。据调查，在水浒故里，致力于打造水浒品牌的绝大多数是民间社会团体和私营企业。水浒产业尽管已发展了许多年，但由于资金有限、政府投入不足，闲置的民间资金难以注入，致使龙头企业舞动不起来，小企业难成气候，所以水浒文化特别是旅游资源在短期内还难有大的突破。随着网络、影视等媒体的发达，人们特别是一些年轻人，更热衷于追逐时代潮流，一些古典的东西特别是作为四大名著之一的《水浒传》很容易淡出人们的视野，这些都应该引起我们的重视。

四、水浒文化产业开发的对策与前景

水浒文化旅游开发是水浒文化产业的重要组成部分。旅游业是朝阳产业，不仅可以带动旅馆、餐饮、旅游产品等服务业的发展，而且可以组织人流、物流、信息流，推动就业，壮大地方财源，促进招商引资，加快城市建设。水浒旅游是国内唯一以农民起义军遗址为游览主题的旅游线，同时水泊梁山又具有极高的知名度，水浒文化有着中国传统文化的底蕴，至今在民间有广阔而深远的社会历史背景，有广阔的客源基础。水浒旅游线是省委、省政府所规划实施“五区一线”中的重要“一线”，整合现有的相对分散的水浒景点，打造出原汁原味的“水浒游”，以开发水浒旅游为载体，可以实现加快山东西部发展的目标。

1. 集中抓好重点旅游项目。依托资源优势，科学制定旅游项目发展规划，鼓励引导各类经济成分投资旅游开发，抓住一批重点项目实施强力突破。在当前和今后的一个时期，集中力量抓好宋江武校水浒文化旅游城、宋江故里宋家村、智取生辰纲的黄泥冈和宋江河风景带、水浒水上景区“三点两水”的开发。水浒文化旅游城已列入山东省重点旅游项目，总投资2亿元，兴建仿宋和仿明清建筑群，集中展现《水浒传》中描写的多处场景和北宋时期民间生活的缩影。宋江故里项目由县旅游局牵头，通过市场化运作筹集资金，目前仿宋商业街正在建设，并筹建宋太公庄园和北宋民居，发展民俗休闲旅游。黄泥冈景点由黄堆集乡、县旅游局筹资兴建，目前正在进行规划设计，计划利用窑厂废地挖土堆冈，冈上植枣树林，湖中养殖水产，发展农业生态旅游。同时，积极筹建九天玄女庙、灵官殿等，逐步扩大建设水浒旅游景点。

2. 大力打造精品旅游线路。坚持精心策划、科学整合，尽快建成几条独具特色的旅游线路。游客可以到水浒文化旅游城参观古代建筑，观看狗娃艺术团表演感受武术精髓，到宋江河风景带享受城市休闲，到水浒水上景区领略八百里水泊环境风貌、抒发思古幽情，到宋江故里和黄泥冈寻觅英雄踪迹，到宋江怡情园参加拓展训练、品尝水浒美食等，领略水浒文化的独特魅力，形成水浒文化“两日游”；观唐塔、商代迁都遗址、状元祠、孙膑祠、侣钟祠、曹武惠祠等，形成古代文化旅游线；参观刘邓大军强渡黄河遗迹、樊坝战斗遗址、首战郓城纪念馆、鲁西南战役指挥部旧址等，形成红色旅游线，尽快打造一批水浒故里旅游新亮点。

3. 着力抓好旅游服务。进一步加强旅游队伍建设，充实旅游业领导力量，提高旅游主管部门的组织能力和调控能力；广泛引进优秀人才特别是旅游策划、创意、规划专业人才，多形式培训现有旅游从业人员，全面提高旅游业经营者、导游和景点景区管理人员的素质。大力抓好旅行社发展，通过引进培养高素质导游、积极开辟新的旅游线路等，提升经营水平，力争“十二五”期间发展旅行社5家以上，市级优秀旅行社达到3家以上，并组建专门的旅游车队。积极开发旅游纪念品，挖掘恢复鲁锦、虎头帽、虎头鞋、纺织等传统工艺品，在现有宋江剑、水浒纸牌、水浒象棋等水浒特色纪念品的基础上不断增加种类、提高档次，以全方位优质服务促进旅游业的快速发展。

4. 统一行政区划，改善交通设施，发展水浒旅游。郓城、梁山、东平、阳谷四县应早日达成共识，由省政府成立专门的水浒旅游机构，对四县的水浒资源进行整合，统一规划。同时，交通、文化、旅游等部门应积极配合，形成“郓城—梁山—东平—阳谷”一条线。修建一条菏泽—郓城—梁山—东平—聊城的高等级公路，改善现有的交通条件，把水浒旅游线打造成山东旅游西线，并且通过济聊高速、日东高速和“一山一水一圣人”的中线，与“环海游”的东线共同构成齐鲁大地完整闭合的循环旅游。在我省形成东中西三线风格各异、文武结合、山水互补、南北相连、东西互动的山东大旅游发展格局。让游客到了宋江的老家，能够认识一个多元化的宋江；到了梁山，能够感受英雄大聚义的场面；到了阳谷，能看到武松打虎的精彩表演；到了东平，八百里的水泊能让人流连忘返。

5. 改用水浒相关地名，加强城市规划的水浒氛围。在四县的城区规划建设中，强化水浒文化意识。例如，把黄堆集更名为“黄泥冈”，宋金河更名为“宋江河”，七里铺更名为“东溪村”；在高速公路入口处等重要关口上用巨幅打出“水浒故里”的标语，让人们一进入水浒故里，首先感受到水浒文化氛围；城区街道重新以水浒人物、水浒故事命名，新建立的公园、广场等公共场所等应以水浒人物、水浒故事等恰当命名，公园、街旁等塑像、雕塑应突出水浒人物、水浒故事题材，多立一些有关水浒题材的视觉形象，形成自己独特的城市特色。

6. 建立水浒文化博物馆。以政府的名义向国内外征集与《水浒传》有关的器物，如宋代文物（车、船、炮等），水浒好汉用的器械（青龙偃月刀、李逵板斧、武松哨棒、杨志宝刀等），《水浒传》的各种版本及关于《水浒传》的研究成果，和《水浒传》有关的书法、戏曲、绘画、影视作品、音乐诗词等。以水浒文化搭台，齐鲁文化做幕，把山东人忠、义、礼、智、信的特点更好地诠释出来、宣传出去。

7. 加大政府财政支持，鼓励民间个体投资。财政支持是水浒产业发展的强大后盾，民间资本是水浒产业发展的活力。政府在进行资金支持的同时，要利用新闻媒体，通过各种渠道宣传土地、税收、投资等优惠政策，宣传资源特色，传播旅游形象，培育民间投资力量，展示规划蓝图。净化文化、市场环境，为企业营造良好的投资环境，多管齐下，把水浒产业做大做强。

2013 年年初，山东省旅游局局长于冲对郓城进行调研，先后对郓城宋金河湿地公园、水浒文化旅游城的建设情况进行了实地察看，并观看了狗娃艺术团精彩的文艺节目表演。此次省旅游局菏泽调研之行决定扶持郓城 100 万元做水浒城规划，并于 3 月初组织了水浒旅游战略合作签约仪式，为水浒旅游的再次做大做强起到了助推作用。北京交通大学教授、北京大衍致用旅游规划设计院院长王衍用签订的《水浒城旅游总体规划编制协议》就是这次签约仪式的产物之一，这也将成为郓城发展水浒旅游业的重要转折。在不久的将来，集发展水浒文化旅游、展现古代郓城风情和展示郓城历史景观为一体的“水浒城”将展现在世人面前。另外，郓城水浒文化旅游城正申请创建国家 4A 级景区，郓城正着力打造宋江武校竞技武术表演、狗娃艺术团武术表演、宋江湖和水浒生态园的生态逍遥游、快乐单骑逍遥游、宋江湖与黄泥冈趣味垂钓等旅游产品，以吸引四海游客。

总之，郓城县只有发挥文化的“酵母”作用，紧紧围绕“水浒”“宋江”等知名品牌，让旅游产业与文化资源有机结合，带动旅游产业“裂变”式发展，才能让“水浒之源、好汉之乡、文化之都、情义之地”的品牌形象深入人心。

作者简介：周国栋（1970— ），男，山东郓城人，现任郓城县文化和旅游局党组书记、局长。